Gabriella Santos de Lima
Jetzt sind wir echt

Bisher bei Loewe Intense erschienen:

Jetzt sind wir echt
Jetzt sind wir eins
Jetzt sind wir endlos

GABRIELLA
SANTOS DE LIMA

JETZT

sind wir echt

Loewe
INTENSE

ISBN 978-3-7432-1380-7
3. Auflage 2024
© 2023 Loewe Verlag GmbH, Bühlstraße 4, D-95463 Bindlach
Dieses Werk wurde vermittelt von der Literaturagentur erzähl:perspektive, München
(www.erzaehlperspektive.de).
Zitat auf S. 9 © Mit freundlicher Genehmigung von Radio FM4,
Mash-up aus Gerard: *Voneinander weg*, Der Nino aus Wien: *Bäume*
Das Zitat auf S. 30, 105 und 410 wird Kurt Cobain zugeschrieben.
Umschlaggestaltung: Andrea Janas | andreajanas.com
Umschlagmotive: © Kjpargeter/shutterstock.com, Katong/shutterstock.com,
Dychkova Natalya/shutterstock.com
Innenklappenmotive: © Rawpixel.com/freepik.com, Orchidart/freepik.com,
Macrovector/freepik.com, Freepik/freepik.com, Upl56/freepik.com
Innenillustrationen: Laura Rosendorfer
Redaktion: Elena Hein
Printed in the EU

www.loewe-verlag.de

Liebe Leser*innen,

dieses Buch enthält potenziell triggernde Inhalte.
Deshalb findet ihr auf der letzten Seite eine Triggerwarnung.

Achtung: Diese enthält Spoiler für die gesamte Geschichte!

Wir wünschen euch das bestmögliche Leseerlebnis.

Eure Gabriella und das Loewe Intense-Team

Für Jacky

Playlist

leichter//kälter – Edwin Rosen
Wenn Blätter fallen – JEREMIAS
The Falling – Fil Bo Riva
you broke me first – Tate McRae
Vertigo – Edwin Rosen
Clean – Taylor Swift
First Love Never Die – Soko
Male Fantasy – Billie Eilish
Alles leuchtet ein – Betterov
Grund – Miese Mau
Nicht die Musik – KUMMER
All Too Well (10 Minute Version) – Taylor Swift
I'll Call You Mine – girl in red
Things That I Miss – awfultune, Sandosius
my tears ricochet – Taylor Swift
mood ring baby – Field Medic
Is There Somewhere – Halsey
Dynamit – Betterov
DER LETZTE SONG (ALLES WIRD GUT) – KUMMER
this is me trying – Taylor Swift
Bring mich nach Hause – Betterov
Mr. Forgettable – David Kushner
Nacht – Betterov
the 1 – Taylor Swift
schon okay – JEREMIAS
Morning Elvis – Florence + The Machine
Viertel vor Irgendwas – Betterov

ICH
LIEB DICH
EIN BISSCHEN
NUR MEINE
SEELE
IST VIEL ZU
RISKANT

Radio fm4-Plakat

Prolog

GREGOR & ICH

Als ich ihm zum ersten Mal begegnete, rettete ich ihn.

Ich weiß, es klingt dramatisch, aber es stimmt, Gregor hat es indirekt bestätigt. Damals, als ich achtzehn und naiv war, als ich mich frei wie in den Filmen fühlte, weil ich mein Abi gerade in der Tasche hatte, die Welt verändern wollte und *Kompass ohne Norden* auf der Autobahn aufdrehte, bis meine Ohren piepten. Als frische Abiturientin malte ich mir das Erwachsensein nämlich wie ein Entspannungsmandala aus, in dem ich die Farben und Motive selbst bestimmen konnte. Simpel erklärt war ich ein völlig durchschnittliches Mädchen, das sich täglich sagte: Bald wird es beginnen, das *richtige* Leben.

Das mit Gregor passierte in den Monaten dazwischen, in dieser nervigen Übergangsphase. Im Schwebezustand sozusagen, wo alles ganz tranceartig und verschwommen ist. Ein bisschen so, wie betrunken auf dem Lollapalooza zu tanzen, obwohl The Weekend die Bühne längst verlassen hat. Ich wünschte, dieser erste Morgen mit Gregor wäre in meinem Gedächtnis auch so körnig wie eine Festivalerinnerung, aber er ist gestochen scharf. Ich erinnere mich an alles. An jedes Detail, an jeden Riss, an jeden einzelnen Tropfen.

Und Gregor tropfte so verflucht viel.

Lucy

GREGOR

eine Person, die gern ertrinkt

Damals

Der Typ tauchte nicht auf.

Verfluchte Scheiße.

Ich stellte mich auf die Zehenspitzen in der Hoffnung, mehr erkennen zu können, aber an meiner Sicht veränderte sich nichts. Ich beäugte einen bläulich schimmernden See. Nur von diesem Typen, der darin geschwommen war, fehlte jede Spur. Er hatte lose Bahnen mit seinen schmalen Armen gezogen, dann war er untergetaucht. Und seit einer guten halben Minute nicht wieder hochgekommen. Mit leicht zitternden Beinen trat ich dem Ufer näher.

Ab wann sollte man nachsehen, ob eine Person gerade ertrinkt oder doch bloß am Seeboden chillt?

Die Frage hämmerte in meinem Kopf, während ich einen Blick über die Schulter warf. Ich war auf der Suche nach einer Passantin oder einem Jogger. Irgendjemandem, der sich die Verantwortung mit mir teilen könnte. Doch ich fand niemanden.

Es war Mittwochmorgen, nicht einmal acht Uhr. Ich stolperte lediglich durch die Allee, weil ich vor lauter Aufregung nicht hatte schlafen können. Ich wollte kurz *frische Luft schnappen*, als wäre ich diese Art von geordneter Person.

Haha, klar.

Wieder flackerte mein Blick zum Wasser. Doch nichts signalisierte mir, dass er wieder auftauchen würde. Jetzt nicht und jetzt nicht und jetzt immer noch nicht.

Du übertreibst. Als ob der Typ gerade vor deinen Augen ertrinken würde. Du übertreibst immer, vergiss das nicht.

Es war das Letzte, was ich dachte, bevor ich nichts mehr dachte, weil mein Kopf sich ausklinkte. Das passierte ständig, wenn ich mir eines meiner Horrorszenarien zusammenspann. Darin war ich nämlich Spezialistin. Ganz im Gegensatz dazu, Leute zu retten. Aber *better safe than sorry*. Oder?

Mein Herz pochte heftig, als ich mir hektisch die Riemchensandalen von den Füßen streifte, in meinem Sommerkleid ins Wasser hechtete und ...

S-C-H-E-I-S-S-E.

Das Wasser erwischte mich kalt. Eine Million Nadelstiche bohrten sich unter meine Haut. Keine Ahnung, wie der Typ es hier drin überhaupt so lange ausgehalten hatte. Der, der immer noch unter Wasser war. Wie viel Zeit war inzwischen vergangen? Eine Minute? Eineinhalb? *Egal*, sagte ich mir. *Egal, egal, du musst endlich schwimmen.*

Also schwamm ich.

Ich schwamm in meinem Sale-Kleid von Zara durch den See, bis ich diesen Körper unter mir ausmachte. Meergrün und verschwommen saß er auf dem Seegrund, seelenruhig und sehr entspannt, als wäre nichts dabei.

Ich musste ihn nicht antippen und nicht einmal näher paddeln, denn bei Gregor war es so: Die kleinste Veränderung in seiner Umgebung reichte, damit dreitausend Alarmglocken in seinem Kopf ertönten.

Aber davon hatte ich damals noch keine Ahnung. In diesem Moment wusste ich bloß, dass der Typ die Lider aufriss, einen Moment lang zögerte und sich dann endlich, *endlich* in Richtung Oberfläche regte. Letztere erreichte er mit einem Keuchen. Der Laut verklang jedoch sofort in meinen Ohren, weil meine Zähne vor Kälte klapperten.

Oh Gott, oh Gott, oh Gott.

Es war unfassbar eisig. Mein Körper war so sehr mit Zittern und Nicht-Erfrieren beschäftigt, dass ich den Typ fast vergaß. Bloß für zwei Sekunden. Dann erklang seine Stimme.

»Kalt, was?«

Kalt, was? Das sagten Menschen also zu mir, wenn ich sie vorm Ertrinken bewahren wollte. Bebend wandte ich mich nach links und starrte diesem Idioten ins Gesicht. Dunkle Augen, nachtschwarze Korkenzieherlocken und viel zu blasse Haut. Er zitterte nicht einmal halb so viel wie ich, aber so war er. Immun, Eis, eine Statue, mein kalter, kalter Gregor.

»W…was s…sollte d…das?«

»Wie meinst du?« Er klang ehrlich verwirrt.

»I…ich …«

Krieg dein Stottern in den Griff, Wagner.

So ruhig und gleichmäßig wie möglich atmete ich durch. »Ich dachte, du ertrinkst, Mann!«

»Chill mal, ich habe bloß die Luft angehalten.«

»*Bitte?*«, erwiderte ich fassungslos. »Ist das etwa dein Ding? Einfach so in einem eiskalten See eine Tauchsession abhalten, oder was?«

Meine Beine strampelten. Ich wollte noch mehr sagen – doch genau dann blickte er mich an. Seine Lippen waren einen Tick zu spröde, beinahe so, als würde er ständig darauf herumbeißen. Wassertropfen perlten von seiner Haut und seinen Wangen, fielen ihm sogar von den kurzen Locken auf die schmalen Schultern.

»Ehrlich gesagt: Jepp, es ist mein Ding. Also keine Sorge, nächstes Mal kannst du dir das mit dem Rettungskommando sparen.« Er sagte es viel zu nüchtern und pragmatisch, wie ein wenig emotionaler Vater. Kurz dachte ich, er würde mir zuzwinkern und ein Lächeln hinterherschieben. Es lustig oder lässig machen. Stattdessen zuckte er bloß mit den Schultern.

Ich schluckte, konnte nichts dafür, dass mein Herz zog, diesmal nicht vor Kälte, sondern seltsamerweise vor Wut aufgrund von so viel Gleichgültigkeit.

»Wir sollten raus hier.« Plötzlich nickte Korkenzieherlocken in Richtung Ufer. »Ist echt kalt.«

Aber, Gregor, mein liebster, liebster Gregor, von da an wurde es doch immer nur kälter, meinst du nicht?

Lucy

SRY

ein Klassiker

Jetzt

ROMEO (REWE)
sry lucy

Meine Finger umklammerten das Handy fest, während der Bass fiel. Ringsum waren die meisten voll drin, betrunken, high oder beides, ganz im Beat und im Jetzt, um sich vom Techno treiben zu lassen. Alle außer mir. Denn es war nicht meine Musik, mein Abend, mein Tag, meine Woche und mein Monat. Ich stand bloß wie festgewachsen in Samus Flur und blinzelte meinem Display entgegen.

sry lucy

In meinen Ohren knackte es.

sry lucy – das war nicht einmal ein *Tut mir leid*, einfach so dahingeschrieben und wenig ernst gemeint. Kein Komma, auf korrekte Groß- und Kleinschreibung geschissen.

Meine Finger umklammerten das Gehäuse fester. Sie zitterten. Ich zitterte.

sry lucy. Gott, wie dekadent und ignorant das war. Genau so, wie es nur Typen konnten, die dich mit ihrem Grübchenlächeln in der Supermarktschlange ansprachen, weil du vor ihnen standest und sie wiederum auf deine Jeans standen. Schließlich waren sie ja Draufgänger mit einer gleichgültigen Ader, die Frauen noch im echten Leben ansprachen. Ihren Bros erzählten sie davon natürlich so stolz, als wäre es eine gewonnene Kriegsgeschichte. Gleich nachdem sie dich hart von hinten gevögelt hatten, während ihr Mitbewohner nebenan ein Pesto aufschraubte. Und danach? Tja, danach schmissen sie dich schamlos raus, weil die Grenzen doch abgesteckt waren. Sie zogen Linien über deinen Slipbund, verharrten dabei allerdings genau auf der Stelle. Immerhin warst du zwar supercute und nett, tatst ihnen unfassbar gut, aber *gut* und *nett* und *cute* reichten nicht. Niemals. Nicht heute, nicht in unserer Generation, in der …

»Na, na, sind wir hier etwa auf einer Handyparty, Lucy-Lu?«

Bei Tillies Lachen zuckte ich zusammen. Hastig wollte ich das iPhone zurück in meine Hosentasche stopfen, doch es war zu spät. Ihr Blick klebte bereits auf dem Display. Zwei, drei Beats lang, bevor sie den Kopf hob. Und mein Herz sich schmerzhaft zusammenzog.

Wir befanden uns auf der legendären Turmparty – ein Kölner Wohnhaus, drei WGs und eine krasse Feier über mehrere Stockwerke hinweg. Es war der erste Freitag nach Semesterbeginn. Der Abend war perfekt, oktoberlauwarm und klar. Der Boden bebte, unsere Kommilitonen vibrierten. Es roch nach Parfum, verschüttetem Wodka-E und letztem Sommer. Alles war vertraut und aufregend zugleich. Blöd nur, dass ich mit zitternden Beinen vor meiner besten Freundin stand und ein bisschen sterben wollte.

»Sag nichts«, murmelte Tillie. »Rewe-Romeo.« Leise sprach sie seinen Namen aus, als dürfte ihn niemand hören. Dabei gehörte er doch bloß zu einem harmlosen Sportjournalismusstudenten, der am liebsten Gemelli-Pasta in seinen Einkaufskorb schmiss.

Trotzdem besaß eine Nachricht von ihm derart viel Macht über mich.

Magensäure kroch mir den Hals hinauf, während ich das Handy erneut entsperrte und es Tillie reichte. Ich beobachtete, wie sie meine letzte Nachricht noch einmal las, obwohl sie einen Screenshot davon auf ihrem Handy hatte.

> Hi Romeo, mir fällt es gerade superschwer, dir zu schreiben, aber glaubst du, du könntest mich nicht ghosten und mir stattdessen einfach sagen, dass du das mit unseren Treffen lassen willst? 🙈

Als sie aufsah, stachen ihre Knöchel weiß hervor, so fest umklammerte sie das iPhone. Ich machte mich auf eine Hasstirade gefasst, indem ich die Schultern straffte. Tillie war nämlich ENFJ, eine Protagonistin, eine Macherin, extrovertiert und impulsiv und die Beste. Wenn sie einen Raum betrat, wusste man es, ohne aufzuschauen. Sie trug gerade geschnittene Jeans und übergroße Kapuzenpullover, ihre Leggins waren an den Beinen ausgestellt und ihre Docs verbraucht. Ihre alltägliche Rüstung bestand aus tiefrotem Lippenstift und ihrem obligatorischen Jutebeutel, der ein schmieriges Chanel-Logo und darunter das Wort *fake* zeigte. Auf Instagram betitelten Fremde ihren Style als *edgy* und *Berlin*. Ihr Haar war schulterlang und blond, sie liebte Highlighter und fand ihre Nase zu spitz. Wenn sie lächelte, war es immer bloß ein halbes. Außerdem war sie laut, selbst wenn sie schwieg. Jemand mit Präsenz, einer Aura, einer Vision. Sie hatte alles und wollte mehr, *so* jemand war meine Freundin.

»Es tut mir leid, Lucy«, flüsterte sie.

Und das war verflucht noch mal nicht aufmunternd. Ich wollte Wut, auch wenn sie eine Ersatzemotion darstellte, die stets das darunterliegende Gefühl überdeckte. Doch hier stand meine Freundin, leicht gebräunt in ihrem limettengrünen Crop Top und mit dem traurigsten Lächeln in unserem Universum.

Instinktiv umarmte ich mich selbst. »Ich werde nicht sagen, dass ich okay bin«, begann ich. »Ich ...«

»Wagner! Vogt! Ihr. Ich. Trinken. Jetzt!« Keine Ahnung, ob ich weinen oder lachen sollte, als Samu uns mit einer Schachtel Klopfer in der Hand zu sich winkte und damit nach links deutete. »Wir treffen uns in der Küche. Und ja, das ist ein Date. Wenn ihr nicht kommt, geht das direkt in mein verletzliches Schriftstellerherzchen.«

»Lass uns abhauen.« Tillie ignorierte unseren Kommilitonen, der bereits in die Küche verschwand. »Wein, deine Wohnung und endlich gute Musik. Sag einfach Ja, dann schreibe ich Manda, dass sie nach ihrer Schicht gleich zu dir kommen soll. Und ich warne dich: Wenn du behauptest, das würde nicht nach einem besseren Plan klingen als das hier, gibt das schlechtes Karma für deine Lüge.«

Ich schluckte. »Ich kann hier nicht weg.«

»Hä? Bullshit. Klar kannst du. Wir ...«

»Ich kann hier nicht weg, weil der Abend sonst damit enden wird, dass ich heulend auf meinem Teppich sitze und unzusammenhängende Sätze von mir gebe, in denen es nicht einmal wirklich um Romeo gehen würde. Selbst wenn ich es ziemlich frustrierend finde, dass er mir auf meine letzte Nachricht eine Woche lang nicht geantwortet hat und jetzt das kam. Aber ich war nie wirklich in ihn verliebt. Klar, manchmal dachte ich, das mit uns könnte mehr werden, wie das halt in guten Momenten so ist. Aber eigentlich, keine Ahnung. Ich bin einfach nur enttäuscht. Weil ich schon wieder darauf reingefallen bin.«

Tillie presste die Lippen aufeinander. Sie wollte diesen Kampf nicht verlieren. Sie wollte das Beste für mich, mir Wein geben, sodass ich weinte, bis ich ausgeweint war. Aber ich hatte die Wahrheit schon gesagt. Ich war so unendlich enttäuscht. Dabei sprach ich lediglich von Dating, Situationships und Ghosting. Alles bloß englische und fremde Begriffe, als könnten sie uns so nicht berühren – was natürlich nur ein Augenverschließen vor der Wahrheit war. Das einzige Problem? Meine Lider waren immer geöffnet. Ich sah alles, wollte alles sehen und nichts verpassen. Ich füllte meine Handynotizen mit interessanten Beobachtungen für Seminare und hatte kein Problem mit dem Alleinsein. Denn ich war nicht einsam, ich war zwanzig, frei und furchtlos. Und trotzdem. Trotzdem schmerzte jedes virtuelle Schweigen. Jedes *sry lucy*. Jedes unverbindliche Mal Sex, der nie unverbindlich blieb. Schließlich war da immer mehr, weil ich doch so süß und gut und nett war. Aber *mehr* war nicht *alles*. *Mehr* reichte nicht. Nie bei mir, das hatten wir ja schon.

»Morgen«, fügte ich hastig hinzu. »Morgen können wir darüber reden, okay?«

»Verdrängen ist nicht gut.« Tillie schüttelte den Kopf. »Das wollten wir doch lassen.«

»Es ist kein Verdrängen. Es ist ein Aufschieben.«

»Das sind Synonyme.«

»Bist du dir sicher, dass www.synonyme.woxikon.de das auch so sehen würde?«

Ich wackelte mit den Brauen, während Tillie sich seufzend eine Strähne hinters Ohr schob.

»Ehrlich gesagt bin ich alles andere als überzeugt. Aber wenn du unbedingt diese ekelhaften Klopfer in der Sour-Version trinken willst, dann trinken wir sie wohl.«

Nickend atmete ich durch, bevor ich meine Hand zu ihrer wandern ließ. »Danke.« Ich presste meine Handinnenfläche an ihre.

Sie drückte zweimal zurück.

Lucy

BLAUE HERZNARBEN
der Grund dafür, gemeinsame Seenächte
lieber zu vermeiden

Wir quetschten uns an wild tanzenden Gästen in Richtung Küche vorbei. Dort saß Samu am Tischende, breitschultrig und lachend. Die engen Ärmel seines weißen Shirts ließen seinen Bizeps noch muskulöser wirken.

»Endlich!« Er winkte uns zu sich heran, bevor er die Box mit den klirrenden Fläschchen öffnete. »Mango für Tillie, Apfel für Lucy.«

Samu schob die Fläschchen über den Tisch. Mit einer seltsamen Präzision landeten sie vor unseren Händen, doch so war er immer. Präzise, lässig auf diese kompetente Weise und den meisten taktisch überlegen. Wir hatten uns auf der Ersti-Kneipentour vor zwei Jahren kennengelernt. Tillie studierte Dramaturgie und Drehbuch, Samu Kreatives Schreiben, ich Journalismus. Alle Schreiber, alle ein bisschen verloren.

»Na dann.« Mit seinem umgekehrten Fläschchen klopfte er gegen den Tisch. »Wir machen das natürlich regelkonform. Deckel auf die Nase, Kopf in den Nacken, auf geht's.«

»Regelkonform?« Tillie lachte. »Schon ein bisschen strebermäßig.«

»Sagt diejenige mit den zehntausend Stipendien«, konterte er.

»Übertreib nicht, es sind nur drei.«

»Hör mal auf, so bescheiden zu sein. Du bist einfach krass.«

»Samu hat recht«, pflichtete ich ihm bei. »Du *bist* krass.«

»Anyway.« Hastig hob Tillie ihren Schnaps an. »Trinken wir jetzt, oder was?«

Wir tranken.

Wir tranken zwei Schnäpse hintereinander, sauer und viel zu süß. Auf meiner Zunge schmeckten sie nach Siebzehnsein, Betrunkenwerden und zitternd am Zülpicher Platz mit meinen Freundinnen als sexy Biene Maja verkleidet stehen. Dabei betrank ich mich heute nicht. Fast nüchtern hockte ich in der WG-Küche, während Bassdrops mich berieselten. Samu erzählte von seinem Stundenplan, ich dachte an *sry lucy*. Tillie nörgelte über BAföG, ich dachte an *sry lucy*.

»Hier seid ihr also.« Atemlos erreichte Manda unseren Tisch, das Handy leuchtend in der Hand. Sie trug eine Jeans mit hohem Bund, die an beiden Knien durchlöchert war. Der verwaschene Pulli steckte lässig in der Hose und ihr dunkles Haar in einem riesigen Knoten. Geruch von Frittieröl übertünchte ihr eigentliches Parfum *Pure Grace*, dessen Namen sie hasste.

So ein übertriebenes Pathos, ey.

Eigentlich roch Manda nach Seife und Wasser. Kopfnote Bergamotte, Herznote Seerose. Sie studierte Grafikdesign, war Anti-Schnickschnack, reduzierte Schnitte und moderne Schlichtheit. Ihr Lieblingslied hieß *einfach* von JEREMIAS. Wenn sie betrunken war, stellte sie es auf Dauerschleife und sang schief mit.

»Alles okay?«, flüsterte sie mir zu.

»Was?« Hastig setzte ich mich auf.

»Ob alles okay ist, Lucy-Lu.« Manda beäugte mich kritisch. »Das habe ich gefragt.«

»Klar«, erwiderte ich sofort. »Wieso sollte es nicht?«

»So ein Gefühl. Ich hab zwar keinen Scannerblick, dafür aber eine Killerintuition, schon vergessen?«

Sie lächelte schief und ich wollte reden, von Romeo und der Enttäuschung erzählen, doch meine Kehle schnürte sich zu.

sry lucy

Ich brachte kein Wort hervor.

»Sollen wir vielleicht ins Bad?«, fragte Manda, weil sie nicht nur ihre Intuition hatte, sondern gleichzeitig meine beste Freundin war.

Ich hätte wieder den Kopf schütteln, Dinge relativieren und meine Gefühle kleinreden können, aber …

»Das wäre vielleicht ganz gut«, murmelte ich.

Und das war das Ding: Bei den richtigen Leuten reichten einfache Sätze mit zittriger Stimme. Den richtigen Leuten musstest du nicht mehrmals schreiben, damit sie dir antworteten, und dich erklären, bis du dich selbst nicht mehr verstandst.

So schlichen wir uns unter *What You Know* aus der Küche. Dabei umrundeten wir eine blutrote Weinpfütze, die zwei Kommilitonen aus dem Fachbereich Fotografie gerade aufwischten. Vor dem Bad hatten wir Glück. Wir warteten bloß einige Sekunden, bevor es frei wurde und wir eintreten konnten.

Im Innern blinzelte ich. Die weißen Fliesen waren von schwarzen Schuhsohlenabdrücken geziert, an den Wänden waren sie mit willkürlichen Postkarten beklebt. Es roch nach

Zitronenreiniger und Kotze. Manda wollte die Tür gerade schließen, als ein limettengrüner Ärmel sich durch den Spalt quetschte. Unvermittelt stellte sich Tillie im Raum auf.

»Was schaut ihr so verwirrt?« Sie drehte den Schlüssel um. »Habt ihr gedacht, ich lasse euch ein Krisengespräch ohne mich führen?«

»*Krisengespräch?*« Manda sah mich mit einer tiefen Furche zwischen den Brauen an. »Es ist also *so* schlimm?«

»Nein, es ist nicht schlimm.« Tillie hockte sich auf den Badewannenrand. »Eigentlich ist es fantastisch. Lucy-Lu kann nämlich froh sein, dass sie Rewe-Romeo los ist. Nur seine Nachricht war halt beschissen.«

»Welche Nachricht?«

Zögerlich folgte ich Tillie, wobei ich mein Handy zückte und es Manda überließ. Danach geschah alles in Rekordgeschwindigkeit. Manda kräuselte die Stirn, rümpfte die Nase und schüttelte den Kopf. Sie zog schlicht jede Nicht-sein-Ernst-Regung aus ihrem Repertoire, bevor auch sie sich neben uns niederließ.

»Ohne Spaß«, begann sie. »Wer denkt er eigentlich, wer er ist?«

Und da war sie endlich: die Wut, die ich wollte. »Keine Ahnung«, entgegnete ich energisch. »Ich hasse ihn einfach. Gott, ich hasse ihn so sehr. Ich hasse ihn und sein beschissenes Grübchenlächeln und sein beschissenes King-Size-Bett und sein beschissenes Talent, billige Pestonudeln besser als das Supermarktessen schmecken zu lassen, das es ist.«

Einen kurzen Moment lang war es still. Nun ja, hinter der Tür vibrierte es, die Musik dröhnte, jemand lachte euphorisch, ein anderer kreischte. Aber hier drin flimmerte die Glühbirne, während Tillie und Manda schwiegen.

»Ich hasse ihn auch, glaub mir.« Tillie räusperte sich. »Ehrlicherweise habe ich ihn schon von deinem ersten Screenshot an gehasst. Er benutzt den Zwinkersmiley nicht ironisch, was schon alles erklärt.« Sie wandte sich an mich. »Viel wichtiger ist jedoch: Wie er dich behandelt, sagt nichts über dich aus, sondern alles über ihn. Du bist ein emphatischer und wundervoller Mensch. Er hingegen ist ein feiges und unreflektiertes Arschloch. Was erwartet er denn? Er wollte ständig mit dir kochen, ins Kino gehen und Händchen halten. Sogar vor uns. Er hat das ganze Paarzeug mit dir abgezogen und war dann überrascht, als du dich logischerweise gefragt hast, was genau das zwischen euch ist? So ein Wichser. Du kannst froh sein, dass du ihn los bist.«

Ihre Worte wogen schwer. Wie Branddecken legten sie sich über meine Schultern, während mein Brustkorb sich zuschnürte.

»Ich weiß«, flüsterte ich. »Theoretisch zumindest, aber ...«

»Es tut trotzdem weh«, vollendete Manda.

»Ja.« Ich schloss die Augen. »Und ich bin wirklich enttäuscht. Und wütend. Und ein bisschen sauer auf mich selbst, weil ich mir so bescheuert vorkomme. Romeo hat mir nämlich das Gefühl gegeben, als würde ich ständig übertreiben, wofür ich mich nur noch mehr hasse. Weil alles, was ich fühle, valide sein sollte.«

»Weißt du, was ich denke?« Entschlossen schlitzte Manda die Lider. »Ich finde, du solltest wütend sein. Von mir aus, weil Gefühle dazu da sind, um gefühlt zu werden, blablabla. Aber vor allem, weil Vulkanausbrüche wichtig sind.«

Ich furchte die Stirn, spürte, dass auch Tillie nachhaken wollte, doch Manda fuhr schon fort.

»Ich hab da letztens einen Artikel gelesen. Es ist so: Menschen siedeln sich besonders gern in Vulkanregionen an, weil die Asche den Boden dort nährstoffreicher macht. Blumen werden bunter und Früchte schmecken besser. Auch gute Dinge können so aus Wut entstehen, versteht ihr?«

Mein Mund öffnete sich, doch Tillie kam mir zuvor, indem sie nach ihrem eigenen Handy griff, es entsperrte, darauf klickte und tippte. Als wäre ihr unvermittelt ein Licht aufgegangen.

»Es wird Zeit für eine neue Playlist«, verkündete sie und reichte mir das Smartphone. Eine Spotify-Playlist strahlte mir entgegen. Sie war leer, doch bereits benannt: *Thank you for the tragedy, I need it for my art* 🌋

»Hast du Kurt Cobain gerade ernsthaft für eine unserer Playlists benutzt?«

»Jepp.« Sie lächelte ihr bestes Lächeln. »Aber vergiss das Vulkan-Emoji nicht.«

»Du bist so verrückt«, sagte Manda ebenfalls grinsend.

»Los!« Aufgeregt nickte Tillie auf ihr Display. »Du musst den ersten Song auswählen. Für die Grundstimmung.«

Ich schluckte. Seit dem ersten Semester waren Playlists unser Ding. Wir erstellten sie füreinander, wenn es einer von uns nicht gut ging, wenn Tillies Lieblingsrezept W & W – Wein und Weinen – nicht mehr half. Für Manda kreierten wir oft welche vor ihren Abgaben, mit vielen Piano-Covern und instrumentalem Zeug. Für Tillie gab es alles. Für mich meistens Reibeisenstimmen mit tieftraurigen Lyrics. *Heulmusik*, wie mein Bruder sie liebevoll nannte.

Während ich tippte, kribbelte es unter meinen Fingerspitzen. Hektisch klickte ich den Song an, fügte ihn zur Playlist hinzu und reichte Tillie das Handy zurück.

»*Es geht mir gut?*«, fragte sie überrascht. »Von AnnenMay-Kantereit?«

»Für mich klingt es wütend.«

Keine Ahnung, wieso ich so gespenstisch leise klang und mein Blick instinktiv zum Spiegel flackerte. Ich erkannte drei zwanzigjährige Frauen auf einer fremden Badewannenkante, die noch immer als Mädchen bezeichnet wurden. Manda, schwarzhaarig und wunderschön. Tillie, blond und anziehend. Dazwischen ich. Mein Haar war eine Mischung aus Blond und Brünett, der Pony zerzaust, das Rouge verblasst. Ich war kleiner als meine Freundinnen, eins siebenundfünfzig groß und nie mehr als *niedlich*, selbst wenn ich mein Nasenpiercing und meine Sinclair-Docs trug.

sry lucy

Ich konnte beobachten, wie Tillie und Manda abwechselnd auf dem Handydisplay tippten. *Morgen Mittag befinden sich garantiert dreißig Songs in meiner Playlist*, dachte ich. Ich würde sie aufdrehen, mit der Gießkanne durch die Wohnung schlurfen, weinen und irgendwo dazwischen heilen.

Woher diese Gewissheit kam, wusste ich nicht. Vielleicht war es der Alkohol. Vielleicht der Blick auf meine Freundinnen, die mir stumm Sicherheit suggerierten. Trotzdem. Es würde wieder gut werden. Scheiß auf Rewe-Romeo. Scheiß auf das Gefühl, nie genug zu sein. Mal wieder. Scheiß auf einfach alles, was mich kleinhielt und verbrannte.

Als die Musik im Innern lauter wurde, wandte ich den Blick vom Spiegel ab. Ein Bassdrop jagte den nächsten in der Clubversion von *Midnight City*. Währenddessen reichten meine Freundinnen sich das Handy weiterhin hin und her.

»Danke, Leute«, flüsterte ich.

Manda sah auf. »Für was?«

Auch Tillie beäugte mich fragend dabei, wie ich mir die Lederimitatleggins glatt strich.

»Für das hier. Für alles einfach.« Ich lächelte. Dabei wurde es in meinem Körper ganz warm.

Ich würde okay werden. Ich hatte die besten Freundinnen der Welt und eine neue Playlist. Und eigentlich war alles besser als okay, denn alles war gut.

»Ey, was geht da drinnen eigentlich ab? Veranstaltet ihr eine Privatparty in der versifften Badewanne, oder was?«

Beim Klang der fremden Stimme zuckten wir unmerklich zusammen, obwohl Tillie gerade zu einer Antwort angesetzt hatte.

»Wir sollten hier raus«, erklärte ich.

»Bist du sicher?« Manda musterte mich besorgt. »Mir egal, was der Typ sagt. Es gibt ein Klo eine Etage weiter unten, der soll man nicht so tun. Wir …«

»Ja«, unterbrach ich. »Absolut sicher.«

Die Worte schmeckten nicht einmal falsch auf meiner Zunge. Außerdem klang ich so bestimmt, dass meine Freundinnen einlenken mussten. Also rappelten wir uns auf und stolperten kurz darauf aus dem Bad.

»Boah, endlich. Macht doch nächstes Mal am besten 'ne eigene WhatsApp-Gruppe für eure Kloparty auf, wie wär's?«

Der Typ beäugte uns herablassend, ehe er innehielt und die Nase rümpfte. Sein Blick wanderte von Tillie über Manda bis zu mir, als würde er uns kennen. Er glich spitzen, fiesen Nadelstichen auf meiner Haut. Ich hasste es, dass ein fremder Blick mich so berühren konnte. Da schnaubte er.

»Oder habt ihr Selfies für euren süßen Blog geschossen, hm?« Er gab uns nicht einmal die Chance, etwas zu erwidern. Augenrollend schob er sich an uns vorbei und schloss die Tür.

»Süß?!«, rief Tillie so laut und schrill, dass er es hören musste. »Mal ganz abgesehen davon, dass @thegirlnextdoor kein *süßer* Blog ist, was geht bitte bei ihm ab? Stellt euch vor, ihr seid auf der krassesten Party des Jahres und so mies gelaunt, dass ihr als verfluchter Wichser grundlos …«

Hastig zogen wir sie aus seiner Hörweite, obwohl der Fremde Tillies Schimpftirade verdient hatte.

Gott, ich hasste es, wenn so etwas passierte.

@thegirlnextdoor war nicht nur ein Blog, sondern unsere Marke. Seit zwei Jahren setzten Tillie, Manda und ich uns auf Instagram und neuerdings auch auf TikTok für feministische Werte ein. Wir drehten Reels und schnitten Storys, machten mit ästhetischen Grafiken auf Alltagssexismus aufmerksam und jeden Sonntag gab ich Leserinnen in meiner ganz eigenen Rubrik *Liebe Lucy* Ratschläge bezüglich ihrer Probleme. Es war ein feministischer Kummerkasten, dabei hatte ich genauso viel Kummer wie meine Leserinnen. Vielleicht war die Rubrik deshalb so beliebt.

Ich mochte einfach das Gefühl, etwas verändern zu können. Jemanden zu bewegen. Einem namenlosen Mädchen das Gefühl zu geben, ich würde sie hören, wenn sie kein anderer hörte.

Aber es gab auch andere Seiten. Und diese Begegnung war eine davon.

»Okidoki.« Im Flur pustete Manda sich eine Strähne aus der Stirn. »Was jetzt?«

»Tanzen«, antwortete Tillie. »Ich muss mich ablenken.«

Ich nickte. Wir mussten uns bewegen, den blöden Kommentar und Rewe-Romeo vergessen, weil …

Nässe.
Kälte.
Direkt links unter meiner Brust.

»Oh Gott!«, hörte ich eine bekannte Stimme rufen. »Sorry, Lucy.«

Blinzelnd blickte ich an mir herab. Auf meinem schwarzen Oberteil zeichnete sich ein dunkler Fleck ab, während der Stoff bereits anfing, an meiner Haut zu kleben.

»Mist, ich besorge dir sofort ein Zewa, ich …«

»Kein Ding«, erklärte ich lächelnd, bevor ich zu Mila aufsah.

Das platinblonde Haar trug sie offen in einem Wolf Cut, genauso wie ihre Jeansjacke über dem Top. Ihre Wangen waren übersät mit Sommersprossen, die Wimpern braun getuscht. In ihrem Glas schwappte der letzte Rest Cocktailflüssigkeit bedrohlich, während ihr Gesicht zerknirscht wirkte. Wir besuchten dieselben Seminare und sendeten uns sogar manchmal Memes. Außerdem hatte Mila den Verlauf meines restlichen Semesters in der Hand, aber heute war Freitag, deshalb wollte ich daran lieber nicht denken. Als sie erneut den Mund öffnete, wurde sie von ihren Freundinnen zur Seite gerufen.

»Ernsthaft«, sagte ich schnell. »Ich besorg mir selbst ein Zewa. Kein Problem.«

»Tut mir wirklich voll leid. Dafür hast du drei Chai-Latte bei mir gut«, entgegnete sie schuldbewusst, bevor sie in der Menge verschwand.

Mit gerunzelter Stirn sah Manda ihr nach. »War das gerade echt Curaçao in ihrem Glas?«

»Die eigentliche Frage ist, wieso du weißt, dass es Curaçao war«, erwiderte Tillie.

»Barkeeperin-Skills. Ich …«

Meine Freundinnen unterhielten sich weiter, doch ich hörte nicht mehr zu.

Da stand ein Typ im Küchentürrahmen.

Keine fünf Schritte von mir entfernt, riesig und athletisch, in einem schlichten Shirt und verwaschenen Jeans. Über ihm leuchteten aufgeklebte Sterne, ringsum blinkten bunte Lichterketten und beschienen seine Gesichtszüge perfekt. Um sein Handgelenk lag ein Wunscharmband. So eins, das man sich aus dem Urlaub in Peru, Mexico oder Bolivien mitnahm, dreimal zugeknotet. Wie Isa es damals für *ihn* getan hatte. Vielleicht war es das Armband, das mich nicht wegsehen ließ. Vielleicht war es aber auch die Tatsache, dass mein gesamter Körper zitterte.

Ich erkannte ihn nicht sofort, denn er wirkte anders und erwachsener, in meiner Vorstellung war er sogar einige Zentimeter gewachsen. In Wahrheit war es allerdings bloß so, dass ich regungslos in Samus WG-Flur stand, während es unter meiner Brust klebte. Und gerade dann, dann, als ich den Blick abwenden wollte, weil ich starrte und es selbst hasste, von Fremden so schamlos begafft zu werden – genau dann drehte er das Gesicht in meine Richtung.

Wenn ich abends in meinem Bett lag, träumte ich davon, Artikel zu schreiben, Redakteurin zu sein, an meinen Texten zu feilen, mein eigenes Magazin zu gründen und die Welt mit meinen Worten zu verändern. Dabei war ich eine heuchlerische Idiotin. Denn die deutsche Sprache umfasste mehr als dreihunderttausend Wörter und ich fand kein einziges, um diesen Augenblick zu beschreiben.

Mein Kopf war wie leer gefegt. Alle Worte, alles Denken – einfach weg, als sein Blick auf meinen traf.

Blasses Gesicht, nachtschwarze Korkenzieherlocken, an den Seiten viel kürzer als in der Mitte. Ich sah weg, dann wieder hin, aber der Typ war keine Einbildung. Er stand da, wie erstarrt, wie gefroren, wie ich.

Ich blinzelte.

Nein.

Auf meiner Zunge schmeckte es salzig.

Nein.

Meine Hände ballten Fäuste.

Nein.

Und dann klafften meine blauen Herznarben auf, die ich so mühsam vor Jahren mit blutroten Fingern zusammengeflickt hatte.

NEIN.

Ich wollte schreien, weinen, im Boden versinken, zu einer Pfütze verschwimmen, in meinen eigenen Wellen ertrinken. Alles, bloß nicht mit einem nassen Fleck auf dem Herzen hier stehen und blinzeln, als wäre er nicht echt.

Gregor.

Als wäre Gregor nicht echt.

Lucy

HAHAHAHA
Nachrichten, die ich nie lustig meine

Er konnte nicht echt sein.

Konnte er nicht, weil ich die nächsten Tage auf Instagram, Facebook und LinkedIn verbrachte. Ich durchforschte sogar Pinterest und Accounts auf TikTok. Meine Suchen blieben jedoch erfolglos. Gregor Beck, zumindest mein Gregor mit den schwarzen Korkenzieherlocken und der kalten Seele, existierte auf Social Media nicht. Nur eine einzige Sache fand ich heraus: Er studierte immer noch Kreatives Schreiben in Berlin. Das wusste ich, weil er auf dem hochschuleigenen Blog einige Interview-Beiträge veröffentlicht hatte. Garantiert hatte er die für einen interdisziplinären Fachbereich führen müssen. Schließlich hatte Gregor es nicht so mit der Wahrheit. Er stand nicht aufs Nachbohren und Beharren. Nein, er verbrachte seine Zeit lieber unter Wasser und in der Pseudotiefe seiner Texte.

Meine Hände zitterten, als ich das Handy zur Seite legte. Es war Montag, nicht einmal neun. Ich griff nach meinem To-go-Becher und verfluchte mich innerlich selbst. Mein Morgen besaß Routinen: aufstehen, Yoga, Meditation. Kein Handy und kein Social Media, nicht vor zwölf. Ich setzte Grenzen, bloß um sie selbst zu übertreten. Wegen Gregor.

Schon wieder.

Trotzdem. Heute würde mein Tag werden. *Musste* mein Tag werden.

Im Wohnungsflur warf ich mir die Jacke über, ehe ich einen letzten Blick in den Spiegel warf, auf dessen Rahmen ich eine Lichterkette, Polaroids und motivierende Zitate befestigt hatte. Links unten prangte das zuletzt hinzugefügte Bild – ein Selbstporträt der ehemaligen Fotografiestudentin Emma Visser. Ich würde dieses Semester ein Porträt für das Hochschuljubiläum über sie schreiben. Ich hatte ihr Foto aufgehängt, um meine Ziele stets im Blick zu haben. Gleich darüber erkannte ich Mama, die mir breit zulächelte.

Mit einem tiefen Atemzug riss ich meinen Blick von Mamas Anblick los und fokussierte mich auf mein eigenes Spiegelbild. Ich trug beige Stiefel, meinen schwarz karierten Rock und einen Rollkragenpullover mit übergroßen Ärmeln. Nudefarbene Lippen, den Ring im linken Nasenflügel, leichte Wellen in meinem Haar und darüber eine Beanie. Alles clean, minimalistisch und durchdacht mit einer Prise Überraschung. Als wir uns kennengelernt hatten, behauptete Manda, dass alles an mir nach mir schrie. *Du hast so einen krass durchgängigen Vibe*, hatte sie erklärt. Und vielleicht meinte sie damit die schlichte Einrichtung meiner Wohnung. Das helle Fischgrätparkett und den weißgrauen Perserteppich unter meinem Bett, das ich am liebsten mit Leinenbettwäsche von Etsy bezog. Die Gallery Wall über meiner Kommode zeigte ausschließlich schwarze Line Art, perfekt für Storys auf Instagram. So wie mein Bücherregal, voller feministischer Literatur, die nach Farben sortiert war. Meine Garderobe war klein, aber perfektioniert, bestand aus Lieblingsteilen über Lieblingsteilen. Ich war gut im Kürzen und

Streichen, in meinen Texten und in meinem Leben. Ich wohnte allein, denn ich mochte die Stille. Ich mochte es, mich frei bewegen zu können, auf meiner sandfarbenen Yogamatte in den Krieger zu gehen und nichts dabei umzustoßen. Ich setzte mich gern an meinen blank geräumten Schreibtisch, um in meinen Texten anzuecken. Mein Geschirr spülte ich am liebsten um zwei Uhr morgens, drehte dabei *nie ankommen* auf und sang laut mit.

Ich mochte mein Leben.

Was ich jedoch nicht mochte, waren diese Gedanken an Gregor. Ich lief an einem völlig normalen Montagmorgen die Treppen hinunter, betrat meine völlig normal aussehende Straße. Und dachte trotzdem an ihn. An die Möglichkeit, dass er es tatsächlich am Wochenende gewesen sein könnte. Aber dabei blieb es nicht, denn ich erinnerte mich auch an das Aufenthaltsstipendium. An alles, was geschehen war. An das, was sich die Leute über ihn zugeflüstert hatten: *Ausnahmetalent. Krass. Seltsam. Einzelgänger. Wieso ist der eigentlich ständig in diesem See, Alter?*

Ein Teil in mir verfluchte, dass ich die Chance am Freitag nicht ergriffen hatte. Ich hätte auf diesen Typen zumarschieren und dann erleichtert feststellen können, dass es sich nicht um Gregor Beck handelte. Allerdings war mir das in meiner Schockstarre nicht möglich gewesen. Ich hatte nur dagestanden und zugesehen, wie Leander aus dem Dramaturgie-Programm dem Typen auf die Schulter geklopft hatte und beide abgezischt waren.

Entschlossen drehte ich die Musik lauter, um den Edeka wie eine gewöhnliche Passantin hinter mir zu lassen. Denn das war ich. Rewe-Romeo. Die Hausparty. Mein Social-Media-Stalking. Das war alles ganz normaler Alltag einer zwanzigjährigen Studentin. Letzteres sagte ich mir, bis ich Tillie an der Haltestelle mit einer knallgelben Tupperdose entdeckte und ihr hochenergisches Winken mir deutlich machte, dass es nun mal kein normaler Tag war.

»Es sind meine Spezial-Blondies.« Sie sparte sich eine Begrüßung und öffnete die Dose, noch bevor ich überhaupt vor ihr stoppte. Dabei trug sie ihre liebste Jeans und einen grauen Hoodie, darüber eine übergroße Lederjacke. Ihre Augen wirkten klein und müde, aber ihr roter Lippenstift glänzte, während sie lächelte.

Blinzelnd betrachtete ich den Inhalt, der aus hellen Brownies mit Himbeeren und weißen Schokoladenstückchen bestand. Diese Sorte backte Tillie am liebsten. Laut ihr waren es die *besten Blondies ever.*

»Bevor du etwas sagst: Ja, sie bringen wirklich Glück. Ich kann dir sogar erklären, wieso.«

»Ach ja?«, hakte ich nach.

»Ja. Weil ich nämlich daran glaube, dass sie es tun. Und der Glaube, mein Herzblatt, ist die wahre Magie.«

»Lass mich raten.« Ich verkniff mir ein Grinsen. »Das hast du aus den Videos auf WitchTok?«

»Nein.« Sie reichte mir die Dose. »Das habe ich aus dem Manifestationsvideo, das ich täglich aufdrehe. Siebzehn Sekunden visualisieren. Wenn du einen Gedanken so lange festhalten kannst, muss er wahr werden.«

»Krass. Und was manifestieren wir momentan, *mein Herzblatt?*«

»Zwei Millionen Euro und ein Wohnzimmerkonzert von Lorde.« Sie zuckte lässig mit den Schultern. »Das Übliche.«

Ich wollte gerade antworten, als …

Scheiße.

»Äh, Lucy?«, fragte Tillie verwundert. »Wieso starrst du Leander Brenner so an, als würdest du etwas von ihm wollen?«

Links von uns teilten sich zwei Freundinnen eine Kippe. Eine Geschäftsfrau in hohen Stilettos nippte an ihrem Kaffeebecher. Von Weitem fuhr unsere Tram ein, ich allerdings konnte mich nur auf den blonden Typen am gegenüberliegenden Bahnsteig konzentrieren. Er trug Blue Jeans und Bomberjacke, wobei er den Blick auf das iPhone gerichtet hielt. Dabei rümpfte er die Nase, als würde er auf die Schnelle einen schlechten Romanauszug für die nächste Textwerkstattstunde lesen. Das war tatsächlich Leander Brenner. Der, mit dem die Gregor-Fata-Morgana abgezischt war.

Ich hätte weiter gestarrt, doch die Gleise quietschten und wir mussten diese Tram bekommen. Hastig wandte ich den Blick ab. Drinnen war es zu warm und stickig. Musik dröhnte so laut aus Kopfhörern, dass sich Aggro-Rap mit Giant Rooks vermischte. Und trotzdem. Trotzdem umklammerte ich die Metallstange zu fest und drehte mich noch einmal um. Leander starrte weiterhin auf sein Display, die Stirn gefurcht.

»Du hast nichts mehr mit ihm zu tun, oder?«

»Mit Brenner?«, fragte Tillie irritiert nach. »Wie man es nimmt. Wir haben es uns nach dieser Lesung in seinem Flur besorgt und tun jetzt so, als hätten wir es nicht, wenn wir zusammen in Zellers Seminar sitzen.«

»Wieso?«

»Kein Plan. Schätze, wir waren einfach sehr betrunken und dann hat er mich auf diese dominante Machoweise gegen die Wand gedrückt, die ich eigentlich nicht mehr heiß finden will, aber ja … Fast forward: Ich hatte einen Orgasmus, ohne dass wir uns überhaupt ausgezogen haben, und dieser

Idiot hat sich danach unheimlich wichtig gefühlt. Das war die Geschichte, in der ich mich rausgeschlichen habe und sein Mitbewohner mich dabei erwischt hat. Erinnerst du dich?«

»Wie könnte ich?«, fragte ich belustigt. »Du hast uns die Sprachnachricht noch im Treppenhaus aufgenommen. Aber du weißt, dass ich eigentlich herausfinden wollte, wieso ihr nicht mehr redet, oder?«

»Oh.« Sie blinzelte. »Na ja, es war schon etwas seltsam irgendwie und ...« Sie hielt inne. »Moment, warum interessierst du dich auf einmal so für Brenner?«

Die elektronische Stimme kündigte die nächste Haltestelle an. Sülzburgstraße. Ich presse die Tupperdose fester gegen meine Brust und wäge ab. Dabei hätte ich problemlos mit der Gregor-Sache herausrücken können. Ich hatte Manda und Tillie sogar bereits von Gregor Ausnahmetalent Beck erzählt. Nur seinen Namen hatte ich ihnen verschwiegen. *Mein Sommertyp* hatte ich immer gesagt, als wäre es mir zu riskant, Gregors Namen zu benutzen. Jetzt war allerdings auch nicht der richtige Zeitpunkt dafür.

»Auf der Turmstraßenparty hab ich kurz gedacht, Leander würde mit jemandem reden, den ich mal gekannt habe«, erklärte ich daher leise.

»Und woher kennst du diesen Jemand?«

»Schulzeit«, murmelte ich, als wäre es keine Lüge.

»Du meinst aber nicht diesen Typen mit den schwarzen Locken, oder?«

»Du hast ihn auch gesehen?«

»Klar.« Sie fuchtelte mit den Händen in der Luft. »Supergroß, super...« ... *heiß*. Sie wollte definitiv *heiß* sagen, hatte es sich allerdings zur Aufgabe gemacht, Fremde nicht mehr zu sexualisieren. »Superschön?«, sagte sie also stattdessen, doch ließ es wie eine Frage klingen. Tillie, die nie unsicher war. Das machte Gregor also selbst mit Personen wie ihr. Wenn er fertig war, blieben nur Fragezeichen übrig.

Ich nickte, zu mehr war ich nicht imstande.

»Wie heißt er?«

»Bin mir nicht sicher, ob er es wirklich war.«

»Und wenn er es war?«

»Gregor.«

Es rutschte mir einfach von der Zunge. Gregor, ein so harter Name mit jedem R und dem O.

»Gregor«, wiederholte Tillie langsam. »Strahlt schon ein bisschen Deutsch-in-der-Oberstufe-Kafka-Vibes aus. Welcher Roman war das noch mal? *Der Prozess?*«

»*Die Verwandlung.*«

»Schnell.« Sie verzog das Gesicht, bevor sie mir die Dose aus der Hand nahm und sie öffnete. »Du musst ein Stück essen, damit ich nicht mehr an meinen Deutsch-LK und du nicht mehr an Gregor denken musst. Denn ich spüre leider eine sehr schlechte Aura von ihm ausgehen und die kannst du vor deinem Gespräch nicht gebrauchen. Danach musst du mir wiederum alles über ihn erzählen. Und dieses *Müssen* ist leider ein Fakt.«

»Was? Nein, es ist wirklich nur eine Bekanntschaft, nichts Großes.«

Nur etwas sehr, sehr Kaltes.

Ein Lächeln schob sich auf meine Lippen, doch es zitterte. Also tat ich das, was Tillie verlangte, und kaute auf noch lauwarmen Blondies in der Tram herum. Bis wir am Eifelwall ausstiegen und sich unsere Türen direkt vor einer Werbetafel öffneten. Parship positionierte sich neu und machte mit dem Auberginen-Emoji auf unerwünschte Dick-Pics aufmerksam, als wollten sie nicht bloß die junge Generation abkassieren. *Klar, Leute, lasst uns gern neu kennenlernen neu erfinden.* Oktoberwind peitschte mir das Haar nach hinten und auf meiner Zunge brannten seine harten Silben nach.

Gre-gor, Gre-gor, Gre-gor.

Ich dachte an einen See und an ein Meer voller Gefühle, an verquollene Augen und *Die Verwandlung.* Daran, dass ich mich nach jenem Sommer erneut durch die Reclam-Ausgabe gekämpft hatte. Ich war auf der Spur nach einem Zitat oder einem Satz gewesen, nach irgendetwas, das mir eine Antwort hätte liefern können. Aber Gregor Samsa verwandelte sich bloß in einen Käfer und dazwischen hatte ich nur Sätze für mein Abitur unterstrichen. Die guten Kafka-Zitate, die, mit denen Pinterest-Wände übersät waren, fand man ausschließlich in seinen Briefen.

Nie in seinen fiktiven Geschichten.

Fünf Minuten später konnte ich das Campusgelände vor uns ausmachen. Es gab Gebäude für jeden Fachbereich, sechs insgesamt. Literatur, Kunst, Fotografie, Schauspiel, Musik, Medien und Journalismus waren zusammengelegt. Es handelte sich meistens um alte Häuser mit abblätternden Fassaden, wo das Parkett im Innern knarzte, ausschließlich die journalistische Fakultät war Neubau.

»Erzähl uns alles später beim @thegirlnextdoor-Treffen«, verabschiedete sich Tillie, während sie mich vor unserem Hauptgebäude umarmte. »Obwohl ich sowieso schon weiß, wie der Termin ausgeht, denn der Podcast gehört dir!«

Es war derselbe Moment, in dem ich beschloss, dass Gregor Beck nicht echt war. Nicht in der Gegenwart und nicht in meinem Leben. Einfach so.

Ich nickte meiner Freundin lächelnd zu.

»Wir können dir die Moderation von *Campuskitsch* leider nicht überlassen.« Milas Worte drangen an meine Ohren, noch bevor ich mich aus meiner Jacke schälen konnte.

Mit offenem Mund, geschlossener Jacke und der aufgesetzten Beanie hockte ich da. Sprachlos, doch innerlich am Hyperventilieren, während sie mich tiefbetrübt ansah.

Wie, sie können mir die Moderation nicht überlassen? Wie, sie haben es nicht ernst gemeint, als sie vor den Ferien indirekt versichert haben, der Podcast wäre meiner? Wie, ich bin anscheinend doch nicht die perfekte Kandidatin für diesen Job? Als Mitbegründerin von @thegirlnextdoor und Journalismusstudentin, in diesem Semester, in dem sich der Podcast auf Alumni-Interviews konzentrieren wird, weil unsere Hochschule im Frühling ihr fünfzigjähriges Jubiläum feiert?

»W…was?« Ich lachte. Das war nämlich meine Schwäche: In brenzligen Situationen musste ich immer kichern. In Chats tippte ich sogar nach riskanten Texten ein langes *hahahahahaha*, als könnte eine Abweisung mir so nicht wehtun.

Ich war so eine Idiotin.

»Mir ist klar, dass das überraschend kommt und …«

»Mila.« Ich lehnte mich vor, die Jacke knautschte und meine untere Lippe zitterte. »Du verarschst mich gerade, oder? Ich brauche diesen Podcast.«

»Denkst du, das weiß ich nicht? Ich meine, wir wollten dir die Moderation geben, aber dann …«

… dann hat Nova uns doch von sich überzeugt.

Sie sprach es nicht aus, so gnädig war sie. Instinktiv bohrten sich meine Nägel in den Rockstoff, während meine Kommilitonin weitersprach. Floskeln, Fetzen, alles verwandt mit *Es tut mir wirklich leid*.

Ich konnte nicht aufstehen.

Ich konnte nicht zum *good part* springen wie in meinem letzten Reel, weil es keinen guten Teil in dieser Situation gab. Das Absurdeste? Sie schob mir nun sogar einen der drei versprochenen Chai-Latte zu. Als Trostpreis. Milas Gesicht wirkte ehrlich betroffen, aber sie würden mir den Podcast trotzdem nicht geben. Dass es bei diesem Gedanken hinter meinen Augen brannte, hasste ich.

sry lucy

Nein. An Rewe-Romeo würde ich jetzt garantiert nicht auch noch denken.

»Wie wäre es, wenn du dich im nächsten Semester noch mal auf die Moderation bewirbst? Dann könntest du den Podcast immer noch in deinen Lebenslauf schreiben.«

»Ja«, entgegnete ich zögerlich. »Schon, aber …«

Aber ich melde nächstes Semester meine Bachelorarbeit an und wollte mich da bereits als Freelancerin versuchen, was mit Campuskitsch *im Ärmel kein Problem gewesen wäre.*

Es stimmte. *Campuskitsch*, unser hochschuleigener Podcast, war der Hit. Hauptthema war der Studentenalltag mit all seinen Facetten. Er beinhaltete Rants über BAföG, Überlebenstipps im Hochschulstress, Partys und Mental Health. Letztes Jahr war der Podcast mit Ceyda Can so richtig durchgestartet. Auf TikTok wurden Teile ihrer Monologe mit

Songs unterlegt und für Videos benutzt, wie die von *Gemischtes Hack*. Außerdem war er das Sprungbrett für Ceyda gewesen, denn *Campuskitsch* hatte sie nach ihrem Abschluss direkt zur Kolumnistin katapultiert.

Der Podcast war eine Chance, die ich auf meine eigene Weise erleben wollte. Schließlich hatte ich wirklich Pläne. Von einem eigenen Magazin, in dem ich @thegirlnextdoor auf eine neue Ebene heben wollte. Ich wollte Schlagzeilen machen, die sich von den üblichen unterschieden. Headlines wie *5 Pfund in 5 Tagen* oder *19 Schlank-Tipps* wollte ich verbannen. Stattdessen wollte ich über echte Themen schreiben. Über Probleme und Gedanken, die Frauen tatsächlich beschäftigten, und nicht die nächste Diätlüge anpreisen. Selbst wenn die meisten mich dafür als größenwahnsinnig betitelten. Doch es war mir egal.

Nur, dass gerade nichts egal war.

Bebend atmete ich durch. Milas Finger waren fest ineinander verhakt wie in den Momenten, unmittelbar bevor ihr Text in Seminaren kritisiert wurde. Ich wusste, dass diese Situation sie nervös machte. Schließlich saßen wir in Vorlesungen meistens nebeneinander und machten uns anschließend in Sprachnachrichten über die sexistischen Kommentare von Kai lustig.

Sie konnte nichts dafür.

Schluckend richtete ich mich auf. Wir befanden uns im Büro von *Campuskitsch*. Es gab zwei Schreibtische, einer davon war ihrer, tapeziert mit Office-Accessoires, schimmernd in Roségold. Links von uns stand das Fenster auf Kipp. Der Himmel war so grau, wie er es für die nächsten Monate bleiben würde. Langsam faltete ich die Hände in meinem Schoß.

»Ja«, log ich leise. »Das klingt nach einer guten Idee mit nächstem Semester.«

»Wirklich?«, fragte Mila erleichtert.

»Klar.«

Ich lächelte, den Chai ließ ich unberührt stehen. Mein Herz war ganz leer.

Lucy

VERTIGO

1. Fachsprache: Schwindel
2 die Bedeutung in *Vertigo* von Edwin Rosen:
die fatale Folge des Verliebtseins

Mein Herz blieb leer.

Es fühlte sich an wie ein verlassenes Haus mit offen stehenden Fenstern, während ich zwanzig Minuten später den Campus überquerte. Alles polterte und knarzte, jedes Luftholen war eine Explosion.

sry lucy

Wie sehr ich es hasste. Es war Montagmorgen, ich hatte die Chance meines Lebens verpasst und einen Ohrwurm von einer beschissenen Nachricht.

Großartig.

Ich passierte das Mensagebäude, da hielt ich es nicht mehr aus. Mit zitternden Fingern zog ich mein Handy hervor und öffnete Instagram, obwohl es erst kurz nach elf war. Ich übersprang die zig Benachrichtigungen auf @thegirlnextdoor, wechselte zu meinem privaten Account und wusste, ich sollte es lassen. Doch Milas Worte gingen mir nicht mehr aus dem Kopf.

Wir wollten dir die Moderation geben, aber dann …

Meine Finger tippten @novabianchi2001, als hätten sie ein

Eigenleben. Schon war ich auf Novas artsy Profil mit ihrer artsy Bio und ihren artsy Vibes. Wir folgten uns, also konnte ich ihre Story bedenkenlos anklicken. Als ich dann sah, was ich sah, wusste ich gar nicht, wieso ich so überrascht gewesen war. Nova hatte ein Foto vom Ausblick der Bib geteilt, unterlegt mit einem warmbraunen Filter und den Worten *got soo great news today, you guys* 🌙

Natürlich. Natürlich hatte Nova das.

Ich spürte den verräterischen Knoten in meinem Magen, wie meine Kehle sich zuschnürte und alles in mir enger wurde. Genau da kroch er aus mir heraus, mein hässlichster Gedanke.

Wieso Nova, wieso nicht ich?

Ihr Gewinn war nicht mein Verlust.

Dass Frauen ständig gedankliche Konkurrenzkämpfe ausfochten, war die Konsequenz des Patriarchats. Theoretisch wusste ich das, praktisch lebte ich sogar danach, aber …

Ja, *aber*.

Was, wenn sie schlicht besser war als ich? Geeigneter, aufregender, besonderer? Nova war ein Superlativ, die Steigerung von interessant und edgy mit ihrem mysteriösen Instagram-Account.

Ich war das nicht.

Ich war cute, nett, gut, Lucy.

Am liebsten wäre ich die Berrenrather Straße in Richtung meiner Wohnung entlangmarschiert. Doch ich konnte nicht. Schließlich hatte ich einen Termin mit Jonathan. Er war Fotografiestudent und wir waren beide Teil des Projektseminars, das das Frühlingsfest organisierte. Im April würde die Akademie der Künste ihr fünfzigjähriges Jubiläum feiern und wir machten ein ganzes Event daraus. Zwei Tage, volles

Programm. Ehemalige wurden eingeladen und die Presse berichtete. Ich hatte sogar das begehrteste Alumni-Porträt ergattert. Doch als ich die Tür zum Hauptgebäude aufstieß, war ich in Gedanken immer noch bei *Campuskitsch*. Selbst als die Fotografiestudenten mich abschätzig musterten.

Mist.

Ich hatte vergessen, wie es war, in ihr ästhetisches Gebiet einzudringen, das riesige Fenster, hohe Decken, viel Stuck und Wendeltreppen beinhaltete. Zweifelsfrei hätte ihr Gebäude das Hauptquartier eines Dark-Academia-Clans sein können. Und sie passten perfekt hinein mit ihren langen Mänteln und schlanken Gliedern. Sie lebten in ihrer eigenen Schwarz-Weiß-Fotografie, alles deep und künstlerisch, als wäre die bunte Welt etwas für Loser. Der Typ links von mir las Rachel Cusk, während ein Mädchen weiter vorn meine Stiefel begutachtete. Vielleicht bildete ich mir ein, dass sie die Nase – genau wie der Typ am Wochenende – rümpfte, doch ich wusste trotzdem: Sie fand alles an mir lächerlich. Meine Beanie, meine Stiefel, meine fehlende Künstlerinnenaura und das, was ich auf meinem Instagram-Account teilte, weil es immer nur *süß* war.

»Lucy!«

Mit klopfendem Herzen wandte ich mich nach links. Hastig eilte Jonathan die Treppen hinunter. Der Riemen seiner Ledertasche hing ihm schief über der Schulter. In der Hand trug er ein Buch, als wäre er ein vielschichtiger Charakter von Donna Tartt. Seinen tannengrünen Rollkragenpullover hatte er in die dunkle Stoffhose gesteckt, die Schnalle seines schmalen Gürtels glänzte silbern dazwischen. Rotblonde Strähnen fielen ihm verwuschelt in die Stirn, während er sich die Brille zurechtschob. Jonathan war riesig, mindestens eins neunzig und eher schlank als muskulös. Ich beobachtete die Art, wie er sich bewegte, den Rücken etwas gebeugt, als befürchtete er, zu viel Platz einzunehmen. Dabei führte er einen Instagram-Account voller gut geklickter Fotografieprojekte und war dafür auf dem Campus hochbekannt. Letztes Jahr hatte ich ein Philosophieseminar mit ihm belegt, deshalb wusste ich, dass er sich die Hände nervös an der Hose reiben musste, um etwas beizutragen. Doch wenn er sich traute, sagte er die klügsten Dinge, zitierte Nietzsche und hatte immer eine Meinung. Jemand, der auffiel, *weil* er für etwas stand, bebende Stimme hin oder her.

»Gut, dass du schon da bist.« Atemlos blieb er vor mir stehen. »Tut mir so leid, aber heute ist hier die Hölle los. Ich muss gleich weiter in die Besprechung für die Ausstellung in der Berliner Straße. Keine Ahnung, wer auf die glorreiche Idee gekommen ist, zwei Wochen nach Semesterbeginn eine Ausstellung zu organisieren, aber gut. Ich weiß, ich wollte dir eigentlich die neuen Filme von Emma Visser zeigen, aber ich schaffe es gerade nicht. Wäre es okay für dich, wenn ich dir den Schlüssel für den Vorraum gebe und du selbst einen Blick darauf wirfst? Sie hängen noch.«

»Natürlich«, antwortete ich schnell. »Absolut kein Problem.«

»Ey, danke, du bist die Beste.« Erleichtert pfriemelte Jonathan einen riesigen Schlüsselbund aus seiner Tasche und reichte ihn mir. »Ich hab vorhin noch den Plan für die Dunkelkammer gecheckt, eigentlich sollte niemand etwas aufhängen müssen. Du bist also allein. Ach, und wenn du fertig bist, kannst du den Schlüssel beim Technikverleih abgeben, da hole ich ihn später ab.« Er winkte mir zum Abschied zu, bevor sein Rücken hastig in Richtung Ausgang verschwand.

Auf dem Weg ins zweite Stockwerk vibrierte mein Handy.

Manda @thegirlnextdoor 🐸
@Lucy, wie war dein Gespräch???

Ich @thegirlnextdoor 🐸
...

Manda @thegirlnextdoor 🐸
Ich habe gehört, dass es Karmaminuspunkte dafür gibt, seine Freundinnen unnötigerweise auf die Folter zu spannen 🐸

Tillie (DIE ERFINDERIN DER WELTBESTEN BLONDIES) @thegirlnextdoor 🐸
Klar hat Lucy den Job

Tillie (DIE ERFINDERIN DER WELTBESTEN BLONDIES) @thegirlnextdoor 🐸
Sie hat doch meine magischen Blondies gegessen und wird uns gleich beim TGN-Treffen alles erzählen

Manda @thegirlnextdoor 🐸
Liebste Lucy, bitte unterbrich dein Schweigen, damit wir Tillie erklären können, dass du die Moderation bekommen hast und ihr ✨ Hokuspokus ✨ nichts damit zu tun hatte lol

> **Tillie (DIE ERFINDERIN DER WELTBESTEN BLONDIES) @thegirlnextdoor** 🐇
> Wieso so herzlos heute, Manda, mein Herzblatt? 🥺

> **Ich @thegirlnextdoor** 🐇
> Nova hat die Moderation

> **Manda @thegirlnextdoor** 🐇
> WIE?

> **Tillie (DIE ERFINDERIN DER WELTBESTEN BLONDIES) @thegirlnextdoor** 🐇
> WAS?

Tillie tippte weiter, doch ich steckte das Handy weg. Schließlich hatte ich wichtige Dinge zu erledigen. Emma Vissers Abzüge begutachten. Verdrängen, dass ich den Podcastjob los war, bevor ich überhaupt damit begonnen hatte, und mich auf das konzentrieren, was tatsächlich vor mir lag. Ich würde ein wichtiges, wenn nicht *sogar* das wichtigste Alumni-Porträt schreiben. Immerhin war Emma hochtalentiert gewesen, hatte eine Schwäche für einzigartige Blickwinkel und dramatische Schattenspiele gehabt. Traurigerweise war sie mit fünfundzwanzig gestorben. Für mein Porträt würde ich mich in den Archiven durch ihre Werke und Serien suchen, Gespräche mit ehemaligen Kommilitonen führen und in ihrer Vergangenheit stöbern. Ich würde das Ganze zu meinem Projekt machen, wenn es *Campuskitsch* schon nicht werden könnte. Vielleicht bekäme ich für den Artikel sogar eine Landingpage, wenn er richtig gut werden würde. Das hatte Carmen vom Komitee mir verraten.

Also. Emma Visser. Ihre bisher unbekannte Fotostrecke. Notizen machen. Weiterleben. Ich hatte noch immer Ziele und ich würde alles für sie tun. Ja, ja, ja.

Ich steckte den Schlüssel in das Schloss für den Vorraum und zog die Tür auf. Im Hintergrund hörte ich ein Lachen und das Vibrieren meines Handys. Garantiert lieferten Tillie und Manda sich ein wütendes Emoji-Donnerwetter erster Klasse für mich. Meine Füße traten über die Schwelle, da erkannte ich ihn.

Sofort. Sofort sah ich ihn, wie konnte ich auch nicht?

Mitten im Raum stand er da, umgeben von trocknenden Filmen. Sein Mund formte kein perfekt erschrockenes O. Stattdessen presste er die vollen Lippen in Rekordgeschwindigkeit zusammen. Ganz so, als wäre er angepisst, beim Herumwühlen erwischt worden zu sein.

Du träumst, Wagner. Du träumst, du träumst, du träumst.

Hektisch ließ ich den Blick über die frisch entwickelten Filme wandern, weil die Stimme recht haben musste. Der Schauplatz war ein Jahrmarkt und ein Abzug stach besonders hervor. Er zeigte einen unscharfen Mann, der den Kopf lachend nach hinten warf. Das Bild war schief aufgenommen und drehte sich in sich selbst. Vielleicht hatte die Fotografin ebenfalls gelacht, als sie den Auslöser betätigt hatte. Wenn ich es weiter ansah, würde mir übel werden. So echt war es. Wie gut, dass er sich im selben Moment räusperte.

Ich sah auf. Und da. Da war er.

Er.

Das war keine Einbildung. Keine toxische Tagträumerei.

Instinktiv ballten meine Hände Fäuste. »Was. Zum. Teufel.

Machst. Du. Hier. Gre-gor?« Die letzten beiden Silben spuckte ich aus, weil sie bitter und kalt schmeckten.

Gott, ich konnte es nicht glauben. Der Typ vom Wochenende war kein Double gewesen. Vor mir stand er wirklich. *Gregor*, mit seinen Locken und seinem Scheißlippenzusammenpressen. Seine Sneakers waren verblasst, die Jeans darüber schlicht, der Pullover ausgewaschen und an den Ärmeln ausgefranst. Innerlich schnaubte ich. Alles schrie nach *Mein Aussehen ist mir so was von egal*, aber damit kam er durch, weil er groß war, tatsächlich gut aussah und diese Unbekümmertheit ihn nur lässiger erscheinen ließ. *Ich flexe lieber mit meiner Selbstgleichgültigkeit und subtilen Tiefgründigkeit. Scheiß auf Markenkleidung und den Kapitalismus. Meine Anti-alles-Haltung ist viel besser.*

»Was ist?«, fragte ich hasserfüllt. »Zerfallen dir die Worte da etwa im Mund, oder wie?«

Ich wusste, dass ich einen Fehler begangen hatte, weil seine Nasenflügel sich zeitlupenartig aufblähten.

Ich hätte das nicht sagen dürfen.

Scheiße, was willst du von mir hören? Bei dir zerfallen mir die Worte literally einfach im Mund, Lucy.

Es war sein Satz gewesen. Er hatte ihn mir in diesem anderen Leben zugeflüstert.

Hastig senkte ich den Blick und blieb an seinen Händen hängen. Sie waren groß und blass. Lilablaue Adern schimmerten kontrastartig durch seine Haut hindurch. So wie damals, als ich fälschlicherweise annahm, Gregor wäre genau das für mich: durchschaubar.

Sein grausamster Trick.

Und dann wurde es noch grausamer.

Denn er atmete hörbar durch und brachte mich damit

dazu, wieder aufzublicken. Unsere Blicke trafen sich. Und etwas in mir schrumpfte. Normalerweise machte das die Unbehaglichkeit, die es zu diesen Ich-bin-ein-heißer-Typ-und-schaue-dich-direkt-an-Blicken kostenlos dazugab. Weil ich mich neben dieser Art von Typen ausnahmslos zu klein, zu leise, zu laut, zu dick, zu dünn, ganz einfach immer zu zu und niemals gut genug fühlte.

Bei Gregor wäre es auch so gewesen, nur war mit ihm alles anders. Ich schrumpfte, weil es in mir einmal einen Teil gegeben hatte, der aus ihm und mir bestanden hatte.

Wie unerlaubt dumm, einem anderen Menschen ein Zuhause in sich selbst zu überlassen.

Dann durchschnitt seine Stimme die Stille.

»Sorry, Lucy.«

Ich erstarrte. *Sorry, Lucy.* Das hatte er wirklich gesagt. Einfach so, bevor er den ersten Schritt in meine Richtung trat, ich die Luft anhielt und … und er aus der Tür huschte, ohne mich eine einzige Sekunde lang zu streifen.

Blut pumpte heftig durch meinen Körper, während meine Hände Fäuste ballten. Ich hätte ja behauptet, ich wäre erneut von ihm versucht, weil sein Parfum mir nun in der Nase hing oder sein *Sorry* in mir nachechote. Doch Gregor sprach sehr leise und trug nur neutrale Gerüche, weil er nicht so gern Spuren hinterließ.

Hinterlassen hatte.

DIE GUTEN ALTEN ZEITEN
nichts, das Gregor und mich beschreibt

»Beck«, wiederholte Tillie. »Das ist sein Nachname, oder?«
»Lucy?« Manda. Das war jetzt Mandas Stimme.
Ich musste blinzeln, um meine Umgebung wahrzunehmen. Ich starrte rostroten Laubblättern und kahler werdenden Ästen entgegen, darüber prangte der deutschgraue Himmel. Zu dritt hockten wir auf einer Bank vor dem Literaturgebäude. Wind peitschte uns die Haare nach hinten, doch mein Gesicht fühlte sich taub an. Mein ganzer Körper fühlte sich taub an.

Sorry, Lucy.

Da hatte ich mein *Sorry* also in ganzer Länge. Meine Augen brannten. Die Begegnung mit Gregor war keine Stunde her und ein Teil in mir fragte sich weiterhin, ob es bloß ein Traum gewesen war. Aber Manda berührte mich an der Schulter und die Berührung war so real. So echt wie das Zittern, der Magenknoten und meine verdrängten Tränen.

Das mit dem Verdrängen wollten wir doch lassen.

Schade nur, dass ich darin Weltmeisterin war.
»Ähm«, flüsterte ich. »Worüber habt ihr gesprochen?«
»Über diesen Typen vom Wochenende.« Tillie furchte die

Stirn. »Gregor. Gregor Beck. Die Vibes, die du ausgestrahlt hast, waren wirklich besorgniserregend.«

Ah, richtig. Tillie hatte gerade von Gregor gesprochen. *Deshalb* war ich gedanklich abgedriftet. Und das, obwohl wir nur meinetwegen hier hockten. Eigentlich hatte Manda einen Raum in der Bib gebucht. Eine Stunde lang hätten wir zu @thegirlnextdoor brainstormen wollen. Das machten wir einmal wöchentlich, um Inhalte und Formate zu diskutieren. Manchmal trafen wir uns bei Manda, Tillie oder mir, manchmal hier oder in einem Café. Manchmal hielten wir uns gewissenhaft an unsere To-dos, manchmal regten wir uns vier Stunden lang über denselben kontroversen Kommentar auf. Wir hatten @thegirlnextdoor gemeinsam gegründet, jede von uns mit ihrem eigenen Bereich. Wenn neue Leute auf uns stießen, belächelten sie unsere Story. Drei Mädchen, die von demselben Typen mit derselben Ausrede abserviert worden waren. Doch es war nicht erfunden. Tillie, Manda und ich hatten denselben Typen gedatet – natürlich nicht gleichzeitig, doch unser Schmerz war ähnlich stark gewesen.

Tillie hatte mich damals auf der Ersti-Kneipentour zur Seite gezogen, weil sie mich im Frühling bereits auf Wills Profil entdeckt hatte – das erzählte sie mir später. Wir hatten uns von Anfang an miteinander verbunden gefühlt, weil wir a) dieselbe ausgeprägte Abneigung gegenüber dem obligatorischen Kölsch hegten und b) bei der noch obligatorischeren Kennenlernrunde herausgefunden hatten, dass ich aus Dortmund und sie aus Herdecke kam. Letzteres machte uns zu Fast-Nachbarinnen und somit zu Verbündeten. Trotzdem stockte mir der Atem, als sie mich fragte: »Du, äh, ich hoffe, das kommt jetzt nicht seltsam rüber, aber kann es sein, dass du mit einem William Köller zusammen warst?« Und obwohl wir uns seit gerade einmal zwei Kneipen kannten, reichte mein unsicheres »Äh ja, wieso?« für Tillie aus, um mir ihre eigene Geschichte zu erzählen. »Am Anfang war er perfekt gewesen, aber dann … na ja, dann hat er sich in den allergrößten Arsch verwandelt. Ganz plötzlich. Und weißt du, mit welchem Spruch er mich abserviert hat? Ich sei leider zu nett und zu gut für ihn, bloß das«, sie zeichnete Anführungszeichen in die Luft, »*nette Mädchen von nebenan*. Und weißt du, was der noch größere Knüller ist? Seiner Exfreundin Amanda Breuninger hat er exakt denselben Grund genannt. Unglaublich, oder?« Als Antwort auf meinen fragenden Blick fuhr sie fort. »Wir sind an dasselbe Gymnasium in Herdecke gegangen«, erklärte sie. »Ist eigentlich 'ne ziemlich lustige Geschichte. Wir hatten nie wirklich etwas miteinander zu tun, ich bin zuerst mit Will ausgegangen und ein paar Monate später sie. Nach ihrer Trennung sind wir auf der Stufenfahrt ins Gespräch gekommen und da stellte sich heraus, dass wir Will gleich viel hassen.« Sie zuckte mit den Schultern, bevor sich ihre Miene erhellte. »Du musst sie übrigens kennenlernen, sie studiert auch an unserem Campus. Außerdem ist sie super. Supernett und supergut, aber trotzdem nicht das verfluchte Mädchen von nebenan.«

So hatte unsere Geschichte begonnen. Und sie ging weiter, als Tillie uns noch am selben Abend einander vorstellte und aus Spaß vorschlug, dass wir die gesamte Welt vor Will warnen sollten – die Grundidee zu @thegirlnextdoor war geboren. Zwei Jahre später liebten unsere Followerinnen Mandas digitale Illustrationen in ihrem einzigartigen Karikaturstil, mit denen sie auf unsere Herzensthemen aufmerksam machte. Feminismus, Alltagssexismus und mentale Gesundheit. Tillie hatte – ebenso wie ich – verschiedene Videoformate.

Tillies bestlaufende Videos waren immer feministisch. Ich hatte sogar einen Post dafür gespeichert, den ich ihr heute hatte zeigen wollen. Doch nachdem meine Freundinnen mich vor dem Fotografiegebäude abgefangen hatten, waren wir erst gar nicht in Richtung Bib gestolpert.

»Frische Luft hilft bei allem und besonders bei einer nicht abgesahnten Podcastmoderation«, hatte Tillie gesagt, weil mein jämmerlicher Zustand derart offensichtlich war.

Und jetzt redete sie allen Ernstes von Gregor.

»Also habe ich alles wie eine Erwachsene beiseitegeschoben und Brenner vorhin angesprochen. Der hat mir dann verraten, dass der Schwarze-Locken-Typ wirklich Gregor heißt. Er hat in Berlin seinen Bachelor in Kreativem Schreiben gemacht und wollte für den Master nach Köln. Er soll unnormal krass sein. Keine Ahnung, ob es wahr ist, aber Leander hat gemeint, dass …«

»Dass *was*?«, hakte Manda sofort nach, als Tillie verstummte.

Diese blies die Wangen auf. »Er soll angeblich derjenige sein, der die Moderation von *Campuskitsch* bekommen hat.«

»BITTE?«

Ich klang so fassungslos, wie ich mich fühlte. Sogar die drei Typen, die in diesem Moment an uns vorbeischlurften, drehten sich zu uns um. Doch es war mir egal. Mein Ausbruch war gut, super und supergut, weil laut sein viel besser war als leise sein. Selbst wenn ich verrückt und befremdlich und zu emotional wirkte. *Emotional.* Als wäre es ein Schimpfwort. Empathie war das, was uns zu Menschen machte, aber okay, tut nur alle weiter so, als wärt ihr unzerstörbare Felsen, die Becks, Korn und Jägermeister wie Wasser kippten. Aber nein, ich musste mich zusammenreißen. Mein derzeitiger Hass galt nicht Männern im Allgemeinen. Gregor. Gregor hasste ich.

»Wieso zum Teufel sollte er die wollen?« Meine Finger ballten wieder Fäuste. »Er mag journalistisches Arbeiten nicht mal.«

Manda runzelte die Stirn. »Woher weißt du das?«

Ich hielt inne. Klar, hätte ich mich rausreden können, aber wieso hätte ich das gewollt? Meine Freundinnen waren meine Freundinnen und Gregor war wirklich Gregor. Sein Name war in mein Herz geätzt wie Gift. Ich brauchte ein Gegenmittel.

»Wisst ihr noch, als ich euch von meinem Sommertyp erzählt habe?«, begann ich leise.

Meine Freundinnen nickten.

»Das war Gregor.«

Gregor ging mir nicht aus dem Kopf, obwohl ich ihn dort nicht haben wollte. Den ganzen verdammten Tag lang. Um sechs schloss ich meine Wohnungstür auf und wünschte mir, ich wäre ein Zen-Ich, das Gedanken einfach ziehen lassen könnte. Das entsprach allerdings nicht der Wahrheit. In der Realität fühlten meine Augen sich bloß bleischwer und verquollen an, obwohl ich nicht geweint hatte. Vorbildlich hatte ich während des Gesprächs mit meinen Freundinnen standgehalten. Ich hatte nichts romantisiert, mein damaliges Ich mit meinem jetzigen Blick gesehen und Dinge gesagt wie: *Ich war so verliebt und geblendet. Natürlich gab es Red Flags, doch mein Herzschlag litt unter chronischer Gregor-Dauerbelastung und*

ich hatte sie übersehen. Aber keine Sorge: Jetzt bin ich eine gewissenhafte Journalistin und mir entgeht nichts.

Tillie wollte Gregor zur Rede stellen und ihn dann mit ihrem Killerblick umbringen. Manda hatte geschworen, ihm später die gemeinste Rezension auf Amazon zu schreiben, obwohl sie strikt gegen die ständige Ver- und Beurteilung im Internet war.

Er hat es verdient.

Natürlich hatte er das.

Ich war zwanzig und würde mir die Situation nicht verdrehen lassen. So wie sonst, wenn ich mich selbst hinterfragte und mir einredete, ich sei zu empfindlich. Für heute Abend hatte ich sogar einen Plan, der diese Zweifel in keinem Punkt beinhaltete. Ich würde mir Gemüse anbraten, Ballaststoffe und Vitamine sammeln, bevor ich bei einem langen Yoga-Video entspannte.

Allerdings streifte ich mir gerade die Stiefel von den Füßen, als mein Handy vibrierte.

> **Nova (Hochschule)**
> Hey Lucy, ich wollte dir persönlich zur Moderation gratulieren 🎉🍾 Mila hat voll ihre Geheimniskrämereitour gefahren haha. Mir hat sie abgesagt und nicht verraten, wer das neue Gesicht von *Campuskitsch* ist, aber ich weiß, dass du es sein musst! Du hast es wirklich verdient. Ich freue mich schon auf deine großartigen Folgen!! You go, girl 😊

Ich bin so ein Arschloch. Es war der erste Gedanke, der mir durch den Kopf schoss. Ich hatte Nova selbstmitleidig gestalkt, während sie mir gratulierte, nett war und korrekt.

Meine Finger verharrten zitternd über der Tastatur, bevor ich schließlich zu tippen begann.

> Hi Nova, wie lieb, ich danke dir für die Nachricht!! Leider habe ich den Podcast auch nicht bekommen ☹

> Hä? Ich hätte *Campuskitsch* wirklich gerne moderiert, aber mir war klar, dass du die Richtige dafür bist. Du machst doch sogar im Projektseminar für das Jubiläum mit, oder?

Blinzelnd blickte ich der Nachricht entgegen, zwei, drei Sekunden lang. Dann verließ ich den Chat, um den mit Tillie zu öffnen.

> Kannst du Leander fragen, ob er mir Gregors Nummer geben kann?

Ich wusste nicht, was genau mich zu dieser Nachricht verleitet hatte. Vielleicht war es Novas *Aber mir war eigentlich klar, dass du die Richtige dafür bist.* Vielleicht war es aber auch einfach das Nachbeben dieser zwei ganz bestimmten Worte von Gregor. *Sorry, Lucy.* Womöglich war es meine Vulkanwut, aber ich schickte die Nachricht ab.

Keine Minute später schlurfte ich in die Küche, wo ich unsere neuste Playlist auf Shuffle stellte. Anschließend verharrte ich regungslos vor dem Kühlschrank. Ich scannte seinen Inhalt ab, blieb unwillkürlich an der veganen Butter hängen und erinnerte mich daran, dass Mama bloß fettreduzierte kaufte. Es war wie eine seltsame Art von Kettenreaktion. Ich sah Essen und dachte an Mama. Nina Wagner war die *coole* Mom. Sie hatte mir das Nasenpiercing mit sechzehn erlaubt, wusste, was Ugly Sneaker waren, und lieh sich von mir *Frauen schulden dir gar nichts* von Florence Given. Sie benutzte Pinterest als Inspiration und kommentierte jeden unserer Posts auf @thegirlnextdoor mit passenden Emojis. Mama war unser größter Fan, meine Beraterin, wenn ich mal bei einer *Liebe-Lucy*-Frage nicht weiterwusste. Auf ihrem eigenen Instagram-Account repostete sie jeden unserer Beiträge und ich liebte es. Ich liebte sie. Mama arbeitete als Kosmetikerin in einem Starsalon und schnitt mir monatlich den Pony. Anschließend gingen wir in die Stadt und dann essen. Mama bestellte stets die fancy Salate, hielt sich vom Brotkorb fern und nippte an Light-Getränken, als wäre es ein ungeschriebenes Gesetz. Sie entschied nie nach Geschmack, immer nur nach Kalorien. Und jedes Mal zog es dabei in meinem Herzen.

Weil meine Schläfen pochten und ich nicht wusste, was ich sonst tun sollte, lief ich zu meinem Handy, öffnete Notes und ließ den Tag auf meine Weise Revue passieren. Keine Ahnung, ob das wirklich die beste Lösung war, denn ich dachte automatisch an Mila. Die verpatzte Chance auf den Podcast. Und an Gregor.

Natürlich an Gregor.

Mit einem Kloß im Hals begann ich zu tippen.

Liebe Lucy

Liebe Lucy, habe ich heute nur geträumt? Wenn ja, habe ich Gregor nur geträumt? Und wenn wiederum ja: Was passiert, wenn ich nicht meinen Träumen, sondern Albträumen hinterherjage?

Dass ich mir selbst Fragen stellte, war eine altbekannte Gewohnheit. Manche Menschen schrieben ihre Ängste auf, um sich sagen zu können: *Liebes Universum, ich übergebe dir hiermit meine Ängste.* Ich tat dasselbe mit den Fragen, auf die ich keine Antwort wusste. Als könnte ich dadurch eine bekommen. Und das schon seit zu vielen Jahren.

Gerade wollte ich mich zu tiefen Atemzügen ermahnen, da vibrierte mein Handy erneut. Tillie hatte geantwortet.

> Wieso zum Teufel willst du Gregors Nummer??

> Es ist wegen dem Podcast

> Hab Brenner schon gefragt, aber vorher muss ich leider erwähnen, dass ich das für eine äußerst unkluge Entscheidung halte 😉

> Ich auch, aber Verdrängen ist angeblich noch unklüger

> Da hast du mich wohl geschlagen, so here you go 😊 Aber ich warne dich: Dafür will ich stündliche Infos, Screenshots oder Sprachnachrichten zum Thema haben 😊

Gregor Beck
Nachricht   Sichern

Hektisch gab ich eine Antwort ein. Dann öffnete ich Gregors Kontakt, ohne ihn einzuspeichern. Und hielt inne. Zögerlich begegnete ich meinem Spiegelbild in der Fensterscheibe. Ich trug immer noch den Rock und den Pullover. Mein Haar und Make-up waren vom Tag verbraucht, während ich mit den Fingern das Handy umklammerte. Ich wirkte unendlich verschreckt. Aber vielleicht war das heut zutage einfach so. Die richtig krassen Momente teilten wir mit uns selbst, mutterseelenallein mit dem iPhone in der Hand. Wir waren mit Hotspots verbunden, aber nie mit uns selbst.

Ich blinzelte der Bluetooth-Box entgegen, weil ich mir wünschte, der Zufallsgenerator hätte genau jetzt *Moderne Zeiten* von Prinz Pi angeschlagen. Stattdessen lief irgendein Lied mit heftigem Bass, das garantiert Tillie hinzugefügt hatte.

Also wandte ich den Blick von der Box ab, um das zu tun, was ich am besten konnte: tippen. Ich schickte meinen Satz ab, ohne ihn zu zerdenken, ganz nach dem Motto: *Der erste Impuls ist immer der richtige.*

> Stimmt es?

Doch als ich meine Nachricht musterte, hätte ich mein Handy am liebsten aus dem Fenster geworfen.

Was. Zum. Teufel. Hatte. Ich. Getan?

Ich wollte die Frage zurückziehen, aber selbst wenn Gregor sie nicht bemerkt hatte, wüsste er, dass ich ihm geschrieben hatte. Oder wurde ihm mein Benutzername nicht angezeigt? Hatte ich eingestellt, dass fremde Nummern mein Profilbild erkannten? Was war, wenn er mich ghostete, *weil* ich meinen Namen nicht daruntergeschrieben hatte? Was war, wenn er mich ghostete, weil er mein Profilbild sehr wohl erkannte? Was war, wenn …?

> **Unbekannte Nummer**
> Was zur Hölle, Lucy?

Zitternd sog ich die Luft ein.

Tiefe Atemzüge nehmen. Ruhig, sachlich und nüchtern bleiben. Auf das Wesentliche konzentrieren. Nicht aus Wut handeln.

Das hätte ich einer Leserin meiner Sonntagsrubrik geraten, wenn sie mir meine aktuelle Situation geschildert hätte. Blöderweise war es viel einfacher, Ratschläge zu erteilen, als sie zu befolgen. Denn während Gregors Nachricht weiterhin auf meinem Display leuchtete, raste alles in mir. Ich war weder ruhig noch sachlich oder nüchtern. Ich nahm nichts wahr. Nur Rot. Nur Hitze und Wut.

> Es stimmt also

> Wovon redest du?

> Von *Campuskitsch*. Es ist so, dass ich die Moderation eigentlich bekommen hätte. Und ehrlich gesagt, brauche ich sie auch

> Wieso?

Wieso? Meine Zähne knirschten, als ich die Kiefer aufeinanderpresste. Sollte ich ihm etwa gleich verraten, wo ich mich in fünf Jahren sah, damit er mir erzählen konnte, dass er sich auf Platz eins der Hardcover-Bestsellerliste träumte? Und dann würden wir Chai-Latte trinken und über die guten alten Zeiten reden? *Es ist zwei Jahre her,* sagte eine Stimme in mir. *Die guten alten Zeiten sind das wohl eher nicht.*

Schnell tippte ich eine neue Nachricht, um letztere zum Schweigen zu bringen.

> Wie hast du die Redaktion überhaupt davon überzeugt, dir die Moderation zu überlassen? Du kannst erst seit zwei Wochen eingeschrieben sein und hast so gut wie nichts mit unserer Hochschule zu tun. Was willst du da bitte überhaupt erzählen?

Gregor tippte, doch da schickte ich schon eine weitere Nachricht hinterher. Ich. War. Rasend. Vor. Wut.

> SORRY, aber ich sehe das echt nicht ein. Ich will den Podcast und wenn du ihn auch so unbedingt brauchst, dann müssen wir wohl eine Lösung finden, wie wir das beide können. Keine Ahnung, die Redaktion davon überzeugen, dass *Campuskitsch* von einer Co-Moderation profitieren würde

Gregor schrieb wieder. Und diesmal war er schneller als ich.

> Dir ist bewusst, dass ich den Podcast schon habe, oder? Warum sollte ich das für dich tun?

Ich trat von einem Fuß auf den anderen. Vorhin hatte ich ihn in diesem Raum entdeckt, was unerlaubtes Terrain für Nicht-Fotografie-Studenten war. Ich hätte ihn damit erpressen können, doch das war mir zu filmisch. Gregor und ich waren sehr weit entfernt von unrealistischen Deals und dramatischen Wendungen.

Wir waren einfach. Also tippte ich einen letzten Satz, bevor ich den Chat schloss.

> Weil du es mir schuldig bist

Lucy

GLASSPLITTERKLAR

nichts, das Gregor jemals beschreiben könnte

Damals

Kalte Luft blies mir entgegen, während ich im Türrahmen verharrte. Rund ein Dutzend Teilnehmer saßen schon an den Tischen. Ich wollte gerade einen Platz auf der linken Seite ansteuern, da fiel er mir auf.

Der Typ.

Schwarze Korkenzieherlocken. Blasse Haut. Volle rote Lippen. Ich verbessere: der Typ, der einfach so auf dem Seeboden chillt. Im Gegensatz zu meinem Haar, das ich provisorisch durchgeföhnt hatte, war seins wieder trocken. Auch von seinem nackten Oberkörper fehlte jede Spur. Jetzt trug er nämlich einen Kapuzenpullover, der ihm zwei Nummern zu groß war. Seine Finger gingen sogar in den Ärmeln unter, während er mich schonungslos anstarrte. Als wäre intensiver Blickkontakt unter Fremden völlig normal.

Meine unnötige Rettungsaktion war keine Stunde her. Nachdem er zum Ufer genickt hatte, hatten wir nicht mehr miteinander gesprochen. Ich war bloß in meinem klitschnassen Kleid in Richtung Unterkunft gestampft und hatte innerlich darum gebeten, niemandem so zu begegnen. Auf dem Weg hierher hatte ich mir schließlich einen Plan zurechtgelegt, der beinhaltete, die seltsame Begegnung in meiner bestimmten Gehirnschublade zu verstauen. Die, die ich *Taktisch unkluge Aktionen, an die niemand außer mir sich erinnert* nannte. Doch ich kam gar nicht dazu, sie zu schließen, weil alles an Gregor mir vermittelte, dass er sich sehr wohl erinnerte.

Überraschung, Wagner. Ist ja nicht so, als würde man ständig Typen mit Straßenkleidung ins Wasser hinterherspringen.

Da ich nicht weiter wie eine Idiotin im Türrahmen verharren wollte, steuerte ich den Platz an, der am weitesten von ihm entfernt war. Ich packte meine Sachen aus, lächelte den Fremden zu, spielte mit meinem Leuchtmarker und hoffte inständig, dass die nächsten vier Wochen gut werden würden. Doch egal, wie sehr ich mich um Small Talk bemühte, darum, normal und supersympathisch zu wirken, weil ich doch Lucy Wagner war und von allen gemocht werden musste – der Typ blieb in meiner Wahrnehmung omnipräsent.

Selbst wenn er in der hintersten Ecke hockte, das Kinn gesenkt hielt und Wirbelstürme auf sein Schmierblatt malte. Jepp, sogar das erkannte ich. Er war so vertieft in seine grauen Bleistifttornados, dass er nur aufsah, als Ingrid Claasen den Raum betrat.

»Ich freue mich, euch zum diesjährigen Bernhard-Rheiner-Aufenthaltsstipendium begrüßen zu dürfen. Mein Name ist Ingrid Claasen und …« Sie stellte sich vor, erzählte von Veröffentlichungen und Erfolgen. Ich rechnete mit einer gegliederten PowerPoint-Präsentation, die uns einen Ausblick auf die nächsten Wochen geben würde. Doch wider Erwarten sollten wir aufstehen.« »Wir beginnen mit einer leichten Morgengymnastik.« Das erklärte dann wohl die zusätzliche Bemerkung *Bitte Sportkleidung tragen* zu dieser Einheit auf dem Stundenplan. »Anschließend schreiben wir«, fuhr sie fort. »Das Erste, was euch einfällt. Ein Schreibaufwärmen sozusagen.«

Fünf Minuten später tränkte sie den Raum mit ihrer Vorleserinnenstimme, während wir in Yogaposen gingen. Ich hätte mich entspannen und auf die Erfahrung einlassen können, als eine von fünfzehn Leuten unter Hunderten Bewerbern ausgewählt worden zu sein. Ein Aufenthaltsstipendium, wie krass war das eigentlich? Aber als wir uns um kurz nach zehn an die Laptops setzten, erkannte ich aus dem Augenwinkel nur ihn. Ich-chille-gern-auf-dem-Seeboden-Typ. Ich sah ihn so, wie man einzelne Personen inmitten von Menschenmassen wahrnahm. Als wäre ein imaginärer Scheinwerfer auf sie gerichtet. Als wären sie Schauspieler auf der Bühne, im Zentrum, aufregend und außergewöhnlich.

»So«, sagte Ingrid nach fünf Schreibminuten. »Eure Zeit ist vorbei. Habt ihr alle etwas geschrieben? Ja? Sehr gut! Dann stellen wir uns jetzt vor. Name, Alter und ein Satz aus eurem gerade geschriebenen Text.«

Instinktiv begann mein Herz zu pochen. Ich dachte, es wäre bloß eine Aufwärmübung? Ich musterte mein Word-Dokument, das nichts weiter als simple aneinandergereihte Hauptsätze beinhaltete. Nichtssagend. Austauschbar.

Alles, was ich nicht sein wollte.

Alles, was ich fürchtete zu sein.

»Du fängst an.« Ingrid lächelte See-Typ zu, strahlend und mit zwei erhobenen Mundwinkeln. Am liebsten hätte ich ihr erklärt, dass sie sich die Mühe sparen konnte.

Hab heute Morgen versucht, ihn zu retten, und nur eine passiv-aggressive Antwort bekommen. Schätze, Lächeln ist nicht so sein Ding, Ingrid.

Doch das sprach ich natürlich nicht aus. Stattdessen wandte ich mich bloß wie die anderen nach dem Typen um.

»Gregor«, sagte er gleichgültig.

Ich unterdrückte ein Schnauben, denn für mich war seine Masche glassplitterklar. Einen auf cool und unnahbar tun, um seine zerrüttete Seele zu vertuschen. Selbst die abgeschottete Sitzplatzauswahl bewies das.

»Zwanzig«, fügte Möchtegernmiesepeter *Gregor* hinzu.

»Und dein Satz?«, fragte Ingrid.

Beinahe genervt wandte er sich seinem Laptop zu. Er war schwarz, riesig und ranzig. Rechts fehlte sogar ein Stück des Gehäuses. Doch wie seine Finger darüber zitterten, entging mir nicht.

»Kalt, was?«, las er.

Und mich durchfuhr kein Schauer, sondern ein gewaltiger Donner. Instinktiv bohrte ich die Nägel in meine Oberschenkel. Es brannte, doch ich nahm es kaum wahr, weil Gregor das Gesicht hob und mich ansah. Unter all diesen fremden Personen, nur mich. Bis ich Gänsehaut hatte. Überall. Gänsehaut hatte ich seinetwegen immer überall, von Anfang an.

Kalt, was?

Die Sache war die: Wenn ich gewusst hätte, wie tief seine Worte sich in mir festsetzen würden, hätte ich mir die Ohren zugehalten.

PANIKHERZ

eine Mutation unseres lebenswichtigsten Organs, nicht zu empfehlen

Jetzt

»Was zum Teufel schreibst du da?«

Mein Herz pochte heftig, als ich den Laptop reflexartig zuklappte. Ich spürte den Pulsschlag bis in die Fingerspitzen, doch Brenner schien nichts zu bemerken. In einer geschmeidigen Bewegung ließ er sich mit einem Energydrink mir gegenüber nieder. Dabei zuckte sein Blick abwechselnd zwischen meinem Laptop und meinem Gesicht hin und her.

Fuck, fuck, fuck.

Wie lange hatte er hinter mir gestanden? Wie viel hatte er lesen können? Was hatte ich überhaupt geschrieben?

Meine Oberschenkel zitterten. Meine Hände bebten. Ich wollte mit meinen Schuhsohlen auf den Boden klopfen, aber das hätte meine Nervosität nur unterstrichen.

Reiß dich zusammen. Erzähl irgendwas von einer Kurzgeschichte oder einer Schreibaufgabe. Ist doch egal. Aber bekomm endlich deinen Mund auf, damit du nicht wie ein bescheuerter Volltrottel vor dich hin stammelst, wie wär's?

Ich hasse diese Stimme in meinem Kopf. Sie war nie müde, hatte immer eine Meinung und ständig etwas zu sagen. Es gab nur eine Sache, die sie lieber kommentierte als meine Texte – mich selbst.

»Beck?«

Meine Hände begannen zu schwitzen. Ich richtete mich auf und öffnete den Mund.

»Ich …«

Und dann brach ich ab, weil Brenner in schallendes Gelächter ausbrach.

»Oh Mann, du hättest mal deinen Gesichtsausdruck sehen sollen. Als hätte ich dich bei einer Straftat erwischt, für die es lebenslang gibt.«

Kichernd lehnte er sich in seinem Stuhl zurück, während ich meine Atmung zu beruhigen versuchte. Allerdings funktionierte das nur so semi, weil ich aus dem Augenwinkel erkannte, wie sich ein paar andere Gäste nach uns umdrehten. Fantastisch. Das *Coffee Gang* hatte ich ausgewählt, da es keine zwei Minuten vom Campus entfernt war. Ich hatte mir nichts dabei gedacht. Ich war einfach eingetreten, weil mir zu Hause die Decke auf den Kopf gefallen war und ich mich wie ein Versager fühlte, wenn mein Wortzähler nach achtzehn Uhr immer noch null anzeigte.

Notiz an mich selbst: Cafés auf Google suchen, die weit vom Campus entfernt sind und keine artsy Hipster-Vibes ausstrahlen.

»Sorry«, erwiderte ich heiser. »Ich war einfach voll drin.«

»Hat man gesehen.«

Als Brenner mit den Brauen wackelte, starrten alle nur noch ihn an. Sein Bartschatten wirkte dicht, für seine Schultern ging er garantiert pumpen. Er hatte genau die richtige Größe, sein Gesicht war normschön auf diese männlichkantige Weise, die immer funktionierte. Beim Feiern wurde er sicherlich von betrunkenen Mädchen angesprochen. Und wenn er eine Schwester hatte, standen ihre Freundinnen auf ihn, weil Leander Brenner nun mal *die* Art von gut aussehend war.

Mich störte, dass ich mich so an diesen Gedanken aufhing, aber ich hatte nie herausgefunden, wie man damit aufhörte.

»Ich will dich auch gar nicht weiter stören. Dachte, ich sag eben Hi, bevor ich mich wieder in die Bib hocke.« Er schob den Stuhl zurück und wollte gehen.

Fuck.

Brenner war nett zu mir gewesen, hatte mich unter seine Fittiche genommen. Ich musste wenigstens versuchen, freundlich zu sein.

»W…was musst du machen?«, fragte ich also.

»Zu viel.« Seufzend fuhr er sich über das Gesicht. »Aber wahrscheinlich lese ich erst mal die Texte für mein Porträt.«

»Schreibst du eins für das Jubiläum?«

»Ja, genau. Das ist 'ne coole Abwechslung von meinen Drehbüchern und …« Leander brach ab, weil er sich an seinen eigenen Worten verschluckte. Blinzelnd sah er nach links.

Ich folgte seinem Blick, bevor jeder meiner Muskeln gefror. Ausnahmslos.

Lucy.

Lucy in Boots und Jeans und einem übergroßen Pullover. Lucy, nachdem sie mir gestern Abend auf WhatsApp geschrieben und ich immer noch keinen Schimmer hatte, wie sie zu meiner Nummer gekommen war. Ich beobachtete, wie der Barista ihr den naturfarbenen Bambusbecher reichte und sie ihn daraufhin anlächelte.

Scheiße.

Es war nur ein Lächeln. Aber bei Lucy war ein Lächeln nie nur ein Lächeln, sondern eine helle Miniexplosion in ihrem Gesicht. Dann leuchtete nämlich alles an ihr auf.

Ich hasste es, dass ich das dachte. Immerhin war ich garantiert nicht diese Kategorie romantisch.

»Kennst du sie auch?« Wie durch Watte drang Brenners Stimme an mein Ohr.

Meine Antwort war ein knappes Nicken, weil ich meiner eigenen Stimme gerade nicht traute.

Wieso läuft verflucht noch mal nichts nach Plan?

»Krass, woher? Hattest du auch mal was mit ihr? Sie, ähm, sie wollte gestern auch deine Nummer. Ich hoffe, es war okay, dass ich sie weitergegeben hab.«

»*BITTE?*«

Jetzt war ich derjenige, der zu laut sprach und die Aufmerksamkeit des Cafés für sich beanspruchte. Dass Lucy mich daraufhin ansah, spürte ich sofort. Wir waren mehr als zehn Schritte voneinander entfernt, doch ihr Blick kroch mir unter die Haut.

Erst jetzt erkannte ich, dass sie nicht allein war. Neben ihr stand eine Blondine, die ich schon auf dem Campus bemerkt hatte, weil sie alle bemerkten. Sie trug ihr Haar kinnlang, Leggins mit ausgestellten Beinen und immer einen passiv-aggressiven Ausdruck auf dem Gesicht. So wie jetzt. Nicht nur Lucys Blick, auch der ihrer Freundin klebte auf mir. Da wurde es mir klar. Brenner musste von ihr geredet haben. Sie war diejenige, die für Lucy an meine Nummer gekommen war. Schließlich musterte Brenner sie genauso wie ich Lucy. Ein bisschen ratlos, ein bisschen zu intensiv.

Augenblicklich legte mein Puls einen Sprint hin. Das war schon immer so gewesen, von Anfang an.

Vielleicht, weil sie hübsch war.

Vielleicht, weil sie mir einfach so hinterhergesprungen war.

Vielleicht, weil ihre grauen Augen sich vom ersten Moment an in mich hineingebohrt hatten.

Doch dafür wusste ich ganz sicher, dass ihre Musterung sich nun wie eine doppelte Menge geballter Abscheu anfühlte. Erst als sie mit ihrer Freundin den Ausgang ansteuerte, konnte ich wieder atmen.

»Äh, versteh das nicht falsch.« Brenner räusperte sich. »Aber was hast du angestellt, dass Lucy und Tillie dich so ansehen, als wollten sie dich bei *Squid Game* anmelden?«

Ach, nichts Wildes. Hab bloß ein Herz gebrochen und bin mir selbst dabei irgendwie abhandengekommen, das Übliche.

»Keine Ahnung. Ich kenne Lucy flüchtig.«

Eine weitere Lüge, die mir so leicht über die Lippen ging, dass es besorgniserregend war. Aber wer hätte sich schon Sorgen um mich gemacht? Ich war nur eins von tausend jämmerlichen Arschlöchern.

Niemand interessierte sich für mich.

»Ah, verstehe.« Er kippte den Kopf. »Kennst du eigentlich auch ihren Insta? @thegirlnextdoor?«

»Nein«, sagte ich zu leise. »Noch nie von gehört.«

»Echt nicht? Tillie, Amanda und Lucy sind doch richtig bekannt dafür. Ich dachte, wenn du Lucy kennst, kennst du auch den Kanal?« Als Brenner diesmal die Stirn runzelte, brach er nicht in schallendes Gelächter aus.

In meiner Vorstellung war es der Moment, in dem er realisierte, dass mit mir etwas nicht stimmte.

Die Eins über dem Mail-Icon stach mir verhöhnend entgegen.

Wassertropfen fielen von meinen Haarsträhnen auf das Display, während meine Finger krampften. Sohlen von Badelatschen knallten auf den Boden und der Geruch von Chlor hing mir in der Nase. Wenn ich mich konzentriert hätte, hätte ich das Kindergeschrei vom Planschbecken hören können. Doch das war mir nicht möglich. Mein Fokus lag lediglich auf dem roten Symbol, während mir übel wurde. Mein Daumen schwebte weiterhin über der App, mir wurde noch schlechter und … nein. Ich konnte das jetzt einfach nicht. Mit pochenden Schläfen steckte ich das Handy zurück in die Sporttasche.

Der Tag war also noch nicht fertig mit mir. Brenner, Lucy, die Mail. Wieso kam es mir so vor, als wäre ich schon drei Jahre lang wach? Es waren nicht einmal vierzehn Stunden, verdammt.

Zehn Minuten später stürmte ich raus in Richtung Haltestelle. Sieben Minuten noch, dann würde meine Bahn einfahren. Es war kalt draußen. Fest rieb ich mir die Handflächen an der Jeans. Wieso hatte ich es überhaupt für eine gute Idee gehalten, meine Sachen zu packen und ins fucking Aqualand zu fahren? Das war Zeitverschwendung, die ich mir nicht erlauben konnte, selbst wenn ich Edwin Rosens *Verschwende deine Zeit* immer auf volle Lautstärke drehte. Ich konnte keine drei Stunden damit verplempern, Bahnen zu ziehen und zu hoffen, mein Herzschlag würde sich beruhigen.

Dein Manuskript. Erinnere dich an dein Manuskript, Mann.

Wahrscheinlich bestand das Problem darin, dass mein Kopf alles überdramatisierte. Er vergaß, dass ich kein professioneller Autor war. Ich war bloß ein Masterstudent für Kreatives Schreiben, der von Berlin nach Köln gewechselt war. Und ja, leider war ich komplett mit meinem Leben überfordert und deshalb eine Runde schwimmen gewesen. Und ja, leider verhöhnte mich die rote Eins an meinem Mailpostfach weiterhin. Und *ja*, leider ging das Mädchen mit den grauen Augen an dieselbe Hochschule wie ich.

Das Mädchen mit den grauen Augen.

Es war unendlich lange her, dass ich sie zuletzt so bezeichnet hatte. Aber ich konnte meinen Kopf die Abzweigung in Richtung Vergangenheit nicht weiter nehmen lassen. Nach Ablenkung suchend kramte ich einen schweineteuren Proteinriegel aus der Hosentasche, weil das die einzigen waren, die ganz okay schmeckten. Ich riss die Verpackung auf, bevor ich das Handy mit der anderen Hand doch wieder hervorkramte und tippte. Es war das, was ich seit Stunden hatte vermeiden wollen. Der Grund, weshalb ich sogar drei Stunden in einem Hallenbad mit nervtötendem Kindergeschrei verbracht hatte.

Kennst du auch ihren Insta?

Ich gab @thegirlnextdoor auf Google ein.

Der besagte Instagram-Account wurde mir als Zweites vorgeschlagen, darüber fand ich die Website zu einem Blog. Ich übersprang die neuesten Einträge, bis ich den Reiter *About Us* erreichte, wo mir ein Foto entgegenprangte. Es zeigte Lucy, die Freundin, mit der sie heute im Café gewesen war, und eine Fremde. Wie hatte Brenner sie genannt? Tillie und Amanda? Gemeinsam posierten sie in einem Raum mit weißen Wänden. Tillie trug eine weite lederartige Hose und vergrub die Hände lässig in den Taschen. Amanda hob ihren rechten Mundwinkel in einem Overall oder wie man das auch immer betitelte. In der Mitte entdeckte ich Lucy. Ihre Lippen waren dunkel geschminkt, das Kleid nachtblau und mit einem V-Ausschnitt versehen. Ich musterte ihre Docs, dann ihr Gesicht. Das Kinn hatte sie leicht hochgezogen, wobei ihr Ausdruck entschlossen wirkte. Sie besaßen unterschiedliche Frisuren und sahen sich auch sonst überhaupt nicht ähnlich, doch dieses gewisse Etwas hatten sie gemeinsam. Es war, als hätte man sie in einen Topf mit modernen Filtern getunkt und sie mit einer edgy Prise Zielstrebigkeit vollendet.

Mein Blick wanderte weiter nach unten, ehe ich auf die Beschreibung stieß.

Stell dir vor, du lernst ihn kennen. Und es ist wie im Film. Er sieht gut aus, ist zuvorkommend, die genau richtige Mischung aus mysteriös und verletzlich. Er gibt dir seine Shirts von Asos zum Schlafen und will dich auf jede seiner Leinwände bringen. Er ist wie Leo in *Titanic* und zeichnet dich mit anzüglichem Blick. Eigentlich wolltest du ihn gar nicht mögen, doch plötzlich nennst du ihn Idiot und grinst danach, weil du ihn derart magst. Er wird Bestandteil deines Lebens mit seinen Herz-Emojis, die jetzt ständig in Kombination mit seinem Namen auf deinem Handy aufblinken. Jeder kitschige Chartsong erinnert dich an ihn und du kannst eure Treffen kaum erwarten. Sie sind nämlich immer aufregend, magisch und ein bisschen künstlerisch-dramatisch, genau so, wie du es magst. Im absolut richtigen Moment sagt er dir, wie sehr er dich liebt. Und du bist glücklich. Schließlich hast du den Beweis dafür gefunden, dass nicht jedes männliche Wesen ein herzloses Arschloch ist. Aber dann stell dir vor, er sagt dir, dass er dich einfach nicht länger fühlt. Plötzlich, aus dem Nichts und völlig zusammenhangslos. Laut ihm bist du nämlich nicht mehr als das nette Mädchen von nebenan. Tragisch, oder? Uns, Tillie, Manda und Lucy, ist genau dasselbe passiert. Mit derselben Ausrede. Und mit demselben Typen. Als wir das herausgefunden haben, ist aus unserer gemeinsamen Wut die Idee zu unserem Blog entstanden.

Zwei Jahre später ist @thegirlnextdoor zu einer digitalen Marke herangewachsen, die für feministische Werte und Self-Empowerment steht. Sei auch du ein Teil unserer Community!

Will.

Künstler, Leo in *Titanic*, anzüglicher Blick. Sie mussten von Will sprechen.

Er war so ... keine Ahnung. Er war einfach nicht von dieser Welt? Es war wie im Film, Gregor.

Ein kalter Schauder lief mir bei dieser Erinnerung über den Rücken, doch ich wollte auch in ihr nicht versinken. Ich würde garantiert nicht weiter darüber nachdenken, wie Noch-grauere-Augen-Lucy mir damals von ihm erzählt hatte. Hastig klickte ich zurück und wollte den Verweis auf ihren Instagram-Account antippen, kam allerdings nicht so weit.

Ein Anruf erschien auf meinem Display.

Beinahe schmerzhaft vibrierte das Gehäuse zwischen meinen Fingern. Mit einem Kloß im Hals musterte ich die nicht eingespeicherte Nummer und den Ort darunter.

München, Deutschland.

»Ja?«, murmelte ich keine zwei Sekunden später natürlich trotzdem.

»Hallo, Olga hier. Ich weiß nicht, ob du meine Mail schon gesehen hast, aber ich dachte, ich rufe dich einfach mal an. Wie geht es dir denn? Hast du dich schon gut in Köln eingelebt?«

»Ähm, klar.« Ich klang lächerlich heiser. »Alles super.«

»Großartig, großartig, das freut mich. Und wie sieht's aus, hm? Bist du mit dem Manuskript weitergekommen?«

Die Gleise quietschten. Neben mir umarmten sich zwei Fremde in identischen Lederleggins, bevor die linke den Heimweg antrat. Ich hingegen begutachtete die einfahrende Tram – *meine* Tram –, während ich ganz still stand und mein Herz pochte und pochte und pochte.

Nein, nein, machen Sie sich keine Sorgen, Herr Beck. In dem Langzeit-EKG war alles in Ordnung. Sie haben einfach ein nervöses Herz, das ist alles.

Wie es aussah mit dem Manuskript?

Tja, Olga, in den letzten Wochen habe ich von unseren vereinbarten hundertfünfzig Seiten gerade mal vierunddreißig geschafft.

Meine Agentin liebte meinen Plot – ich hatte keine Ahnung von meinem Plot. Ich brauchte Informationen, aber alles lief schief. Wenn man es genau nahm, hatte ich eigentlich gar nichts. Nur das Bild von Lucy, die mich so ansah, als würde sie mich mit ihrem Killerblick zuerst aufschlitzen und dann ertränken wollen.

»Okaaay«, meinte Olga gedehnt. »Ich interpretiere dein Schweigen mal als eher weniger gut. Mach dir keinen Stress. Ich lasse mir für die Verlage was einfallen. Schreib einfach weiter, das kommt noch. Alle lieben deinen Text. Mich übrigens eingeschlossen. Manchmal lese ich mir den Anfang durch, einfach, weil ich ihn so schön finde. Der erste Satz kriegt mich jedes Mal aufs Neue. *Kalt, was?* Ich ...«

Ich hörte nicht mehr zu. Ich hörte bloß, wie die Tramtüren sich vor meiner Nase öffneten, ohne dass ich einstieg. Ich konnte nicht, fühlte mich wie festgefahren. Meine Agentin laberte und laberte, weil sie dachte, es würde mich motivieren. Garantiert machte sie mir tausend Komplimente, doch jedes einzelne prallte an mir ab. Ich war wie Wasser, alles in mir ging unter.

»Ich liebe es so«, sagte Olga und ich wusste nicht, wovon sie sprach.

Ich erinnerte mich nur an Berlin und Lucy, diesen schäbigen Klassenraum und meine lächerlich schwache Stimme dazwischen.

Kalt, was?

Lucy

EINE GUTE SIEGERIN
ebenfalls eine gute Übertreiberin

Ich hasse ihn.

Ich hasse ihn so sehr, als ich ihn an unserem ausgemachten Treffpunkt bemerkte. Trotzdem zwang ich ein Lächeln auf meine Lippen, das Gregor nicht im Geringsten erwiderte.

Ich bekam sein jetziges Ich einfach nicht mit dem aus meiner Erinnerung zusammen. Ich hatte mich damals in einen Jungen mit blasser Haut, schlaksigen Gliedern und chronischer Nervosität verliebt. Jetzt stand ein zweiundzwanzigjähriger Typ vor mir, der mit seiner seltsamen Dauerangepisstheit zu intensiv wirkte.

Es war Mittwochmorgen, Kommilitoninnen und Kommilitonen schlurften an uns vorbei. Einige von ihnen gähnten, andere pressten sich die Notebooks fest gegen die Brust. Ein Teil von mir war überrascht, dass Gregor tatsächlich aufgetaucht war, nachdem ich ihn gestern per WhatsApp um das Treffen gebeten hatte.

»Können wir los?«, fragte ich viel sicherer, als ich mich fühlte.

»Sehr motiviert, Lucy«, murmelte er.

»Und das ist falsch?«, presste ich hervor, bevor ich mich

dazu ermahnte, ruhiger zu klingen. »Die Sache ist mir wirklich wichtig.«

»Und mir nicht, oder was?« Um seine Aussage zu unterstreichen, hob er das Gesicht. Seine dunklen Augen starrten mir entgegen, während mein Brustkorb sich zuschnürte.

Nein, es ist dir garantiert nicht so wichtig wie mir. Hast du dich etwa dein gesamtes Studium lang für diesen Podcast totgearbeitet? Bezweifle ich sehr, mein liebster lieber Gregor.

Das konnte ich natürlich nicht sagen. Schließlich war ich erwachsen, so was von über die Sache mit ihm hinweg und nett. Ich war nett, weil ich Lucy war, und ich war besonders nett zu Gregor, weil ich diesen Podcast ganz dringend brauchte. Das hatte ich gestern beschlossen.

»Okay, dann ist er uns beiden wichtig.«

Ich nickte, um mir selbst Zuspruch zu geben. Etwas in mir befürchtete nämlich, er würde einen Rückzieher machen, aber er blieb stehen. Hier, vor meiner Nase, in seinen Blue Jeans und dem grauen Hoodie. Seine Korkenzieherlocken bildeten das obligatorische Chaos ab. Die Ringe unter seinen Augen waren tief und dunkel. Hätte ich schätzen müssen, hätte ich behauptet, er würde zu wenig schlafen, allerdings gingen mich sein Schlaf und sein Bett nichts an.

»Hast du eigentlich einen Plan?«, fragte er.

»Nein«, gab ich zögerlich zu. »Am besten lässt du mich einfach mit Mila reden.«

»Klar.« Nahezu hektisch vergrub er seine Hand in der Hosentasche, während er in Richtung Treppen nickte. Dabei versuchte ich noch immer zu realisieren, dass das hier gerade wirklich passierte.

Gregor. In Köln. An meinem Campus. Teil meines Podcasts. Inmitten meiner Fakultät.

Am liebsten hätte ich mich selbst in meiner Notes-Datei gefragt, ob ich erneut träumte. Doch ich wusste, das wäre verrückt gewesen. Also konzentrierte ich mich auf die Umgebung. Das Journalismusgebäude war zweifelsfrei das modernste. Breite Fensterwände, helle Böden, helle Decken, alles weiß und weit und offen. Als hätte jeder unserer Gedanken und Kritikpunkte Platz. Während wir im zweiten Stockwerk die Fensterfront passierten, erhaschte ich einen Blick auf mein eigenes Spiegelbild. Ich trug eine Jeans mit hohem Bund, in die ich einen safranfarbenen Pullover mit ausgestellten Ärmeln gesteckt hatte. Mein schwarzer Gürtel gab den nötigen Kontrast und harmonierte perfekt mit meinen Chunky Boots. Aus Reflex strich ich mir eine Haarsträhne hinters Ohr, weil ich nicht anders konnte. Ich musste immer etwas verbessern, an meinen Texten, Stories und mir selbst.

Nie war etwas genug.

Bei diesem Gedanken spürte ich, wie das Handy in meiner Tasche mit hundert versteckten Benachrichtigungen auf TikTok glühte. Rot und feurig wie das neue Herz-Emoji in Flammen. Mit ein wenig Imagination konnte ich mir sogar einbilden, es würde nach mir rufen.

»Hey, Lucy!«

Ich erschrak, denn dass Samu mir gerade zuwinkte, war keine Einbildung. Am anderen Ende des Gangs steuerte er einen Arbeitsraum an und warf mir ein schnelles Grinsen zu. »Euer Reel gestern war richtig nice!«, rief er. »Ich liebe die Videos aus eurer *Fake-Articles*-Serie.«

Ich lächelte gezwungen, obwohl Samu schon längst hinter der Tür verschwunden war. Während ich den Kopf also wieder nach links wandte, versteiften sich meine Muskeln. Beinahe so, als fürchteten sie sich vor Gregors Reaktion, was Bullshit war. Sollte er doch wissen, dass ich mit Manda und Tillie einen Kanal mit über hundertfünfzigtausend Followern führte. Ich war stolz auf unsere Botschaften und Formate, auch wenn ich meine Errungenschaften herunterspielte, mich versprach und rot anlief. Tief in mir drin brannte alles, für das ich selbst brannte.

»Er redet von @thegirlnextdoor, oder?«

»Jepp«, erwiderte ich. Knapp, klar und kalt.

Gregors Schritte verlangsamten sich. Wenn nicht zwei Jahre vergangen wären, hätte ich vermutet, dass er gerade gedanklich eine riskante Antwort abwägte. Vielleicht reimte er sich das Gleiche zusammen, was meine früheren Mitschüler sich nun auf Partys fragten.

Hä? Lucy ist ein Instagirl? Ist sie überhaupt dünn und schön genug dafür, ihren täglichen Avocadotoast und ihren Matcha Latte abzufilmen? Was, sie hat ein Format, in dem sie Sätze in der Joy *unterstreicht, als wäre es ein Abitext? Und wie, sie hat auch noch eine* Liebe-Lucy-Rubrik? *Ist sie jetzt etwa Doktor Sommer und verteilt Ratschläge, oder was?*

»*Fake Articles* ist mein liebstes Format«, flüsterte Gregor.

Ich blieb stehen, ohne dass ich etwas dafür konnte. Hinter ihm erkannte ich Plakate für die Ausstellung, die Jonathan erwähnt hatte. Ich überflog die Namen der Studierenden und darüber den fettgedruckten Veranstaltungstitel. Innerlich feuerte ich jedoch bloß Gregor an: *Sprich weiter. Mach schon. Zieh die Schublade namens* Wir in Berlin *weiter auf, wenn du schon am Henkel spielst.*

Aber Gregor zog weder etwas weiter auf noch etwas durch. Er verschwieg Berlin und erwähnte mit keiner Silbe mein früheres Projekt *Notizen an mich selbst,* auf dem das Format

Fake Articles basierte. Bloß die linke Hand hatte er zitternd in der Hosentasche vergraben.

»Als ich damals das erste Buch von Margarete Stokowski gelesen habe, musste ich die ganze Zeit an dich denken.«

Gregors Adamsapfel ploppte, meine Augen brannten. Jedes Fünkchen Selbstbeherrschung musste ich in mir zusammenkratzen, um die Hände nicht zu Fäusten zu ballen.

Als ich damals Margarete Stokowski gelesen habe, musste ich die ganze Zeit an dich denken.

Der Satz war unter der Gürtellinie, weil ich wirklich die ganze Zeit über an ihn gedacht hatte. Und das nicht nur, weil ich ein Buch über seine verfluchten Interessen durchgesucht hatte. Eigentlich hätte ich mir meine eigenen Werte zu Herzen nehmen und ihm das ins Gesicht schleudern sollen. Grenzen setzen. Ihn zurechtweisen. Sachlich und reflektiert bleiben, so wie ich es in meinen Sonntagsfragen predigte. Doch mein Puls rannte und mein Herz raste, ich stand wie getroffen vor ihm und spürte nur das.

Nur mein Herz.

Mein heuchlerisches, heuchlerisches Herz.

Es lief nicht gut für uns.

Ich hatte es von Anfang an gespürt. Mila hatte uns bereits mit hochgezogenen Brauen beäugt, als wir in den Raum getreten waren. Aber davon ließ ich mich nicht abhalten. Gewissenhaft drückte ich die Brust durch und ratterte ein Argument nach dem anderen für die Co-Moderation runter. Doch je länger ich sprach, desto tiefer wurden ihre Stirnfurchen. Als sie den Kopf kritisch schräg legte, realisierte ich, wie schlecht es tatsächlich für uns lief. Für *mich* lief.

Gregor hatte den Podcast schon.

Gregor brauchte mich dafür nicht.

Gregor hatte mich noch nie gebraucht.

»Es ist echt nur lieb gemeint.« Mila lächelte bemüht. »Aber hast du *Campuskitsch* echt so nötig? Immerhin bist du doch schon im Projektseminar für das Jubiläum, betreibst @thegirlnextdoor mit, schreibst das Alumniporträt von Emma Visser und ...«

Mila fuhr fort, wurde lauter und klang so aufgeregt wie eine Personal Trainerin, während Gregor neben mir zusammenzuckte. Dabei wollte Mila mich bloß motivieren. Nachdem sie mir die einzige Sache verweigert hatte, die ich wirklich gebraucht hätte.

»... und noch einmal: Es tut mir wirklich, wirklich leid, dass du ihn nicht bekommen hast«, endete sie schließlich.

Für einen kurzen Moment schloss ich die Augen. Was hätte ich mir selbst geraten, wenn mir jemand diese Situation in einer Sonntagsfrage geschildert hätte? Zugegeben – auch das war eine seltsame Angewohnheit, die mich zu oft heimsuchte. Trotzdem pingten sofort Ansätze einer Antwort in meinem Kopf auf.

Eine gute Siegerin weiß, wann sie verloren hat. Es ist keine Niederlage, wenn du nichts unversucht gelassen hast.

Ich ließ eine Platte an abgespeicherten Trostzitaten laufen, bis ich die Lider wieder aufschlug und meiner Kommilitonin in die zerknirschte Miene sah. Es war derselbe Moment, in dem ich spürte, wie mein Brustkorb schrumpfte.

Verdammt.

Plötzlich fühlte ich mich winzig. Winzig, dumm und lächerlich, während ich realisierte, wie wahnsinnig ich mich verhalten hatte. Es ging hier um einen Podcast, nicht um den Weltfrieden. *Campuskitsch* würde sich großartig in meinem Lebenslauf machen, aber die Absage bedeutete nicht das Ende meiner Karriere, die nicht einmal begonnen hatte. Und schon gar nicht rechtfertigte sie, wie ich Gregor auf WhatsApp bombardiert hatte.

Ich war also doch eine Übertreiberin.

Ich holte tief Luft, weil ich spürte, was zu tun war. Ich würde zurückrudern, mich für die Unannehmlichkeiten entschuldigen und mir Gregors Folgen vielleicht sogar anhören, wenn ich einen schwachen Moment hatte. Jetzt hatte ich allerdings bloß einen klaren.

»Ich muss mich …«

»Ich glaube, was Lucy sagen will, ist, dass wir eure Bedenken natürlich verstehen. Vor allem, weil ihr euch schon entschieden habt.« Eiskalt hatte Gregor mich unterbrochen. Ich starrte ihn blinzelnd an, sein Blick jedoch lag starr auf Mila. Ein-, zweimal befeuchtete er sich die Lippen. Erst dann konnte er weitersprechen. »Aber ich bin auch davon überzeugt, dass *Campuskitsch* von einer Co-Moderation profitieren würde«, ergänzte er. »Außerdem stimmt es nicht, was du vorhin gemeint hast. Lucy und ich würden keine Zeit benötigen, um uns einzuspielen. Wir kennen uns schon. Vor zwei Jahren waren wir Teil eines Aufenthaltsstipendiums. Wir haben da öfter zusammengearbeitet.«

Gregor verstummte, Mila blieb sprachlos. Ich hingegen benötigte keinen Spiegel, um zu wissen, dass mir jegliche Farbe aus dem Gesicht gewichen war. Ich fühlte mich blass und kalt, während ich leuchtend rote Löcher in Gregors Gesicht brannte. In der Realität passierte das natürlich nicht. Sein Gesicht blieb unversehrt.

Wenn es stimmte, dass Narben Geschichten erzählten, hatte er keine. Doch ich wusste, dass es eine Lüge war, denn Gregor hatte Hunderte, Tausende, Millionen von ihnen.

Wir haben da öfter zusammengearbeitet.

Auch das war eine Lüge.

Gregor

EIGENTORLÜGEN
Lügen, die dir am meisten wehtun

»Ich verstehe das nicht.«

Lucy verschränkte die Arme fest vor der Brust, während sie zwei Schritte zurücktrat. Zwei, nicht einen, als bräuchte man eine Prise Extrasicherheitsabstand von mir, was in ihrem Fall mehr als gerechtfertigt war.

Wir verharrten im Eingangsbereich ihres Fakultätsgebäudes. Von links wehte mir hektisches Tastaturtippen an die Ohren, während sich vor den Aufzügen eine Gruppe lachend unterhielt. Die Leute trugen Sneaker von New Balance und retromoderne Brillen. Hier hatte man nämlich etwas zu erzählen und zu verändern, denn es ging um die Wahrheit und die Welt. In meinem Fachbereich hingegen setzte man auf müde Augen und einsames Arbeiten, um sein aktuelles Tinder-Liebesdrama in elliptischen Texten zu verarbeiten.

»Ist es, weil …?« Lucy brach ab, um sich umzusehen. Ich versuchte, nicht zusammenzuzucken, und scheiterte kläglich. Dass in meinem Kopf die übliche Angstschallplatte lief, verabscheute ich.

Du bist ihr peinlich. Niemand will mit dir gesehen werden. Lauch, Lauch, Lauch.

Ich wusste, dass es nicht stimmte. Nicht mehr stimmen konnte. Trotzdem beschleunigte mein Herz.

»Na schön«, setzte Lucy erneut an. »Ich sage es jetzt einfach schnell, damit ich es hinter mir habe, ja?«

Die Pflaster-Abzieh-Methode also. Der Satz lag mir auf der Zunge, doch ich wollte nicht in der Wunde bohren.

Es hätte uns beide getroffen.

»Okay«, flüsterte ich rau.

»Ich hab dir deine Rede fast abgekauft. War echt beeindruckend.« Sie schnaubte. »Aber könntest du trotzdem alles vergessen, was dadrin passiert ist? Und dass ich gemeint habe, du bist mir was schuldig? Die Redaktion hat dir den Podcast gegeben. Das ist mein Problem, mit dem ich allein klarkommen muss. Das ist mir jetzt bewusst.«

»Du machst einen Rückzieher?«

Ich nahm selbst wahr, wie kratzig und unsicher ich klang. Lucy musste es ebenfalls bemerken. Ich erkannte es an ihrer gerunzelten Stirn, allerdings verwechselte sie meine Unsicherheit mit Überheblichkeit.

»Wieso klingst du überrascht, Beck?«

Beck. Sie hatte also das Ich-benutze-deinen-Nachnamen-Abscheulevel erreicht. Ich hatte es verdient. Hätte ich gekonnt, hätte ich mich mit erhobenen Händen ergeben und erklärt: *Hier, ziel auf meine Brust, das ist keine miese Falle, sondern mein Ernst.* Allerdings ging das natürlich nicht. Noch nicht.

»Ich klinge überrascht, weil ich deinen Rückzieher nicht verstehe. Du wolltest diesen Podcast und ganz ehrlich: Du solltest ihn moderieren. Du hast ihn verdient, so wie Mila von dir geredet hat. So wie ich dich kenne.« Mein Tonfall senkte sich um eine viel zu verräterische Oktave. Lucy blinzelte krampfhaft, doch ich erzählte weiter. »Deshalb habe ich gerade etwas gesagt. Keine Ahnung, was Mila und die anderen jetzt daraus machen. Aber ich hoffe wirklich, dass wir die Co-Moderation bekommen. Ich hätte mich nämlich nicht auf die Stelle beworben, wenn ich gewusst hätte, dass du *Campuskitsch* wolltest.«

Ihr Mund öffnete sich, ohne ein Wort hervorzubringen. Sie war sprachlos und ich hasste es. Die Verwirrung und ihre Stirnfurchen waren nur meinetwegen da. Für einen Moment lang sahen wir einander an. Direkt und in die Augen. Mit ihrem erkennbaren Hass und meinen glühenden Wangen.

Ich wollte mich umdrehen, gehen und rennen, weil diese Art von Blick zu gefährlich war. Zu tief, zu viel, zu Lucy. Ich spürte förmlich, wie mein Blut brauste, während ich mich gleichzeitig wie erstarrt fühlte. Nicht wie zu einer Statue versteinert, sondern wie ein Baum. Irgendwo eingepflanzt, lebendig und Wurzeln schlagend.

Eine Baummetapher? Wirklich grandios, Gregor.

Doch es juckte mich nicht. Mein Herz schlug dreitausend Salti. Verrückt, dass Blicke nur Blicke waren, aber bei bestimmten Menschen plötzlich alles bedeuteten.

»Also«, brachte ich mühsam hervor. »Dann warten wir wohl einfach ab, was die Redaktion von der Idee hält.« Ich deutete ein Winken an, bevor ich mich umdrehte. Langsam und lässig, um mich ja nicht zu verraten.

EPIPHANIE

wenn du plötzlich etwas verstehst, was du lange nicht verstanden hast

alinana0202: Klar muss sie einen Vibrator verwenden, wenn sie allerhöchstens eine 6,5 ist 😂
435 Likes

mrscherrycherry: Jetzt ist die sogenannte Journalismusstudentin also auch noch auf meiner fyp 😏 Hab letztens einen Artikel von ihr angefangen, aber musste nach einem Absatz abbrechen. Wie selbstmitleidig kann man bitte klingen? Und dann noch diese ganzen englischen Begriffe. Einfach nur schrecklich, niemand redet so. #sorrynotsorry.
343 Likes

24amal03: »Das ist gut, das lade ich hoch«
1034 Likes

karowalter: Wieso macht sie indirekt Werbung für Satisfyer? Sie sieht aus wie 13.
499 Likes

jessyloves23: Du machst auch alles für Klicks, oder? 😅
123 Likes

colinthegain: @markus283 Die meinte ich. Die würde ich nicht mal ansprechen, wenn ich vier Liter Jäger gekillt hätte
09 Likes

marcellagermany: Hat jemand ihren letzten Blogeintrag gelesen? Fand ihn so schlimm. Alles war einfach too much 🤓
29 Likes

Du hättest es wissen müssen.

Für einen kurzen Moment war dies der einzige Gedanke, der mir durch den Kopf schoss. Panisch flog mein Blick zu der Uhrzeitanzeige. Kurz nach eins. Ich atmete tief ein und sog den Geruch der Rushhour in mich auf. Kaffee, Hektik und gebackenes Porridge in Plastikdosen. Ich hörte Gelächter und Gespräche, wie jemand nach einem »Sebi, Bro!« rief. Ich war auf meinem Campus, aber eigentlich war ich nicht hier.

Ich hatte nicht auf die TikTok-App klicken wollen. Völlig entspannt hatte ich zu dem Treffen gehen wollen, das Mila angeordnet hatte. Heute Morgen hatte ich sogar zwanzig statt fünfzehn Minuten meditiert, nur um meinen Seelenfrieden mit drei Klicks zu zerstören.

Mein großer Bruder hatte mir den Link zu einem Video geschickt, in dem ein Schüler die Klausurkommentare seines Deutschlehrers bewertete.

> **Elias**
> 1:1 Herr Nowak 😁

Er fand es lustig und ich hatte nicht nachgedacht, den Link geöffnet und dabei vergessen, dass ich diese Plattformen nicht bedenkenlos betreten konnte. Ich besaß Social-Media-Apps nicht, um Freundinnen unter Videos zu verlinken – Leute verlinkten andere Personen unter meinen. So waren mir also unzählige Benachrichtigungen zu dem neusten Video auf @thegirlnextdoor entgegengesprungen, die ich Idiotin überflogen hatte.

Ich hatte gestern keine Werbung für Satisfyer hochgeladen, sondern bloß die Vorteile von Masturbation aufgezählt und dabei meinen eigenen für ein Schnittbild abgefilmt. Doch es war egal, dass User falsche Behauptungen aufstellten. Die Topkommentare bohrten sich trotzdem in mich hinein.

Allerhöchstens eine 6,5. Einfach nur schrecklich. Die würde ich nicht mal ansprechen, wenn ich vier Liter Jäger gekillt hätte. Alles war einfach too much. #sorrynotsorry

»Hey, wir sehen uns nachher bei Paulsen, oder?«

Beim Klang der vertrauten Stimme zuckte ich zusammen. Blinzelnd hob ich das Kinn und entdeckte Amira, die mir fröhlich winkte.

»Klar!«, rief ich ihr zu, woraufhin sie den rechten Daumen in die Luft reckte.

In Richtung Medien-Fakultätsgebäude verschwand sie, während jeder Zentimeter meiner Haut glühte. Für Außenstehende sah ich aus wie immer: Nur-Lucy mit ihren möchtegerntrendigen Klamotten und den gehobenen Mundwinkeln, nett, süß und freundlich.

Niemand ahnte, dass alles in mir tobte.

Ich verabscheute das Internet nicht. Ich verabscheute nur, wie die Menschen sich darin verhielten. Alles war voller Hass und sarkastisch gemeinten Emojis. Jeder wusste es besser und jeder wusste alles. Wir legten Filter über unsere Selfies, nur um in der Kommentarspalte filterlos übereinander herzuziehen. Leute sprachen unter meinem eigenen Video über mich, als würde ich nicht existieren. Sie beleidigten mich, mein Aussehen, meine Art, die Anglizismen in meinen Texten, bloß um sie in ihren Hasskommentaren selbst zu verwenden.

Mittlerweile hatte mein Bildschirm sich ausgeschaltet, doch meine Finger zuckten, weil ich mich rechtfertigen wollte. Aber das konnte ich nicht, schließlich bekämpfte man Feuer nicht mit Feuer. Wenn ich geschrieben hätte, was ich dachte, wäre ich bloß kritikunfähig und hochnäsig gewesen. Bekanntlich musste man im Internet mit der Meinung anderer rechnen. Ich konnte nicht tippen: *Ich habe keine Werbung für Satisfyer gemacht, sondern für WEIBLICHE Selbstbefriedigung. Die, die wir alle verschweigen, weil wir bloß männliche tolerieren. Überhaupt: Wie viele Ausdrücke kennt ihr für weibliche Selbstbefriedigung, garantiert nicht so viele wie für männliche, was? Aber bitte googelt auf keinen Fall nach Synonymen, denn dann findet ihr unter Verwendungsbeispiele für* Runterholen *das hier:* Wer sich auf Lucy einen runterholen kann, kann sich auf alles einen runterholen. *Nett, oder?*

Ich konnte diesen Kommentarentwurf nur in einer meiner vielen Gedankenschubladen verstauen, meinen Weg weiter beschreiten und so tun, als hätten Fremde mich nicht auseinandergenommen. Dabei durfte ich auf keinen Fall einen Blick auf mein eigenes Spiegelbild riskieren, weil ich sonst analysieren würde, welche Körperteile genau für die 6,5 verantwortlich waren.

Acht Minuten später klopfte ich an Milas Redaktionsbüro. Meine Beine waren nicht weich, sondern flüssig. Ich fühlte mich wie eine Pfütze voller Minderwertigkeitskomplexe, aber wen interessierte das schon?

Komm damit klar. Lass dir ein dickeres Fell wachsen. Nimm es nicht persönlich. Kritik gehört dazu. Lösch Instagram. Mach eine Pause von TikTok. Das ist sowieso alles nur fake.

Bessere Ratschläge hätte ich von meinen Mitmenschen nicht bekommen. Spoiler: Keiner davon half.

»Oh, hi, Lucy!« Ich erschrak, als Mila mir energisch die Tür öffnete. »Wie schön, dass du spontan vorbeischauen kannst.« Das helle Haar trug sie heute in einem Dutt, dazu große Ohrringe und einen engen Rollkragenpullover. Sie roch nach *La vie est belle*, während sie mich lächelnd hineinbat. »Nimm doch Platz.«

Langsam trat ich ein. Dabei flog mein Blick über den Tisch, von einer geöffneten Packung M&Ms zu dem roséfarbenen MacBook, an dem sie sich niederließ.

»Ich muss das hier eben noch schnell abschicken«, erklärte sie. »Dann können wir …«

Ich zuckte zusammen, als das plötzliche Klopfen auch Mila verstummen ließ.

»Komm rein, Gregor«, flötete sie, betätigte die linke Maustaste und klappte das Gehäuse zu.

Ich gefror auf der Stelle. Hinter mir erklangen Schritte. Zögerlich, vorsichtig und beinahe sanft. Als wären das jemals Adjektive gewesen, die ihn hätten beschreiben können.

»Setz dich hin, setz dich hin, es gibt großartige Neuigkeiten!«

Milas Stimmton war hell, der Himmel düster. Räuspernd zog Gregor den Stuhl zurück. Ich hingegen blickte stur geradeaus – vergebens. Jedes meiner Teilchen war sich jedes von Gregors Teilchen bewusst. In meinen Augenwinkeln blitzte seine Silhouette auf. Diesmal roch ich ihn sogar, eine Spur Duschgel und Deo.

Gott, wie ich das alles hasste. Wenn ich mich nicht gerade mit Arschlochmenschen im Internet beschäftigte, existierten seit Tagen nur noch zwei Silben in meinem Kopf. Gre-gor, Gre-gor, Gre-gor. *Hör auf*, hätte ich ihm am liebsten zugeschrien. *Hör auf, dich immerzu in meine Gedanken und in mein Leben zu drängen. Verschwinde. Verpiss dich. Komm nie wieder. Und das sage ich nicht, damit du kämpfst, sondern weil du mich schon vor sehr langer Zeit verlassen hast.*

Aber das wäre genauso hasserfüllt wie ein Kommentar von mrscherrycherry gewesen. Schweigend krallte ich also die Nägel in meine schwarze Stoffhose, während er sich neben mir niederließ. Er war zu groß für diesen Stuhl und zu viel für diesen Moment.

»Hi«, flüsterte er.

Zwei Buchstaben und ich schluckte. Entschlossen zwang ich mich zu einem knappen Nicken.

»Ich spanne euch nicht weiter auf die Folter.« Mila schnappte sich einen Stift mit goldschimmernder Kappe, den sie zwischen den Fingern drehte. »Und fragt mich bitte nicht, wie genau es funktioniert hat, aber nachdem ich erklärt habe, dass ihr beide schon zusammengearbeitet habt, sah die Sache ganz anders aus und … IHR HABT DEN JOB!« Wieder klang sie unendlich euphorisch, nach Konfettibomben und Sektgläsern.

Ich sollte mich freuen.

Das wusste ich.

Doch ich fühlte absolut nichts.

Moment mal, was?

Instinktiv rappelte ich mich auf, denn das war unmöglich. Ich hatte das hier so gewollt. Erneut zwang ich meine Mundwinkel nach oben, trotzdem ... nichts.

Nichts. Und nichts. Und nichts.

Ich fühlte mich leer, bevor Gregors Stimme zum zweiten Mal erklang.

»Cool«, brachte er hervor.

Cool.

Das hatte er gesagt, tief und leise, vor fünf Stunden. Und jetzt hallte es immer noch in mir nach, als ich von einem Bein aufs andere trat. Unser Treffpunkt war erneut das Erdgeschoss meiner Fakultät, wo ich auf Gregor wartete und weiterhin auf die Begeisterung, die einsetzen sollte.

Mein Handy hatte ich seit dem Zwischenfall heute Mittag nicht mehr angefasst. Dabei hatte ich es vibrieren gespürt. Bestimmt waren es Nachrichten in der @thegirlnextdoor-Gruppe gewesen, vielleicht Mama oder noch mal Elias. Aber ich wollte nicht auf ein Display starren und mich fragen, was Fremde über mich diskutierten.

Um Punkt siebzehn Uhr zwei stieß Gregor die Tür auf. Den abgewetzten Rucksack trug er lässig über einer Schulter, während einzelne Tropfen von seinem Windbreaker perlten.

Ich kippte den Kopf. Nieselte es? Wenn ja, liebte er es bestimmt. Er mochte Wasser, die Nässe und all die Unannehmlichkeiten, die Regen mit sich brachte. Na ja, zumindest war das früher der Fall gewesen. Auf was er heute so stand, konnte ich nicht sagen.

Doch als er näher trat, realisierte ich, dass er nicht alles an sich verändert hatte. Mein Blick verharrte auf seinen Nägeln, die nach wie vor kurz und krumm wirkten. Als würde er manchmal noch aus Nervosität daran knabbern. Interessant.

»Das Archiv ist im Keller, oder?«, fragte er.

Ich nickte.

»Wollen wir dann los?«

»Klar«, murmelte ich, bevor wir schweigend nach unten schlurften.

Wir passierten Plakate, die für Partys, Lesungen und Ausstellungen warben. Wenn man hier studierte, konnte man Kommilitonen wöchentlich bei ihren Projekten unterstützen. Jeder hatte ständig diese Sache, an der er arbeitete. Ständig wurde gemalt, geschrieben und gespielt. Ständig wurde sich getrennt, gelitten und geliebt.

Thank you for the tragedy, I need it for my art.

Es war das wahrste Klischee, das ich kannte. Aber das durfte ich Tillie nicht verraten, weil ihre Rede ihr so wichtig gewesen war, selbst wenn sie *tragedy* durch *anger* ersetzt hatte.

»Die Redaktion hat dir wegen der Köpcke-Fahrt Bescheid gegeben, oder?«, fragte ich in die drückende Stille hinein.

»Wie meinst du?«

»Unsere Fachbereiche verbringen jedes Wintersemester ein gemeinsames Schreibwochenende an der Nordsee. Immer im selben Bed & Breakfast, das …«

»Ihr fahrt im Winter an die Nordsee?«, unterbrach Gregor. »Wäre das im Sommersemester nicht schlauer?«

Ich biss mir auf die Zunge, bevor ich zuckersüß erwiderte: »Nicht ihr, sondern wir, Gregor. Das Bed & Breakfast gehört einem Alumni, wir könnten ihn für den Podcast interviewen. Kannst du dir das übernächste Wochenende einfach frei halten? Du weißt schon, so als Co-Moderator von *Campuskitsch*?« Der letzte Satz war unter der Gürtellinie, doch meine Geduld neigte sich dem Ende zu.

»Klar«, sagte er leise und beendete damit unser Gespräch.

Im Untergeschoss kramte ich den Schlüssel für das Archiv hervor. Die Luft war kühl und abgestanden. Es roch alt, nach Geschichten und Geheimnissen. Die Luft zwischen Gregor und mir war noch immer viel zu schwer. Worte waren Macht und Schweigen war Vernichtung. Wir versuchten, uns gegenseitig wortlos kaltzumachen.

Nachdem ich das Licht im Archiv angeknipst hatte, starrten uns mehrere Dutzend Regalfächer entgegen. Ich wusste, dass die Ordner darin alphabetisch angeordnet waren. Trotzdem erschienen sie mir wie das reinste Chaos. Ich legte meine Tasche ab und umarmte mich selbst. In meinem Hals steckte ein Kloß. Er schmeckte nach all den Gefühlen, die ich jemals hinuntergeschluckt hatte.

»Tada«, murmelte ich ironisch. »Das Fotoarchiv.«

Mit einem dumpfen Geräusch stellte auch Gregor seinen Rucksack ab. »Dann sehen wir uns am besten zuerst die Fotos von Niels Zimmermann an, bevor wir zu Themen brainstormen, oder?«

Bei jeder anderen Person hätte ich gelächelt, übermotiviert geklatscht und *Legen wir los!* verkündet. Doch jede andere Person war nicht Gregor. Ich holte tief Luft und versuchte, mir vorzustellen, was ich von Gregor halten würde, wenn ich ihn nicht schon gekannt hätte. Lange Glieder, große Statur, ein zusammengewürfeltes Outfit. Er war schlank und gleichzeitig muskulös, gerade ein Level über Joggen-

Klettern-Wandern-Muskeln. Definiert, aber nicht aufgepumpt.

Heiß.

Oh Gott.

Gregor war heiß, doch nicht auf die aufdringliche und chronisch-zweideutige Weise. Sein Gesicht war nicht symmetrisch, der Mund immer noch zu groß und die Nase zu schief, aber es machte ihn interessant. Sein Haar: nachtschwarz und lockig, wuschelig und anziehend. Was mich allerdings am meisten beeindruckt hätte, wäre niemals sein Aussehen gewesen. Es war die Art, wie er sich bewegte, so aufrecht und fließend. Keine Ahnung, wie ich es beschreiben sollte. Allein, wie er durch die Gänge schritt, war unendlich selbstbewusst. Und trotzdem wie auf der Hut. Als pumpte weiterhin diese Unsicherheit in ihm, die nicht mit seinen Fitnessstudiomuskeln harmonierte.

Gregor steuerte die Regale an. In Gedanken krempelte ich die Ärmel hoch und versuchte, alles beiseitezuschieben. Wir wollten die fotografischen Arbeiten von Niels Zimmermann sichten. Am besten sollten wir gleich danach versuchen, das Interview zu gliedern. Es war Arbeit. Recherche. Allerdings spielte es keine Rolle, wie oft ich mir das in den nächsten Minuten einredete. Gregor blieb Gregor.

Ich sah nur ihn aus dem Augenwinkel.

Ich hatte nur sein Waschmittel in der Nase.

»Das ist doch diese Emma, oder?«, wollte er nach einer Weile wissen.

Mittlerweile hockten wir an dem Tisch, er an einem und ich an dem anderen Ende. Beide unsere Notebooks waren aufgeklappt. Wenn ich tippte, echote jede Tastenberührung im Raum nach. Er hingegen verursachte keinen einzigen

Laut. Als schrieb er gar nicht, als atmete er nicht einmal. Er war still und attraktiv hinter seinem Laptop, ganz in seinem Element. Rein objektiv betrachtet natürlich.

Zwischen uns waren etliche Schwarz-Weiß-Fotografien ausgebreitet, die verschiedene Personen mit derselben Pastaverpackung zeigten. Unvermittelt nickte Gregor auf das Foto links oben, das ich nun begutachtete. Eine Frau mit riesigen Augen und Grübchengrinsen lächelte mir entgegen, während sie eine Schachtel Penne umarmte. Ich mochte ihre zerrissene Strumpfhose und die übergroße Bomberjacke. Zweifelsfrei sah Emma Visser aus wie die künstlerische Fotografiestudentin, die sie gewesen war. Diese Aufnahme hätte sie problemlos auf Instagram hochladen und es mit einer Beschreibung à la *I love carbs #fearnofood* versehen können.

»Diese Alumni, über die du das Porträt schreibst, meine ich. Hab letztes Wochenende in Niels' Autobiografie geblättert, sie kam auch darin vor. Sie war wohl sehr ...« Gregor erzählte weiter, von Alumni, als wären wir wirklich nur Co-Moderatoren.

Und ich wollte so sehr, dass wir das waren, aber mein Herz war blau und traurig, sobald ich ihn nur ansah.

»... deshalb denke ich auch, dass es die richtige Entscheidung war, die neue Staffel mit Niels zu eröffnen, er ist so ...«

Ich hielt es nicht mehr aus. Ihn. Mich. Alles.

»Ich glaube, es gibt da noch eine andere Kiste mit Fotos«, unterbrach ich ihn unvermittelt.

Gregor musterte mich überrascht, während ich mich aufrappelte und in Richtung Regale tappte. Dabei spürte ich seinen Blick auf meinem Rücken, doch es dauerte keine fünf Sekunden, bevor er sich wieder abgewandt haben musste. Garantiert schrieb er weiter. Ich hasste ihn dafür. Er konnte einfach so weitertippen. Wieso war ich nicht so gleichgültig? Warum war ich so dermaßen empfindlich und musste immer überdramatisieren? Und von welchen verdammten Fotos hatte ich bitte geredet?

Seufzend kniete ich mich zu Boden, um pseudomäßig eine Kiste vom unteren Regalbrett zu ziehen. Doch ich war nicht bei der Sache. Schließlich wusste ich, dass Gregor jetzt hinter mir hockte und wie er in einem anderen Leben einen Sommer lang an einem See direkt neben mir gehockt hatte.

»Alles okay?«

Ich musste abgedriftet sein. Beim Klang seiner Stimme zuckte ich nämlich so heftig zusammen, dass ich nicht einmal bemerkte, wie mein Griff sich von der Kiste löste. Ich konnte bloß blinzelnd zusehen, wie gefühlt eine Million Fotografien auf den Boden segelten.

»Scheiße«, fluchte Gregor und erhob sich unter Quietschen der Stuhlbeine. »Sorry, ich wollte dich nicht erschrecken.«

Sorry. Schon wieder.

Hastig streckte ich mich nach vorn, um nach den Fotos zu greifen. Keine Ahnung, ob er das Zittern meiner Finger bemerkte. Doch es war mir egal. Egal, egal.

Als ich mich nach vorn lehnte, um nach diesem Schwarz-Weiß-Bild zu greifen, verharrte ich. Ich hörte etwas hinter mir rascheln, bis ich begriff, dass Gregor sich demselben Bild entgegenbeugte. Er musste sich strecken, sodass sein Hoodie dieses entscheidende Stückchen verrutschte. Hätte ich nach unten gelinst, hätte ich einen Streifen nackte Haut über seiner Hüfte erkennen können. Aber mein Blick blieb starr nach vorn gerichtet, während ich ihn neben mir atmen hörte.

Unsere Finger streiften sich über dem Bild.

Es war eine unschuldige Berührung, federleicht und flüchtig – doch sie reichte. Flüssige Stromschläge durchfluteten meinen Körper.

Was. Zum. Teufel?

Zögerlich wandte ich den Kopf nach rechts, wohl wissend, dass ich es bereuen würde. Dennoch kam ich nicht dagegen an. Es war nur eine Berührung, aber sein Blick verdunkelte sich. Er begann zu glühen, die Pupillen weiteten sich. Dann hielt Gregor die Luft an, ich konnte es sehen, seinen Atem auf meiner Haut spüren, weil wir uns *so* nah waren.

WAS. ZUM. TEUFEL?

Die Worte lagen mir auf der Zunge, aber er war schneller.

»Fuck, Lu«, flüsterte er unendlich rau.

Als hätte ich mich an seinem dunklen Blick geschnitten, sprang ich auf. Mit brennenden Wangen suchte ich nach dem Foto, das Emma mit zwei weiteren Personen zeigte, doch Gregor schloss die Kiste bereits.

Fuck, Lu.

Wie konnte er es wagen, das zu sagen, so verflucht leise und tief? Meine Hände ballten Fäuste, weil ich wütend auf ihn war. Ein viel größerer Teil meiner Wut galt allerdings mir selbst. Wie konnte es sein, dass mein Körper derart heftig auf ihn reagierte, nach all der Zeit?

Das wäre eine perfekte Frage für meine Notizen. Sie jetzt zu öffnen, war jedoch keine Option. In meinem Kopf brannten Synapsen durch, bevor mir stattdessen andere Worte aus dem Mund stolperten.

»Wieso?« Meine Stimme bebte. Ich spürte, wie es hinter meinen Augen brannte. Krampfhaft blinzelte ich die Tränen zurück.

Nun erhob sich auch Gregor. »W…was?«

In einem anderen Szenario wäre der Grund für sein Stottern ein Gewinn gewesen, in diesem fühlte es sich allerdings nicht danach an.

»Wieso hast du dich nicht mehr gemeldet?«

Ein Muskel zuckte in seinem Kiefer. Zwei, drei, viel zu viele Sekunden starrte er mich an. »Ich …« Er setzte an, nur um abzubrechen.

Es schmerzte.

Eigentlich schmerzte in diesem Moment alles.

Natürlich hätte ich mich selbst dafür verfluchen können, dass mir diese Frage überhaupt herausgerutscht war. Aber wie hätte sie auch nicht?

»Ich will keinen Streit«, begann ich also. »Aber ich krieg es nicht hin, dich anzuschauen und mir einzureden, das alles beiseiteschieben zu können. Nicht, wenn du mich genauso ansiehst. Wenn du mich dann auch noch *Lu* nennst. Ich will die Wahrheit, damit wir weitermachen können und ich abschließen kann. Vor allem, wenn wir jetzt diesen Podcast zusammen haben, also …«

Sein Adamsapfel sprang unruhig auf und ab, während er die Finger seiner linken Hand in der Jeanstasche vergrub. Als wäre sie an allem schuld. Und womöglich war sie das sogar.

Mit seiner Hand hatte es damals begonnen.

Als wir uns jetzt ansahen, sah ich nicht ihn, sondern seltsamerweise alles. Den See, in dem wir geschwommen waren. Wie ich das geliebt hatte, bis ich mich verliebt hatte. Wir hatten diese Art von Wochen miteinander verbracht, über die Leute Bücher schrieben. *Es waren sonderbare Wochen in einer sonderbaren Zeit mit einem sonderbaren Menschen*, so etwas sagten sie dann. Und es stimmte. Im Großen und Ganzen sollte ich froh sein, dass ich diese Art von Liebe erlebt hatte. Davon träumten einige Menschen ein Leben lang, ohne sie je zu spüren. Ich hatte Gregor nicht nur auf diese achtzehnjährige Weise geliebt.

Ich hatte ihn gekannt und gefühlt.

Ich hatte nie wieder einen Menschen nach ihm gefühlt.

Im Hier und Jetzt betrachtet, erschienen die Wochen in Berlin jedoch kein bisschen erstrebenswert. Sobald wir unsere Zeitkapsel berührten, war ich entweder wütend, deprimiert oder beides.

Anstatt mir zu antworten, presste Gregor die Lippen aufeinander, bis er mich ein weiteres Mal mit seinen tiefdunklen Augen fixierte.

»Ganz ehrlich?« Angestrengt stieß er die Luft aus. »Ich weiß auch nicht, wieso ich mich damals so verhalten habe, Lucy.«

Ich konnte nicht atmen.

Ein Teil von mir starb. Es war der, der sich Hoffnung nannte und sich über Monate hinweg Oscar-würdige Gründe für Gregors Funkstille zusammengesponnen hatte: *Ich habe ihm die falsche Nummer gegeben. Ich habe ihm die richtige gegeben, aber er hat sein Handy verloren und kein Back-up gemacht. Sein iPhone wurde geklaut. Er wurde überfallen. Als er mir gerade eine Nachricht mit Herzsmiley getippt hat, wurde er von einem undokumentierten Tsunami in Berlin erfasst und ist gestorben.*

Es war dieser heuchlerische Mist, der so großartig in Filmen funktionierte. In der Realität hatte der Typ sein Handy. Deine Nachricht war angekommen. Es gab keinen technischen Fehler. Wenn Personen dir nicht zurückschrieben, geschah das bloß aus einem Grund: Sie wollten es einfach nicht.

Ich wusste das. Ich wusste das so gut.

Dennoch starrte ich Gregor entgegen, als würde noch etwas kommen. Schließlich konnte das nicht alles sein, wenn unsere Finger vor wenigen Minuten wortwörtlich voneinander elektrisiert waren, oder?

Ich weiß auch nicht, wieso ich mich damals so verhalten habe.

Das war lächerlich. Unbefriedigend. Wohl kaum die Wahrheit.

Zeitlupenartig konnte ich beobachten, wie sich ein glasiger Schimmer über Gregors Augen legte. Dabei stand sein Mund offen, als würde er dort nach Worten suchen, wo es keine Worte mehr gab.

Er hatte schlicht alles gesagt.

So einfach war das mit der Wahrheit.

Ich weinte erst zu Hause.

CAMPUSTRÄNEN
nIcHt MäNnLicH

Liebe Lucy, mein Exfreund und ich sind seit einem halben Jahr getrennt. Es tut immer noch weh. Was soll ich tun?

Wenn mich jemand nach Tipps gegen Liebeskummer fragt, denke ich immer an Tariq. Tariq und ich arbeiteten einen Sommer lang in einem Eiscafé. Tariq hatte eine Schwäche für *versehentliche* Sein-Schoß-streift-meinen-Hintern-Berührungen, wann immer wir gemeinsam an der Theke standen. Er war schmierig und aufdringlich, aber er brachte mir in den Pausen heimlich bei, wie man die schönsten Obstbecher kreierte. Einmal höhlten wir eine Honigmelone murmelförmig aus, während ich ihn mit meinem Liebeskummer zutextete. Dafür gab es zwei Gründe: Erstens: Ich wollte ihm klarmachen, dass ich kein weiteres Interesse an Dein-Schwanz-berührt-meinen-Po-Berührungen hatte. Zweitens: Ich nutzte jede Gelegenheit, die sich mir bot, um über Will zu sprechen. Schließlich sagte er: *Stopp, Lucy. Du musst aufhören, dir einzureden, der Typ würde an dich denken. Wenn es zwischen euch wirklich so magisch gewesen wäre, würde er dir schreiben. Tut er aber nicht. Er denkt nicht an dich. Punkt.* In diesem Moment fand ich den Kommentar ziemlich gemein, doch tief in mir drin wusste ich sofort, dass er recht hatte.

Er denkt nicht an dich. Punkt.

Tariq hatte mir das gesagt, was ich nicht hören wollte. Das, was keine meiner Freundinnen sich traute auszusprechen, weil man nicht auf Verletzte zielte, die blutend vor einem lagen. Und das hatte ich den gesamten Sommer lang getan. Weinend auf meinem Teppich, schluchzend auf Lenis Schlafsofa und tränenverschmiert in unserer Hängematte. Immer auf dem Rücken, mit dem Schmerzherz zur Decke.

Davon wusste Tariq natürlich nichts. Er drückte mir bloß lächelnd den Fruchtlöffel in die Hand, als hätte er mir gerade nicht herzlos ins Herz geschnitten. Mittlerweile ist das zweieinhalb Jahre her. Ich denke nur noch selten an meinen Stracciatella-Sommer mit extra Sahne. Wenn mich jemand allerdings nach meinem besten Ratschlag gegen Liebeskummer fragt, erinnere ich mich daran.

Er denkt nicht an dich. Punkt.

»O-ha.«

Beim Klang dieser bestimmten Stimme verflüssigte mein Herz sich zu einer jämmerlichen Pfütze. Doch ich sah nicht von meinem Handy auf. Immerhin war die Stimme nicht echt. Ihre Besitzerin konnte nicht hier in diesem Café sein, also scrollte ich weiter, als …

»Äh, Erde an Gregor?«

Jemand berührte mich an der Schulter und ich erstarrte, weil es keine Einbildung war. Mit zuckendem Kiefer sah ich von meinem Handy auf. Und tatsächlich: In einer schimmernden Lederleggins ließ sich Isa gegenüber von mir nieder. Ungefragt. Unangebracht. Und unglaublich breit lächelnd. Schlürfend nippte sie an ihrem Heißgetränk, wobei sie den Blick über mein Handydisplay fliegen ließ. Ringsum plätscherte nervige Chartmusik aus den Lautsprechern, während drei Tische weiter Zimtschnecken mit dem neuesten iPhone abgefilmt wurden. Zugegeben: Das *Leyla's* war nicht die beste Lösung. Es beinhaltete das Hipster-Klientel mit ihrem duftenden Hipster-Chai-was-weiß-ich-Drinks umgeben von grün sprießenden Hipster-Pflanzen. Doch von meiner Wohnung war es bloß fünfzehn Minuten zu Fuß entfernt und das war ein großes Plus. Ich durfte nicht wählerisch sein. Ich hatte eine Deadline und musste schreiben. Doch daraus würde nun nichts mehr werden. Denn vor mir saß Isa. Ich meine, ISA mit ihrem schwarzen kinnlangen Haar und den dunklen Brauen. Ihre Gesichtszüge waren symmetrisch und perfekt, die chronisch gerümpfte Nase verlieh ihr einen Touch scheinbarer Arroganz. Ihre Nägel glitzerten gefährlich wie eine Discokugel, während die Lücke zwischen ihren Schneidezähnen sie besonders machte wie unverkennbare Modeikonen. Sie war eine moderne Coco Chanel mit Yogamatten von Mala.

Isabel war schön und sie wusste es und eigentlich wussten es alle.

Statt zu antworten, musterte ich erneut ihr glänzendes Haar, dann ihr strahlendes Gesicht. Sogar der Schein der Glühbirnen reflektierte auf ihren Nägeln, als sie mir unverfroren das Handy aus der Hand schnappte.

»Oh mein Gott, niemals!« Verwundert sah sie auf. »Der Anti-alles-Gregor kennt @thegirlnextdoor? Ich …«

»Isa.« Meine Stimme war eisig. »Was. Zur. Hölle. Machst. Du. Hier?« Ich spuckte jedes Wort einzeln aus, wobei mir egal war, dass die Besucherschaft mir irritierte Blicke zuwarf.

Doch davon ließ sich Isa nicht beeindrucken. Sie sank bloß tiefer in die cognacfarbene Sesselbank und blickte mir mit funkelnden Augen entgegen. Verflucht noch mal alles an Isa harmonierte mit den goldfarbenen Blumentöpfen und den Tischen in Marmoroptik. Ich fragte mich, wie es sich wohl anfühlte, einfach zu passen. Denn Isa war *edgy*, aber auf die ästhetische Art. Auf diese romantisierte Weise, in der man Schlafstörungen Insomnia nannte wie ein melodisch klingender Mädchenname mit a.

Es war nicht meine Art von Abgefucktheit.

Kurz flackerte die Erinnerung daran auf, wie Brenner mich beim Schreiben erwischt hatte. Er wäre mir in jedem Szenario lieber gewesen.

»Noch mal«, flüsterte ich zischend. »Was tust du hier?«

»Na, was wohl? Ich habe dich gesucht.« Sie drehte mein Handy zwischen den Fingern. »Und endlich gefunden. Bevor wir zur eigentlichen Sache kommen, eine Frage.«

»Die wäre?«, presste ich hervor.

»Machen wir einen Deal?«

»Deal?«, murmelte ich fassungslos.

»Ist das ein Ja?«

»Das ist ein ganz fettes Nein. Weil – schade Schokolade – die mach ich nicht mehr mit dir.«

»Schade Schokolade?«, wiederholte sie belustigt. »Sagt man das bei euch so in Berlin?«

Ich presste die Lippen so fest aufeinander, dass es schmerzte. Instinktiv wurde mir warm. Vor Wut.

Es gab keinen Menschen, der mich so zur Weißglut trieb wie Isa. Manchmal musste sie nur atmen und ich hasste sie. Manchmal war heute. Und gestern. Und letzte Woche. Dieses *manchmal* war genau genommen jeder Tag im letzten Jahr gewesen.

Sie streckte die Hand aus. »Okay, okay, ich erkläre ihn dir zuerst. Du gibst mir deinen Schlüssel und ich dir dein Handy, Deal?«

»Haha, guter Witz.«

»Haha, gute Fake-Lache.«

Tickticktick.

In meiner Vorstellung hörte ich die Zeiger der Wanduhr, während ich schwieg. Schließlich schob sie das Handy doch über den Tisch hinweg zu mir. Langsam wie eine fucking Friedensfahne.

»Komm schon.« Sich ergebend hob sie die Hände. »Wie wäre es, wenn du mir jetzt deinen Schlüssel gibst, damit ich zu Hause auf dich warten kann? Ich bin extra für dich hergefahren.«

»Woher weißt du überhaupt, wo ich wohne?« Ich ballte Fäuste. »Und dass ich hier bin?«

»Na, na, na, na ich beantworte die Fragen erst, wenn du zustimmst, dich wie eine erwachsene und reife Person mit mir zu unterhalten.«

Ihre Stimme klang hell und gleichzeitig bestimmend. Vielleicht dachte sie, sie wirke wie eine Mutter, die ihren Sohn gerade beim Pornoschauen erwischt hatte. Und das war einfach nur krank. Immerhin war es bloß ein Post von @thegirlnextdoor gewesen. Ein Beitrag von Lucy. Natürlich hasste ich diesen ganzen Social-Media-Kram, aber was sollte ich sagen? Ich hatte nie geplant, mir nach ihrem gestrigen Abgang einen Account auf Instagram und TikTok zu erstellen – und hatte es dennoch getan. Vielleicht lag es an ihren Augen, wie sie ausgesehen hatten, bevor sie aus dem Raum gestürmt war. Riesig und grau und glasig, ohne dass ihr eine Träne die Wange hinabgelaufen war. Doch Lucy hatte nicht weinen müssen, damit ich mich wie das größte Arschloch überhaupt fühlte.

Ich weiß auch nicht, wieso ich mich damals so verhalten habe.

Es war wahr und gelogen zugleich. Mal wieder. Ich fragte mich, ob Ambivalenz mein heimlicher zweiter Vorname war.

»Anderer Vorschlag«, presste ich hervor. »Du haust ab und kommst nie wieder.«

»Aber ich habe gerade kein Zuhause.«

Meine Brust vibrierte. Lachte oder schnaubte ich? »Weißt du, was?« Ich griff mir den Laptop von der Tischplatte. »Das ist mir ehrlich gesagt zu dumm. Bleib ruhig an meinem Platz sitzen, an dem ich eigentlich wegen meiner Deadline arbeiten wollte. Kein Problem, Isa. Schnei einfach weiter in mein Leben und verschweig mir die wichtigen Sachen, als wäre nichts dabei. Ist ja nicht so, als hätte ich einen Haufen Dinge zu tun. Nein, alles dreht sich immer nur um dich.« Ich sprach weder laut noch leise. Das Zittern in meiner Stimme hörte man nicht heraus, weil ich jahrelange Erfahrung darin hatte, es zu unterdrücken.

Die Leute starrten uns trotzdem entgegen, aber es interessierte mich nicht. Ich nahm die Jacke vom Stuhl, schulterte den Rucksack und ging. Sollte Isa doch heute Abend vor meiner Tür stehen, wenn sie anscheinend wusste, wo ich wohnte. Ich würde sie ignorieren so wie sie mich. Sie hatte angefangen mit dem Spiel, also musste sie es jetzt auch zu Ende führen.

Das Problem mit Isa war allerdings, dass sie sich nie an die Regeln hielt. Sie hatte eine Abneigung gegenüber Gesetzen wie andere gegenüber schwarzen Oliven mit Kernen. Regeln? *Hm, nein, sorry, leider nicht mein Geschmack.*

Ich hatte nicht einmal die Kreuzung zweihundert Meter weiter erreicht, als sie mich einholte. Fest krallte sie die Hand um meine Schulter, damit ich mich umdrehte.

Ihre Augen schlitzten sich.

Mein Herz schwoll auf Kometengröße an.

»Was soll das eigentlich?« Trotzig verschränkte sie die Arme vor dem Oberkörper. Sie musste aus dem Café gehechtet sein. Ihre Jacke war geöffnet und der schwarz-weiß karierte Schal saß auf Halbmast. »Hör endlich auf wegzulaufen. Das bringt uns nicht weiter. Es erinnert mich nur ständig daran, dass ich öfter ins Gym müsste, und lässt dich dafür wie sechs wirken. Scheint mir nicht besonders erstrebenswert.«

»Ich laufe nicht weg.« Ich rollte mit den Augen. »Du läufst mir einfach nur hinterher.«

Sofort trat sie einen Schritt zurück und bewies mir damit, wie sehr ich sie mit allem getroffen hatte. Da wusste ich, dass es hässlich werden würde.

»Ganz ehrlich?«, begann sie. »Wir sind beide zweiundzwanzig. Erwachsene. Ich werde nicht behaupten, dass ich mich perfekt verhalten habe, weil das offensichtlich nicht der Wahrheit entspricht.« Ihre Nasenflügel blähten sich auf. »Das gibt dir allerdings trotzdem nicht das Recht, mich so zu behandeln. Ich habe mich entschuldigt. Ein, zwei, drei Millionen Mal, aber du willst mir nicht verzeihen. Du willst dein beschissen trauriges Leben mit deiner beschissenen gebrochenen Künstleraura leben. Garantiert redest du dir sogar ein, dass du den Schmerz und die ganze Melancholie für deine Texte brauchst. Und weißt du, was? Mach doch. Leb dein kleines Leben, in dem du dich nur groß fühlst, wenn du unwichtige Buchverträge unterschreibst. Hol dir auf dein erstes Hardcover einen runter. Sei ruhig allein und leide. Ist mir egal. Ist mir SCHEISSEGAL. Eigentlich ist es sogar allen scheißegal. Denn wieso sollten wir uns weiterhin um dich sorgen, wenn du uns nicht mal zurückrufen kannst?«

Isas Stimme brach und das war gegen ihre Regeln. Genauso wie die Träne, die an ihrem Gesicht hinabsegelte. Sie war nicht klar, sondern schwarz und schmierig wegen all der Schminke. Isa wischte sie allerdings nicht weg. Nein, Isa stand zu allem, was sie tat, vor allem zu ihren Gefühlen. Wenn sie traurig war, konnte es die ganze Welt ruhig wissen. Die glitzernd schwarzen Striemen trug sie wie einen Make-up-Trend im Gesicht.

Mein Herz pochte heftig. Vor meinem Sichtfeld verschwammen Passanten mit verblassten Straßenschildern zu einer grauen Masse. Nur Isa blieb gestochen scharf.

»Allein, dass du mir jetzt nicht mal antworten kannst.« Sie schüttelte den Kopf. »Du bist so lächerlich. Und erbärmlich. Und egoistisch. Und feige. Und weißt du, was das Schlimmste ist? Du stehst hier wie bestellt und nicht abgeholt, als hättest du keine Ahnung, was überhaupt abgeht. Du bist so passiv, Alter.«

Mein Mund öffnete sich. Ich wollte etwas sagen. Aber ich schaffte es einfach nicht, während die vorbeischlendernden Menschen uns zweite Blicke zuwarfen. Wir stritten uns schweigend. Das konnte niemand wissen. Trotzdem starrten sie, als wären wir eine Sensation in Großbuchstaben.

Ich kannte den Grund. Ehrlich gesagt hatte ich ihn noch nie nicht gekannt. Mit springendem Kehlkopf sah ich Isa in die Miene. Ihr Gesicht war ebenso blass wie meins, bei ihr hingegen wirkte es gewollt. Das Haar war in Wahrheit gelockt wie mein eigenes, aber sie ließ es sich für Hunderte von Euros permanent glätten. Selbst ihre Lippen waren einen Tick zu groß, doch sie wurde darum von allen beneidet.

Isas Gesicht war eigentlich mein Gesicht.

Mich hatte es noch nie ohne sie gegeben, sie nicht ohne mich. Ihre Gedanken hatte ich nie lesen können und wusste dennoch jederzeit, was sie dachte. Immer. Ich kannte sie besser als mich selbst, aber für sie galt das nicht.

Niemand wusste, wer ich war. Nicht einmal sie.

»Ganz ehrlich?« Meine Zwillingsschwester lachte schrill. »Fick dich einfach, Gregor.«

Donnerstag, 14:25 Uhr
Von: olga.sokolow@schulze-agentur.de
An: gregorbeck@gmail.com
Betreff: Kurzes Update

Lieber Gregor,

bevor ich dich wieder überfalle: Hättest du kurz Zeit für ein Telefonat?

Liebe Grüße
Olga

Ich warf einen nervösen Blick über die Schulter. Ein Typ mit kurz geschorenen Haaren schlurfte mit einem Bücherstapel durch die Gänge. Ich wägte ab, sitzen zu bleiben und Olga von meinem Arbeitsplatz aus anzurufen, entschied mich jedoch dagegen. Hinterher würde ich für mein Telefonat zig Killerblicke ernten. Also schloss ich den Laptop, schnappte mir den Proteinshake und steuerte den Ausgang der Bib an. Etwas abseits vom Gebäude positionierte ich mich und wählte Olgas Nummer. Das war aktiv und nicht passiv, oder? Außerdem … wie schlimm konnte es schon werden? Garantiert wollte Olga nur nachhaken, wie weit ich war. Vielleicht hatte sich auch einer der Verlage zum wiederholten Mal nach meiner Idee erkundigt, was krass war.

Alle wollten mein Buch.

Neunundneunzig Prozent der Schriftsteller kamen nicht einmal so weit wie ich. Ich hörte, wie es tutete, und schwor mir, mich nach dem Telefonat endlich zusammenzureißen.

Ich war undankbar und hielt alles für selbstverständlich, was einfach nur ekelhaft war.

»Literaturagentur Schulze, Olga Sokolow, mit wem spreche ich?«

»Hey, Olga.« Meine Stimme klang kratzig, doch sie kannte es nicht anders. »Ich bin's.«

»Oh! Hallo, Gregor! Wie schön, dass es so schnell geklappt hat. Hab ich dich beim Schreiben erwischt?«

»Ja, äh, so ähnlich.«

»Ach, ich liebe deinen Humor«, flötete sie, während es im Hintergrund raschelte. »Kannst du mir einen Gefallen tun? Ich habe leider nicht so gute Neuigkeiten, deshalb musst du mir versprechen, stark zu bleiben, okay? Hartmann … Hartmann und Krüger hat leider abgesagt, Gregor.«

Krampfhaft blinzelte ich vor mich hin.

Hartmann und Krüger hat abgesagt. Hartmann und Krüger hat abgesagt. HARTMANN UND KRÜGER HAT ABGESAGT.

Es war zu abstrakt. Zu absurd. Es konnte nicht wahr sein. Aber Olga sprach weiter und na ja, das klang schon ziemlich real.

»Es tut mir so leid. Ich weiß, es war dein Wunschverlag, allerdings hat Anja Röther letzte Woche ein ähnliches Projekt reinbekommen und konnte nicht mehr auf das ganze Manuskript warten. Sie hat beteuert, wie sehr sie es bedauert, uns ablehnen zu müssen. Sie ist weiterhin von deinem Talent begeistert und ist sich sicher, dass man viel von dir hören wird. Sie hat betont, dass dir ihre Tür weiterhin offen steht und man zukünftig noch mal über andere Projekte reden könnte, was ich prinzipiell befürworten würde, aber ...«

Olga hielt inne, damit ich etwas erwidern konnte, in meiner Kehle wuchs allerdings gerade ein kontinentgroßer Kloß an. Links lachten drei Freundinnen, bevor sie die Tür zur Bib aufzogen. Doch das sah ich bloß. Ich hörte es nicht. Da waren nur mein Herzschlag und Olgas Atmen.

»Aber«, fuhr sie fort, als ich nicht reagierte, »ich finde, dass wir uns weiterhin nur auf das jetzige Manuskript konzentrieren sollten. Wir haben einen Haufen von interessierten Verlagen. Sobald wir den finalen Text abschicken, werden Angebote eintrudeln. Da bin ich mir sicher.«

»D...das ... das klingt doch eigentlich ganz gut?«

»Ja«, sagte Olga sofort. »Natürlich klingt das gut! Das wird super. Dein Manuskript wird das beste Verlagszuhause bekommen, dafür sorge ich. Und bitte zerbrich dir über Hartmann und Krüger nicht den Kopf. Es war schlicht nicht der richtige Zeitpunkt.«

Mit glühenden Fingerspitzen umklammerte ich das Handygehäuse fester, während es mir in den Schläfen pochte.

BOOMBOOMBOOM, BOOMBOOMBOOM, BOOMBOOMBOOM.

Ich war gefährlich wie eine unberechenbare Explosion. Tja, damit war die Sache wohl klar: Die größte Gefahr für mich war immer ich selbst. Vielleicht gab es dafür ja ein Gegenmittel auf einem Selbstliebe-Instagram-Kanal.

»Übrigens, nur so als kleine Randnotiz, die Gold wert sein könnte«, sagte Olga. »Abstand wirkt manchmal wahre Wunder.«

Abstand?

Am liebsten hätte ich gelacht, doch es reichte schon, dass ich der unzuverlässige Autor war, der nicht einmal seine Deadlines einhielt. Also riss ich mich zusammen, bevor Olga zwei Momente später auflegte. Erst als ich mir mit der Hand über das Gesicht fuhr, bemerkte ich, dass meine Finger zitterten. Um mich herum hörte ich unbekanntes Lachen und angeregte Unterhaltungen. Fremde bissen in geviertelte Äpfel, während sie Monster-Dosen mit einem Zischen öffneten.

Und ich es einfach nicht mehr aushielt.

Meine Beine würden nachgeben, wenn ich auch nur eine Sekunde weiter still, ratlos und tatenlos herumstehen würde. Endorphine. Mein Körper und ich, wir brauchten dringendst Endorphine. Schüttete man die nicht automatisch beim Spazierengehen aus? Hatte ich das nicht irgendwo gelesen? Keine Ahnung. Und keine Ahnung. Ich wusste bloß, dass ich etwas tun musste, also setzte ich einen Fuß vor den anderen. Ziellos umrundete ich den Campus, bei dreizehn Grad in einem verfluchten T-Shirt. Ich war ein Mann, weder hart noch dominant. Ich empfand Schmerz sowie Kälte, doch ich fror nicht.

Ich fror nie.

Ich musste ein Schnauben unterdrücken. Wie bescheuert war das überhaupt? Ich konnte mich jedoch nicht lange damit aufhalten. Denn wie ein Musikexpress auf der Sommerkirmes drehten sich die Gedanken in meinem Kopf schwindelig.

Isa, Anja, Olga.

Du bist so passiv, leider zu spät, Abstand wirkt Wunder.

Ersteres stimmte. Die Verspätung war meine Schuld, der Tipp meiner Agentin hingegen war für den Arsch. Ich rieb mir die Nägel an der Jeans und realisierte, dass ich mein Notebook unbeobachtet in der Bib stehen gelassen hatte.

Wieso zur Hölle war mir das bloß so verdammt gleichgültig?

Du bist so passiv, du bist so passiv, du bist so passiv.

Innerlich fluchend checkte ich mein Handy, weil … ja, was erhoffte ich mir eigentlich? Dachte ich ernsthaft, Isa würde mir eine Entschuldigung schicken?

Sie hasste mich jetzt, was eine Tatsache war. Genauso wie die, dass meine Agentin bloß nett zu mir war, weil sie sich durch mich eine Hammerprovision erhoffte. Das würde sich allerdings ändern, wenn ich ihr kommende Woche nicht die nächsten fünfzig Seiten schicken würde. Weil ich offensichtlich unfähig dazu war.

Was stimmte nicht mit mir? Ich musste keine Knochen während lebenswichtiger Operationen durchsägen, trug keine Verantwortung für Hunderte von Flugpassagieren und forderte meinen Körper nicht zehn Stunden auf einer Baustelle. Ich musste nur ein paar Buchstaben in ein Dokument bringen – und war damit um Längen überfordert.

Hinter meinen Lidern brannte es, heiß und salzig.

Der Wind. Meine Augen tränten, weil der Scheißwind zu brutal vor sich hin wehte. Das war eine absolut natürliche Reaktion. Es musste so sein, denn wenn das Wetter nicht schuld war, verdrückte ich gerade ernsthaft in der Öffentlichkeit Tränen und das war unmöglich. Schließlich war ich ein Mann, stark, emotionslos und alles, worüber Kollegah und seine Kollegen sonst noch so rappten.

Ich. Heulte. Gerade. Garantiert. Nicht.

Meine Beine trugen mich weiter über den Campus. Ich lief wie auf Autopilot. Das Ziel nannte sich *Bloß weg*, obwohl es das in meinem Autorenhamsterrad gar nicht gab. Eigentlich verarschte ich mich die gesamte Zeit über selbst.

Lucy

UNNAHBARKEITSLEBEN
#GenZ

»Das sagt ihr doch heute genauso, oder?« Erwartungsvoll blickte Niels uns an.

Seit einer halben Stunde zeichneten wir auf. Wir hatten ihn mit seinen Erfolgen angepriesen und dabei nicht mit Lob gespart. Niels Zimmermann war das Aushängeschild unserer Hochschule. Er trug einen edlen Rollkragenpullover und abgenutzte Chucks – die Uniform des Künstlers Ende vierzig. Der teure Pullover vermittelte, dass er Geld und Erfolg hatte, die Schuhe, dass er cool und nicht abgehoben war. Unsere Präsidentin Gerda Tulius nannte ihn in jedem Interview mit glasigem Blick eine Sensation.

Und jetzt saß ich dieser Sensation mit Dreitagebart gegenüber und konnte es wegen der Anwesenheit meines Co-Moderators nicht ausschöpfen. Ich beäugte Gregor kein einziges Mal, was gut funktionierte, weil er neben mir hockte. Trotzdem spürte ich ihn. Überall.

Aus dem Augenwinkel sah ich die Unterseite seines Arms, weil der Pullover hochgerutscht war. Haut, Sehnen, Knochen.

Ein Arm, Wagner.
EIN ARM.

Aber es war Gregors Arm.

»Kommt schon, Leute, lasst mich nicht hängen.« Niels lachte. »Wollt ihr mir ernsthaft erzählen, dass ihr mehr in den Seminaren als außerhalb davon lernt?«

Seine bedeutungsschwangere Pause rief mich auf den Plan. Hastig schaltete ich mich ein. Schließlich konnte Gregor dazu nichts sagen. Er war erst seit drei Wochen in Köln. Was hatte er in der Zeit schon gelernt? Wie er mir das gebrochene Herz noch einmal brechen konnte? Mit einem einzigen Satz, der *Ich weiß auch nicht, Lucy* lautete? Besprach man das im Mentorat, belegte man dazu Seminare oder bekam man eine Einführung in *Minimaler literarischer Aufwand, maximaler Effekt*?

»Natürlich«, antwortete ich Niels lächelnd. »Die Veranstaltungen außerhalb der Unterrichtszeit sind äußerst wertvoll. Ich liebe zum Beispiel die Ausstellungen in der Berliner Straße total.«

»Ja, absolut! Ich dachte allerdings eher so an die Abende in heruntergekommenen WG-Küchen. Wenn man ehrlich zu sich selbst ist, ist das lediglich eine Kunsthochschule irgendwo in Nordrhein-Westfalen. Ein Bundesland weiter interessiert die niemanden. Aber wenn man hier ist, kommt einem alles so wichtig vor. Mann, es gibt so viele Momente, die ich gern ein zweites Mal erleben wollen würde.«

»Hast du einen bestimmten, den du gerne teilen würdest?« Gregors Frage kam wie aus der Pistole geschossen.

»Klar, deshalb bin ich hier, oder? Ihr wollt nur die geheimen Geschichten aus mir herausquetschen.« Niels wackelte mit den Brauen. »Superseltsam, aber ich musste sofort an diesen einen Abend denken. Meine Freundin und ich hatten Schluss gemacht. Wenn ich sagen würde, es sind Tausende Tränen meinerseits gefallen, wäre das die Untertreibung des Jahres. Vielleicht hatte ich sogar kurz überlegt, ein Fotoprojekt namens *Shattered Hearts* zu starten, was ich dem Himmel sei Dank wieder verworfen habe.« Er lachte. »Jedenfalls haben wir bei mir gebrainstormt. Quirin, Basti, Emma und ich. Genau da hat sie angerufen. Ich war superhibbelig, weil ich dachte: Was ist, wenn sie mich zurückwill? Wollte sie natürlich nicht. Sie wollte nur ihren Kaschmir-was-weiß-ich-Pullover wiederhaben, der noch bei mir lag. Per DHL-Express. Möööglicherweise bin ich mitten im Gespräch ausgerastet, weil ständig Worte wie *Pullover, dringend* und *Mach das bitte* gefallen sind. Vielleicht habe ich danach geweint, bevor meine Kommilitonen ihr letztes Geld für die Paketzustellung zusammengeschmissen, den Pullover meiner Ex verpackt und sich dabei meine Liebeskummermusik gegeben haben. Wenn ich daran zurückdenke, sehe ich nur, wie gut diese Zeit war. Ich hatte hier immer das Gefühl, ein Teil von etwas zu sein, versteht ihr?«

Zögerlich ließ ich den Blick nach links schweifen. Gregors Brauen waren zusammengezogen, seine vollen Lippen bildeten eine Linie. *Die Gregor-Gerade*, dachte ich, doch es war nicht der Moment, um mit alten Wortneuschöpfungen zu glänzen.

Ich wusste, er würde nichts sagen.

Ich wusste, er *hatte* nichts zu sagen.

Gregor war ein Einzelgänger. Er lebte in Word-Dokumenten und seiner eigenen Welt. Er war kein Teil eines Ganzen.

»Ich verstehe total gut, was du meinst.« Schnell rappelte ich mich auf. »Und ich finde auch, dass sich die Freundschaften hier total von denen in der Heimat unterscheiden.«

»Gott, ja«, stimmte Niels aufgekratzt zu. »Ich hab mich wie

ein Alien gefühlt, wenn ich an den Feiertagen in die Provinz gefahren bin.« Belustigt ließ er nun auch seinen Blick auf Gregor fallen.

»Äh, ja«, sagte dieser schlicht. »Finde ich auch.«

Äh, ja, finde ich auch?

Das ist ein Podcast, wollte ich schreien. Wenn ich nicht so verbissen um die Co-Moderation gekämpft hätte, säße er gerade ohne mich hier und würde das mieseste Interview überhaupt führen. Keine Ahnung, ob er meine Gedanken hörte. Wahrscheinlich nicht. Unsere Verbindung war schließlich nichts weiter als ein romantisiertes Hirngespinst, das ich schon lange aus meinem Kopf geschmissen hatte.

Und … trotzdem. Trotzdem spürte ich seine Unsicherheit überdeutlich und zwang ein Grinsen auf meine Lippen. Erneut ergriff ich das Wort, bevor ich den Rest des Interviews leitete. Niels nahm meine vorbereiteten Themen dankbar an, während Gregor nur das Nötigste tat. Nicken, gestelzt lächeln, ab und an einen Satz dalassen.

Am Ende verabschiedete Niels sich von uns, ehe er zurück ins Maritim rauschte, um dort etwas mit Bekannten trinken zu gehen. »Ich freu mich immer, wenn ich in Köln bin«, sagte er glücklich und winkte uns ein letztes Mal zu.

Mit einem Kloß im Hals beäugte ich Gregor, der bereits den Rucksackreißverschluss zuzog. Dabei wirkten seine Bewegungen seltsam abgehackt und hektisch, als wäre er auf der Flucht.

»Ähm?«, fragte ich und bemerkte zu spät, dass es ein Fehler war, denn er stand schon mit einem Fuß in der Tür.

Er musste sich umdrehen. »Was?«, fragte er gehetzt.

Ich überlegte, ob er fliehen und vor mir flüchten wollte, aber als ob. Ich übertrieb und überdachte. Wahrscheinlich verplemperte ich bloß seine Zeit. Seine Füße tippelten vor sich hin, während er mich ansah, ohne mich wirklich anzusehen. Gregor hatte es drauf, seinen Blick so zu verschließen, dass man meinen könnte, er hätte überhaupt keine Gefühle. Das war ein Trick. Ein ziemlich hilfreicher und wertvoller, wenn man bedachte, dass er Anfang zwanzig war in einer Welt, in der alle unerreichbar und unnahbar wirken wollten.

Unnahbar, unerreichbar.

Die Worte echoten in meinem Kopf nach, während ich die Schultern zuckte. »Schon gut«, murmelte ich.

»Na dann.«

Sein Satz hallte wider, im Raum und in mir, während er ganz leise verschwand.

Gregor

ISA-ABGANG
immer ein bisschen seltsam,
immer ein bisschen wie ich

Ihre Haare waren triefend nass.

Ich musterte zuerst die nassen Strähnen, dann ihr Gesicht. Trotzig wie ein Kind saß Isa vor meiner Haustür und streckte das Kinn vor.

»Was?«, blaffte sie. »Erst lässt du mich zwei Ewigkeiten lang hier warten und dann schaust du mich nur an?«

»Träume ich?«, fragte ich verwirrt, während ich den Schlüssel zwischen den Fingern drehte. »Oder sitzt du gerade wirklich klitschnass vom Regen in meinem Flur, nachdem du mir in Isa-Sprache gesagt hast, dass du mich nie wieder sehen willst?«

Doch sie ignorierte meine Frage und schloss die Augen, als müsste sie sich beruhigen. Als sie die Lider wieder aufschlug, schienen ihre Pupillen schwarz und entschlossen. Nichts war gut und Isa wollte alles verändern. So wie immer.

»Wir müssen reden.« Sie rappelte sich auf. »Das habe ich dir aber auch schon auf WhatsApp geschrieben.«

»Hab ich nicht gesehen.« War die Wahrheit.

Sie kniff die Augen zusammen. »Kannst du die Tür nicht einfach aufschließen?«

Meine Finger pressten sich so fest gegen die Schlüsselzacken, dass es fast blutete.

»Bitte«, fügte sie hinzu. Dabei bettelte meine Schwester nie. Ich blies die Wangen auf, bevor ich tat, was sie verlangte. In meiner Wohnung schälte ich mich aus der nassen Jacke.

»Können wir am Tisch reden?«

Meine Schwester ließ mich nicht aus den Augen, die Hände fest ineinander verknotet. Sie hatte die Nägel violett angepinselt. Eindringlich konzentrierte ich mich auf unnötige Details, um die Fassung nicht zu verlieren. Hinterher würde mir mein Filter noch abhandenkommen und ich würde ausrasten, hässlich und trashig wie auf RTL2.

Was zur Hölle machst du schon wieder hier? Ich muss schreiben, checkst du das nicht? Haben wir uns für heute nicht schon genug gestritten? Wird das jetzt unsere Routine? Wenn ja, können wir sie ändern? Wenn nein, kannst du dich einfach aus meinem Leben verpissen, wie wär's? Bitte, Isa. Bitte geh einfach.

»Sicher doch«, antwortete ich und nickte in Richtung Küche. Dort faltete sie die Hände wieder ineinander, bevor sie ihr Geständnis ablegte.

»Ich bin hier, um mich zu verabschieden. Ich werde gehen. Deshalb war ich vorhin auch im Café. Auf Find Friends sind wir immer noch verbunden.«

»Jetzt stalkst du mich also schon?«

»Ich habe seit Ewigkeiten nichts von dir gehört, Mann. Du bist mein Bruder. Ich wusste nicht, was ich sonst tun sollte.« Isa schluckte, während ich die Lippen fest aufeinanderpresste. Erst dann fuhr sie fort. »Ich hab ein Angebot für ein Aufenthaltsstipendium in Dublin bekommen.«

»Das Wellington-Stipendium?« Meine Lider sprangen auf. »Isa, das ist ja richtig krass.«

»Ja, oder? Die Mail kam heute Morgen an, seitdem hab ich es schwarz auf weiß. Aber ich kann es nicht glauben. *Ich*, Gregor. Ich habe das Stipendium, von dem alle träumen. Das ist so …« Ungläubig schüttelte sie den Kopf und redete weiter. Immer wieder rutschte sie auf ihrem Stuhl herum, gestikulierte wild mit den Fingern und verhaspelte sich, weil sie sich so freute.

Ich wollte mich nicht freuen.

Ich wollte mich *wirklich* nicht freuen.

Aber es war egal, wie angepisst und wütend ich seit Monaten war. Ich konnte nicht anders, als ein paar fuchsteufelswilde Schichten abzulegen, ihr wenigstens zuzuhören und sie nicht sofort rauszuschmeißen. Schließlich ging es um ihre Kunst.

Das veränderte immer alles in unserer Familie.

So einfach war das, während sie von dem Bewerbungsprozess und ihren Zweifeln erzählte. Dass sie tatsächlich geglaubt hatte, sie würde es niemals schaffen.

»Und das meine ich nicht, um meine Mitleidsnummer abzuziehen. Es war einfach so unwahrscheinlich.«

»Und trotzdem hast du es geschafft.«

Wärme durchflutete meinen Körper, ohne dass ich etwas dagegen tun konnte. Dabei war der Himmel gespenstisch dunkel. Vor dem Fenster zitterten die Äste. Wenn der Wind so stark war wie jetzt, klatschten sie sogar dumpf gegen die Scheiben. Wie ein Klopfen.

»Schätze, ich bin wohl eine in einer Million.« Schluckend hielt sie inne. Dabei wanderte ihr Blick durch die Küche, vorbei an meiner Fensterbank mit dem Vorrat an Proteinpulvern, bis er schließlich auf meinem zugeklappten Laptop verharrte. »Es ist auch ein guter Zeitpunkt, oder nicht? Du kannst dein Buch schreiben, ohne dass ich dich nerve. Und ich habe genügend Zeit, um mich dort in Ruhe umzuschauen.«

»Isa ...«

»Was? Es stimmt doch. Wir müssen die Wahrheit nicht verdrehen, nur weil sich kurz alles okay angefühlt hat. Du bist hier, um zu schreiben. Also machst du das und ich gehe.«

»Genau«, wiederholte ich sarkastisch. »Ich bin hier, um zu schreiben.«

»Und du klingst so ironisch, weil?«

»Hast du dir mal mein Word-Dokument angesehen?«, platzte ich heraus.

»Du bist zu viel in deinem Kopf.« Sie gähnte, als würde ich sie langweilen. »Das ist dein Problem. Du musst mal raus. Frische Luft atmen, ein paar Gefühle fühlen und nicht so tun, als würde dir das wirkliche Leben am Arsch vorbeigehen. Diese Einsiedlerkrebsmasche ist nicht gut hierfür.«

Sie klopfte sich gegen den Schädel, während sie sich nach vorn lehnte. Zwei, drei Sekunden starrte sie mich regungslos an. Unser Blickkontakt war so intensiv, dass ich mich selbst in ihren Pupillen erkannte.

»Mach es für Mama«, sagte sie.

»W...was?«

»Für Mama«, wiederholte sie glücklich. »Wir machen es beide für Mama.«

WIESO WILLST DU DAS?
nichts, das ich aussprechen konnte

Damals

»Du musst aufpassen.«

Ich hielt gerade den Saum meines Shirts zwischen den Fingern, als ich mich nach links wandte. Auf dem Rasen trat Lucy von einem Fuß auf den anderen. Die Sonne ging spektakulär hinter ihr unter, doch ich beachtete es gar nicht. Ich sah nur sie. Nur Lucy.

»Aufpassen?«, wiederholte ich deshalb verräterisch leise.

»Jepp. Bei deinem Roadtrip-Roman.« Sie schmiss ihren Rucksack ins Gras. Ich versuchte, mich auf ihn zu fokussieren, weil sie anschließend den ersten Knopf ihres Rocks öffnete und ich nicht spannen wollte.

Heiser räusperte ich mich. »Wie meinst du das?«

»Wie du Mia darstellen willst, ist riskant. Du balancierst mit ihr ziemlich gewagt auf der Manic-Pixie-Dream-Girl-Schiene. Sie hat zwar vielleicht keine knallpinken Haare und trägt nicht verschiedenfarbige Chucks, um zu beweisen, wie alternativ sie ist, aber das Ergebnis bleibt gleich, oder?«

»Und das wäre?«

Ich konnte nicht anders. Ich musste das Kinn anheben, um sie anzusehen. Und dann musste ich schlucken. Rock und Shirt lagen auf dem Rasen. Lucy umarmte sich selbst, wobei sie den Rücken krümmte und den Bauch einzog.

»Na ja, das, was du heute vorgelesen hast, hat in manchen Passagen so gewirkt, als wäre Mia nur für Kai da. Versteh mich nicht falsch, ich fand deinen Text voll gut und so schlimm war das mit Mia auch nicht. Ich würde halt bloß ein bisschen mehr darauf achten.«

»Ja. Voll logisch. Danke für die Anmerkung.«

Ja. Voll logisch. Danke für die Anmerkung.

Ich klang mechanisch wie ein Roboter. Dabei war ich eigentlich nur überfordert, von mir selbst und Lucy und Lucy und mir zusammen.

»Gut, das war mir wichtig zu sagen. Gehen wir dann ins Wasser?«

»W…wie?«

»Wie wie? Das ist der Preis, Gregor.«

Gregor.

Es ergab keinen Sinn, dass mein Herz bei meinem eigenen Namen schneller schlug. Sechs Buchstaben, zwei Silben. Wieso klangen sie anders, wenn Lucy sie aussprach? Warum *fühlten* sie sich anders an?

»Denkst du, du kannst unsere erste Begegnung einfach so in einem Text verarbeiten?«

Scheiße. Ich hatte gewusst, dass es kommen würde. Ihre versuchte Rettungsaktion war fünf Tage her. Heute war Samstag, unser erster freier Tag. Die Woche war zeitraffermäßig an mir vorbeigeweht. Ich hatte mit niemandem etwas zu tun, was die anderen wohl mehr überraschte als mich. Das erkannte ich an ihren verwunderten Blicken. *Wieso ist der*

Typ so komisch?, fragten sie stumm. Das Einzige, was mir persönlich seltsam vorkam, waren die Begegnungen mit Lucy. Wir redeten nicht, allerdings machte sie ihre morgendlichen Spaziergänge immer dann, während ich ins Wasser stieg, auch wenn unsere Blicke sich nie streiften.

Und jetzt stand Lucy doch im Bikini vor mir.

»Okay?«, fragte ich unsicher. »Der Preis dafür besteht also darin, dass wir zusammen schwimmen?«

»Ich dachte, du chillst lieber auf dem Seeboden?«

»Und du willst auch auf dem Seeboden chillen?«

»Es ist Samstag. Ich habe Sommerferien. Das letzte Mal, bevor mein richtiges Leben als Studentin losgeht und so weiter und sofort. Wahrscheinlich muss ich kompensieren, dass die meisten gerade in einer Emirates-Maschine in Richtung ihrer superkrassen Work-and-Travel-Australien-Erfahrung sitzen.«

»Nah, diese Selbstfindungssache auf Kiwiplantagen ist doch sowieso überbewertet. Man könnte sich genauso gut in Deutschland betrinken. Aber Fotos mit der australischen Sonne kommen auf Instagram einfach einen Tick besser an #fotogoals.«

Lucys Mundwinkel zuckten. »Also, was ist?«, meinte sie und nickte in Richtung See. »Chillen wir zusammen auf dem Seeboden?«

Als sie verstummte, brannten mir eine Million Fragen auf der Zunge. *Wieso bist du hier? Wieso sprichst du mit mir? Wieso willst du überhaupt etwas mit mir machen?* Aber diese Art von Fragen sprach ich natürlich nicht aus. Ich nickte bloß, tat auf cool und lässig und unberührt, als wäre ich es. So passierte es also. Das, was alles veränderte.

Wir stiegen in den See.

Eingetaucht verzog Lucy sofort das Gesicht vor Kälte. Wenn ich mich konzentrierte, hörte ich neben dem Vogelsingsang irgendwo einen Bass. Vielleicht berauschten sich Jugendliche weiter weg mit Bluetooth-Beats und Billigwodka. Doch die Geräusche verklangen, als Lucy sich zurücklehnte und auf dem Rücken trieb. Ich musterte die Träger ihres schwarzen Bikinis, dann ihr Gesicht.

»Ich hatte mal Angst davor.« Ich holte tief Luft. »Das ist der Grund, wieso ich ständig hier bin.«

»Du hattest Angst vor dem Wasser?«

»Jepp. Ich habe mir vor zwei Jahren überlegt, meine Angst zu verlieren.«

»Und die bestand darin, auf dem Seeboden zu chillen?«

»Ich chill da nicht. Ich probiere bloß aus, wie lange ich mit einem Atemzug die Luft anhalten kann. Hab mal 'ne Doku zu Apnoetauchen gesehen, wo eine Frau diesen Satz gesagt hat. *Ein Atemzug muss reichen.* Fand ich cool. Danach hab ich angefangen, es zu lieben.«

»Dieser Satz klingt wie einer, den du in dein Manuskript schreiben würdest.«

Darauf zuckte ich nur mit den Schultern, aber in meinem Kopf überschlugen sich Fragen und in meinem Bauch randalierten Gefühle. Und dieses Herzrasen. Woher kam das? Sie sollten uns warnen, sollten sagen: Wenn du jemanden magst, fühlt es sich so an, als würdest du jeden Moment in Dauerschleife sterben. Wieder und wieder und wieder, aber natürlich stirbst du nicht. Es ist nur Einbildung. Das *alles* war nichts weiter als pure Einbildung.

»Wovor noch?«, wollte Lucy wissen.

Meine Stimme kratzte, als ich fragte: »Wie meinst du das?«

»Wovor hast du noch Angst?«

»Vor vielem.«

»Zum Beispiel?«

»Du willst, dass ich Beispiele nenne?« Doch ich versprach mich, denn in meinem Kopf war es eine dieser anderen gefährlichen Fragen gewesen: *Wieso willst du das?*

»Klar«, erwiderte sie. »Ist doch spannend, dann haben wir so einen richtigen Film-Vibe. Erzähl mir von deinen Ängsten, damit wir tiefgründig wirken.«

»Du machst dir viele Gedanken darüber, oder? Wie du auf andere wirkst?«

»Ach, Mann, was soll ich darauf schon antworten?« Sie wurde gespenstisch leise. »Ich wäre gern eins von diesen Mädchen, das jeden Tag roten Lippenstift nur für sich selbst trägt, hitzige Wortgefechte beginnt und sie gewinnt. Ich würde gern weniger Fotos mit meinem Handy machen und dafür laut *fuck everything* auf einem Festival rufen, weil ich mich so frei und stark fühle. Weil es mir egal ist, was andere von mir halten. Aber das ist nicht so. Ich will allen und mir selbst gefallen. Ich will sympathisch sein. Freundlich. Ich …« Sie lachte auf, doch ein Schnauben mischte sich darunter. »Schätze, ich bin einfach wirklich nur das nette Mädchen von nebenan.«

Den letzten Satz spuckte sie so hässlich aus, dass ich die Bitterkeit beinahe auf meiner eigenen Zunge schmeckte. Ich wusste nicht, wieso ich automatisch näher schwamm. Aber es geschah wie von selbst. Als hätte ich weder Kontrolle noch eine Wahl. Wie bei dem Scheißherzrasen.

»Hat das jemand zu dir gesagt?«, fragte ich unsicher.

Sie hob die Schultern. »Vielleicht.«

Sofort setzte ich zu einer Erwiderung an, ihr ruckartiges Kopfschütteln unterbrach mich jedoch.

»Gott, ich bin so weinerlich. Können wir das vergessen?«

»Nah, ich bin leider die Art von Person, die sich an alles erinnert.«

»Schade«, seufzte sie. »Aber da haben wir wohl was gemeinsam, weil: same.« Ihre Lippen verzogen sich zu einem leichten Lächeln. Es war nur ein Lächeln, aber plötzlich war es mir wichtig und ich fragte mich, wie ein Lächeln überhaupt wichtig sein konnte.

Ich steckte in der Scheiße. Spätestens da hätte es mir bewusst sein müssen. Doch dann lächelte ich zurück. Und alles andere war so egal.

KUMMER
1. Schmerz
2. KUMMER

Jetzt

Mit zitternden Fingern klappte ich den Laptop zu.

Es gab keinen Knall. Im Grunde gab es überhaupt kein Geräusch. Und trotzdem zuckte ich zusammen. Meine Kehle fühlte sich so trocken an, dass ich es auf dem Küchenstuhl nicht mehr aushielt. Raketenruckartig erhob ich mich. Ich schnappte mir den Shaker mit Iso-Clear aus dem Kühlschrank und kippte es in fünf schnellen Zügen. Doch es nützte nichts. Meine Hand umklammerte das leere Plastikgefäß bebend, dabei sollte ich glücklich sein.

Sechsunddreißig Tage und der Fluch war gebrochen. Zum ersten Mal seit einer Ewigkeit hatte ich mehr als zwei Sätze getippt.

Schmeiß eine Party, Beck. Ein waschechter Erfolg. Nein, warte, geht nicht, du hast ja keine Freunde, haha.

Wieso konnte die Stimme nicht ihre Fresse halten? Wenigstens konnte sie mich von der Szene ablenken, die ich gerade geschrieben hatte, ausgegraben aus der Vergangenheit.

Fuck.

Ich dachte nicht nach, als ich nach der Sporttasche griff. Alles passierte automatisch. Wie ich den Reißverschluss zuzog, in die Schuhe schlüpfte und die Tür abschloss. Draußen steckte ich mir die drahtlosen Kopfhörer in die Ohren und drehte KUMMER auf. Es war Rap, eindringlich, aggro und überraschend gut getextet.

Er war der einzige Rapper, den ich mir geben konnte.

Ich spürte, wie mein Handy auf dem Weg zu meinem Ziel vibrierte. Ich wusste, es war Isa, doch als ich den Bildschirm entsperrte, enttäuschte ich mich selbst. Meine Intuition war am Arsch und unsere Zwillingstelepathie wahrscheinlich sowieso nie vorhanden gewesen. Die eingegangene Nachricht stammte nicht von meiner Schwester, sondern war eine Mail von meiner Agentin. Der Betreff lautete *Wasserstandabfrage.*

Wie kreativ, um zu erfragen, wie lost ich heute mit meinem Text bin, Olga.

Ich öffnete sie nicht, hatte ein Ziel, musste runterkommen und dann weitersehen. Fünf Minuten später erblickte ich endlich das orange leuchtende Schild meines Fitnessstudios. In Rekordgeschwindigkeit scannte ich mich ein, schmiss mein Zeug in einen Spind und bemerkte erst dann, dass ich mir nicht einmal eine Jacke übergezogen hatte. Ich war krank und würde noch kranker werden. Geil. Hastig sprang ich in die Nikes und dann auf das nächste Laufband. Am liebsten wäre ich schwimmen gegangen, doch zum Fitnessstudio ging es schneller und gerade brauchte ich alles sehr, sehr schnell.

Ich joggte zehn Minuten mit zwölf Prozent Steigung, länger tat ich es nie, weil *I'm saving the gains*. Im Freihantelbereich brachte ich jeden meiner Muskeln zum Brennen. Instinktiv drehte ich die Musik auf und bereute es gleich im nächsten Moment. Denn das Problem an Anti-Gute-Laune-Musik war, dass du dich nicht einfach von ihr berieseln lassen konntest. Gute Texte zogen immer an dir. Wenn du Glück hattest, fanden sie dich sogar im richtigen Moment.

Aber ich hatte kein Glück.

Ich hatte ein Karmakonto, das minus dreitausenddreiundzwanzig betrug.

Meine Beine gaben nach, als diese ganz bestimmte Refrainzeile in mich einsickerte.

Keuchend schweifte mein Blick über den Freihantelbereich. Es roch nach Schweiß, Gummi und Süßungsmitteln. Muskelpakete in dünnen Tanktops gingen stöhnend in Kniebeugen und stemmten dabei Gewichte, die ich nicht einmal in meinem nächsten Leben anfassen würde. Sie aßen zweihundert Gramm Protein am Tag, rührten Magerquark mit Wasser cremig und kauften Shirts prinzipiell eine Nummer zu klein, um ihren Bizeps zu betonen. Sie waren gebräunt, ihre Frisuren perfekt getrimmt. Wenn sie Selfies vor der riesigen Spiegelwand schossen, konnten sie diese bei *Love Island* einreichen, um sich als Granate zu bewerben. Außerhalb meiner Ohren lief garantiert ein Song mit schnellem Beat. Doch ich begegnete bloß meinem eigenen Blick im Spiegel. Der Typ mit den verschwitzten Locken und hochroten Wangen fragte mich, was ich hier tat.

Das ist nicht deine Welt.

Du gehörst hier nicht her.

Felix Brummer schrie mir ins Ohr. Das Handy in meinen Fingern brannte, als hätte es zu lange in der Sonne gelegen und würde nun überhitzen. Apple schickte mir allerdings keine Warnung, schließlich war das alles nur in meinem

Kopf, der gleich mit einhundertprozentiger Wahrscheinlichkeit explodieren würde. *Peng, Peng, Peng,* lichterloh und matschig, in all den graugrausamen Farben meiner Lucy-Gedanken.

Da hielt ich es nicht mehr aus.

Scheiß drauf.

Ich war der verblendete Idiot, der inmitten eines FIT X seine Notizen öffnete und zu tippen begann. Im Grunde war es alles, was ich gewollt hatte. Wonach ich in den letzten Wochen gesucht hatte. Dieser Drive. Der Drang. Dieses Ich-explodiere-*wirklich*-wenn-ich-nicht-jetzt-sofort-schreibe-Gefühl. Olga wäre stolz auf mich.

Während ich tippte, verschwammen die Nikes, Hanteln und Fitnessmenschen zu einer Masse. Die Welt wurde unscharf, wässrig und salzig. Letzteres schmeckte ich sogar auf meinen Lippen. Vielleicht war es der Schweiß, vielleicht die ungeweinten Tränen. Es interessierte mich nicht. Ich nahm bloß einen letzten Atemzug und tauchte unter.

Ich tippte und tippte und ging immer weiter unter.

Lucy

ARSCHLOCHGEISTER

Typen, die dich eiskalt ghosten, bis sie es plötzlich wieder nicht mehr tun

Wann immer ich an Gregor dachte, den früheren Gregor, zwang ich mich dazu, mich an *alles* zu erinnern.

Ich romantisierte nicht, ließ weder die unangenehmen noch unästhetischen Details aus. Entschlossen schwor ich die Bilder von damals herauf, wann immer ich schwach wurde.

So wie jetzt.

Ich saß in der Bib, wusste, dass Gregor sich an einem Platz links von mir befand, sah aber absichtlich nicht in seine Richtung. Selbst wenn ich seine pseudozufälligen Blicke auf mir spürte. Betont lässig drehte ich die Musik in meinen AirPods auf und widmete mich wieder meiner Lektüre. Zu meinem Übel waren wir zusammen hier, weil wir gemeinsam für die nächste Podcastfolge recherchierten. Glücklicherweise – sorry, ich meinte natürlich *leider* – hatten wir nur freie Einzelplätze ergattert. Gregor hatte sich ein Dutzend Bücher zur Geschichte unseres Campus geschnappt, während ich in der Anthologie zum zwanzigjährigen Jubiläum blätterte. Es war literarisch, anspruchsvoll und wertvoll für unseren Podcast. Doch ich saß seit einer halben Stunde an haargenau demselben Kapitel und kam einfach nicht weiter.

Ich wusste nicht, wieso ich Gregor vor zwei Stunden zugenickt hatte. Und plötzlich etwas anders gewesen war. Ich hatte auf seine Hände geblickt und mich daran erinnert, wie sie sich anfühlten. Männerhände. Seine Männerhände, die ich einmal so geliebt hatte. Kalt, rau, schwielig, Gregor. Seine Hände hatten sich immer wie er selbst angefühlt.

Liebe Lucy, wieso bringen dich zwei Männerhände so auf Touren?

Gerade als auch ich mich wieder auf die Kurzgeschichte von Pola Guse konzentrieren wollte, strömte mir der würzige Geruch von Chai in die Nase. Ich drehte mich um und lehnte mich anschließend lächelnd zurück, während Tillie mir zuwinkte. Sie trug einen dunklen Mantel über ihren schwarzen Leggins mit ausgestellten Beinen. Darunter schauten die Spitzen ihrer abgetragenen Doc Martins im veganen Sinclair-Modell heraus. Heute hatte sie sich das blonde Haar nach hinten geschoben, sodass goldene Piercings in Mondform an ihren Ohren hervorblitzten.

»Raus?«, fragte sie tonlos, wobei sie zwei Becher hochhielt und in Richtung Ausgang nickte.

Ich gab ihr einen schnellen Daumen nach oben, ehe ich die Kopfhörer aus meinen Ohren pfriemelte und mir meine Jacke und das Wasser schnappte.

»Krass«, sagte ich, sobald wir an der frischen Luft waren. »Dein Timing ist echt perfekt.«

»Aber natürlich, gehört quasi zu meinem Namen. Timing und Tillie. Das ist sogar eine Alliteration. Bekomme ich dafür Extrapunkte?«

»Klar, zehn Extrapunkte mit Sternchen sind dir sicher.«

»Danke, sehr großzügig von dir, dann habe ich ja schon ein positives Ereignis, das ich vorbildlich in mein Sechs-Minuten-Tagebuch schreiben kann.«

Grinsend nahm ich den Bambusbecher an, den sie mir reichte. Wir hatten uns etwas abseits des Ausgangs aufgestellt. Es roch nach Zigarettenrauch und dem neuen Parfum von Ariana. Laubblätter zerbrachen unter schweren Schritten, während ich vor Kälte von einem Fuß auf den anderen trat.

»Also.« Vorsichtig nippte Tillie an ihrem Chai. »Wieso war mein Timing gut?«

»Konnte mich nicht mehr konzentrieren.«

»Wegen Gregor Samsa?«

Ich blinzelte.

»Was ist? Dachtest du, ich hab euren Lovers-to-Enemies-Blickkontakt nicht mitbekommen?«

Ich schüttelte den Kopf. »Wieso ignorieren wir das Gregor-Thema nicht und kommen zu dem Grund für den SOS-Chai?«

»Nah, ich bin immer noch gegen den Namen. Es ist ein Update-Chai.«

»Bin ganz Ohr, Frau Tagesschau-Tillie.«

»Zehn Extrapunkte auch für dich«, verkündete sie belustigt. »Aber jetzt zurück zur Tagesordnung, bevor ich in das Filmseminar muss. Es gibt wie gesagt drei Hauptthemen. Erstens: Hast du schon dein Reel von gestern gecheckt? Es ist riiichtig gut angekommen. Es wurde so krass oft geteilt und ist jetzt schon die beste Ausgabe von *Fake Articles*. Über fünfhunderttausend Aufrufe auf Instagram. Es war so eine gute Idee, unsere Follower dazu aufzurufen, selbst problematische Magazinaussagen herauszusuchen. Lass es uns heute gleich auf TikTok hochladen, ja? Am besten machen wir nur noch Hasstriaden gegen Sextipps in Frauenmagazinen.«

Fünfhunderttausend Aufrufe für ein Reel. Ich lächelte, halb ehrlich, halb besorgt. In dem Video hatte ich Sextipps in

Frauenmagazinen unter die Lupe genommen. Schließlich war es besorgniserregend, wie viele Magazine sich im Hinblick auf die Technik für den besten Blowjob selbst übertrafen.

Gönnen Sie ihm den Spaß, er verdient das nach einem langen Arbeitstag, lassen Sie sich auf SEINE Lust ein. Stecken Sie ihn tief rein, spielen Sie mit seinen Hoden, stöhnen, saugen, Würgereiz ignorieren, das können Sie üben, Ihr Mann wird es Ihnen danken und lieben.

Das waren natürlich absolute Protipps. Nicht. Frauenmagazine könnten eine exzellente Plattform dafür bieten, Frauen dabei zu helfen, besseren Sex zu haben, aber nun gut. Meine Message hingegen war stark, richtig und wichtig. Bloß … wenn eine halbe Million Menschen sich meinen Monolog angehört hatte, waren garantiert nicht nur nette Kommentare dabei.

In meiner Kehle wurde es eng. Vor allem, wenn ich daran dachte, dass nächste Woche auch noch die erste Folge von *Campuskitsch* ausgestrahlt werden würde. Ebenfalls etwas, wofür ich negative Kommentare kassieren könnte.

»Was ist das zweite Update?«, fragte ich hastig.

»Dein Ernst? Lucy-Lu, fünfhunderttausend Aufrufe auf Insta sind richtig, richtig gut. Willst du dich wirklich nicht mal kurz freuen?«

»Ich schau es mir nachher selbst an«, sagte ich, aber Tillie schien nicht überzeugt.

Natürlich nicht. Sie war eine meiner besten Freundinnen. Wir liehen uns betrunken Pyjamas, teilten Meditationsmantras und das allerletzte Ministück ihrer magischen Blondies.

»Klar, auch eine Möglichkeit«, erwiderte sie trotzdem. »Falls du allerdings auf der Suche nach den nicht ganz so netten Kommentaren sein solltest, wirst du keine finden.«

»Hast du sie gelöscht?«

»Natürlich. Als ob @thegirlnextdoor frauenfeindliche und beleidigende Kommentare duldet.«

Ich lächelte und Tillie lächelte zurück. Manchmal war es einfach und manchmal war jetzt.

»Übrigens«, fuhr sie fort. »Der von deiner Mama war wieder so cute.«

Ich atmete tief durch. »Okay.« Innerlich etwas ruhiger nahm ich einen großen Schluck von meinem Heißgetränk. »Ich schaue es mir nachher an. Damit ist das erste Thema abgehakt. Mach weiter, bevor du zu spät kommst. Was gibt es noch für News?«

»Isak ist Geschichte.«

»Der Banker-Typ, den du auf Tinder kennengelernt hast?«

»Jepp, der mit dem überraschend guten Sexting und den heißen Sprachnachrichten.« Sie seufzte tief. »Die werde ich vermissen. Leider musste ich ihm gestern erklären, dass ich ihn nicht mehr sehen will. Wir waren nämlich bei mir. Und weißt du, was das Erste war, was er gesagt hat? *Wow, hätte gar nicht gedacht, dass du so ordentlich bist. Passt gar nicht zu dir.* Da habe ich ihn gefragt, was er denn bitte für ein Bild von mir hätte, und danach ging es bergab.«

»Lass mich raten«, flüsterte ich wütend. »Super-duper-heiß, allerdings leider kein Girlfriend-Material?«

Sie schnaubte. »Natürlich. Nicht, dass ich was Ernstes mit ihm gewollt hätte. Oder überhaupt mit irgendjemandem wollen würde. Aber was ist denn mit den ganzen Männern auf Tinder los? Isak ist neunundzwanzig und hat mir todernst gesagt: *Komm schon, du ziehst dich doch nicht an, wie du dich anziehst, ohne Hintergedanken.* Da hab ich ihn auf unseren Blog verwiesen und ihn anschließend rausgeschmissen. Als ob ich mir solche Sprüche gebe. Wer denkt er, wer er ist?«

»Es tut mir so leid für dich«, erklärte ich mitfühlend.

»Na, Schwamm drüber. Er war mir eh zu erwachsen mit seinen Anzügen und seinem Börsenwissen.«

Ich wusste, dass sie es so meinte, denn sie konnte es. Schwamm drüber, abhaken, weiterswipen. Männer vögeln, Spaß mit ihnen haben und sie rausschmeißen. Männern sagen: *Danke, ich hab keinen Bock mehr auf dich*, und neue Männer kennenlernen. Manchmal wünschte ich, ich wäre mehr Tillie und weniger ich. Dieses *manchmal* war fast immer.

»Außerdem«, erklärte sie weiter, »*thank you for the anger, I need it for my art*. Isak wird bestimmt gute Beiträge inspirieren. Ich bitte um fünf Extrapunkte für diese smoothe Überleitung, denn: Damit wären wir auch schon beim letzten Thema. Hast du mitbekommen, dass *All Too Well* gerade wieder trendet? Gott, ich liebe dieses Musikvideo so.«

»Nein.« Ein Schauder fuhr mir über den Rücken. »Nein«, wiederholte ich viel zu leise. »Hab ich nicht.«

Innerhalb der nächsten fünf Minuten tranken wir unsere Chais aus, während der Wind uns das Haar nach hinten blies. Es waren kalte fünf Minuten. Kalt wegen des Wetters und kalt wegen der Erinnerung.

All Too Well.

Tillie verabschiedete sich mit einer Umarmung, bei der ich spürte, dass etwas schieflief. Es war dieses plötzlich einsetzende mulmige Bauchgefühl. Diese leichte Vorahnung im Hinterkopf, die man nicht mehr loswurde.

»Ah, bevor ich es vergesse.« Im Gehen drehte Tillie sich noch einmal um. »Die genauen Infos für die Köpcke-Fahrt sind online, ich schick sie dir nachher, ja?«

»Klar«, murmelte ich und zwang ein Lächeln auf meine Lippen.

Die Köpcke-Fahrt. Verdammter Mist. Ich konnte es ja kaum erwarten, dieses Wochenende mit Gregor unter einem Dach zu schlafen.

Ich umarmte mich selbst und nahm drei tiefe Atemzüge. Dann schlurfte ich zurück ins Innere und verfluchte mich selbst, weil mein Blick automatisch zu den Glasscheiben wanderte. Ich checkte mein Outfit, mein Aussehen, meine Haare.

Sehe ich gut aus? Sehe ich okay aus? Sehe ich schrecklich aus?

Mit einem Kloß im Hals zückte ich mein Handy und öffnete die *Liebe-Lucy*-Datei in den Notizen. Ganz nach Tillies Motto: *Danke für die Wut, ich brauche sie für meine Kunst.* Wie unglücklich, dass ich mich selbst am allermeisten zur Weißglut trieb.

Liebe Lucy

Liebe Lucy, wie viel Platz würde ich in meinem Kopf freischaufeln, wenn ich nicht so besessen von meinem Aussehen, meiner Frisur, meiner Figur und meinem Gewicht wäre, damit, wie dieses Kleid mir steht und wie viele Kalorien die verschiedenen Sorten Barilla-Nudeln haben (immer gleich viele)?

Zurück in der Bib steuerte ich schnurstracks die Regale an. Wenn ich schon auf den Beinen war, konnte ich gleich neues Recherchematerial zusammensuchen. Okay, okay, vielleicht war das ein Stück weit Prokrastination. Und ein Herauszögern. An meinem Platz würde ich Gregors Blick auf mir spüren. Lieber wollte ich ungestört ein bisschen Buchluft einsaugen, selbst wenn sie zum größten Teil von wissenschaftlichen Sachbüchern ausgeströmt wurde.

Erneut zückte ich das iPhone, öffnete meine selbst erstellte Literaturliste und huschte zum S-Regal. Als ich das Hardcover fand, nach dem ich gesucht hatte, zog ich es aus der Lücke. Ein Fotoband von Oskar Ivanovic. Ich strich gerade über das Cover, begutachtete das Selbstporträt, da …

»Hi.«

Alles in mir verkrampfte. »Scheiße, Gregor«, presste ich hervor. »Erschreck mich doch nicht so.«

Entschuldigend hob er die Hände. War das nun etwa die neue Version von *sry lucy*?

»Hast du Pause gemacht?«

»Jepp«, erwiderte ich, als ginge es ihn etwas an.

Es war komisch, wie wir hier standen, umgeben von Sekundärliteratur und Klappenbroschuren, während wir uns über Buchrücken hinweg betrachteten. Ich hasste es, dass er so viel größer war als ich. Wie immer fuhr er seinen Basic-Aufzug mit schlichter Jeans und mausgrauem Hoodie. Doch anders als sonst ignorierte er mich nicht. Wie er mich jetzt ansah, mit seinen dunkel aufblitzenden Augen, war neu, weil es alt war. Er sah zu genau hin, ganz in Gregor-von-damals-Manier.

Alle Härchen auf meiner Haut stellten sich auf.

»Du schaust mich komisch an«, brachte ich mühsam hervor. »Wieso sagst du mir nicht einfach, was los ist, damit wir es hinter uns bringen und uns danach wieder ausschließlich auf den Podcast fokussieren können? Oder möchtest du dich vielleicht für die letzte Folge entschuldigen?«

»Ich …«

Es stimmte also. Meine Intuition hatte mich nicht getäuscht. Das war fast ein Gewinn.

»Na ja, es ist …« Als er diesmal abbrach, war es nicht aus Ratlosigkeit. Plötzlich galt seine Aufmerksamkeit nämlich meinem Handy. Jenes, das ich immer noch mit den Fingern umklammerte und das plötzlich aufblinkte.

> **ROMEO (REWE)**
> Es ist scheiße dass ich mich jetzt wieder melde aber es tut mir so leid lucy. Ich hab nachgedacht und

Mir wurde schlecht. Schlagartig kroch mir Magensäure den Hals hinauf, während ich mein Handy am liebsten gegen die Wand gescheuert hätte. Es war der Ursprung von neunzig Prozent meiner Probleme.

Gregors Räuspern riss mich aus meiner Schockstarre, was mich daran erinnerte, dass sich die restlichen zehn Prozent gerade direkt vor meiner Nase befanden. Mit spitz hervorstehenden Knöcheln hob ich das Kinn.

»Sexy Rechtschreibung hat dieser Romeo da«, flüsterte er.

So zu tun, als hätte er die Nachricht nicht gelesen, wäre heuchlerisch. Ironischerweise glaubte ich sogar, dass er es freundlich und sogar ein bisschen lustig meinte, sich an seiner Version von Stimmungsmache versuchte. Doch er scheiterte.

Natürlich.

Gregor und ich, wir scheiterten immer nur.

Weil ich nicht wusste, was ich antworten sollte, zuckte ich mit den Schultern. Er fuhr sich durch das Haar und ich wusste mit Sicherheit, was jetzt kommen würde: *Ist das dein Freund? Wenn nein, was ist er dann? Datest du ihn? Vögelst du ihn?* Ich rechnete mit einem unterschwellig passiven Ton, geschlitzten Lidern und einer heimlich gequälten Miene.

Doch Gregor schluckte bloß, einmal, zweimal, dreimal – dann lächelte er. Aber es war schief und traurig und verfehlte sein Ziel.

Scheitern, scheitern, scheitern.

»Es geht mich absolut nichts an«, begann er kratzig. »Und ich will auch echt keine Grenze oder so überschreiten, nur wenn du mich fragen würdest …«

Er machte eine Pause, bot mir eine Lücke, um einzutreten und für mich einzustehen. Um zu sagen: *Halt die Klappe, denn du hast recht, meine Nachrichten gehen dich einen Dreck an.* Mein Mund schien allerdings wie versiegelt.

»Wenn er weiß, dass es scheiße ist, wieso schreibt er dich an? Wenn er wirklich wüsste, dass er Scheiße gebaut hat, würde er es lassen. Er würde seinen Mist zusammenbekommen und dich nicht weiter mit sich belasten.«

Mein Herz pochte, was ich hasse. Und meine sofortige Antwort, die mir unvermittelt aus dem Mund stolperte, die hasse ich genauso.

»Redest du von Romeo?«, fragte ich.

Oder redest du über dich?

Und dann war da dieser eine Zentimeter, den er näher ans Regal rückte. Der, der alles verschlimmerte. Gregors Geruch kroch mir in die Nase. Eigentlich war er überhaupt nicht besonders. Deo, ein Rest Duschgel, Kaffee und Kaugummi, vielleicht Airwaves Cool Cassis. Und trotzdem stellte dieser Geruch seltsame Dinge in mir an.

Das war nicht fair.

Aber wen interessierte das schon? Es gab keine Schiedsrichterin in meinem Leben. Ich war diejenige, die Grenzen setzen, schrill dazwischengrätschen und Männer vom Platz verbannen musste. Doch als er mir näherkam, wollte ich es. Ich hing an seinen Wimpern und jedem Wassertropfen, der dazwischen nicht mehr existierte. Ich hing an seinem Blick und an seinen Lippen, an jedem Wort und jeder Erinnerung, die wir teilten. Ich spürte, wie das Atmen schwerer wurde und dreitausend Tonnen Schmerz sich auf meine Brust pressten, weil ich so verdammt an *allem* hing.

»Nein«, sagte er. »Nein, ich rede nicht von Romeo.«

Ich wartete auf eine Ausführung und wartete vergebens. Wieder mal. Gregor schnappte sich ein Buch, nickte mir zum Abschied zu und verschwand. Er ließ mich allein in einer Abteilung voller Wörter, ohne selbst ein einziges zu benutzen.

Als es hinter meinen Augen zu brennen begann, wusste ich nicht einmal, wieso.

Gregor, wieso bist du nur immer noch so kalt?

Gregor

RAKETE

1. Bier
2. wie mein Herzschlag sich manchmal anfühlt

Mit mir war es immer dasselbe.

Ich wusste, dass ich etwas nicht tun sollte, wusste es so sehr und so gut. Und dann tat ich es trotzdem. In diesem Fall stieß ich die Tür auf und befand mich keine Minute später vor der Zeitschriftenabteilung im Kaufland. Der Riemen meiner Sporttasche hing mir schief über der Schulter, während meine Locken noch feucht waren. Ich kam gerade vom Schwimmen, hatte Bahnen gezogen und raus aus meinem Kopf gewollt, doch war mit jedem Armzug tiefer in meine Gedanken abgetaucht.

In diese Idee.

Ich hätte sie sofort aus meinem Kopf schmeißen sollen. So wie ich es mit Plotentwürfen tat, die laut Olga nichts taugten. *Das ist nicht realistisch. Vergiss das nicht, realistisch ist immer die oberste Priorität.* Aber mein Leben war ein Film, in dem die merkwürdigsten Dinge passierten. Wieso verstand sie das nicht?

Ich griff nach dem Magazin mit dem grellsten Cover und den schrecklichsten Überschriften. Links von mir quengelte ein Geschwisterpaar in identischen Gummistiefeln um Kinderriegel, während der Vater genervt auf seinem Smartphone scrollte. »Bitte, bitte, bitte, bitte, bitte, bitte, bitte, bitte, Papa«, sangen sie im Chor.

Ringsum türmten sich Angebote über Angebote für unnötige Dinge, die niemand brauchte, aber alle kauften. In Rekordgeschwindigkeit machte ich einen Schritt nach vorn, schnappte mir wahllos Magazine und vor der Kasse einen hauseigenen Proteinriegel.

»Vierunddreißig Euro und zehn Cent«, sagte der Kassierer.

Als ich die Karte gegen das Gerät hielt, musterte er mich abschätzig. Ich verurteilte ihn nicht. Wer zum Teufel bretterte schließlich fünfunddreißig Euro für problematische Frauenmagazine hin?

Nach Hause lief ich zu schnell, der Proteinriegel schmeckte scheiße. Als ich die Haustür aufstieß, spürte ich mein Handy vibrieren. Ich schaute nicht nach. Ich schmiss bloß meine Jacke in die Ecke, bevor ich die Küche ansteuerte. Nicht einmal die Schuhe zog ich aus. Ich hatte keine Zeit, mich mit mir selbst zu beschäftigen. Hektisch griff ich die Magazine, fischte nach einem Kugelschreiber und begann. Ich las und unterstrich. Bei jeder Linie, die ich setzte, wurde die Stimme in meinem Kopf lauter:

Was machst du da, was machst du da, was machst du?

Versuchen zu überleben.

Aber es klappte nicht.

Ich überlebte nicht. Das Gegenteil war der Fall. Ich fühlte mich, als würde ich sterben. Immer wieder rieb ich mir die

Hände an der Jeans, spürte mein Herz unnatürlich stark pochen und hätte das Wort *Rubatosis* am liebsten aus unserem Wortschatz gestrichen. Der Sie-haben-ein-nervöses-Herz-Arzt hatte gemeint, es wäre nicht so schlimm. *Nehmen Sie es Ihrem Körper nicht übel. Erinnern Sie sich daran: Ihr Körper ist nicht Ihr Feind. Er will Ihnen nur helfen.* ABER WELCHEN VORTEIL HATTE ES BITTE, WENN ICH MEINEN PULSSCHLAG DIE GANZE ZEIT ÜBER HÖRTE?

Nichts in diesem Augenblick war zu ertragen. Weder die Lautstärke meiner Gedanken noch dieser Scheißbass.

»Ey, Beck, was geht?«

Irgendein Typ prostete mir lächelnd zu, wanderte jedoch sogleich zum nächsten Tisch weiter. Ich hockte eingequetscht auf einer Eckbank, umgeben von anderen Studierenden und klebenden Bierflecken. Das Lokal nannte sich Studio 69. Betrunken wurde sich über den Namen lustig gemacht, als wären wir notgeile Fünftklässler. Aus den Lautsprechern dröhnte Faber. Alle trugen Jutebeutel über der Schulter und ihre inneren Werte auf der Zunge. Leere Schnapsgläser fungierten als Kerzenhalter. In der linken Ecke wurde gekickert. Kurz: Ich sollte nicht hier sein. Olgas Mails und mein Buch warteten auf mich. Ironischerweise wollte ich sogar an meinem Küchentisch tippen, weil das ja jetzt wieder ging, selbst wenn ich mich danach schuldig fühlte. Ich wollte keine Zeit verplempern, schreiben und jemand werden, um jemand zu sein. In meinem Kopf hatte der abendliche Abstecher sogar in diesen Plan hineingepasst. Kurz eintreten, Lucy suchen, Lucy finden, wieder gehen.

Ich wusste, dass sie hier sein würde, weil Mila in der Redaktionsgruppe gefragt hatte, wer heute zum Studi-Abend käme. Lucy hatte mit Ja geantwortet, aber jetzt war es schon kurz nach zehn und sie nicht da. Zu meinem Glück war ich beim Eintreten Brenner in die Arme gelaufen, der mich an diesen Tisch verfrachtet hatte.

»Also.« Jetzt stupste er mich sogar an. »Was ist? Hast du es dir überlegt? Es wird echt cool. Ich bin die letzten Jahre immer mitgefahren. Safe schaffst du da auch richtig was für dein Masterprojekt.«

Ich hatte keine Ahnung, wovon er sprach. Garantiert sah er es mir an. Zumindest redete ich mir ein, dass das der Grund für sein darauffolgendes Kopfschütteln sein musste.

»Hast du mir nicht zugehört? Ich rede von der Köpcke-Fahrt.«

»Köpcke-Fahrt?«

»Ja?« Fragend hob er eine Braue an. »Das Schreibwochenende in Spiekeroog diese Woche? Im Bed & Breakfast von Erwin Köpcke. Die Fahrt machen wir jedes Jahr. Es gibt noch Plätze, du solltest auf jeden mitkommen. Hab ich dir echt nicht davon erzählt? Das Angebot ist superbeliebt, weil Erwin auch hier studiert hat und das volle Programm für seine Nachfolger auffährt. Warte mal, nimmt Lucy nicht auch teil?«

»Wie kommst du auf sie?« Meine Stimme klang ganz rau.

»Na, ihr macht doch den Podcast mit den Alumni. Wäre der Aufenthalt da nicht perfekt für euch?«

Scheiße. Natürlich. Er musste von dieser verdammten Fahrt reden, die mich dazu verdonnern würde, ein Wochenende im selben Haus wie Lucy zu schlafen.

»Warte mal.« Hastig rappelte ich mich auf. »Du fährst auch?«

»Klar. Wie jedes Jahr. Ich arbeite da immer richtig viel.« Jetzt lachte er. »Du bist echt durch, Mann«, meinte er, während Blicke auf ihn fielen.

Es wunderte mich nicht. Ehrlich gesagt war es genauso, wie ich es prophezeit hatte. Brenner war unperfekt perfekt. Ein Frauenschwarm, ein Magnet, anziehend und begehrenswert. Ich fragte mich, mit wie vielen Jahren er seinen ersten Kuss hatte. Sicherlich nicht erst mit zwanzig so wie ich.

In Rekordgeschwindigkeit griff ich nach meiner Rakete, die ich bis zur Hälfte leerte. Gott, ich hasste Bier mit Schnaps. Und Bier allgemein. Und, scheiße, wie meine Hand zitterte, als ich mir damit über den Mund wischte.

»Alsooooooo?«, versuchte Brenner es erneut. »Bist du dabei?«

»Ja«, erwiderte ich. »Wegen der Podcastsache muss ich.«

Ich musste, ich wollte nicht, ich wollte doch. Es war kompliziert.

»Ergibt voll Sinn. Die erste Folge geht nächste Woche online, oder?«

»Mittwoch.« Ich nickte, bevor ich den Blick ein weiteres Mal durch den Raum wandern ließ, aber von Lucy fehlte weiterhin jede Spur. »Apropos.« Heiser räusperte ich mich. »Hast du Lucy gesehen? Ich muss ihr was geben.«

Dringend, damit ich weg und in meinem Manuskript verarbeiten kann, wie meine Zwillingsschwester mich zum zweiten Mal verraten hat.

»Nein«, antwortete Brenner jedoch. »Keine Ahnung, wo sie ist.«

NEIN

das Wort, das ich nie richtig gelernt habe

»Ich wusste, dass du noch auftauchst!«

Tillie schloss mich in die Arme, sobald sie mich im Tumult erkannt hatte. Der Abend im Studio 69 war bereits voll im Gange. Unzählige Hände umklammerten Astras und Fritz Kolas, während der Beat mir in den Ohren dröhnte. Gleich würde unsere Kommilitonin Amira auflegen, deshalb waren Tillie und ich hier. Manda hatte auch kommen wollen, doch musste arbeiten, dabei liebte sie die Studentenkneipe vor allem an den Comedy-Abenden, die monatlich veranstaltet wurden. In unsere Gruppe hatte sie daher ein Selfie von sich in Baruniform geschickt, die Lippen ein rot glänzender Schmollmund.

Ich hatte mich noch nicht einmal aus der Jacke geschält, da befand ich mich bereits mittendrin.

»Natürlich!«, rief ich. »Hab dir doch geschrieben.«

»Ja, aber du wolltest schon vor einer Stunde hier sein?«

»Hab ein bisschen länger für die Sonntagsfrage gebraucht. Wollen wir uns was zu trinken holen?«

Keine drei Minuten später standen wir an der Theke. Der Typ dahinter kannte uns, grüßte, lächelte und laberte uns zu. Wovon er genau sprach? Keine Ahnung. Ich wusste bloß, dass wir die Köpfe in den Nacken legten und scharfen Schnaps kippten. Anschließend wischte ich mir über den Mund. Meine Beine kribbelten. Menschen tanzten und wirbelten zu Provinz umher. Es war derselbe Moment, in dem ich seinen Blick auf mir spürte.

Links am Ecktisch saß er da, umgeben von Leander und Co., in einem seiner scheißschlichten Pullover mit seiner Scheißpräsenz. Er war nicht extrovertiert, kein Bro mit Handschlag und ansteckendem Lachen. Er war still und intensiv, beides auf Königsklassenlevel. Und anziehend. Oh Himmel, wieso war er nur derart anziehend?

»Samsa da drüben hat dich irgendwie gesucht«, murmelte Tillie, weil sie mein Starren natürlich bemerkt hatte.

Meine Wangen brannten instinktiv lichterloh.

»Gregor«, fügte sie hinzu. »Er wollte irgendetwas von dir. Hat mir Brenner vorhin an der Bar gesagt.«

»Egal«, sagte ich, um mich selbst davon zu überzeugen.

In den nächsten Minuten wurde Vincent Waizeneggers Stimme von Betterov abgelöst, bevor Bekannte zu einem Remix von *Easy* umhersprangen. Ein Lied, das nur so vor dem Wort *Sorry* strotzte. Dabei wollte ich nicht an Rewe-Romeo denken, sah es aber irgendwie als Zeichen, ihm endlich zurückzuschreiben. Mir egal, dass es mitten in der Nacht war. Wenigstens blieb ich ihm so keine Antwort schuldig. Ganz anders als er mir.

> Hey, tut mir leid für die späte Rückmeldung, aber ich wollte dir in Ruhe schreiben. Für mich ist die Sache leider abgeschlossen. Ich hoffe, du verstehst das

Meine Nachricht war geflunkert. Die späte Rückmeldung tat mir nicht leid und ich schrieb ihm auch nicht in Ruhe.

Trotzdem war Tillie damit zufrieden. »Mehr, als er verdient«, erklärte sie.

Und dann war da natürlich noch Gregor. Angeblich wollte er etwas von mir, saß allerdings bloß neben Brenner passiv am Rand.

Mittlerweile legte Amira auf. Tillie, ich und ein paar unserer Kommilitoninnen bewegten uns gemeinsam auf der Tanzfläche. Es war Techno wie in Berlin, hypnotisch und zeitlos. Beats pumpten durch die Luft, während Gläser klirrten. In meinem Mund schmeckte es bittersüß nach Gregors Namen, wann immer ich seinen Blick auf mir spürte.

Gre-gor, Gre-gor, Gre-gor, was willst du nur von mir? Zum zweiten Mal?

Plötzlich zupfte mir jemand am Shirt und ich drehte mich um, aber es war nicht irgendjemand. Tillie starrte mich schluckend an, das Handy in der Hand. Weißgelb leuchtete es zwischen ihren Fingern auf. Ich erkannte die Uhrzeit. 01:21 Uhr.

»Ich muss gehen!«, schrie sie mir ins Ohr.

»Was ist passiert?«

Sie schüttelte den Kopf. »Meine Schwester braucht mich.«

»Cleo?«

»Delia«, verbesserte sie.

Tillie hatte genauso viel getrunken wie ich, doch als sie den Namen ihrer jüngeren Schwester aussprach, klang sie mit einem Mal stocknüchtern. »Das Sandwichgeschwisterteil wird gebraucht«, murmelte sie.

»Ich komme mit.«

»Nah.« Lässig winkte sie ab. »Das ist lieb, aber wirklich

nicht nötig. Cleo hat geschrieben, dass Delia in meinem Bett liegt und heult. Ich tippe auf Streit mit ihrer aktuellen Freundin und Mama. Die Kombi bringt sie meistens dazu, von zu Hause auszureißen und sich in unsere WG einzuquartieren. Vorzugsweise in meinem Bett, weil es nicht nach dem penetranten Parfum eines Freundes riecht. Sie braucht nur ein Tillie-löst-alle-deine-Probleme-Gespräch. Ich sage ihr, dass ich sie gewarnt habe, dann schneit Cleo herein, um ihr zu erklären, dass Kommunikation wichtig ist, womit sie recht hat, ich nicke und Delia schläft ein. Wenn ich genauer darüber nachdenke, möchte ich keine zwanzig Euro für ein Uber bezahlen. Aber da muss ich wohl durch, weil #geschwisterliebe.«

Tillie schnaubte ironisch, bevor sie die Uber-App öffnete. Ich wollte protestieren, sie nicht allein und schon gar nicht allein gehen lassen. Aber während ich sie nach draußen begleitete, schmetterte sie jedes meiner Hilfsangebote übereifrig ab.

»Schreib sofort, wenn du da bist«, wies ich sie an, als sie in den metallgrünen Polo stieg. »Oder wenn ich dir doch noch irgendwie helfen kann.«

»Natürlich«, erwiderte sie ernst. »Du aber auch, sobald du zu Hause bist. Und sag Amira, es tut mir leid, dass ich nicht bis zum zweiten Teil ihres Sets bleiben konnte.«

»Versprochen.«

Tillie lächelte mich an, doch etwas setzte sich unbestreitbar traurig in mir fest, als ihr Uber heulend hinter der Ecke verschwand. Traurig, schwarz und teerig. Ich spürte die Schwere schrecklich stark in meiner Brust. Als würde sie eine Faust ballen, mein Herz und mich gleich mit dazu erdrücken, während die Menge hinter mir randalierte.

Ich bin so traurig, dachte ich und wusste nicht, was mich dazu brachte, mich selbst noch heftiger zu bemitleiden. Ich war ein zwanzigjähriges deutsches Mädchen, durchschnittlich attraktiv, privilegiert bis zum Gehtnichtmehr. Und grundlos traurig. *Weiblich, weiß und weinerlich* hatte einmal eine Userin unter einem meiner Videos kommentiert.

Reiß dich zusammen, Wagner. Geh wieder rein, tanz ein bisschen zum Beat, dann hau ab. Was ist so schwer daran? Es gibt keinen Grund für deine plötzliche Traurigkeit. Du hast nur zu viel gekippt, Waldgeist macht dich einfach melodramatisch. Du bist nicht ...

»Du wirkst so traurig.«

Als diese Stimme in meine Ohren kroch, zuckte ich zusammen. Im ersten Moment war ich mir sicher, sie wäre Einbildung. Doch da bemerkte ich den Typ, der ein Radler mit der Hand umfasste und in das Laternenlicht torkelte. Das aschblonde Haar stand ihm wirr vom Kopf ab, die Nike Airs wirkten verschmutzt. Seine Beine steckten in Skinny Jeans, während um seine aufgepumpten Schultern der Stoff eines Markenlogosweaters spannte. Er war ein paar Zentimeter größer als ich. Vielleicht eins fünfundsechzig.

»Traurig?«, wiederholte ich.

»Ein bisschen.« Mit einem verschmitzten Grinsen scannte er mich ab. »Und süß. Definitiv süß.« Sein Grinsen wurde noch breiter und ich realisierte, wie betrunken er war. Dabei war ich es auch, doch ich war melodramatisch und er aufdringlich. Noch näher rückte er an mich und berührte mit seinem Ärmel so offensichtlich meinen, dass es kein Zufall sein konnte.

»Wie heißt du?«, fragte er und ich lächelte gezwungen.

Im Grunde wurde ich nur selten angesprochen. Ich war immer diejenige, die unbeholfen auf ihrem Handy herumtippte, wenn ihre Freundin an einer Bushaltestelle von einem Idioten zugetextet wurde. Doch heute war es anders. Und ich wollte das nicht. Was war erstrebenswert daran, von einem Typ zugequatscht zu werden, der redete, obwohl du nichts erwidertest? Der Typ sprach weiter, ohne dass ich antwortete. Er nannte mir seinen eigenen Namen, wollte wissen, was ich so trieb, nur um mir erzählen zu können, welche krasse Privatuni ihm seine Eltern finanzierten. Alexander wollte meine Antworten nicht, sondern meine Aufmerksamkeit. Das war ein Unterschied.

Liebe Lucy, wieso gehst du nicht einfach?

Doch mein Gehirn und ich ignorierten die Stimme, weil wir Glaubenssätze verinnerlicht hatten, die Mütter von ihren Müttern übernahmen, über Generationen hinweg.

Liebe Lucy, wieso bringen wir Frauen bei zu lächeln, wenn sie sich unwohl fühlen? Liegt es vielleicht daran, dass wir Frauen beibringen, ihr Unwohlsein sollte niemand anderen beeinträchtigen? Aber bringen wir Frauen nicht auch bei zu lächeln, wenn sie einen Mann attraktiv finden?

»Du …« Er leckte sich über die Lippen. »Du gefällst mir übrigens.«

Als er mir gleich darauf noch näher rückte, trat ich einen nervösen Schritt zur Seite. Doch er missverstand meinen Versuch von Abstand und glaubte, sich nun noch mehr ins Zeug legen zu müssen.

Liebe Lucy, WIESO ZUM TEUFEL KÖNNEN MÄNNER KEINE KÖRPERSPRACHE LESEN?

»Dein Style ist echt cool.«

Ich trug eine normale Jeans und ein normales Oberteil, dunkel und unauffällig. Ich sagte nichts.

»Und ich liebe es, dass du so klein bist. Wirklich supersüß.«

Sein Blick schoss von meinen Augen zu meinem Mund. Ich wollte gehen, rennen und meinen Namen gegen eine neue Persönlichkeit eintauschen, die ein *Nein, bitte geh* über die Lippen brachte. Aber das war Wunschdenken und Wunschdenken funktionierte nicht. Ganz egal, wie viele Moodboards ich auf Photoshop anfertigte.

Echt war bloß die Hand von diesem fremden Alexander-von-Alkohol-Typen, die ungeschickt nach meiner griff.

»Hast du Lust, um die Ecke oder so zu gehen?«

Sofort löste ich mich aus seiner unerwünschten Berührung. Ich hatte keine Angst. Ich glaubte nicht, dass er mich bedrohte. Ich glaubte nur, dass er voll und notgeil war, mochte, dass ich kleiner war als er, und dachte, wir führten ein gutes Gespräch, weil ich ihm zuhörte. Wenn ich Nein sagte, würde er gehen. Ich wusste es.

Liebe Lucy, wieso sagst du dann nicht endlich Nein?

Nein. Vier Buchstaben. Was war so schwierig an ihnen? Wieso brachte ich sie nicht über die Lippen? Und wieso zum Teufel brannte es plötzlich hinter meinen Lidern?

»Hey, Mann.«

Nein.

Alles in mir erstarrte, während mein neues Mantra immer lauter wurde.

Nein, nein, nein, nein, nein, nein.

Als ich Gregor im Türrahmen erkannte, knirschten meine Zähne. Mein Blick wanderte von seiner Jeans zu seinem Hoodie – ohne Markenlogo – bis hin zu seinen wild abstehenden Locken. Wenn ich genauer darüber nachdachte, wirkte Gregor wie jeder andere Typ auch. Nur in meinen Augen war er anders. Nur mein Herz machte ihn besonders.

Diese verfluchten Herzgründe.

»Ich glaube, Lucy findet es nicht so geil, wenn du ihre Hand nimmst.« Gregor trat näher. »Sie versucht die ganze Zeit, von dir …«

»Du heißt Lucy?«, fragte Alexander, doch es war egal, weil meine Hände Fäuste ballten. Wäre ich taff und cool, hätte ich Gregor entgegengebellt, dass ich keinen verfluchten Retter brauchte. Aber eine meiner kontinuierlichen Sorgen blieb die, als hysterisch betitelt zu werden.

»Ich glaube, jemand hat nach mir gerufen«, sagte ich daher bloß, obwohl es nicht stimmte.

»Hä?«, machte Alexander zu Recht.

Ich drehte mich allerdings schon um, stolperte über das fleckige Bordsteinpflaster zurück ins Innere. Beats pumpten durch die Luft, mein Herz rannte. Hastig blickte ich mich um und versuchte, Orientierung zu erlangen, was mir schwerfiel, weil Fremde mir entgegenlächelten und ich Gregors Blick in meinem Rücken spürte und Alexanders hochverwirrtes *Hä?* in mir nachechote und meine Augen brannten und ich wirklich, wirklich, wirklich nicht verstand, wieso.

Unkontrolliert wirbelten meine Gedanken umher. Plötzlich spürte ich diesen Druck auf der Brust. Atmen fiel mir schlagartig schwerer.

Nein, nein, nein.

Liebe Lucy, wieso kannst du jetzt plötzlich Nein sagen?

Verdammter Mist. Ich brauchte Luft, dabei war ich gerade draußen gewesen. Als jemand meine Schulter streifte, zuckte ich heftig zusammen. Zitternd atmete ich durch, bevor meine Füße sich wie von selbst in Richtung Waschräume bewegten.

Mit bebenden Beinen drückte ich wenig später die Türklinke nach unten, schloss mich in den Toilettenraum ein und ließ den Kopf im Stehen gegen die Fliesen sinken. Ich schloss die Augen, spürte, wie das Brennen hinter meinen Lidern immer dringender und drängender wurde. Und gab nach. Heißkalt segelte eine Träne an meiner Wange hinab. Ich heulte keinen Ozean, keine Flüsse und ganz sicher keinen See. Nur eine einzige Träne erlaubte ich mir. Sie schmeckte nicht salzig, als sie an meinem Mundwinkel hängen blieb. Da war nur der Geschmack nach erbärmlichem Selbstmitleid. Und bitterer Wut. Wut auf Männer. Und Wut auf mich selbst.

Erst dann kam das Klopfen.

Lucy

ALL TOO WELL (10 MINUTE VERSION)
in meiner Sprache: Ein Meisterwerk
in Gregors Sprache: Schadensbegrenzung

»Lucy?«

Ich erstarrte. *Nicht da*, hätte ich beinahe geantwortet. *Hat sich in ihren Gedanken verirrt. Bitte versuchen Sie es später noch einmal oder hinterlassen Sie eine Nachricht nach dem Piepton.* Doch niemand sprach noch eigene Anrufbeantworternotizen ein.

»Gregor«, erwiderte ich gepresst. In meiner Vorstellung sickerte die unterschwellige Ablehnung in meiner Stimme hindurch. Aber wahrscheinlich war das wie mit meiner Körpersprache, die in meinen Augen auch immer eindeutig war. Signale, die man verbiegen konnte, wie es einem gerade passte.

Sie neckt dich nur, weil sie dich mag. Harte Schale, weicher Kern. Wenn sie Nein sagt, meint sie Ja. Das ist das Einmaleins der Frauen.

Etliche Frauenmagazine predigten auch das. *Geben Sie nicht zu schnell nach, spielen Sie mit ihm, machen Sie sich rar, lassen Sie ihn kämpfen, seien Sie auf gar keinen Fall einfach zu haben.* Schade, dass sogenannte Datingexperten diesen Aberglauben verbreiteten und unser Konsens dabei abhandenkam.

»Lass mich rein.«

»Was?«, krächzte ich. »Ich verschließe mich in einem Toilettenraum und du verlangst, dass ich dich reinlassen soll?«

»Könntest du mich *bitte* reinlassen?«, schrie er gegen die Musik an.

»Ich pinkle.«

»Wirklich?«

»Hast du mir gerade ernsthaft abgesprochen, dass ich pisse?« Ich schnaubte. »Wow, das ist ja ein ganz neues Level an Ich-glaube-nichts-was-Frauen-sagen-weil-sie-Frauen-sind.«

»Was hat das bitte damit zu tun? Du wurdest vor wenigen Minuten von einem Typen belabert, mit dem du offensichtlich nicht reden wolltest, und flüchtest dann, wobei du – ebenfalls offensichtlich – versucht hast, nicht zu weinen.«

Meine Zähne pressten sich so fest zusammen, dass sie knirschten. Gott, ich war zu betrunken hierfür. Und zu wütend. Und zu traurig. Und viel zu Anti-Gregor.

»Du hast dich eingeschlossen, um allein zu sein«, schob er hinterher. »Ich glaube allerdings nicht, dass du das in diesem Moment sein solltest.«

Instinktiv schüttelte ich den Kopf, so sauer machte er mich, selbst wenn ich ihm nicht in sein verfluchtes, wunderschönes und nicht standardmäßiges Gesicht sah. »Und ich glaube, dass du dich verziehen solltest. Ich will deine Hilfe nicht. Wir leben in der Gegenwart, Gregor. Selbst die Liebesromane, in denen Frauen von Männern gerettet werden, interessieren niemanden mehr. Also, wie wär's, wenn du das nächste Mal deine Klappe hältst, wenn ich mich mit jemandem unterhalte und nicht möchtegernheldmäßig dazwischengrätschst, hm?«

»Ich weiß, dass … Autsch, verdammte Scheiße!« Er unterbrach sich fluchend, kurz nachdem es hinter der Tür lauter wurde. Vielleicht war eine Gruppe an ihm vorbeigelaufen und er war angerempelt worden. »Kannst du mich bitte reinlassen?«, kam es kurz darauf von ihm.

Ich hätte Nein sagen sollen. Oder noch besser: Ich hätte schweigen und ihn in der Luft hängen lassen sollen. Das wäre Karma gewesen. Aber ich stellte ihn mir vor: Gregor, keinen Schritt von mir entfernt, mit seiner beschissenen Männerhand über der Damentoilettentürklinke.

»Bitte, Lucy. Nur kurz? Ich mache mir wirklich Sorgen.«

Ich wurde schwach, drehte das Schloss und pinnte eine innerliche Notiz an mein Gehirn-Board. Sie besagte, dass das Türöffnen dem Alkohol zu schulden war. Das machten Shots doch mit einem, oder? Kleidung fiel zu Boden. Gedanken stolperten ungefiltert aus Mündern. Man öffnete Exfreunden die Tür.

Doch Gregor trat unverzüglich ein, sodass ich mich zwangsläufig auf ihn konzentrieren musste. Ballernde Beats wehten in die Einzeltoilette, während er die Tür schloss. Schlagartig lud der Raum sich mit ihm auf. Ich spürte ihn, ich spürte mich und ich spürte leider viel zu viel zwischen uns. Als er sich dann noch räusperte, kroch mir der Laut in Schallwellen unter die Haut.

»Hat er irgendetwas gemacht?«

»Gott, nein«, erklärte ich sofort. »Er war nervig und betrunken, aber harmlos. Ich war einfach unfähig, ihm zu sagen, dass ich kein Interesse an einem Gespräch habe.«

»Man hat dir sogar aus zehn Metern Entfernung angemerkt, dass du keine Lust auf die Unterhaltung hattest.« Skeptisch verzog Gregor die Brauen. »Und hat er nicht sogar nach deiner Hand gegriffen?«

»Er war halt drunk.« Sobald die Worte meinen Mund verlassen hatten, bereute ich sie. Denn die *Liebe-Lucy*-Stimme meldete sich sofort: *Liebe Lucy, wieso erfindest du Entschuldigungen für wildfremde Typen?*

»Oder ich bin halt einfach zu nett«, fügte ich leise hinzu.

Gregors Schweigen interpretierte ich als Zustimmung, während ich einen zögerlichen Blick in den Wandspiegel gegenüber von mir wagte. Meine Augen waren so glasig und riesig, dass mein Gesicht nur aus ihnen zu bestehen schien. Vorausgesetzt, da wäre nicht die schwarze Wimperntuschenspur gewesen. Wie ein blasses Tattoo schlängelte sie sich meine Wange hinab.

Gregor öffnete den Mund und ich ahnte, was er sagen wollte. Doch ich schüttelte den Kopf, denn ich wollte nicht darüber reden und schon gar nicht mit ihm.

»Es tut mir leid«, sagte er leise.

Ich verschränkte die Arme und schluckte das zynische *Ach, ja?* hinunter, sodass er von allein weitersprach.

»Ich wollte dich garantiert nicht retten. Sorry, dass ich nicht dabei zusehen konnte, wie dir offensichtlich etwas unangenehm war. Falls es dir damit besser geht: Ich habe das nicht gemacht, weil du weiblich bist, sondern weil …« Ich bemerkte, wie seine Halsschlagader sichtbar zu pulsieren begann. »Ich hätte es auch für Brenner getan, okay?«

»Für Leander?«, fragte ich verwirrt.

»Ich mag ihn. Wir sind Freunde. Oder so. Wenn ich ihm ansehen würde, dass etwas nicht okay ist, würde ich auch was sagen. Und das nicht, weil ich ihn hilflos finde.«

»Das ist zwar schön und gut, aber du vergisst da etwas.«

»Und das wäre?«

»Wir beide sind keine Freunde, Gregor.«

»Ich weiß.« Er zuckte nicht einmal mit der Wimper. »Waren wir nie.«

Ich setzte ein zuckersüßes Lächeln auf. »Schwelgen wir jetzt in Erinnerungen, weil wir beide melodramatisch und betrunken sind?«

»Nah, keine Sorge. Ich bin vollkommen nüchtern.«

Keine Ahnung, zum wievielten Mal ich an diesem Abend die Lippen aufeinanderpresste. Doch ich wusste, dass ich weder ihn noch mich sah, als ich wieder in den Spiegel blickte. Ich sah uns. Die Angespanntheit in seinen Schultern und den verräterisch nassen Film über meinen Pupillen.

»Das ist so falsch«, sagte ich deshalb laut.

»Was?«

Ironisch deutete ich auf ihn und dann auf mich. »Was soll das? Wir gehören nicht zusammen in eine Bartoilette, um uns unsere Probleme auszukotzen. Das mache ich nur mit meinen Freundinnen.«

»Wir kotzen uns also unsere Probleme aus? Schön zu wissen.« Er besaß sogar die Dekadenz, seine Mundwinkel zucken zu lassen. »Wow.« Ertappt hob er die Hände. »Kein Grund, mich mit deinem Killerblick niederzustechen. Ich lass dir auch gern den Vortritt. Fang an, wo du willst.«

»Einen Scheiß werde ich.« Langsam atmete ich durch, um mich zu beruhigen. »Wieso bist du überhaupt hier?«

Statt mir eine Antwort zu geben, kam Gregor auf mich zu. Ein, zwei, drei kleine Schritte, bis ich mit dem Rücken gegen die Wand stieß. Es roch nach WC-Duftstein und beißendem Billigparfum, doch ich atmete nur noch ihn. Dabei berührte Gregor mich nicht einmal, streifte mit seiner Brust nicht meine, wenn er ausatmete. Trotzdem kroch er mir so eindringlich unter die Haut. Gregor war wie Regen. Wie eine Wolke, traurig und temporär. Ich konnte nichts dafür, dass er mir das Hirn vernebelte.

»Ich mag dich, Lucy.«

Vier Worte, die mich heftig nach Luft schnappen ließen, doch die Luft war keine Luft, sondern Gregor und das war wie Gift. Ich atmete und gleichzeitig atmete ich nicht. War ich schon gestorben? War das meine Hölle, ein schäbiges Streittoilettengespräch mit dem ersten Jungen, den ich wirklich geliebt hatte?

»Genau deshalb werde *ich* einen Scheiß tun und dabei zusehen, wie du dich aufgelöst hier verschließt und ...«

»Nimm das zurück«, unterbrach ich.

»W...was?«

»Du magst mich nicht. Das ist die bescheuertste Lüge aller bescheuertsten Lügen, die ich jemals gehört habe. Und glaub mir, davon habe ich schon eine Menge gehört. Du kannst mich nicht mögen. Man mag niemanden, den man geküsst und gevögelt und angeblich geliebt hat und dann einfach ... ja, was hast du eigentlich gemacht? Hast du mich fallen lassen? Hast du mich geghostet wie ein langweiliges Tinder-Date? War ich für dich so nichtssagend? Wolltest du mir beweisen, dass Will mein Herz gar nicht gebrochen hat, bloß um es selbst zu zerbomben? Das hast du nämlich. Du hast mein Herz nicht gebrochen, denn wir werden dort am stärksten, wo etwas bricht. Das ist Bio, Oberstufe, zweites Halbjahr. Ich war nicht stark, als nichts von dir kam. Ich war einfach nichts. Peng. Wie in die Luft gegangen. Du ... ich ... wir ...« Ich hatte mich in meinen eigenen Worten verlaufen, hatte zu schnell geredet und war gestolpert. Wieder zog es hinter meinen Lidern, doch diesmal war es kalt wie Trockeneis. Wenn man Trockeneis berührte, blieb man elendig daran kleben. Aber ich wollte nicht mehr an Gregor hängen. Ich wollte mich von ihm lösen.

»Soll ich dir was erzählen?«, fragte ich und fuhr fort, ohne seine Antwort abzuwarten. Die Shots hatten mich in Fahrt gebracht. Ich war nicht mehr zu stoppen. Vielleicht war es unfair, dass meine angestaute Wut, die in erster Linie mir selbst galt, nun Gregor traf. Vielleicht war es aber auch tatsächlich Karma. »Taylor Swifts Neuaufnahme von *Red* ist schon seit einer gefühlten Ewigkeit rausgekommen. Alle feiern die Zehnminutenversion von *All Too Well*. Und ich? Tja, ich weiß nicht mal, wovon die Leute reden, weil ich es mir einfach nicht anhören kann. Das Lied würde mich nämlich an die Seite von dir erinnern, die ich geliebt habe. Und eine Erinnerung daran kann ich momentan nicht ertragen. Bescheuert, oder? Aber so ist das mit dir. Nichts ergibt einen Sinn. Ich kann die ganze Zeit rumraten und Dinge in unsere Situation hineininterpretieren, die wahrscheinlich gar nicht stimmen und …«

»Denkst du wirklich, ich hätte dich nicht gemocht?« Er unterbrach mich ebenfalls, doch es war nicht harsch. Seine Stimme zitterte und seine Augen tränten. Links in meiner Brust ließ er erneut Dinge explodieren, die er eigentlich gar nicht mehr berühren dürfte.

»Ich weiß es nicht«, flüsterte ich. Ich war so mit meinen alkoholisierten Gedanken beschäftigt, dass mir beinahe entging, wie stark seine Nasenflügel sich während meiner Antwort aufgebläht hatten. Doch fast war fast. Ich verpasste es nicht. Gregors Kiefer zuckte, seine Lider schlitzten sich. Er war wütend und ein Sturm, der direkt auf mich zukam.

»Verdammte Scheiße, Lucy«, stieß er hervor und sein Atem traf mein Gesicht. »Du hast keine Ahnung, wie sehr ich dich gemocht habe. Ich habe dich noch nie nicht gemocht. Ich habe dich mehr als mich selbst gemocht. Das war das größte

Problem von allen.« Hätte er eine Show abziehen wollen, hätte er jetzt gehen müssen. Schließlich wäre es der perfekte Abschluss gewesen. Doch er verstummte und zitterte und schluckte – und blieb. So lange, dass ich mir tatsächlich eine Erwiderung überlegen musste.

»Ich ...«

»Ey, hallo!« Ein Klopfen. »Was macht ihr da? Rumlecken, oder was? Ist das nicht zu unhygienisch? Boah, kommt doch einfach. Ich muss echt pinkeln.«

Gleichzeitig zuckten wir zusammen, doch keiner von uns machte Anstalten, sich zu bewegen.

»Nebenan ist auch noch eine!«, rief Gregor und seine Stimme klang rau, kratzig und belegt, als gäbe es dafür einen Grund.

Die fremde Stimme – ich konnte nicht einmal sagen, ob sie eher männlich oder weiblich wirkte – erwiderte etwas. Doch ich hörte nicht zu. Gregor war mir so nah. Zu nah. So dicht, in diesem grässlich gelben Licht, das rein gar nichts beschönigte.

Alles an ihm schien so geöffnet. Nackt. Ehrlich. Als könnte ich ihn alles fragen und er würde mir alles beantworten.

»Siehst du«, murmelte ich und wusste nicht einmal, was ich eigentlich sah. »Davon habe ich gesprochen. Nichts ergibt Sinn. Ich meine, was willst du mir mit *Das war das größte Problem von allen* überhaupt sagen?«

Gequält verzog er das Gesicht. »Ist das nicht offensichtlich?«

»Nein«, erwiderte ich trocken. »Ist es anscheinend nicht.«

»Wie hätte ich bitte mit dir zusammen sein können, wenn ich mich twenty-four seven gefragt habe, was so jemand wie du überhaupt von jemandem wie mir will?«

Verwundert starrte ich ihn an, doch er führte es nicht weiter aus. Seine Hand zuckte. Kurz wirkte es so, als würde er sie anheben wollen, in meinen Nacken legen und seine Finger an meine Wange schmiegen. Allerdings fassten wir uns nicht mehr an. Das war unsere eiserne Regel, ganz egal, ob sein Atem immer wieder meine Haut streifte. Atem war unsichtbar. Eine Grauzone. Vielleicht existierten unsere Berührungen nur noch da, wo uns niemand erwischen konnte.

»Komm schon«, sagte er leise. »Du weißt ganz genau, was sie über uns geredet haben. *Was will Lucy mit dem Lauch? Die ist viel zu heiß für ihn. Wusste gar nicht, dass sie auf Freaks steht.* Du kannst es nicht abstreiten. Wir wissen beide, dass es so war. Und es hat mich zerrissen. Ich *habe* dich so sehr geliebt, wie ein zwanzigjähriger Junge ein Mädchen lieben kann. Ich hasse es, dass du das anscheinend nicht weißt, denn es ist die Wahrheit. Ich habe dich geliebt, Lucy. Mit allem, was ich habe. Dann war ich zu Hause und …«

»Und was?«, drängte ich.

»Ich hatte Angst, verflucht noch mal, okay?«

Ich musste lachen, um nicht zu weinen. Es klang schrill und stach in meinen Ohren. Ich hoffte, es stach doppelt so heftig in seinen. »Das ist Bullshit.«

»Es ist die Wahrheit.«

»Bullshit. Du …«

»Ich habe dich gestalkt. Überall. Instagram. Facebook. Alles, was ich finden konnte. Und ich weiß, es klingt lächerlich. Ich *weiß* das. Aber ich habe dich gesehen mit deinen ganzen Freundinnen, die sich zu Schulzeiten nur über mich lustig gemacht hätten. Dann habe ich Will in den Kommentaren unter deinen Bildern entdeckt. Und er war lowkey das komplette Gegenteil von mir. Mein Kopf ist Achterbahn gefahren und es war garantiert nicht die gute Art. Wie hast du zuerst ihn mögen können und dann mich? Das konnte nicht echt sein. Mir war so schlecht, wann immer ich dir schreiben wollte. Ich wusste, du würdest mir nicht antworten. Dass du zu Hause realisieren würdest, was für ein Freak ich bin, und jeden einzelnen Kuss mit mir bereuen würdest. Weil wir nicht mehr in dieser Scheißjugendherberge waren und in unserer Blase umhergeschwommen sind. Ich …«

»Wann habe ich dir jemals das Gefühl gegeben, nicht genug für mich zu sein?« Meine Unterlippe bebte. Ich war so wütend. »*Wann*, Gregor? Nenn mir auch nur eine einzige Minute. Denn, keine Ahnung, ob es dir aufgefallen ist, ich habe dich tatsächlich niemals nicht gemocht und mich auch so verhalten.«

Statt mir zu antworten, schindete er Zeit. Hart raufte er sich mit der rechten Hand die Locken. Dabei schüttelte er den Kopf, als wäre er nicht sicher, was er antworten sollte.

Ich hatte recht. Es stimmte. Das wussten wir beide. Trotzdem haftete mein Blick an den durch seine Haut schimmernden Adern, immer noch lila und dunkel.

Sag was, mach was, überzeug mich vom Gegenteil, weil ich gerade echt betrunken und gefühlsduselig bin und ich immer an dich denke, wenn ich an Gefühle denke.

»Es soll keine Ausrede sein«, murmelte er. »Und es ist kein Grund, du hast recht. Ich schwöre, dass mir das jetzt bewusst ist.« Er blies die Wangen auf. Sie waren gerötet. Mit einem Mal fiel mir auf, dass alles an Gregor farbig war. Die Adern. Seine Wangen. Sogar das Haar war derart schwarz, dass es leicht bläulich wirkte, wenn das Licht ihn so beschien. Alles hatte einen bläulichen Unterton, nur seine Wangen brannten lichterloh.

»Als wir uns in Berlin verabschiedet haben … Erinnerst du dich an den Tag?«

Sofort wollte mein Gehirn mir die Bilder von damals präsentieren, die ich wie etwas Kostbares in mir versteckte. Wie wir extra früh aufgestanden und zum See gestapft waren, wie die Strahlen der Sonne in seinen Pupillen reflektierten und wie jeder unserer Küsse geschmeckt hatte. Blassrot und hellorange, wie ein explodierender Sonnenaufgang auf meinen Lippen.

Ich hatte den Geschmack noch immer auf der Zunge.

»Wie könnte ich das vergessen?«, erwiderte ich.

»Weißt du auch noch, dass dein Handy mit einer Nachricht von Will vibriert hat? Und als ich dich gefragt habe, wer es war, meintest du, dein Bruder? Ich hab seinen Namen auf deinem Display gesehen, bevor du ihn weggeklickt hast.«

Ich blinzelte, zog innerliche Gedankenschubladen auf und drückte sie wieder zu, nur um festzustellen, dass er recht hatte. Der letzte Tag, der See, wir beide, die Tropfen in seinen Haaren, das Herzpochen unter meiner Brust.

»Aber das hatte doch nichts zu bedeuten!«, rief ich. »Ich wusste, dass Will dein wunder Punkt war, und wollte unseren Moment nicht damit zerstören. Will war egal. Spätestens, nachdem wir uns geküsst hatten, war alles andere egal. Tu nicht so, als wüsstest du das nicht.«

»Natürlich weiß ich das jetzt. Ganz ehrlich? Ich kann sogar verstehen, wieso du ihn nicht erwähnt hast. Wahrscheinlich hätte ich es genauso gemacht, weil ich einfach die letzte Stunde mit dir genießen wollte. Aber damals? Ich konnte nur daran denken, wie du zu Hause ankommst und zurück zu Will gehst, weil ich dir sowieso nie so viel bedeutet habe wie du mir. Ich konnte dir nicht schreiben und mir diese Gewissheit abholen. Es war feige. Scheiße, ich hasse mich so sehr, wenn ich daran zurückdenke. Vor zwei Jahren wusste ich jedoch nicht, wie ich besser damit umgehen soll, also …«

»Also bist du gar nicht damit umgegangen«, flüsterte ich, kurz bevor seine Hand erneut zuckte. Seine wunderschöne, große Männerhand, die früher so gar nicht und deshalb so gut in meine gepasst hatte. In meinem Herzen zog es, weil plötzlich auch meine Finger zuckten. Ich wollte Gregor berühren, obwohl ich ihn nienienieniemals wieder hatte berühren wollen. Hastig sah ich ihm deshalb in die Miene, genauer genommen auf seinen Mund, und wartete auf seine Erwiderung. Und das war ein Fehler. Ein fahrlässiger Fehler, denn es zog plötzlich ebenfalls in meinem Unterleib.

Was zum Teufel war nur mit uns?

»Das reicht nicht als Grund«, sagte ich, denn ich traute uns die Stille nicht zu. »Ich kann verstehen, dass du verunsichert warst. Sauer, von mir aus. Gekränkt, verletzt und angepisst. Ich habe Verständnis für alles, Gregor. Bloß nicht dafür, dass du dich einfach nicht gemeldet hast. Du hast mir mit deinem verfickten Schweigen das Herz zerbombt.« Meine Worte saßen, weil sie trafen.

»Ich weiß.« Er entschuldigte sich nicht. Flüsterte keine Floskel, die niemand von uns ertragen hätte. *Ich weiß*, sagte er schlicht. Dann tat er das Schlimmste – er lächelte. Sein Lächeln war nicht schön, sondern schief und bebend.

Doch es waren seine Augen, die ihn verrieten. Glasig, riesig und nass.

Gregor lächelte, obwohl er weinen wollte, schaute mich an, obwohl er garantiert wegschauen wollte.

Aber er sah immer hin.

Selbst jetzt, als ihm jedes Fünkchen Selbsthass aus den Poren quoll. Gregor hatte mich mit allem, was er hatte, geliebt. Jetzt hasste Gregor sich mit allem, was er hatte, selbst.

»Ich weiß, dass das nicht reicht und es zu spät kommt und ich die Zeit zurückdrehen und alles anders machen würde, wenn ich könnte. Doch das kann ich nicht, ganz egal, wie sehr ich es mir wünsche. Außerdem …« Er hob die Schultern. »Wir haben uns ja auch verändert, oder? Es könnte sowieso nie wieder wie früher sein.«

Seine Worte glichen keinem Eimer voller eiskaltem Wasser. Sie schmerzten auf die simpelste Weise. Kurz, stechend und klar wie vier Liter reinigendes Desinfektionsmittel auf all meinen Herznarben.

Es könnte sowieso nie wieder wie früher sein.

»Ja«, sagte ich. Anscheinend war ich immer noch unfähig dazu, etwas zu verneinen, selbst wenn ich es gewollt hätte.

»Gut«, erwiderte er, obwohl nichts gut war.

Vor allem dann nicht, als er sich abrupt auf den Boden niederließ und in aller Ruhe auf seinem Handy zu scrollen begann.

»Was ist?« Als wäre nichts dabei, klopfte er auf den versifften Platz neben sich. »Setzt du dich nicht?«

Vage schüttelte ich den Kopf. »Wieso sollte ich?«

»Weil ich Schadensbegrenzung betreibe.«

Ich vernahm ein Kreischen, hörte, wie jemand schief mitsang, bevor der Boden vibrierte. Insgeheim blendete ich das alles aus. Schließlich klebte mein Blick auf Gregor und seinem Handy, das er mir entgegenhielt. Ich blinzelte. War das …?

»Hast du gerade ernsthaft das Musikvideo zur zehnminütigen Version von *All Too Well* geöffnet?«

»Du wolltest es sehen, oder?« Er grinste, doch es blieb

schief. Zögerlich klopfte er auf den Platz neben sich. »Also, was ist?«

Meine Beine waren schneller als mein Kopf. Zögerlich hockte ich mich neben Gregor, bevor ich unsere Schuhe auf den beschmutzten Fliesen musterte.

»Das ist so absurd«, murmelte ich.

»So was von. Wenn ich das in ein Manuskript schreiben würde, würde meine Agentin sagen, das ist nicht realistisch. So verhalten sich Menschen nicht.«

Aber *wir* verhielten uns so.

Gregor wollte das Video starten, mein Räuspern hielt ihn allerdings davon ab. Bestimmt nickte ich zu seinem Wunscharmband, das unter seinem Ärmel hervorblitzte. Unter meinen Fingerspitzen kribbelte es, weil ich ihn anfassen wollte. So sehr, so dringend, so sehrsehrsehr, dass ich nicht einmal verstand, woher dieser Drang kam.

»Lass mich raten«, setzte ich an. »Du hast dir damals für jeden Knoten einen Verlagsvertrag gewünscht?«

Er schüttelte den Kopf. »Frieden«, sagte er, obwohl man seine Wünsche nicht verriet. »Dreimal.« Den längsten Moment dieser Welt sah er mich an.

Erst dann drückte er auf *Play*.

III

untergehen
(zweiter Versuch)

Lucy

UNTERWASSERBERÜHRUNG
Herzpochen bei Schwerelosigkeit

Damals

»Willst du wieder mit reinkommen?«

Gregor lächelte, während ich ihm zögerlich einen Schritt näher trat. Er stand barfuß auf dem Gras, das graue Shirt vor seinen Füßen. Er war selbst noch nicht im See gewesen. Ich erkannte, wie sich Muskeln auf seinem dünnen Bauch abzeichneten, bei deren Anblick meine Freundinnen mich wahrscheinlich auf toxische Facebook-Bilder verwiesen hätten, die *Ein Sixpack bei dünnen Jungs ist wie große Brüste bei dicken Mädchen – es zählt nicht* besagten.

»Ich …«, begann ich, doch kam nicht weiter.

Gregor dachte sich nichts bei seiner Frage. Wenn ich Ja sagen würde, bekäme ich bloß einen kostenlosen Freifahrtschein dafür, noch einmal mit ihm in einem klaren See zu dümpeln. Es war nichts weiter als eine simple Freitagnachmittagsaktivität. Hier, wo es für uns sonst nichts zu tun gab, außer Textausschnitte zu schreiben, vorzulesen und sie dann heimlich mit denen der anderen zu vergleichen. *Das* meinte Gregor.

Er hatte mit seiner Frage nicht gemeint, dass er mich spürte, selbst wenn er mich nicht ansah, dass er mich heimlich beobachtete, dass er manchmal an mich dachte, weil …

Ja, wieso zum Teufel dachte ich überhaupt an ihn?

Sonnenstrahlen knallten mir ins Gesicht, während er weiterhin auf meine Antwort wartete. Natürlich sollte ich Nein sagen. Doch ich fürchtete, dass ich mich an den vier Buchstaben verschlucken könnte, weil ich eigentlich Ja erwidern wollte.

Also tat ich das Einzige, was Sinn ergab. Ich trat auf ihn zu, erwiderte ein hoffentlich lässiges »Klar« und hätte dabei zweifelsfrei den Preis für die nervigsten Gedanken abgesahnt.

»Cool«, sagte er und zog den Gürtel aus der Schnalle.

Dann war ich dran. Mich vor ihm auszuziehen, war nicht weniger fürchterlich als letztes Mal. Ich war achtzehn und hasste alles an mir. Jedes Stück Haut, jeden Zentimeter ich. Glücklicherweise schien Gregor das zu spüren, denn er musterte mich kein einziges Mal. Auch als unsere Glieder schwerelos im See umhertrieben, schien er alles andere interessanter zu finden als mich. Als wäre mein Gesicht ein Gebiet, das man besser nicht betrat. Das in die Luft gehen könnte, wenn man es nur besah.

»Ist, äh, alles okay?«, fragte ich.

Da beäugte er mich doch. Sein dunkler Blick sandte mir einen Schauder über den Rücken, obwohl er so gar nicht zu der nervösen Art passte, in der er lose Linien in das Wasser malte.

»Klar.« Er versuchte sich an einem Grinsen. »Was sollte schon sein?«

»Keine Ahnung. Deshalb hab ich gefragt.«

Da war etwas in dem Blick, den er mir zuwarf, doch ich

konnte nicht nachhaken, weil er sich in diesem Moment räusperte. »Tacenda«, flüsterte er.

»Bitte?«

»Das ist lateinisch und steht für Dinge, die man besser ungesagt lässt.«

Verwirrt blinzelte ich ihn an, wobei mir zwei Fragen durch den Kopf schossen: *Was zum Teufel willst du mir nicht sagen? Und woher kennst du das Wort überhaupt?* Die Antwort auf die erste Frage wollte ich viel mehr wissen, die zweite hingegen kam mir einfacher über die Lippen.

»Hattest du Latein in der Schule oder wieso weißt du das?«

»Nope. Ich mag Wörter«, erwiderte er rau. »Diese besonderen Wörter auf Pinterest am liebsten. Ich hab gefühlt tausend davon im Kopf und manchmal passen sie voll in eine Situation. Ist laut meiner Schwester meine Superheldenpower.«

Ich konnte nicht anders. Ich musste grinsen. »Bisschen filmmäßig, findest du nicht?«

Er hob die Brauen.

»Na ja, wie du einfach so *Tacenda* sagst. Das kommt so gewollt tiefgründig wie in diesen Filmen rüber, in denen man Charakteren spezifische Angewohnheiten gibt, die sie realer wirken lassen, im echten Leben jedoch total überzogen rüberkommen.«

»Vielleicht bin ich überzogen.« Gregor strich sich eine Locke aus der Stirn, wobei er Seetropfen auf seiner Haut hinterließ. Wenn sein Haar feucht war, waren seine Augen noch größer. Riesig, schwarz und grün. In diesen nassen Momenten fürchtete ich mich davor, ihn anzusehen, weil ich mich in seinen Augen verlieren könnte. In Gregor.

»Nein«, entgegnete ich bestimmt. »Wenn überhaupt, bist du unterzogen.«

»Wieso?«

»Hmmm, weiß nicht.« Gespielt gleichgültig zuckte ich mit den Schultern. »Könnte vielleicht daran liegen, dass du so tust, als wärst du gern unsichtbar. Außer du liest deine Texte vor. Dann willst du natürlich, dass man dich sieht.«

Er senkte den Blick, noch bevor ich verstummte. Sofort fühlte ich mich schuldig. Seine Miene wirkte mehr als gequält. Leidend nahezu. Alles an Gregor war so schwer und traurig. Als wäre er ein gebrochener Held mit Wörtersuperkraft.

»Wieso bist du überhaupt hier, Lucy?«, flüsterte er, wobei seine Stimme so rau klang, als hätte er seit Tagen nur geschrien.

»Bitte?«

»Ach, komm schon. Ich weiß, was die anderen über mich sagen. *Gregor Beck? Der ist so seltsam, kein Wunder, dass er die ganze Zeit allein in seinem komischen See chillt.*«

»Ich finde dich nicht komisch.«

»Nicht?«, fragte er spöttisch.

»Nein. Ich finde dich eigentlich ziemlich normal. Introvertiert, aber nicht seltsam. Ich glaube übrigens, dass das einfach eine Geschichte ist, die du dir gern erzählst. Ganz nach dem Motto: Schaut her, ich bin der superkomische Gregor, mit dem niemand etwas zu tun haben will.«

Er erwiderte nichts. Nur die Lippen presste er zu einer schmalen, wütenden Linie zusammen. *Die Gregor-Gerade*, schoss es mir durch den Kopf. Doch sie hinderte mich nicht daran weiterzusprechen.

»Ich meine, wieso setzt du dich nicht einfach zu den anderen beim Essen? Oder in den Pausen? Oder abends, wenn wir im Aufenthaltsraum chillen?«

»Vielleicht ist so was für dich einfach. Aber das gilt nicht für jeden.«

»Und wieso ist es das nicht für dich?«

Erst als er die Lider schlitzte, wurde mir bewusst, wie nah wir uns eigentlich waren. Eine Armlänge voneinander entfernt vielleicht, höchstens eineinhalb. Wenn ich einatmete, atmete ich ihn ein. Kälte und Wasser und Männerdeo. Wie eine Zuschauerin in der ersten Reihe konnte ich ihm die Wut im Gesicht ablesen. Das leichte Rümpfen seiner Nase, das Verziehen seiner Brauen. Die roten Flecken über seinen Schlüsselbeinen.

»Tu nicht so, als würde dich das interessieren.«

»Mich was interessieren?«

»Na, meine jämmerliche Geschichte, in der ich dir erzähle, wie beschissen meine Schulzeit war, und dabei maximal selbstmitleidig klinge.«

Das tut mir leid. Beschissene Schulzeiten sind der Horror und nicht zu unterschätzen. Du klingst außerdem nur ein bisschen selbstmitleidig, was in dem Fall mehr als gerechtfertigt ist.

Ich wollte ihm das alles sagen, Gregor aber wollte es nicht hören. Das spürte ich. Er wollte bloß wegsehen, das Thema abhaken und weiter Wellen in den See malen.

»Deine Schulzeit ist also dein großes T«, vollendete ich und schob ein Lächeln hinterher, in der Hoffnung, die Stimmung damit aufzulockern. »T wie Tragödie. Hab ich in einem Roman gelesen.«

Gregor kippte den Kopf. »Und was ist dein großes T?«, fragte er nervös. »Also, natürlich nur, wenn du es erzählen willst.«

Ich überlegte einen Moment, wägte ab, mich zu verschließen und meine Geschichte zu verbergen, dafür steckte ich allerdings bereits zu tief drin. Das Seewasser reichte mir bis zu den Schultern.

Und mein unsicherer Gregor mit seiner beschissenen Schulzeit hatte immer gereicht.

»Ich mache es schnell, okay?«

»Wie?«

»Ich erzähle mein großes T in der Pflaster-Abzieh-Methode, damit es nicht so wehtut. Aber ich warne dich vor: Es ist absolut undramatisch und ein großes T nicht mal wert. Ich bin nämlich ziemlich privilegiert und wurde von Schicksalsschlägen verschont. Also, bereit?«

Gregor öffnete den Mund, als wollte er mir in gewissen Dingen widersprechen, doch entschied sich in letzter Sekunde dagegen.

Tief atmete ich durch, dachte an Will und ballte Fäuste. Das war nämlich alles, was er mir hinterlassen hatte: Wut. Unendlich viele winzige Wutfünkchen, die meinen Körper durchfluteten, wann immer ich an ihn dachte. Er hatte mein Herz schwarzgrau bemalt wie seine verschissenen Leinwände, die er sogar selbst baute. Schließlich war er ja so ein Macher.

Wichser.

»Ich war verrückt nach einem Typen, der mir das allerbeste Gefühl auf der Welt gegeben hat. Zwei Wochen hat es angedauert, bevor er mich abserviert hat, als hätte ich mir das zwischen uns nur eingebildet. Sein Grund war die Krönung: *Das mit uns funktioniert leider nicht, weil du für mich nur das nette Mädchen von nebenan bist.*« Brennend heiß stieg der Zorn in mir auf. Ich senkte den Blick und musterte meine Fäuste unter Wasser, wo meine Haut noch blasser als sonst erschien. Aber es nützte nichts. Alles, was ich spürte, war bloß weiterhin die Hitze, die mich befeuerte. »Nett.« Ich verzog die Miene. »Als wäre das eine Beleidigung.«

Gregor setzte ein zerknirschtes Gesicht auf. »Das tut mir leid für dich. Der Typ klingt wie ein richtiges Arschloch.«

»Ja«, sagte ich schlicht, weil es dem nichts hinzuzufügen gab.

»Bist du …?« Er musste abbrechen. Gregor, der nie Sätze löschte. »Bist du noch in ihn verliebt?«

»Nein«, antwortete ich sofort. »Keine Ahnung, ob ich das je wirklich war. Immerhin ist verliebt so ein großes Wort. Verknallt, verguckt, verschossen? Vielleicht war es eher irgendetwas davon.«

Gregor zögerte mit seiner Antwort. So lange, dass ich mich irgendwann fragte, ob er nicht einfach eingefroren war.

»Es tut mir wirklich leid«, erklärte er schließlich, bevor er die rechte Hand ausstreckte, sie über das Wasser wandern ließ. Und meine berührte.

Es war nur eine Berührung. Doch sie stammte von Gregor und es war unsere erste und das veränderte alles.

Seine Finger umschlossen meine. Sie waren viel größer und kräftiger, zitterten und pulsierten. Ich erkannte grünlila Adern, die durch seine Haut schimmerten. Dann sah ich zu ihm auf.

Oh Gott.

Seine Augen hatten noch nie so gewirkt. So dunkel und glühend und aufgeregt. »Ist das doof?« Er klang heiser. »Also, die Berührung? Ich will dich trösten und bezweifle, dass meine superspecial Wörter dabei helfen könnten.«

Ich schüttelte den Kopf, unfähig, auch nur eine Silbe herauszubekommen.

Gar nicht doof, Gregor. Das ist gar nicht doof.

»Gut.« Er befeuchtete sich die Lippen.

Ein letztes Mal begutachtete ich unsere Hände, die unter der Wasseroberfläche unscharf wirkten. Verschwommen, wie eine Illusion. Doch ich wusste, dass es keine Einbildung war. Ich spürte Gregor und ich spürte seine Hand.

Ich spürte diesen Moment so sehr.

Ich war mir meines dröhnenden Pulsschlags und meiner selbst überbewusst, als sein Daumen begann, Wellenlinien auf meine Haut zu malen.

Himmel, es war nur seine Hand. Eine völlig normale Männerhand, kräftig und sehnig, die mich berührte. Wie konnte sich eine Berührung so intensiv anfühlen?

»Übrigens«, flüsterte er. »Ich finde nicht, dass nett eine Beleidigung ist. Im Gegenteil sogar.« Es war kein Kompliment, denn er traute sich nicht, es weiter auszuführen. Trotzdem hörte ich, was er damit sagen wollte.

Vielleicht war es das, was mich dazu brachte, ihm diesen einen bestimmten Schritt näherzukommen.

Kurz dachte ich, er würde zurückweichen. Doch er verharrte, bevor die Zeit stehen blieb. Ich wusste, dass das nicht sein konnte. Und trotzdem blieb die Welt ein bisschen stehen, weil Gregors Blick zu meinen Lippen huschte. Weil sein Daumen weiter über meine Haut fuhr und ich das alles so sehr fühlte, dass ich dachte, ich würde explodieren, wenn ich nicht irgendetwas tat.

Trau dich, Wagner. Trau dich, trau dich, trau dich.

Langsam stellte ich mich auf die Zehenspitzen, streckte meinen freien Arm aus und legte die Hand in seinen Nacken, wo es unter seiner Haut vibrierte. Kaum merklich zuckte er zusammen, doch rührte sich nicht von der Stelle.

Mist, ich war so aufgeregt.

Noch ein klitzekleines bisschen rückte ich ihm näher, spürte seinen Atem auf meiner Wange und verharrte eine Sekunde, vielleicht auch eine Unendlichkeit. Zeit wird unberechenbar, wenn du kurz davor bist, jemanden zu küssen. Weil du in diesem Moment alles spürst. Jedes Luftholen. Jeden Blick. Jede noch so kleine Unterwasserdaumenberührung.

»Lucy, Stopp.«

Mein Herz fiel.

Mein Magen fiel.

Verflucht noch mal alles in mir fiel, während er heftig schluckte. Und ich schlicht im Seeboden versinken wollte.

Natürlich wollte Gregor mich nicht küssen. Wir hatten gerade über Will und davor von seiner beschissenen Schulzeit gesprochen.

»Oh Gott«, hauchte ich bebend und machte Anstalten, mich zu lösen. »Es tut mir so leid. Ich wollte dich auf keinen Fall bedrängen. Ich …«

»Was?« Seine Augen weiteten sich, während er mir mit dem Daumen bestimmter über den Handrücken strich. Dabei waren wir uns immer noch so nah, dass ich seinen Atem auf meinen Lippen spürte.

»Du hast mich nicht bedrängt. Fuck, natürlich will ich das. Es … Ich … Na ja, es ist bloß, ich hab das noch nie gemacht, okay? Ich will nicht, dass es komisch für dich ist oder so.« Den letzten Satz sagte er so leise, dass es körperlich schmerzte.

Sprachlos starrte ich ihn an, musterte jeden Wassertropfen zwischen seinen Wimpern und auf seinen Wangen. Ich wollte ihn fragen, wie er auf die Idee kam, so etwas zu denken, doch brachte kein Wort hervor. Entschlossen löste ich meine

Hand von seiner und spürte, wie Panik und Enttäuschung durch seinen Körper rauschten. Schnell umschlang ich seinen Nacken mit beiden Armen.

»Küss mich«, verlangte ich leise. »Also nur, wenn du willst, natürlich«, schob ich hastig hinterher.

»Bist du dir sicher?« Gregor blinzelte. »Nach dem, was ich dir gerade gesagt habe?«

»Wieso sollte das etwas ändern?«

Daraufhin starrte er mich so lange an, dass ich mich fragte, ob wir nicht einfach beide eingefroren waren. Aber das stimmte natürlich nicht. Und als er sich dann regte, dann, nach drei Ewigkeiten und zehntausend Jahren seine Lippen auf meine legte, hatte ich längst vergessen, wie man überhaupt dachte.

MEIN BUCH
die Ausrede für alles

Jetzt

Weiß.

Ich blinzelte. Und alles war weiß, hell und blendend. Erst dann bemerkte ich das Hämmern hinter meiner Stirn.

Scheiße.

Mein Kopf drohte zu explodieren, während mein Herz raste und rannte und noch mal raste. Sofort wollte ich mich aufsetzen, aber etwas hielt mich zurück. Dieses Etwas war allerdings kein Etwas, sondern ein Arm, der wiederum zu einer Person gehörte.

Verfluchte Scheiße.

Panik schoss mir in die Brust, ehe ich mich überhaupt versichern konnte, dass er wirklich zu ihr gehörte. Für einen Moment war es bloß ein nackter Arm. Eine Hand. Fünf Finger, schwarz angepinselte Nägel. Ich konnte nicht anders und schloss die Augen, nur kurz und kindisch wie ein Grundschüler, der sich einbildete, er würde träumen. Doch dann atmete ich aus und sog den Geruch von Lavendel ein.

Ich war nicht in meinem Bett.

Ich hatte nicht zu Hause geschlafen.

Ich hatte mich auf eine Decke mit Sternenmotiv ziehen lassen und mich dabei verloren.

Mosaikartig setzten sich die Bilder der letzten Nacht zusammen. Lucy vor dem Club mit diesem Typ. Ihre Flucht in die Toilettenräume. Mein Anklopfen. Unsere Auseinandersetzung. Das Musikvideo. Lucys darauffolgendes Schweigen. Lucys Blicke. Lucys Lippen. Das eindringliche Klopfen. *Ey, was macht ihr da?* Das Gefühl, etwas hätte sich verändert, als sie zögerlich in Richtung Bar nickte. Die Shots. Der Bass. Die Schließung des Studio 69. Ihr Atem, der draußen in Rauchwölkchen in die Luft stieg. Das Quietschen der Tramgleise. Ihr betrunkenes, fragendes und so unsicheres Lächeln. Mein verkorkstes Zögern. Dann …

Fuck.

Als der Apple-Klingelton erschallte, zuckte ich heftig zusammen.

Bitte wach nicht auf, bitte wach nicht auf, bitte wach nicht auf.

Ich wusste nicht, wieso ich das dachte. Bloß, dass ich mich so lautlos wie möglich aus Lucys Umarmung löste, um anschließend stolpernd auf das Laminat zu krachen.

Fuckfuckfuck.

Sofort verfluchte ich meine Tollpatschigkeit und fischte meine Hose vom Boden, bevor ich das Handy aus der Tasche pfriemelte. Leuchtend stach mir Olgas Name entgegen. Ich drückte sie wie auf Autopilot weg. Eigentlich hätte ich verschwinden müssen. Mir Schuhe und Hose am besten im Treppenhaus überstülpen sollen, damit ich Lucy auf gar keinen Fall weckte. Doch sie hatte diesen Ganzkörperspiegel, der gegen ihre Wand lehnte. Der, in dem mir plötzlich mein Spiegelbild entgegenstrahlte. Ein zu großer Typ mit zu schlaksigen Gliedern und einem zu seltsamen Gesicht. Nackter Oberkörper, rote Augen. Hinter mir erkannte ich weiße Wände und vereinzelte Bilderrahmen. In der rechten Ecke thronte eine riesige Pflanze in einem geflochtenen Korb. Auf dem Sessel aus Rattan türmten sich beigefarbene Kissen und eine grobe Strickdecke, daneben lehnte eine Yogamatte an der Wand. Lucys Einrichtung war minimalistisch, nicht spärlich. Jedes Möbelstück besaß einen Sinn, jede Dekovase eine Berechtigung. Fotos zeigten nur glückliche Menschen, die Bilderrahmen harmonierten perfekt. Nicht alles war makellos, denn das Laminat hatte Schrammen und an der Kommode links fehlte ein Henkel. Schlicht: Es war ein wirkliches Zuhause, mit Liebe und Bedacht eingerichtet. Ganz anders als meine Wohnung, wo sich voll beladene Umzugskartons weiterhin in der Abstellkammer stapelten.

Unter meinen Füßen spürte ich die flauschigen Fasern eines hellen Teppichs, während ringsum etliche Frauenmagazine aufgeschlagen lagen. Ich schluckte, weil mein Blick anschließend auf dem Bett landete. Lucys Bett, in dem sie lag. Ihre blondbraunen Haarsträhnen fächerten sich über dem Kissen aus. Ihr Pony wirkte zerzaust. Sonnenstrahlen tauchten ihr Gesicht in diffuses Licht, während sie den Nasenring zum Glitzern brachten.

Das ist nur ein schlafender Mensch, nur ein schlafender Mensch, nur ein schlafender Mensch.

Die Stimme versuchte sich an einem neuen Mantra, doch es brachte nichts. Ich sah Lucy an und mein Herz zog. Sie war so verflucht wunderschön. Zu schön für mich, innerlich und äußerlich.

Ich wollte Lucy in Frieden lassen, gehen und dabei nichts

mehr zerstören. Allerdings machte sie es mir so schwer. Schließlich war Lucy Lucy. Meine Lucy.

Streich das, Beck.

Aber ich konnte nicht. Das hier war kein Word-Dokument. Es war mein Leben, das ich endlich in den Griff kriegen musste. Wie kompliziert konnte das schon sein? Ich holte tief Luft und hatte keinen Schimmer, was ich tun sollte.

Es war derselbe Moment, in dem mein Handy mit einer Mail vibrierte, und natürlich war die Nachricht ebenfalls von Olga. Keine Ahnung, was sie wollte. So oder so ging es um mein Buch.

Mein Buch.

Diese zwei Wörter gaben mir den nötigen Schubs. Mein Leben drehte sich nicht um mein Leben, sondern um meine Docs. Ich riss mich zusammen und huschte zuerst aus Lucys Zimmer, dann aus ihrer Wohnung. All das passierte auf Zehenspitzen, wie der gefürchtete Eindringling, der ich war. Erst draußen rief ich Olga zurück.

»Deine neuen Seiten sind der Hammer!«, kreischte sie in den Hörer und mir fiel es so unerklärlich schwer, sie zu verstehen.

Lucy

ACHTERBAHNBAHNFAHRT
etwas, von dem mir immer noch übel ist

Er dachte ernsthaft, ich hätte ihn nicht gehört.

Gregor nahm an, er könnte seinen Lockenkopf auf mein Kissen legen, die Nacht mit mir und in meinem Bett verbringen – und dann einfach abhauen.

Mit staubtrockener Kehle blinzelte ich der Decke entgegen. Tränen brannten in meinen Augenwinkeln, doch ich wollte sie nicht weinen. Es war ein heller Novembertag. Eine Seltenheit. Das musste ich genießen. Sonnenstrahlen warfen sogar dramatische Schattenspiele auf das dunkle Parkett. Ich hätte ein Foto knipsen können, so instagramable sah es aus. Ich könnte es hochladen und dazu meinen Gedankenwirrwarr abtippen. Ich könnte schreiben: *G U T E N M O R G E N, bin gerade aufgewacht, habe meinen Exfreund dabei beobachtet, wie er sich aus meinem Bett geschlichen und dabei so getan hat, als würde ich schlafen. Als Bonusinfo, weil ihr ja alle so treue Follower seid: Ich habe keine Ahnung, was gestern passiert ist.*

Es stimmte. Ich erinnerte mich an Taylor Swift, an Gregor und mich auf diesem versifften Toilettenboden. Danach wurde alles schwarz. Wie waren wir hierhergekommen? Wieso war Gregor mitgegangen? Was hatten wir getan?

Magensäure kroch mir die Kehle hinauf, als ich einen zögerlichen Blick auf meinen Nachttisch wagte. Ich fand eine Taschentuchbox mit bedruckten Pflanzenmustern vor, daneben eine leere Wasserflasche und meine leuchtende Salzsteinlampe. Keine Kondomverpackung. Erleichtert atmete ich aus.

Gregor und ich hatten also nicht gevögelt.

Liebe Lucy, aber er hat doch offensichtlich in deinem Bett geschlafen. Neben dir. In Boxershorts. Dein Bett riecht sogar nach ihm, merkst du das nicht? Ist das nicht genauso schlimm? Und was ist, wenn ihr einfach kein Kondom benutzt habt?

Mir wurde übel. Kotzkotzübel.

»Verdammter Mist«, fluchte ich und sprang aus dem Bett. Das abrupte Aufstehen verstärkte mein Schwindelgefühl und mir wurde noch schlechter. Unglücklicherweise stolperte ich über einen Monsterstapel von Magazinen, bevor ich beschleunigte, durch meinen eigenen Flur sprintete und den Klodeckel gerade noch rechtzeitig nach oben drückte. Dann krümmte ich den Rücken und übergab mich. Doch ich kotzte nur Wasser, während ich Tränen weinte. Überall floss es aus mir heraus. Aus meinem Hals, aus meinen Augen. Wasser, Wasser, Wasser, salzig und ätzend.

Gregor hatte mich verseucht.

»Zwei fünfundzwanzig, bitte«, sagte der Barista, bevor ich meine Karte hastig gegen das Gerät hielt.

Dann richtete ich den Riemen meiner Reisetasche und beobachtete panisch die Zeiger der Wanduhr. 9:40 Uhr. Ich hatte noch vier Minuten. Und einen Fehler gemacht, wenn man bedachte, dass ich mich gerade ernsthaft für einen Chai angestellt hatte, obwohl ich verschlafen hatte. Aber mein Bauch knurrte und mein Puls ging auf Hochtouren. Ich brauchte Beruhigung und würzigen Tee. Um klarzukommen. Schließlich war ich das auf vorletzte Nacht nach wie vor nicht. Doch jetzt raste mein Herz noch stärker, während mein Handy vibrierte und ich jede meiner heutigen Entscheidungen bereute. Ich hätte nicht bis zwei Uhr morgens *Before Sunset* suchten sollen. Ich hätte nicht auf Snooze drücken dürfen. Außerdem hätte ich nicht das Starbucks betreten sollen, weil ich durch den Sprint zwei Minuten wettgemacht hatte.

Hier war ich trotzdem.

»Chai Latte mit Mandelmilch für Luna!«, rief die Barista hinter der Abholtheke. »Chai Latte mit Mandelmilch für Luna?!«

»Lucy?«, fragte ich atemlos, wobei ich mich weiter nach vorn drängte.

Mit gekräuselten Brauen musterte sie zunächst mich und anschließend den Pappbecher. »Klar«, sagte sie.

Eilig nahm ich den Becher an, ehe ich wieder ins Bahnhofinnere stolperte. Die Pappe war zu dünn, meine Finger brannten. Ich wusste nicht, wie ich das aushalten sollte, bloß, dass ich es musste.

Ich lief los und realisierte noch in derselben Sekunde, dass ich keinen Schimmer hatte, wohin. Kam der ICE auf Gleis acht? Es war Gleis acht gewesen, oder? Wieso zum Teufel vergaß ich immer das Gleis, obwohl ich es eigentlich kannte? Mit einem unterdrückten Kopfschütteln schob ich meine Selbstfrustration zur Seite und pfriemelte das iPhone hervor. Zitternd swipten meine Finger, bevor ich tief ausatmete.

Natürlich war es Gleis acht.

Gerade wollte ich das Handy wieder wegstecken, da vibrierte es erneut.

Tillie (DIE ERFINDERIN DER WELTBESTEN BLONDIES)
Halloooo??
Wo bist du???

Doch ich hatte keine Zeit für eine Antwort, vorausgesetzt, ich wollte die Bahn nicht verpassen. Tillie würde mich nämlich zuerst dafür umbringen, danach Mila. Und zuletzt vielleicht sogar Gregor. *Gregor.* Scheiße, nein. Hastig setzte ich meinen Weg fort. Dabei streiften fremde Schultern meine. Menschen bissen hektisch in fettig glänzende Croissants und nahmen Sprachnachrichten auf. Kinder umklammerten die Hände ihrer Eltern fest und schwitzig, während Freundinnen sich in die Arme fielen. Mittendrin: Ich, die ihren ICE in Richtung eines Schreibwochenendes bekommen musste, um erneut Zeit mit ihrer verfluchten großen Liebe zu verbringen.

Durchsagen zu Gleiswechseln und Verspätungen drangen an meine Ohren, doch ich blendete sie aus. Nur an Gregor konnte ich denken.

Knapp vierundzwanzig Stunden waren seit dem Vorfall vergangen. Ich hatte das getan, was angeblich immer half: Ich hatte geduscht, aufgeräumt und meinen Boden geschrubbt, bis ich meine Finger nicht mehr gespürt und mein Meisterwerk zufrieden betrachtet hatte. Meine Wohnung und ich waren sauber gewesen, alles hatte geblitzt und geglänzt. Doch in meinem Herzen blieb es schmutzig, ganz egal, wie viel

Bleichmittel ich benutzte. Daran war Gregor schuld, der mir natürlich nicht geschrieben hatte. Wieso hätte er auch? Schließlich hatte er sich davongeschlichen und damit alles gesagt, ohne überhaupt etwas zu sagen.

So wie immer.

Dieser Gedanke machte mich wütend und Wut war super. Sie ließ mich die letzten Stufen bis zum Gleis energisch erklimmen. Dort stellte ich verschwitzt fest, dass der ICE noch nicht eingefahren war.

Es war derselbe Moment, in dem die Stimme durch die Lautsprecher tönte. »Information zu ICE sechshundertundzwölf in Richtung Kiel Hauptbahnhof. Abfahrt um neun Uhr vierundvierzig. Heute circa fünf Minuten später.«

Natürlich hatte der Zug Verspätung. Natürlich wusste ich das erst, nachdem ich mich wie eine Besessene abgehetzt hatte. Langsam trat ich einen Schritt nach vorn und scannte die Umgebung nach meinen Kommilitonen ab. Ich wünschte, ich hätte zuerst Tillie in ihrer übergroßen und schwarz schimmernden Winterjacke entdeckt. Doch zu meinem Glück landete mein Blick auf Gregor. Ich redete mir ein, der Grund dafür wäre seine Größe, aber Leander neben ihm war genauso hochgewachsen und ihn bemerkte ich kaum. Es war also anders als vor zwei Jahren. Gregor war nicht untergetaucht, um abzutauchen. Gregor stand nach seiner Fluchtaktion tatsächlich hier.

Ich blinzelte, um eine Täuschung auszuschließen, doch er blieb, gestochen scharf und echt.

Fantastisch.

»Lucy-Lu!«, rief Tillie. »Da bist du ja endlich!«

Sofort schloss sie mich in eine Umarmung, bei der ich

mich darauf konzentrierte, mir den Chai nicht über die eigene Hand zu gießen.

»Hab verschlafen«, murmelte ich. »Sorry.«

Lächelnd und müde begrüßten mich die anderen mit einem Winken, bis mir der Atem auf die fürchterlichste Weise dieser Welt stockte. Gregor besaß nämlich die Frechheit, mir unverfroren ins Gesicht zu starren. Sogar sein Kehlkopf ploppte hervor, als wäre er nervös.

Tun wir jetzt also auf unbehaglich, Beck?

Hastig brach ich unseren Blickkontakt ab. Stattdessen fokussierte ich mich auf Leander. Die zweite Kippe in Folge zündete er sich gerade an, was Tillie augenrollend kommentierte.

»Na, na, na«, feuerte er zurück. »Das wollten wir doch lassen, Vogt.«

Und bei ihnen passte es. Bei ihnen ergab es Sinn, dass sie sich mit Nachnamen ansprachen. Schließlich unterstrich es ihre prickelnde Dynamik. Weil sie genervt voneinander mit den Augen rollten, doch jeder Leanders auffällig-unauffällige Seitenblicke in Tillies Richtung bemerkte. Bei Gregor und mir hingegen passte es nicht. Wir waren keine Enemies, die in Streitgesprächen zu leidenschaftlichen Lovers mutierten. Gregor und ich hatten uns schon gehabt. Wir hatten uns gekriegt und dann verloren und uns jetzt garantiert nicht wiedergefunden. Ganz egal, dass er die Nacht in meinem Bett verbracht hatte. Der Bezug, auf dem er geschlafen hatte, hatte den Waschmaschinendurchgang bereits verlassen. Er konnte nicht mehr nach ihm riechen. Alles andere wäre nichts weiter als Einbildung. Eine Illusion. Nicht echt.

»Gleis acht, ICE sechshundertundzwölf in Richtung Kiel

Hauptbahnhof. Abfahrt neun Uhr vierundvierzig. Vorsicht bei der Einfahrt.«

Ich zuckte zusammen. Die Fahrgäste machten sich bereit, schulterten ihre Rucksäcke und traten den Schienen näher. Die Gleise quietschten, während Tillie den Kopf über etwas schüttelte, das Leander sagte. Ich nahm den ersten Schluck meines Chai und erkannte, dass es nicht mein Chai war. Es war ein Chai Latte mit Mandel- und nicht mit Hafermilch. *Lunas* Chai.

Fantastisch hoch zwei.

»Oh Mann«, sagte Tillie, während wir das überfüllte Abteil durchquerten. »Ich weine, wenn es keine freien Sitze mehr gibt.«

Aber natürlich fanden wir freie Sitze. Wir fanden bloß keine, die nebeneinanderlagen. Dabei hätte ich ein Gespräch mit meiner Freundin dringend nötig gehabt. Bisher hatte ich weder ihr noch Manda von dem Vorfall erzählt und langsam wurde es Zeit.

Während der Zug losfuhr, kramte ich nach meinen AirPods. Ich scrollte eine Weile durch Spotify, doch hatte ja nur meine *Heulmusik*, die ich mir gerade nicht zutraute. Entschlossen öffnete ich also die Hörbuchapp und entschied mich für einen Roman, den TikTok in das Hot-Girl-Book-Genre einordnen würde. Ich klickte auf *Play*, bevor ich die Augen schloss.

»*Als wir zum ersten Mal Sex miteinander hatten, zogen wir uns nicht einmal aus.*«

Ach ja: Sex war immer der größte Plotpunkt, doch ich liebte es. Ich hörte der Sprecherin zu und nippte an Lunas Chai, bis ich auf Toilette musste und die Waschräume ansteuerte. Fast hatte ich sie erreicht, da nahmen wir eine scharfe Kurve, ich segelte leicht nach links, verlor das Gleichgewicht und …

Hart.

Warm.

Und irgendwie trotzdem weich.

»Hi«, sagte Gregor.

Na ja, vielleicht sagte er es auch nicht. Sicher konnte ich mir nicht sein, denn das Hörbuch lief weiter. Zähneknirschend sah ich zu ihm auf. Er lehnte an der Wand, ich notgedrungen an ihm. So dicht, dass ich seinen Reißverschluss spürte, wie sein Brustkorb sich unter meiner Handfläche hob und senkte. Sein rechter Oberschenkel befand sich gefährlich nah an meinem. Beinahe verursachten sie gemeinsame Reibung.

Ich wollte zurückweichen, allerdings drängte sich gerade eine mehrköpfige Gruppe an uns vorbei und die fremden Schultern brachten mich dazu, mich noch näher an Gregors Brust zu lehnen. Ich konnte seinen Herzschlag fühlen.

Ich konnte *ihn* fühlen.

»Sorry«, flüsterte ich und hasste es. Ich hatte mich für nichts zu entschuldigen. In Wahrheit musste Gregor zu Kreuze kriechen, doch vielleicht waren Wahrheit und Realität zwei Planeten, die Lichtjahre voneinander entfernt waren.

Gregor räusperte sich. »Kein Problem.« Ich spürte, wie es dabei in ihm vibrierte.

»Ich will so gerne in dir sein, wenn du kommst, sagt er manchmal. Das liebe ich. Ich liebe es, wenn er Dinge beschreibt und …«

»Ist es gut?«, fragte er.

»W… was?« Ich verschluckte mich an dem Wort. »Wovon …?« Ich unterbrach mich selbst, weil ein Schulkind mit einem Monsterrucksack an uns vorbeitrampelte, was mich dazu zwang, mich noch dichter an Gregor zu drängen. Ich verfluchte die Bahn und diese Situation. Doch noch mehr verdammte ich Gregors Nasenflügel, die sich bei meiner Regung deutlich aufblähten.

»Das Hörbuch.« Er nickte auf mein leuchtendes Handy. »Ist es gut?«

Nein, Gregor. Es ist nicht gut, dass die Erzählerin gerade im Detail beschreibt, wie sie den Schwanz ihres Love Interests in sich haben will, während ich meinen Körper an deinen drücke.

»Voll«, erwiderte ich stattdessen.

»Hab das Cover auf TikTok gesehen. Der berühmte Algorithmus kennt mich wohl besser als ich mich selbst.«

»Du bist auf TikTok?«, fragte ich irritiert.

Er hob bloß leicht die Schultern.

»Krass.«

»Absolut.«

Füllwort über Füllwort. Gerade wollte ich fragen, wann die Gruppe endlich ihre Plätze gefunden hatte, da spürte ich Gregors Hand an meinem Rücken und seinen Mund an meinem Ohr. Bestimmter presste er mich an sich, woraufhin Hitze meinen Körper durchflutete. Gänsehaut explodierte überall, wo Gregors Atem auf meine Haut traf. Sein Oberschenkel war mir dabei überdeutlich bewusst. Ich konnte nicht anders, als mich zu fragen, ob mein Körper sich an etwas erinnerte, obwohl ich es nicht tat. An betrunkene Gregor-Küsse zum Beispiel.

Zögerlich sah ich auf. Gregors Augen wirkten riesig. Schwarz und rund mit endlosweiten Pupillen. Sein Blick war so dunkel, dass er mich verschluckte. In meinem Hals wurde es enger, Atmen fiel schwerer. Schuld daran war ein

Mann. Nicht weil er mir seinen Schwanz in den Rachen drängte. Nein. Gregor brauchte nur zu atmen, damit ich selbst nicht mehr atmen konnte.

»Wir …« Ich schluckte, weil ich die Gewissheit über meinen Stolz stellte. »Wir haben uns geküsst, oder?«

Seine Lider rissen auf. »*Was?*«

»Am Donnerstag«, fügte ich hastig hinzu. »Nachts. Bei mir. Oder auf dem Weg zu mir. Oder in meinem Treppenhaus. Oder was weiß ich wo. Haben wir uns da geküsst?«

Oder befummelt? Oder gevögelt? Oh bitte, bitte, bitte lass uns nicht gevögelt haben.

Doch Gregor antwortete nicht.

»Ist das ein Nein?«, zischte ich, weil dieses Hinauszögern Bullshit war. »Wenn ja, würde ich es gerne wissen, weil ich mich an nichts erinnern kann, okay?«

»D… du hast einen Filmriss?«

»Wie schön, dass du deine Sprache wiedergefunden hast«, murmelte ich, bog damit allerdings falsch ab. Wenn Gregors Gesicht offen für mich gewesen war, hatte jetzt jemand einen Vorhang zugezogen.

»Nein«, sagte er harsch und klang mit einem Mal unendlich aufgebracht. »Wir haben uns ganz sicher nicht geküsst.«

Sein Tonfall passte nicht zu der Art, in der er seinen Oberschenkel weiter zwischen meine drängte.

Seine Stimme klang angepisst und tief.

Sein Oberschenkel war warm und elektrisierend.

Das hier war eine Fahrt mit der Deutschen Bahn, keine Achterbahnfahrt. Aber mir wurde so verdammt schwindelig, als er sein Kopfschütteln verstärkte.

»Weißt du, Lucy«, setzte er schnaubend an und seine Finger an meinem Rücken begannen urplötzlich zu zittern.

»Ich verstehe, dass du mich hasst. Aber für was für ein großes Arschloch hältst du mich bitte, dass du mir zutraust, ich würde dich küssen, wenn du sturzbetrunken bist? Ich würde das niemals ausnutzen, weißt du das denn nicht?«

Mein Mund öffnete sich, doch mir blieb keine Zeit zu einer Erwiderung. Abrupt ließ er mich los, bevor er wortlos in das nächste Abteil verschwand. Ich beobachtete, wie seine Muskeln verärgert unter dem Stoff hervorschienen, als er durch den nun leeren Gang davonmarschierte, wie hypnotisch und anziehend selbst seine Rückseite wirkte. Erst da nahm ich das Hörbuch wieder wahr.

»Im Grunde wollte ich ihn nie vögeln. Ich wollte bloß, dass er mich wollte, und dachte, das wäre wahrhaftig alles. Aber manchmal, in einem viel zu kalten Sommer, in dem Regentropfen während sinnloser Nachtfahrten auf mein Autodach trommelten, meine Dehnungsstreifen sternförmig verblassten und der Pathos in meinen Tagebüchern uns unendlich schienen ließ, fürchtete ich auch, ich wäre in ihn verliebt.«

Mein Herz schlug mir dumpf gegen die Rippen und die Stelle an meinem Rücken, auf der seine Hand gelegen hatte, war so unendlich kalt.

Fantastisch hoch drei.

Gregor

GRENZGEFÜHLE
verursacht durch mich, ebenfalls nicht zu empfehlen

»Du kannst hier nicht verlieren«, sagte der sechzigjährige Typ mit der Beanie, während er unsere Truppe abscannte. Grinsend nickte er Tillie zu. »Du auch nicht. Und du auch nicht. Das hier, meine Freunde und Freundinnen, wird ein Wochenende voller Gewinne. Ich …«

BOOM.

Blinzelnd musterte ich meine Sporttasche, die gerade mit einem ohrenbetäubenden Knall auf dem Boden gelandet war. Plötzlich lagen alle Blicke auf mir. »'tschuldigung«, krächzte ich, während Erwin freundlich abwinkte und mit seiner Begrüßungsrede fortfuhr.

Nicht alle hatten mich angesehen, Lucy hatte meinen Anblick vermieden. Sie ignorierte mich also jetzt. Seit unserem Zusammenprall in dem ICE-Abteil waren knapp sieben Stunden vergangen. Und ich war immer noch wütend. Wie konnte sie glauben, ich hätte ihren betrunkenen Zustand ausgenutzt? Ich war vieles und ja, ich war auch ein Arschloch. Aber ich war garantiert nicht dieses Arschloch.

Wir waren in Münster aus- und umgestiegen, irgendwann im Norden gelandet und dann mit der Fähre rauf aufs Meer geschippert. An Bord hatten wir uns Plätze neben dick eingepackten Motorradfahrern geteilt, die wie Helikoptereltern auf ihre Zweiräder hinabgesehen hatten. Vom Hafen hatten wir den Weg zu Köpckes Stübchen zu Fuß bestritten. Die Sonne war dabei unspektakulär hinter grauen Wolken versunken, während Salzwassergeruch mir in die Nase gekrochen war.

Schluckend starrte ich nun die Wanduhr an. Kurz vor sechs. Wie lange Erwin seine Ansprache wohl schon hielt? Keine Ahnung. Ich wusste nicht einmal, wozu er dieses ganze Tamtam mit der Pseudotiefgründigkeit eines Philosophielehrers abzog. Wir waren bloß Studenten, die an seiner früheren artsy Alma Mater eingeschrieben waren. Natürlich unterschieden wir uns von seinem üblichen Klientel, das mit marineblauen Pullovern den Stammurlaubern auf Sylt Konkurrenz machte. Vielleicht lag es daran.

»Ihr bringt hier übers Wochenende frischen Wind rein«, sagte er. »Das wird großartig. Abendessen so wie letztes Jahr auch: immer um sieben. Ich freu mich auf euch.«

Um sein Monologende zu unterstreichen, klatschte er. Fünfzehn Minuten später drückte er uns die Schlüssel in die Hand, bevor wir unsere Zimmer betraten. Ich hatte Glück und ergatterte ein Einzelbett im zweiten Stockwerk. Mit pochenden Schläfen legte ich meine Tasche darauf ab. Es war ein Zimmer mit Aussicht, aber ich sah nur Bäume und Parkplätze und ganz hinten vielleicht die Wellen. Ich öffnete das Fenster und die kalte Luft stach in meinen Lungen, während mein vibrierendes Handy mich ablenkte. Kopfschüttelnd riss ich mir die Jacke auf, schmiss sie neben die Tasche und sagte mir innerlich: *Bye, Vibration. Bye, Vielleicht-Olga. Bye, Vielleicht-Isa.*

Doch der Gedanke erzielte seinen gewünschten Effekt bloß bedingt. Denn als ich mich auf den neun Quadratmetern umsah, tat ich es trotzdem krampfhaft. Das Zimmer hatte – Überraschung – ein maritimes Motto. Ich stand auf weißgräulichem Vinylboden mit seltsamem Aufdruck. Über dem Bett mit Meermusterwäsche hing ein Bild in Monstergröße, das verlassene Dünen zeigte. Ich fragte mich, wie es wohl auf Amazon betitelt wurde. *Magische Dünen für Ihr Zuhause? Bringen Sie die malerische Nordsee in Ihr Schlafzimmer?* Sicherlich beinhalteten die Rezensionen für Köpckes Stübchen ähnliche Schlagwörter: Nordsee, magisch, malerisch, Motto-getreue Räumlichkeiten.

Klar, gönnt euch eure wohlverdiente Auszeit mit Malibu-Parkett und schießt dabei Fotos für eure veralteten Facebook-Freunde, Leute. Ich unterdrückte ein Augenrollen, bevor ich mir den Laptop aus der Tasche schnappte und das Zimmer gleich wieder verließ.

Nur noch die letzten fünfzig Seiten, hatte Olga gesagt. *Dann machen sie ein Angebot.* Ich müsste verstehen, dass ich ein Debütant war, dass Verlage keinen so hohen Vorschuss für ein halb fertiges Buch hinblättern könnten, dass sie sehen wollten, ob und wie ich die Geschichte weitererzählen konnte. *Wir sind kurz vorm Ziel, Gregor. Du musst nur weiterschreiben, dann wird alles gut.*

»Wow.« Erwin pfiff durch die Zähne, als ich durch die Lobby in Richtung Aufenthaltsraum schlenderte. »Motiviert, motiviert. Nicht schlecht, Herr Specht.«

Beck, wollte ich verbessern, aber ich ließ ihm seine abgedroschene Floskel. Stumm zwang ich ein Lächeln auf meine Lippen, gab mich freundlich und versuchte, mich so normal wie möglich zu verhalten. Doch wie immer, wenn ich dieses

Spiel spielte, vergaß ich, dass ich kein Schauspieler im Rampenlicht war. Ich war der Schreiber dahinter, nackt und verletzlich, mit müden Augen und ständig zitternden Fingern. Ich verfehlte die Steckdose, bevor ich das Ladekabel schließlich einstöpselte und dabei innerlich mein letztes Kapitel durchging. Fünfzig Seiten an einem Schreibwochenende. Das war möglich, nicht wahr?

Doch gerade, als ich den Laptop hochfuhr und nach meinen Kopfhörern kramte, ertönte der Klang von donnernden Schritten. Weil ich mich nicht ablenken lassen wollte, starrte ich weiter auf das Windows-Zeichen, loggte mich ein und öffnete anschließend das Dokument.

»Sag mal, was zum Teufel ist eigentlich los mit dir?« Mit zusammengepressten Lippen blieb Lucy vor meinem Tisch stehen. Mit den Händen umklammerte sie eine Kiste, befüllt mit Büchern und … Fotoalben? Ihre Fingerknöchel stachen weiß und spitz hervor.

»Wovon redest du?« Ich versuchte, meine Stimme ruhig klingen zu lassen. Doch meine Lider schlitzten sich ganz ohne mein Zutun, denn nicht nur Lucy war wütend.

»Wovon ich rede?« Schnaubend ließ sie die Kiste auf die Tischplatte knallen. »Wir arbeiten zusammen an diesem Podcast, Gregor. Was meinst du, wieso wir überhaupt hier mitgefahren sind? Wir wollten mit Erwin reden. Und was machst du? Du kannst mir nicht einmal zurückschreiben, wenn ich dich frage, ob du Zeit hast, Sachen von ihm durchzugehen.«

»*Du* hast mir gerade geschrieben?«

»Na, die Queen war es ganz sicher nicht.«

»Sorry«, sagte ich kalt. »Hab nicht auf mein Handy geschaut, weil ich dachte, es wäre meine Schwester.« *Oder mei-*

ne Agentin, die mich mal wieder zu meinem Buch befragt, an dem ich scheitere.

Lucy scannte mich abschätzend ab, bevor sie den Kopf schüttelte. »Du bist also einfach zu jedem so scheiße?«

»Scheiße ist was anderes.«

»Kannst du nicht beurteilen, wenn du derjenige bist, der sich so verhält.« Seufzend strich sie sich eine Strähne aus der Stirn. »Also, was ist? Hast du Zeit oder nicht?« Sie deutete auf meinen Laptop, unterlegt mit einem gefährlichen Nicken.

Unruhig rutschte ich auf dem Stuhl umher. Durchschaute sie mich? Durchschaute sie alles? Schließlich war mein Manuskript geöffnet. Und sie stand vor mir. Beide Tatsachen in Kombination brachten mein Herz zum Randalieren.

»Ich …« *Ich muss eigentlich schreiben, kannst du also bitte wieder gehen, weil du mich sehr nervös machst?*

Lucy starrte mich aus ihren großen Augen an, während sie die Finger in ihren Ärmeln vergrub. Ich wollte sie nicht anschauen. Nicht, wenn ich wusste, was sie von mir dachte. Wenn sie glaubte, ich hätte ihren Zustand ausgenutzt, wenn sie mich hasste und mir den Hals umdrehen wollte, während sie mir betrunken um genau diesen fallen wollte. Ich wollte das nicht, weil ihr Blick sich verschlossen anfühlte, doch mein Brustkorb sich mit einem Mal so geöffnet hatte.

Sag Nein, du hast keine Zeit. Sag Nein. Sag Nein. Sag Nein.

»Ja«, erwiderte ich stattdessen. »Klar habe ich Zeit.«

Ich wollte mir in den Arsch beißen, weil meine Antwort die falsche war. Doch Lucy schien davon nichts zu bemerken. Kapitulierend zog sie den Sessel zur Seite, legte ihre Tasche ab und wollte gerade nach der Kiste greifen, als sie abrupt innehielt. Sie trug einen engen Rollkragenpullover mit überlangen Ärmeln. Ihre Frisur saß perfekt, der Pony wie immer millimetergenau zerzaust. Doch etwas an ihr passte nicht.

Sobald Lucy mich nun erneut ansah, veränderte sich ihr Blick. Er schwankte von Grau zu dunkel, von funkelnd zu tot. Das machte ich. Ich brachte Menschen an ihre Grenzen, bis sie nichts mehr fühlten, weil sie zu viel fühlten. Das hatte ich von Anfang an getan, meine Mutter war meine beste Zeugin.

»Bevor wir anfangen, muss ich dich was fragen.« Plötzlich senkte sich ihre Stimme. »Mir ist das auch echt unangenehm, aber ich kann nicht aufhören, darüber nachzudenken.« Hastig leckte sie sich über die Lippen, doch für mich geschah es wie in Zeitlupe. Langsam, so verflucht langsam, dass es nicht auszuhalten war. Lucy würde mich umbringen. Das war ein Fakt, weil ich an ihren Lippen hing und meine eigenen zu kribbeln begannen, bis sie schmerzten.

Weil alles ein bisschen schmerzte, als sie fragte: »Was haben wir vorletzte Nacht getan, Gregor?«

ALLESGEFÜHLE
etwas, das dich verschluckt (wie Gregor)

Keine Ahnung, wieso er so heftig zusammenzuckte, als hätte ich ihn geschlagen. Statt mir zu antworten, fasste er sich in den Nacken. Dort rieb er sich die Haut, als hätten meine Worte blaue Flecke hinterlassen.

»Du kannst dich echt an nichts erinnern?«, flüsterte er fragend.

Am liebsten hätte ich die Arme verschränkt und neunmalklug von mir gegeben, dass sich nicht zu erinnern wohl der Bestandteil eines Filmrisses war. Doch ich atmete bloß tief aus.

»Alles nach dem Taylor-Swift-Video ist weg.«

»Oh.« Das war nicht einmal ein Wort, sondern bloß ein Laut. *Bei dir zerfallen mir die Worte literally einfach im Mund, Lucy.* Natürlich brachte er so nicht mehr als *Oh* heraus.

Ich hatte beschlossen, dass das, was im ICE zwischen uns pulsiert hatte, nichts weiter als Restanziehung gewesen war. Restanziehung war ein mieser Trick unseres Körpers. Sie erinnerte ihn an Liebe, als wäre es eine Muskelbewegung. Einatmen, lieben, ausatmen, lieben. Schließlich war das Herz sogar unser stärkster Muskel. Schade, dass ich trotzdem das Gefühl hatte, es wäre mein wundester Punkt.

»Wir haben das Video geschaut«, begann Gregor zögerlich. »Danach sind wir rausgegangen und haben Shots getrunken. Ziemlich viele.« Er räusperte sich. »Als die Bar irgendwann geschlossen hat, hab ich dir gesagt, wieso ich überhaupt an dem Abend da war.«

»Und wieso warst du da?«

Er schluckte. Deutlich stach sein Kehlkopf hervor. Ich beobachtete, wie er auf und ab sprang. Als würde ich auf ihn stehen. Auf einen Kehlkopf. Auf Gregor. Besonders dann, wenn er nervös war – und das meinetwegen.

Liebe Lucy, ist das nicht krank?

Lol, ich bin *krank*, hätte ich am liebsten geantwortet, aber meine Sonntagsfragen waren eine Rubrik mit seitenlanger Antwort und diese bestand nur aus einem einzigen Satz. Ich konnte nicht gegen meine eigenen Regeln verstoßen.

»Wegen dir.«

»Wegen mir?«, wiederholte ich mit zu dünner Stimme.

»Wollte dir was geben.«

»Und was?«

Gregor schwieg.

»Das ist also echt dein Ding geworden, oder?«, flüsterte ich frustriert.

»Was meinst du?«

»Na, dass man dir neuerdings alles aus der Nase ziehen muss.«

»Musste man früher auch.«

»Den Eindruck hatte ich eher nicht so.«

»Na ja, mit dir war eben alles anders.« Gregor blies die Wangen auf. »Wir sind zu dir gegangen, weil du das wolltest, okay? Weil ich dem Aufruf in deinem letzten *Fake-Articles-*Video gefolgt bin und dir jede problematische Aussage in

Frauenmagazinen unterstrichen habe, die ich bei Kaufland finden konnte.«

»*Du hast was?*«

»Problematische Aussagen in Frauenmagazinen unterstrichen. Und das, obwohl du gedacht hast, ich würde dich küssen, wenn du hackedicht bist.« Ein Muskel an seinem Kiefer zuckte. Gregors Miene wirkte verletzt und wütend zugleich.

Schuldbewusst verknotete ich die Finger ineinander. Weil ich geglaubt hatte, er hätte mich geküsst. Weil ich insgeheim doch gewusst hatte, dass Gregor so etwas nicht machen würde. Immerhin sprachen wir hier von Gregor, in dem trotz all der Veränderung noch immer ein bisschen Berlin steckte.

»Wir haben die Magazine bei dir auf dem Fußboden ausgebreitet und uns gemeinsam über die Aussagen aufgeregt. Bis acht Uhr morgens oder so. Hast du die Zeitschriften denn nicht gefunden?«, fuhr er fort.

Meine Augen rissen auf. Daher also war der Stapel, den ich beim Aufräumen weggepackt hatte, so groß gewesen. »Aber …« Ich schüttelte den Kopf, wollte entschlossen wirken, doch scheiterte. »Wieso hast du das getan?«

»Du weißt, wieso«, behauptete er rau.

Und das war unfair. Ein Filmsatz. So etwas sagten Leute nur in konstruierten Skriptszenen, um Anziehung und Spannung aufzubauen. Doch das funktionierte bei mir nicht. Nope, keine Chance. Mir egal, dass sich Gänsehaut auf meinem Hals und über meinen Nacken ausbreitete. Gregor berührte mich nicht. Gregor war Regen, aber ich war mit allen Wassern gewaschen.

»Lass den Scheiß«, zischte ich.

»Welchen Scheiß?«

»Du weißt, wieso«, imitierte ich zehn Stimmlagen zu tief.

»Hör auf, so was zu sagen. Ich will mir nicht die ganze Nacht lang den Kopf darüber zerbrechen, was du vielleicht damit gemeint haben könntest. Du hast gesagt, es könnte nie wieder wie früher sein. Und jetzt kommst du mir damit. Verrat mir doch einfach mal, was du wirklich denkst, und lass den Interpretationsmüll stecken, wie wär's?«

Statt einer Antwort kippte Gregor den Kopf, dabei hielt sein dunkler Blick mich fest. Meine Kehle schnürte sich zu. Der Pullover über seinen drahtigen Schultern spannte leicht, während er sich unvermittelt in den Sessel zurückfallen ließ. Gregor hätte dominant und Furcht einflößend wirken können. Doch er fasste sich zitternd an das Wunscharmband, während sein Kehlkopf hervorstach. Alles an ihm wirkte aufgewühlt und verletzlich.

»Was ich wirklich denke, ja?«, wiederholte er so gespenstisch leise, dass es unter meiner Haut vibrierte.

»Ja.«

Ich bereute meine Antwort sofort, weil er sich erhob. Mit zwei geschmeidigen Schritten umrundete er den Tisch und ließ sich auf dem Sessel neben mir nieder. Selbst im Sitzen war er viel größer als ich. Doch als sein Geruch mir nun noch intensiver in die Nase kroch, fühlte ich mich nicht klein. Ich sah ihn an und wollte ihn für immer ansehen. Ich wollte ihn so anschauen, wie man jemanden anschauen wollte, wenn man sechzehn und verliebt war. Ich wollte, dass er mich auf keinen Fall zurück anschaute, weil ich so unbedingt wollte, dass er es tat.

Unruhig rutschte ich auf meinem Sessel umher, was mir garantiert eine Laufmasche einbringen würde. Dennoch konnte ich nicht aufhören. Ich musste mich bewegen, weil ich sonst noch mehr nachdenken würde und …

Eine Hand.

Fünf Finger.

Warm, rau, groß und unendlich elektrisierend.

Blinzelnd starrte ich auf meinen Oberschenkel. Gregors Hand lag auf meinem Rock.

Gregors. Hand. Lag. Auf. Meinem. Rock.

»Fuck«, murmelte er. »Ich will dich nicht nervös machen, Lucy.« Er klang zu kratzig und zu gequält. Ich konnte nicht anders, als ihm zu glauben.

»Vielleicht solltest du dann diese Art von Situation vermeiden«, erwiderte ich heiser.

»Kann nicht.«

»Wieso?«

»Aus demselben Grund, aus dem ich die *Jolie* wie eine Klausur mit Leuchtstift ausgearbeitet habe.« Gregor schien ein schnelles Lächeln hinterherzuschieben, sicher konnte ich mir allerdings nicht sein. Schließlich war mir sein Gesicht so nah, dass es verschwommen wirkte. Grenzen zerliefen und ich verlief mich in diesem Gefühl. In dieser plötzlichen Hitze, die mit einem Mal von ihm ausging. »Ich hab dich noch nie nicht gemocht«, sagte er. »Und das weißt du. Lass mich das nicht ausführlicher erklären. Nicht in meinem Zustand.«

»Nicht in meinem Zustand.« Ich versuchte mich an einem Schnauben, doch verschluckte mich an der Ernsthaftigkeit unseres Gesprächs. »Was soll das überhaupt heißen?«

Mit einem Räuspern rückte er der Sitzkante näher. Unsere Schienbeine berührten sich jetzt. Seine Jeans, meine Strumpfhose. Es war Reibung. Schon wieder. Das Blut in meinen Adern prickelte, weil alles in mir kribbelte.

»Hm, was ist?« Draufgängerisch nickte ich ihm zu. »Sind dir da etwa wieder die Worte auf der Zunge zerfallen?«

»Gott.« Er lachte auf. »Ich war schon echt dramatisch mit zwanzig, oder?«

»Der Dramatischste.« Und dann konnte ich nicht anders. Sein Lachen klang so rau und ehrlich, dass es mir Angst machte. Ich musste einfach weitersprechen. »Aber was soll ich sagen? Ich habe es offensichtlich gemocht.« *So sehr, Gregor.* Die Worte lagen mir auf der eigenen Zunge, ohne dass ich sie aussprach. Weil es nun seine Pupillen waren, die sich weiteten. Warum musste Gregor es mir auch so verflucht schwer machen?

»Was?«, murmelte ich. »Wieso schaust du so überrascht? Keine Ahnung, ob ich da etwas verwechsle. Unser letztes Gespräch hat doch ziemlich deutlich gemacht, dass ich dich auch noch nie nicht gemocht habe, oder?«

»Aber …« Kopfschüttelnd brach er ab, während meine Haut unter seiner Hand brannte. Einen kurzen Moment sammelte er sich. »Wieso hast du mich überhaupt gemocht?«, platzte er heraus und da lag so viel Schmerz in seinen Worten. »Ich war unsicher und launisch und viel zu schüchtern. Was hast du an mir gefunden?«

Ich wünschte, ich hätte lachen können. Ihn eines klassischen *Fishing for Compliments* beschuldigen und anschließend aufstehen können. Doch der Schmerz in seinen Worten *und* in seinen Augen schnürte mir die Kehle zu. Es war wie ein tragischer Unfall: Ich konnte nicht wegsehen.

»Ich mochte genau das an dir«, erwiderte ich. »Dass du unsicher und launisch und schüchtern warst. Weil du dabei immer du warst. Du warst so ehrlich. Das habe ich geliebt.« Ja. Ja, ich hatte das größte Wort von allen gesagt. »Außerdem …«

»Außerdem was?« *Oh Scheiße.* Seine Stimme klang mit einem Mal so tief und dunkel, verfehlte keinen Zentimeter meiner Haut.

Bebend holte ich Luft. »Ich hab dich einfach gefühlt.«

Manchmal war es simpel. Es ergab keinen Sinn. Niemand verstand es. Wir konnten nicht einmal selbst darüber bestimmen. Plötzlich war da diese Person – und dein Herz pochte und pochte und pochte und pochte. Es war willkürlich. Zum Verzweifeln. Nicht einmal poetisch konnte man es ausdrücken. Es passierte schlichtweg.

»Vom ersten Moment an, ehrlich gesagt«, fügte ich hinzu. »Ich …«

»Jetzt immer noch?« Gregor unterbrach mich scharf, mit einer Dringlichkeit, die ich nicht von ihm kannte. Als er seine Hand von meinem Oberschenkel löste, fiel mein Magen.

Es überraschte mich nicht. Gregor ging und ich fiel. Dort, wo er mich berührt hatte, herrschte nun Winter. Kein schneeweißer Puderzuckerdezemberwinter, sondern Februarwinter, mit Minusgraden und schonungslosem Regenwind. Instinktiv schloss ich die Augen, als ich mit einem Mal seine Hand in meinem Nacken wahrnahm. Schlagartig wurde mir wieder heiß. Ich spürte mein Herz überall, weil ich Gregor so fühlte.

»Schau mich an, Lucy«, verlangte er.

Doch meine Augen blieben fest geschlossen. »Wir sind also jetzt dominant?«, witzelte ich spöttisch.

»Du bist echt unglaublich«, schnaubte er. »Nein, ich will nicht, dass du mich ansiehst, weil ich dominant oder was weiß ich bin. Ich will lediglich, dass du mir in die Augen schaust und mir dabei auf meine Frage antwortest.«

»Klingt für mich nach einer Forderung.«

»Ist fordernd nicht der Dauerbrenner in diesen New-Adult-Romanen mit Spice?«

»Du weißt auch, was das ist?«

»Klar. Ich hab doch erzählt, dass ich auf Booktok unterwegs bin. Eigentlich bekomme ich nur Sally Rooney vorgeschlagen, aber manchmal lande ich auch auf der spicy Seite. Hab letztens sogar einen Roman davon angefangen. Es war …«

»Wenn du Porno sagst, bist du durch.«

»Nein, ich fand es gut. Sehr erotisch, sprachlich nicht ganz mein Ding, aber cool, dass solche Szenen aus dem weiblichen Blickwinkel erzählt werden. Findest du nicht? Ich bin letztens auch auf diese Website gestoßen. *The Clit Test*. Da sind Bücher und Filme aufgelistet, in denen Frauen nicht durch Penetration kommen, was ja eigentlich die Normalität darstellt. Deshalb ist es wiederum absoluter Bullshit, dass in Filmen oft nur Szenen gezeigt werden, in denen …«

»Gregor«, presste ich zwischen zusammengebissenen Zähnen hervor. »Du musst aufhören, darüber zu reden.«

»Wieso? Macht … Macht dich das an, Lucy?«

Mein Gesicht fühlte sich wie eine Feuerkugel an, während ich die Lider wieder aufschlug. Gregor grinste schüchtern, allerdings konnte er mich nicht täuschen. Sein Hals hatte sich rot gefleckt. Lose, unzählige Formen hatten sich über seine Haut hinweg verteilt.

»Es ist offensichtlich meine Schwäche, wenn du über gut ausgearbeitete Sexszenen redest, die von Frauen geschrieben wurden«, murmelte ich.

»Sexszenen von Männern sind also nicht gut?«

»Bist du dir sicher, dass du diesen Satz so stehen lassen willst?«

»Nah, okay.« Sofort ruderte er zurück. »Du hast recht.«

Ich erwiderte nichts, während Gregor mit den Fingerkuppen meine Wirbel entlangfuhr, rau und sanft zugleich. Jemand musste das hier abbrechen, *Halt, stopp, jetzt rede ich und wir reden nicht mehr* sagen. Doch stattdessen hörte ich nur seine Stimme.

»Lucy?«, fragte er.

»J…ja?«, murmelte ich.

»Ich …« Gregor leckte sich über die vollen Lippen. »Fühlst du mich immer noch? So wie früher?«

IV

branden

Lucy

♡

wenn ich keine Worte habe

Damals

Ich fühlte alles.

Damals, als wir eine gemeinsame Schwäche für Wörter entwickelten. Während der Kurse hielten wir uns bedeckt. Wir sprachen nicht miteinander. Höchstens lange Blicke tauschten wir aus, die niemand außer uns verstand. Ich hätte nichts dagegen gehabt, seine Hand auf den Gängen zu halten. Ihn in den Korridoren zu küssen. Doch ich traute mich nicht, es anzusprechen, aus Angst, er würde es lächerlich finden. Mich auslachen, weil ich etwas offiziell machen wollte. Das ganz Paarzeugs abziehen und dabei nervig wirken.

Also ließ ich es.

Im Grunde dachte ich sowieso nie lange darüber nach, weil die Seenachmittage, an denen mein Herz schwerelos umhertrieb, jedes Mal so schnell wiederkamen. Außerdem hatten wir vormittags unsere eigene Art von Kommunikation. Nach unserem Kuss hatte Gregor nämlich damit begonnen, mir Fremdwörter auf Schmierblättern zu hinterlassen. Unauffällig steckte er sie mir zu wie Zettelchen in der Mittelstufe. Die Wörter darauf kannte ich meistens nicht, Pinterest fand jedoch immer eine Übersetzung für mich.

Selcouth – wenn alles sich seltsam und gleichzeitig wundervoll anfühlt

Scripturient – der leidenschaftliche Drang zu schreiben

Raison d'Être – der Grund des Seins

Wonderwall – eine Person, von der du absolut fasziniert bist

Abditory – ein Ort, an dem du dich verstecken kannst

Exonerate – sich von dem Gewicht der Lasten lösen

Basorexia – die Sehnsucht, jemanden zu küssen

Und es stimmte: Gregor wollte mich küssen. Die ganze Zeit. Und ich wollte es auch. Bis wir uns unter die Kleidung des anderen schlichen, wenn wir einander an den Lippen hingen.

Wir hingen uns so verflucht oft an den Lippen.

Am Anfang meines Aufenthalts war ich zu Gregor in den See gesprungen und hatte danach selten woanders sein wollen.

Mein Herz war löcherig, aber sein Name passte perfekt in die Leerstellen. Er war wie gemacht für mich. Kitschig, ich weiß, und nicht einmal das wollte ich ändern.

Denn als wir an einem Freitagabend zurück zur Schlafstätte schlenderten, während der Rest der Gruppe sich in irgendeinem Zimmer heimlich berauschte, deutete Gregor auf sein eigenes. »Willst du mit reinkommen?«

Ich nickte, weil ich *Willst du mich reinlassen?* verstanden hatte. Und das wollte ich so sehr.

Sofort küssten wir uns mit leicht feuchtem Haar auf seinem Bett. Unsere Köpfe hinterließen nasse Spuren auf der Decke und dem Kissen, die in meiner Vorstellung aus unseren Gefühlen bestanden. An diesem Abend ging er weiter, berührte meine Brüste und stöhnte dabei. Als er in meinen Slip fuhr, zeigte ich ihm, wie ich es mochte. Die ganze Zeit sah er mich dabei an, während sein Daumen mich mit kreisenden Bewegungen verrückt machte.

Warm streifte sein Atem mein Ohr. »Ich will so gerne mit dir schlafen, Lu. Aber ich möchte dich natürlich nicht drängen oder so, also bitte vergiss das, wenn ...«

»Ich will es auch«, unterbrach ich. *Ich will dich.*

Und vielleicht streiften wir einander die Kleidung zu schnell ab und ihm das Kondom zu schnell über. Vielleicht überschlugen wir die Dinge, weil unsere Herzen so viele Saltos drehten. Doch als wir das erste Mal miteinander schliefen – ich auf ihm in einem spärlich möblierten Jugendherbergezimmer mit seinem meergrünen Kulturbeutel auf dem Nachttisch – war alles so sanft und schön.

»Ist das so gut für dich?«, fragte ich ständig, weil ich wusste, dass es nicht perfekt war.

Doch er konnte mir vor lauter Keuchen sowieso nicht antworten. Er konnte nur nicken, mit geschlossenen Lidern und Schweißperlen auf der Stirn.

Wenn ich mit dem Mund über seinen Kiefer schabte, schmeckte seine Haut dort salzig. Auf eine verdrehte Weise gefiel es mir. Sehr. Als er kam, vibrierte seine Brust an meiner. Fest biss er sich dabei auf die Lippe, um nicht laut zu sein. Ich hätte es so gern gehört.

Danach blickten wir uns stumm in die Augen, wobei ich immer noch auf ihm saß. Vor Wärme klebten unsere Arme aneinander. Alles pochte. Ich wollte, dass es niemals aufhörte. Dass wir niemals aufhörten. Ich selbst war nicht gekommen, aber es machte nichts, wollte ich doch sowieso bleiben.

»Das war zu schön, Lu. Sorry, dass du nicht ... du weißt

schon.« Plötzlich löste er sich leicht von mir. »Lass mich dir auch so ein gutes Gefühl geben. Was soll ich machen?«

Kurz stellte ich ihn mir vor, mit seinem lockigen Kopf zwischen meinen Beinen. Es würde sich großartig anfühlen. Das wusste ich. Aber eigentlich wollte ich das nicht. Also verneinte ich und zog ihn wieder dichter zu mir heran, legte seine Arme fest um meinen Rücken. Zärtlich malte er Wellen auf meine nackte Haut.

Es war das beste Gefühl auf der Welt.

Dafür gab es keine Worte.

Lucy

WILLST DU DAS?

eine Frage, die man nicht oft genug stellen kann

Jetzt

Gregor wartete seit Ewigkeiten auf eine Antwort.

Zumindest kam mir mein Zögern so lange vor. Bis ….

»Okay, dann frag eben mich.«

»Was?«, erwiderte ich verdattert.

»Frag mich, ob ich dich fühle.«

Kurz hielt ich inne, wägte ab, doch flüsterte ich: »Was fühlst du?«, und widerstand dabei dem Drang, die Lider zu schließen. Es war schlicht ein Reflex. Ich wollte die Augen zumachen, wie man die Augen instinktiv vor einem Aufprall schloss. Als könnte es so weniger wehtun.

»Dich«, sagte er. Und dann tat er das Schlimmste erneut: Er lächelte. Dabei war es kein Sonnenscheinfilmgrinsen. Es übernahm nicht die Hälfte seines Gesichts und war zu schräg für Zahnpastawerbung. Es war schief und tragisch.

Es war Gregor.

Sein Lächeln setzte sich als verräterische Wärme links in meiner Brust fest. Ich blinzelte ruckartig.

»Es ist so«, fügte er leise hinzu. »Ich fühle dich einfach.«

»Bisschen gemein, meinen Satz so dreist zu klauen, meinst du nicht?«

»Wieso?«

»Weil du damit den Eindruck erweckst, als könnte es einfach sein zwischen uns.«

»Und was, wenn es das ist?«

Ich schnaubte. »Hast du vergessen, wer du bist und wer ich bin? Wir können uns nicht mehr kennenlernen. Wir ...«

»Dann ist es eben schwierig«, unterbrach er, bevor er tief und schnell Luft holte. »Ich will dich, Lucy, und ich habe keine Ahnung, wie ich aufhören soll, dich zu wollen. Die ganze Zeit. Und weißt du, was das Verrückteste dabei ist?«

Ich schüttelte den Kopf, denn ich konnte nur schweigen. Vielleicht lag es an seinem Atem, der meine Lippen berührte. Vielleicht lag es an den Worten, die ich nicht hören wollte. An denen, die ich gleichzeitig am sehnlichsten hören wollte.

»Ich will dich wegen dem, was wir waren. Aber ich will dich auch wegen dem, was du jetzt bist. Ich mochte dich früher und ich mag dich jetzt. Ich ...« Mit einem Mal wurde seine Stimme unendlich leise. »Es tut mir leid. Ich wiederhole mich, aber ich würde es heute anders machen. Alles. Jeden Fehler würde ich vermeiden. Aber ich kann nicht. Ich kann nur versuchen, die beste Version von mir selbst zu sein und irgendwie zu hoffen, dass du das siehst.«

»Was ist, wenn ich dich gar nicht mehr mag?« Ich schlitzte die Lider. »Wenn ich dich schon lange nicht mehr fühle?« Ich musste das sagen. Wenn ich nämlich aufhörte, wütend zu sein, würden die Enttäuschung und Sehnsucht in mir hervorkriechen. Das konnte ich nicht riskieren.

Doch Gregor schaute mich so bestimmt aus seinen runden Augen an, dass mir für einen Moment die Luft wegblieb.

»Weißt du«, begann er. »Ich könnte jetzt auf cool und lässig tun und dir sagen: Das zwischen uns ist zu groß, um von mir allein gefühlt zu werden. Das müssen einfach zwei Personen fühlen. Im Grunde ist das allerdings bloß so ein ausgelutschter Spruch, der nur im ersten Moment ballert. Glaube ich trotzdem daran? Ja. Aber … Wenn du mich nicht mehr magst, dann magst du mich nicht mehr. Dann ist das okay. Dann akzeptiere ich das.«

Er verstummte. Hielt inne, um mir Raum zu geben. Gregor wollte, dass ich die Leere füllte, ihm zustimmte oder widersprach. Er wollte Klarheit und eine Antwort.

Ich hingegen schüttelte den Kopf. »Ich werde dir nicht sagen, dass ich dich mag.«

»Musst du auch nicht.« Er rückte mir erneut näher, so nah, dass seine Nasenspitze beinahe meine berührte. Gregor blinzelte und ich schwor, dass ich seine Energie spürte. Wie eine Aura umgab sie ihn, heißkalt und brennend. »Mir ist nichts hiervon egal«, flüsterte er und mein Herz raste rauf und runter. Alles mit Gregor war wie Achterbahnfahren. »Im Gegenteil«, sagte er und kam näher. »Im Gegenteil.«

Mein Herz fuhr einen Looping. Schuld daran war nicht die Art, wie er meine Augen und dann meine Lippen ansah. Es war dieses plötzliche Aufflackern in seinen Pupillen. Etwas, das so lange nicht mehr da gewesen war.

Ehrlichkeit.

Ehrlichkeit war für die Schwere in der Luft verantwortlich. Für die Enge in meinem Brustkorb. Für das Zittern in meinen Lippen, die nicht wussten, was sie sagen sollten.

»Lucy«, raunte er. Mein Name war kein Name. Mein Name war zwei Silben voller Wärme, voller Beben und drei Tonnen Gefühlen.

So. Viele. Verfluchte. Gefühle.

Hart krallte ich meine Nägel in den Rockstoff, weil ich es nicht mehr aushielt. Die Chemie zwischen Gregor und mir war atemberaubend. Nicht von dieser Welt. Anders, elektrisierend, allumfassend. Unter meinen Fingern kribbelte es. Ich wollte Gregor spüren und berühren.

»Ich halte das nicht aus«, sagte er.

Ich hörte keine Worte, nur Laute, die Vibration seiner Stimme und die Weichheit seiner Lippen. Blinzelnd starrte ich seinem wilden Blick entgegen, bevor er sich zeitlupenartig vorlehnte. Nervös und schüchtern zugleich, doch so weit, dass es zu weit war, weil sein Mund beinahe meinen streifte. Und als Gregors Lippen tatsächlich meine berührten – nur kurz, nur zart – war es zu viel. Gänsehaut explodierte auf jedem Zentimeter meiner Haut.

»Nicht«, flehte ich. »Küss mich nicht.«

»Scheiße«, fluchte er unendlich rau. »Tut mir leid.«

Schnell sprach ich weiter. »Eine Wahrheit für eine Wahrheit?«

Er überlegte kurz. Anschließend forderte er: »Sag mir deine Wahrheit, Lucy.«

Ohrenbetäubend echoten seine Worte in mir nach, bis ich nur noch *Sag mir alles, Lucy* verstand. Was für ein dämlicher Trick meines Gehirns.

»Wir können uns nicht küssen«, murmelte ich.

»Weil du nicht willst?«

»Nein.« Mühsam unterdrückte ich ein Schnauben. Schließlich wünschte ich mir, dass es so wäre. Doch ich wollte Gregor. Ich wollte ihn. So sehr. So unbedingt. »Weil es sonst echt wird«, verbesserte ich.

»Okay, dann bleibt es eben unecht.«

Ich wollte nachhaken, was er damit meinte, da stockte mir der Atem. Bestimmt verstärkte er seinen Griff in meinem Nacken. Mit einem Mal spürte ich seinen Atem nicht mehr auf meinem Gesicht, sondern warm an meinem Hals. Gregor hauchte mir federleichte Küsse auf die Haut. Ich wollte sie zählen, mir das alles genau einprägen, um es später zu analysieren, weil man das nun mal machte, wenn #overthinker wie für einen gemacht schien. Doch ich konnte nicht. Alles, was ich wahrnahm, war Gregors Mund.

Auf mir.

»Fuck«, sagte er unvermittelt, bevor er sich von mir löste. »Ist das überhaupt okay?«

Nein – das war die richtige Antwort. Aber mein Körper schlug Wellen, sie bauten sich auf und brachten alles in mir zum Brausen.

Ich konnte nicht mehr denken.

Ich konnte nur noch fühlen.

Dann nahm ich einen letzten Atemzug und schmiss mich in die Flut. »Mach weiter«, flüsterte ich.

Gregor befeuchtete sich die Lippen. Mein Unterleib pochte. »Nope, sorry, das reicht nicht.«

»Was?« Keine Ahnung, wieso der Kloß in meinem Hals anschwoll, als er unvermittelt den Arm ausstreckte. Er legte die Hand an meinen Hals. An die Stelle unter meinem Kiefer, wo er Linien zog.

»Ich küss dich da«, sagte er und wanderte mit den Fingerspitzen zu der Stelle hinter meinem Ohr. »Und da.« Er berührte meinen Nacken. »Da auch.« Federleicht tastete er sich nach vorn, zu meinem Hals, der sich plötzlich unheimlich nackt anfühlte. Er umkreiste meinen Puls. »Hier ebenfalls.«

Mir wurde schwindelig, als seine Finger weiter nach unten

schwebten. Ich hatte vergessen, dass es so sein konnte. Dass du dich innerlich verflüssigen und brennen und sterben und dabei gleichzeitig so sehr leben konntest.

»Und die küsse ich auch«, murmelte er und fuhr meine Schlüsselbeine nach, bevor er abrupt von mir abrückte. Von seinem Sessel aus sah er auf mich hinab. Ich erkannte die Gänsehaut an seinem eigenen Hals und das Verlangen in seinem Gesicht. Als sein Blick auf meinen traf, verdunkelte er sich. Sein Finger zuckte, ich konnte es sehen. Gregor hatte nicht gelogen.

Er hielt es nicht aus.

»Also.« Seine Stimme begann zu rauschen, als wären wir unter Wasser. »Willst du das?«

»Ich will es«, sagte ich. Und es kam überraschend. Mein Satz war explosiv wie eine Waffe. Er teilte Gregors Lippen, ohne dass Worte sie verließen. Weder er noch ich hatten mit meiner Antwort gerechnet. Doch ich schämte mich nicht für sie. Ich war Nur-Lucy von @thegirlnextdoor. Ich hielt meinen Vibrator in die Kamera und wurde dafür gehasst. Die Kommentare prallten nie an mir ab, ich war kein Fels in der Brandung. Ich war nicht kalt. Ich war emotional und zu viel und manchmal genau richtig. Hätte ich gekonnt, hätte ich für immer vom Dach meiner Altbauwohnung *WEIBLICHE LUST EXISTIERT, IHR WICHSER* in die Welt gebrüllt. Ich würde meine Lust annehmen. Selbst wenn sie immer dann aufkreuzte, wenn Gregor auftauchte.

»Shit«, stöhnte Gregor. »Du machst mich so fertig.«

Ich hakte nicht nach. Es war mir egal. Ich wollte nur Gregors Lippen auf meiner Haut spüren. Und er würde sie mir geben. Als er sich unvermittelt erhob, hafteten meine Augen an seinem Körper, den langen Gliedern, seinen wuscheligen

Locken. Ich liebte es, wie er sich bewegte, so selbstbewusst und schüchtern zugleich.

Ich liebte sein Zittern, seine Größe, die Rauheit seiner Stimme, als er auf wackeligen Beinen sprach: »Setz dich auf den Tisch, Lucy.«

Mir stockte der Atem. Ich hatte nicht gewusst, dass Gregor so war. So sein konnte. So fordernd, einnehmend und entschlossen.

So heiß.

Gregor war *unglaublich* heiß, wenn er mich mit diesem Fuck-Lucy-Blick beäugte und sich dabei die Finger knetete. Hart. Laut. Es knackte, während ich mir mit der Zungenspitze über die Lippen fuhr.

Dann, ganz langsam, erhob ich mich, schob die Kiste zur Seite und setzte mich auf die Holzplatte. Herausfordernd hob ich eine Braue. »Du hast bitte vergessen«, sagte ich neckend. Ich wollte die Stimmung auflockern, denn sie war nicht zu ertragen. Zu dick. Gregor und ich könnten ersticken, glühend und berauscht an uns selbst.

Doch er ging nicht auf mich ein, sondern bloß auf mich zu. Schneller als ich *Was machst du da?* fragen konnte, krallte er die Hand in mein Haar. Sanft und bestimmt zugleich, er war ein Paradox auf zwei Beinen.

»Fuck, Lucy.«

Wieder sagte er es so, als wäre es ein Kompliment. Ich schloss die Augen, um das nicht zu vergessen. Genau wollte ich mir einprägen, wie sein Mund sich in diesem Moment unter meinen Kiefer legte. Warm und fest und so richtig. Er küsste meinen Hals, die Stelle hinter meinem Ohr, leckte über meinen Puls. Wie hypnotisiert ließ ich mich halb auf die Tischplatte sinken, die Ellbogen aufgestützt.

»Willst du das immer noch?«, wollte er wissen, während er die großen Hände neben meinem Körper aufstellte.

Ich nickte, als wäre ich nicht ich. »Küss meinen Hals. Aber nur den.«

»Damit es nicht echt ist?«

»Damit es nicht echt ist«, bestätigte ich.

Er fragte es zu leise, eine Spur zu verhöhnend. Ich hingegen bestätigte es so laut, dass ich es mir selbst glauben konnte. Doch Gregor drückte erneut seine Lippen auf meine Haut und ich wollte nicht mehr denken. Seine Hände fuhren meine Seiten entlang, fuhren Wellen nach, die er in einem anderen Leben gezogen hatte. Sekündlich fragte er:

»Willst du das?«

»Willst du das?«

»Willst du das?«

»Willst du das?«

Gregor war eine Schallplatte, sprunghaft und kaputt auf diese ästhetische Weise, in der Fans von *Die geheime Geschichte* zerfledderte Buchrücken schön fanden. Diese Erkenntnis war nicht neu. Doch je länger Gregor mich küsste, je heftiger sein Saugen und Lecken wurde, desto klarer wurde sie. Seine Hände bebten nicht auf diese sexy Art, sondern zitterten vor Nervosität. Langsam, wie ein unsicheres Hallo, spürte ich Gregors Finger über meiner Kleidung.

»Willst du das?«, fragte er erneut.

In dieser Sekunde war ich mutig. Ich schlug die Augen auf und sah ihn an. Mit einem Kloß im Hals stellte ich fest, dass ich seine Locken zerzaust hatte. Es war das Werk meiner Finger. Wussten sie denn nicht, dass das Körperkontakt war? Dass ich dadurch spüren konnte, wie die Gedanken hinter seiner heißen Stirn pulsierten?

»Ja«, sagte ich.

Sein Griff festigte sich und ich liebte es, wie es sich anfühlte. Gehalten und gewollt zu werden, von Gregor, der ganz außer Atem war, bloß weil er mich geküsst hatte. Seine Augen waren wild, seine Lippen gerötet und geschwollen. Für einen Moment sah er mich an, als würde er sich fünfmal hintereinander von einer Klippe stürzen, bloß um mich eine Sekunde länger zu berühren.

Meine Finger entwickelten erneut ein Eigenleben, streckten sich aus und fuhren die markante Form seiner Brauen nach. Er stöhnte, obwohl es unschuldig war. Ich konnte ihm also etwas anhaben. Ich konnte etwas bewegen. Ich konnte ihn berühren.

Ich fühlte mich unendlich mächtig.

»Ich halte es nicht aus, Lu«, keuchte er. »Ich will dich. Ich will dich so sehr.«

Meine Brustwarzen drängten sich gegen die Körbchen. Mein Schritt pochte. Ich war so benebelt vor Erregung, dass ich meine Hand über seine legte. Wenn seine Haut gerade vierzig Grad gewesen war, waren es jetzt fünfundfünfzig. Das gab mir den Rest. Quälend langsam schob ich seine Hand in Richtung meines Rocks. Gregor sah zu, als wäre es ein Film. Sie glitten immer weiter nach unten, seine Männerhand mit den schlanken Fingern und durchschimmernden Adern unter meiner.

Er fluchte, weil wir am Saum meines Rocks ankamen. Weil wir dort verharrten und keiner von uns wusste, was zu weit war. Es war eine gefährliche Stelle. Eine, die uns in Versuchung brachte, übers Ziel hinausschießen zu wollen. Aber hatten wir das überhaupt, ein Ziel? Hatten wir unsere Wünsche und Träume und Happy Ends nicht in dem See ertränkt, in dem Gregor nie wirklich unterging? Eine seiner Hände lag auf meinem Oberschenkel, die andere umfasste meine Hüfte. Er war so weit von meinem Herzen entfernt wie die Sonne vom Mond. Kein Grund zur Sorge.

»Willst du?«, fragte er.

»Willst du nicht?«

Er schnaubte. »Keine Ahnung, ob es dir aufgefallen ist, aber ich will gerade alles mit dir.«

»Wie meinst du das?« Ich schluckte. »Willst du mich nur, weil du gerade in diesem Moment Lust hast?«

»Was?« Seine Augen weiteten sich auf Kometengröße. »Nein, natürlich nicht. Vergiss das gerade. Ich will die ganze Zeit alles mit dir.«

»Das hat die letzten Wochen nicht den Anschein gemacht.«

Gregor war fürchterlich gemein, als er sich nun näher beugte. So dicht, dass seine Nasenspitze beinahe wieder meine streifte. Gemein und gefährlich. »Ich habe dich nie nicht gewollt.« Gefährlich, gefährlich, gefährlich. »Vielleicht habe ich es nicht gezeigt. Weil ich dachte, es wäre so einfacher. Aber ich ertrage es nicht. Dann ist es eben schwierig. Dann sind wir eben wirklich kompliziert. Und wenn schon.«

»Ich bevorzuge komplex.« Heiser räusperte ich mich. »Komplex statt kompliziert. Das ist ein Unterschied. Und nicht abwertend.«

Wie in Zeitlupe verzogen sich seine Lippen zu einem Grinsen. Es aus dieser Nähe zu betrachten, war mein Untergang.

»Ja«, raunte er. »Lass uns das sein.« Wie er das sagte, so kratzig und verrucht, klang es wie etwas Erstrebenswertes. »Theoretisch könnte jeder jede Minute in diesen Raum platzen«, fuhr er in der gleichen Tonlage fort. »Wenn wir uns konzentrieren, hören wir sogar Schritte. Aber ich sterbe, Lucy, ich sterbe gerade wirklich, weil ich dich so berühren will.«

Meine Finger lagen immer noch über seinen, doch plötzlich übernahm er die Führung. Vorsichtig schob er sie nach oben. Ich hätte ihn aufhalten können, wann immer ich gewollt hätte. Er ließ mir die Oberhand. Aber mein Schritt zog schmerzhaft stark, als Gregor mich ansah.

»Oh Gott«, fluchte ich, als seine Hand unter meinen Rock schlüpfte.

Ich spürte die Rauheit seiner Nägel an meiner Strumpfhose. Wie warm seine Fingerspitzen sich an meiner Leiste anfühlten. Wie sie erneut Stromschläge verteilten. Ich konnte nicht anders, musste mich ihm leicht entgegenwiegen, brauchte Druck, Reibung, Gregor. Er spürte es, mein Entgegenkommen.

Mein Verlangen.

Gregor lächelte, aber es war kein halbes, kein selbstgefälliges Lächeln. Beide Mundwinkel hob er an, gerade und schön. »Willst du es?«, fragte er ein letztes Mal.

Ich schloss die Augen, spürte in meinen Körper hinein. Vor meinen Lidern explodierten grelle Farben, Blautöne, Türkis, Knalllila.

»Berühr mich, Gregor«, forderte ich.

Er stöhnte, als gäbe es ihm den Rest. Und vielleicht war es wirklich so, denn sein Mund presste sich in Rekordgeschwindigkeit auf meinen Hals. Er küsste mich und diesmal war es nicht mehr sanft. Etwas hatte sich verändert. Es war rauer und heftiger. Er presste seinen Daumen auf meine empfindlichste Stelle und ich biss mir auf die Zunge. Langsam zog er enge Kreise. Kreis um Kreis um Kreis. Mit jedem Abschluss spreizten meine Beine sich weiter.

Ich keuchte, als er mich hinter dem Ohr küsste.

»Sag mir, was du gut findest«, raunte er. »Ich will es wissen. Ich will von allem wissen, was dir gefällt.«

»So ist es ziemlich gut«, murmelte ich.

Er küsste sich meinen Nacken entlang, sein Daumen kreiste dabei weiter über meinem Slip. Es war süchtig machend. Die Reibung, Gregors Atem auf meiner Haut. Wie er meine Vulvalippen über dem Stoff leicht auseinanderzog, um meinen Kitzler noch besser reiben zu können.

»Gregor«, stöhnte ich leise und wanderte mit meinen Händen seinen Rücken hinauf.

Es war heiß. Er machte mich heiß. Er massierte mich zwischen den Beinen so heiß. Ich hatte so unendlich viel Lust, war ein ganzer Körper davon. Ich wollte, dass er meine Brüste umfasste. Dass er sich unter meinen Slip stahl und meine Feuchtigkeit darin verteilte. Und ich wollte ihn anfassen. Ich wollte herausfinden, ob er hart war. Ich wollte die Schwere seines Gewichts, den Druck seines Körpers. Sein Schritt an meinem, während er die Stirn atemlos gegen meine lehnte. Ich wollte wissen, wie es sich jetzt mit ihm anfühlte.

Im Grunde war es simpel. Im Grunde hatte ich mich selbst verarscht. Ich hatte keine Lust. Ich hatte Lust auf Gregor.

Also knickte ich doch ein. Mit einem Kloß im Hals hob ich meine Hand an. Ich schmiegte sie an sein Gesicht, spürte, wie heftig sein Kiefer arbeitete, und wanderte dann in Richtung seines Munds. Ich umrundete die Form, als wäre sie wichtig. Mein Zeigefinger hing an seinen Lippen, während sein Daumen meinen Kitzler massierte. Ich stöhnte ein bisschen. Er keuchte. Und es war mehr als zwanzigjährige Wildheit und Lust.

Das erkannte ich an dem glasig schimmernden Film, der sich auf seine Pupillen gelegt hatte.

Er war schlimm.

Schlimm, weil er meine Kehle dazu brachte, sich zuzuschnüren. Weil ich Gregor ansah. Und er nicht wegsah. Weil da etwas in seinem Blick schimmerte, das überquoll. Gefühle, hätte man behauptet und es hätte gestimmt. Da lagen eine Million Gefühle in seinem Blick. Für mich.

Meine Atmung ging schneller. Ich durfte nicht nachdenken, musste das zwischen uns genießen, weil es gleich vorbei war, weil ich dann …

»Komm«, sagte er.

»W…was?«

»Ich will, dass du kommst. Ich …« Das verräterische Zögern verriet ihn. Er musste geahnt haben, was ich dachte. Doch Gregor war jetzt zweiundzwanzig. Ein Gentleman, nicht egoistisch, einer von den selbstlosen Typen, die *Ich will, dass du kommst* sagten.

Es war leider erregend. Gott, es war so erregend, als er seine Stirn von meiner löste und mich dennoch keine Sekunde aus den Augen ließ. Plötzlich ging er auf die Knie, nahm seine Hand von meiner Mitte und packte mich an den Hüften. Anschließend zog er mich mit einem bestimmten Zug näher zur Tischkante.

»Ich lecke dich über dem Slip«, sagte er kratzig. »Okay?«

Ich ließ es mir nicht im öffentlichen Raum machen. Nope, tat ich einfach nicht. Doch Gregors Lippen standen leicht geöffnet und sein Blick schimmerte immer noch.

Ich konnte nicht Nein sagen.

Ich wollte nicht Nein sagen.

»Ich will es«, sagte ich. *Ich will dich.*

Mehr brauchte Gregor nicht. Hastig schob er meinen Rock nach oben, bevor er meine Beine noch weiter auseinanderdrückte. Skandalös, verboten, so unendlich erregend. Mit pulsierendem Herzschlag beobachtete ich, wie Gregor zwischen meinen Beinen versank. Dann spürte ich seinen Mund genau da und …

»Oh. Mein. Gott.«

Er saugte über meinem Slip. Es war schrecklich, dass der Stoff da war, aber gleichzeitig machte er es noch heißer. Ich legte den Kopf in den Nacken, krallte die Hände in seine Locken. Automatisch drängte ich mich ihm entgegen. Gregor war ein Magnet und ich wollte die Spannung, die Reibung, das harte Aufeinanderstoßen. Und er musste es auch wollen. Denn seine Nägel bohrten sich heftiger in meine Hüften, während er mich über der Unterwäsche leckte. Ich spürte seine Zungenspitze, warf den Kopf in den Nacken, doch zog Gregors Gesicht noch weiter zwischen meine Beine. *Ich könnte so kommen*, dachte ich. *Ich könnte wirklich, wirklich, wirklich kommen.*

Gregor musste es spüren, denn er löste sich von mir. Mit geschwollenen Lippen drückte er den Daumen wieder auf meine empfindlichste Stelle. Es machte mich so an. Unkontrolliert wog ich mich gegen seinen Handrücken. Ich vögelte seinen Daumen. Ich, Lucy, vögelte Gregors Daumen.

Dann sagte er es noch einmal. »Komm«, flüsterte er kratzig. »Ich will es sehen. Du bist so heiß. Komm. Bitte. Bitte, ich explodiere, wenn du nicht kommst.«

Er rieb mich weiter und weiter und weiter und weiter. Es war allerdings nicht sein Daumen, der mich zum Höhepunkt brachte. Aus flatternden Lidern sah ich zu ihm hinab. Ich begegnete seinem Blick und alles in mir wurde eng.

Der Schimmer.

Dieser verfluchte, verräterische Schimmer.

Es war also die Art, wie er mich ansah, die mich endgültig in den Abgrund stürzte.

In einen Abgrund voller Gefühle.

Ich wollte etwas sagen, doch brachte kein Wort hervor.

»Ich weiß«, murmelte er rau. »Ich *weiß*, Lucy.«

Als er seine Lippen dann zu diesem schiefen Grinsen verzog, war es fast entschuldigend.

Lucy

MEERTRÄNEN

weint man am besten an der Nordsee

Lichterchaos. Schwindelgefühl. Dieses bekannte Piepen in den Ohren. Mein Orgasmus ebbte ab, während ich blinzelnd an die Decke starrte und die Situation rekapitulierte.

Gregor hatte es mir in einem Arbeitsraum mit dem Mund gemacht. Er hatte mich nicht einmal ausgezogen. Ich war einfach so gekommen. GREGOR HATTE ES MIR MIT DEM MUND GEMACHT. Und ich hatte es gewollt. Ich hatte es gesagt. Immer wieder.

Ich will es. Ich will es. Ich will es.

Mein Herz rannte in einer Tour vor sich hin, während ich mich auf wackeligen Beinen umständlich erhob. Der Tisch war kein Tisch, sondern eine verwunschene Insel. Wenn ich noch länger auf ihr blieb, würde ich mich vor Reue verflüssigen. Es wäre nicht schön. Es wäre feucht und nass und klebrig und salzig. Ich wäre eine Pfütze, hätte dieselbe Konsistenz wie die Feuchtigkeit in meinem Slip. Wirklich fan-tas-tisch.

»Lucy.«

Ich schreckte heftig zurück, als sich Gregors Griff um meinen Arm legte.

Sofort hob er die Hände, als müsste er seine Unschuld beweisen. »Hey, wow, warte«, sagte er. »Rede mit mir.«

Ich schüttelte den Kopf, spürte, dass meine untere Lippe bebte, aber wusste nicht, was ich sagen sollte. Ich brauchte ein Skript. Eine Rollenanweisung.

»Ich kann gerade nicht«, presste ich also bloß hervor, schnappte meine Tasche und steuerte den Ausgang an.

Doch ich hatte nicht mit Gregor gerechnet, mit seiner Präsenz, die sich von passiv in aktiv verwandelte.

»Nein«, sagte er. »Du kannst nicht gehen.«

»Was?« Bebend drehte ich mich um. »Ich kann nicht gehen?«

»Scheiße, also, nein, so meinte ich das nicht. Natürlich kannst du gehen. Du siehst allerdings gerade ziemlich aufgewühlt aus und ich will dich so nicht allein lassen.«

Das waren die Momente, in denen mir die Rewe-Romeos unserer Welt diese ganz bestimmte Art von Blicken zuwarfen. Die, die mir unterschwellig vermittelten, was für eine Übertreiberin ich war.

Doch Gregors Augen schimmerten bloß noch immer. »Und das bringt mich ehrlich gesagt ein bisschen um, Lucy.«

Die Gefühle in seinen Augen waren übergeschwappt und in seine Stimme geflossen. Sie machten sie schwer und trüb.

Ich hielt es nicht aus, verlor den Halt, wusste nicht, wie ich überhaupt noch stand, ohne mich an der Wand abzustützen.

»Sorry«, sagte ich kopfschüttelnd. Dann drehte ich mich um und ging. Ich flog förmlich aus dem Raum, rannte die Treppen hoch in mein Stockwerk. Meine Sohlen hämmerten auf die Stufen ein. Ich brauchte den Lärm, um das Nachbeben von Gregors Worten zu übertönen.

Und das bringt mich ehrlich gesagt ein bisschen um, Lucy.

Wie verflucht gequält er geklungen hatte. Und wie verflucht selbstsüchtig ich ihn einfach stehen gelassen hatte.

Ich bog links um die Ecke und zwang meine Gedanken, von ihrer Abzweigung zurückzukommen. Ich hoffte auf Tillie, während ich die Zimmertür öffnete. Sie würde mir zuhören und mich verstehen. Doch als ich das Touri-Parkett mit seinen kitschigen Meermotiven betrat, musste ich feststellen, dass der Raum leer war.

Zitternd kramte ich nach meinem Handy. Ich hätte ihr schreiben können. Drei Worte und sie hätte meine Verzweiflung gespürt.

Ich brauche dich. Wo bist du? Kannst du vorbeikommen?

Doch ich konnte nicht klar denken, weil Gregors Gefühlsstimme sich in mir festgesetzt hatte. In meinem Kopf wurde sie immer lauter und dröhnender.

Und das bringt mich ehrlich gesagt ein bisschen um, Lucy.

Die Luft in diesem Zimmer reichte nicht. Selbst wenn ich die Fenster sperrangelweit aufreißen würde. Hastig schlüpfte ich aus meinem Rock, aus der Strumpfhose und dem Slip. Er hatte einen feuchten Fleck. War er von mir? Von Gregor? War er unser gemeinsames, nasses Kunstwerk? Meine Schläfen pochten, weil das keine guten Fragen waren. Entschlossen stopfte ich die Schmutzwäsche in meine Tasche und zog den Reißverschluss hinter ihr zu. Hektisch schlüpfte ich in eine neue Unterhose, bevor ich in die Leggins sprang. Ich kramte nach meinen AirPods, klickte kopflos zuerst Spotify an und anschließend auf Shuffle. Dabei stach mir die Uhrzeit entgegen. 18:58 Uhr. Ich stellte mir meine Kommilitonen vor, wie sie sich im Speisesaal unterhielten und gemeinsam den Abend planten. Ich sollte dabei sein, neben Tillie sitzen und lachen. Glücklich sein. Doch Gregors Worte schallten weiter in mir nach.

Und das bringt mich ehrlich gesagt ein bisschen um, Lucy.

Frustriert drehte ich die Musik auf Maximallautstärke und verließ das Hotelzimmer. Pinterest wäre stolz auf mich.

Ich wusste nicht, wohin. Also bin ich ans Meer gegangen. Es hat nach mir gerufen.

Als Sandkörner unter meinen Schuhsohlen knirschten, kam ich nicht mehr gegen sie an. Eiskalt liefen die Gefühle nun auch in mir über. Meine Augen tränten und ich ließ sie, denn ich führte schon lange keine Kriege mehr gegen mich selbst.

Und das bringt mich ehrlich gesagt ein bisschen um, Lucy.

Nein, wollte ich schreien. *Du hast mich zuerst umgebracht!* Doch in diesem Moment vibrierte mein Handy. Es musste Tillie sein, die sich wunderte, wo ich abblieb.

Okay, Wagner. Krieg dich ein. Schieb deine verdammte Melodramatik zur Seite. Öffne die Nachricht deiner Freundin. Geh zurück. Bitte sie um ein Gespräch. Dann sieh weiter.

Ich nickte. Doch als ich mein Handy entsperrte, stach mir keine Nachricht von Tillie entgegen.

> **Gregor**
> Du hast gar nicht auf meine Wahrheit bestanden.

ALGORITHMUSENTBLÖSST
meine ganze Generation

Ich begutachtete das *Online* über ihrem Namen mit einem Kloß im Hals. Sandkörner knirschten unter meinen Füßen, während Lucy den Strand entlanglief und ich sie von Weitem beobachtete. Wie ein kranker Joe Goldberg war ich ihr hinterhergerannt, nachdem sie durch die Lobby davongeweht war. Doch wie hätte ich in diesem Szenario den Speisesaal ansteuern können, als wäre nichts gewesen? Obwohl verfickt noch mal alles passiert war?

Wartend trat ich auf der Stelle, wollte nicht weitergehen, weil ich schon zu weit gegangen war. Mit meinen Fingern und meiner Zunge und meinem fucking Herzen.

Ich war so am Arsch.

Wir waren so am Arsch, weil Lucys *Online* natürlich antwortlos verblasste. In meiner Brust zog es. Ich sollte verschwinden. Einen Haken hinter die Sache setzen, weil hinter meiner Nachricht zwei davon prangten, die Lucy ignorierte. Aber das Problem bestand darin, dass Lucy keine Sache war. Lucy war Lucy.

Ich konnte nicht gehen. Also tat ich das Furchteinflößendste, was man tun konnte.

Ich schickte noch eine Nachricht ab.

> Ich weiß, du hast mir nicht geantwortet, aber es ist unfair, wenn du mir eine Wahrheit gibst und ich dir keine. Deshalb würde ich mein Karmakonto gern wieder ausgleichen. Also, meine Wahrheit …

> Ich habe gesehen, wie du rausgerannt bist, und bin dir leider hinterher.

Mein Blick schweifte von unserem Chat zu Lucys Silhouette, die plötzlich innehielt. Sie drehte sich um, das Handy fest umklammert. Grell wie Vollmondlicht beschien es ihr Gesicht. Zwei, drei Sekunden lang verharrte sie so. Dann wechselte sie den Kurs und stapfte in meine Richtung.

Mit jedem Meter, den sie mir näher kam, schwoll mein Herz an. Ich fürchtete sogar, dass es zu groß werden könnte, einen Lungenflügel vertreiben und ich an Luftmangel sterben könnte, als sie vor mir zum Stehen kam. Sie hatte die Taschenlampenfunktion eingestellt, sodass das Licht in meinen Augen stach. Kopfschüttelnd starrte sie mich an, während mein übergroßes Herz marathonmäßig pochte. *Gleich werde ich draufgehen*, dachte ich. Mit absoluter Sicherheit. Aber dann sprach sie. Und ich ging doch nicht drauf.

»Gregor«, seufzte sie.

Ich schluckte. Auf diese Stimmlage war ich nicht vorbereitet gewesen. Das hier war kein bitter nachklingender Sturmsatz. Das hier war leise.

Zu leise.

»Was willst du?«

»Was ich will?«, wiederholte ich fassungslos. »Dein Ernst?«

Sofort trat sie zurück, wieder einmal. Es war bloß ein einziger Schritt, doch er entblößte ihren vorherigen Fußabdruck. Nass und matschig lag er zwischen uns.

»Hmm«, fuhr ich fort, als sie nicht reagierte. »Lass mich überlegen … Wie wäre es zum Beispiel mit, keine Ahnung, Reden? Du weißt schon, weil wir offensichtlich eben Nähe geteilt haben, du danach fast in Tränen ausgebrochen und vor mir weggerannt bist. Einfach so. Und das obwohl … obwohl …«

»Obwohl du mir gesagt hast, dass es dich umbringt«, vollendete sie für mich.

»Ja.«

In meinem Hals wuchs ein Kloß. Er war rot und riesig, brannte und schmeckte bitter. Ich hatte nicht gewusst, dass die Wut so tief in mir steckte. Dabei verstand ich Lucy. Scheiße, ich verstand sie so sehr. Wenn ich sie wäre, würde ich mich bis zum Mond und zurück hassen. *Ein Hass in Universumsgröße.* Trotzdem war auch ich sauer.

Sie hatte gedacht, ich würde sie küssen, obwohl sie sturzbetrunken gewesen war.

Sie hatte gesagt, sie wollte mich, und hatte mich dann stehen lassen.

Wellen rauschten in meinen Ohren, als die Gedanken mich überfluteten. »Ich habe einen Fehler gemacht«, erklärte ich fahrig. »Das weiß ich. Glaub mir. Aber Menschen verändern sich. Verdammte Scheiße, Menschen verbessern sich sogar. Selbst ich. Und …« Ich wollte nicht weiterreden. Ich wollte die Grenzen nicht ausdehnen und schon gar nicht überschreiten. Ich wollte die Wut aus mir herauszerren und mich anschließend wieder mit meinem Laptop in die hinterste Ecke verziehen. Ich war nicht hierfür gemacht. Für die Hauptrolle. Die Bühne. Aber wie verdammt feige wäre Wegrennen?

»Es tut mir leid.«

Kurz dachte ich, die Worte hätten meinen Mund verlassen. Schließlich hatte ich sie sagen wollen. Doch dann blinzelte ich. Und erkannte, dass es nicht stimmte. Lucys Flüstern hatte mich aus meinem Kopf gerissen.

»Ich hätte dich nicht stehen lassen dürfen. Das war nicht nett von mir. Es ist nur, dass …« Sie zögerte, sah hinab auf den Lichtstrahl ihres Handys und die messerscharfen Muschelscherben, die er beschien.

»Ich habe so Angst.« Ihre untere Lippe bebte.

»Wovor?«, fragte ich heiser.

»Vor dir. Vor mir. Vor meinen Gefühlen zu dir. Vor uns. Wahrscheinlich einfach vor allem?«

»Ich auch.« Die Antwort stolperte mir rekordverdächtig aus dem Mund.

»Du auch?«

»Natürlich«, flüsterte ich. »Es ist immer Furcht einflößend, wenn man jemanden so sehr mag.«

»Komisch, oder? Dass das einfach so feststeht. Wir mögen uns. Sehr. Wir hinterfragen das nicht einmal.«

»Willst du es denn hinterfragen?«

»Gregor«, begann sie. »Du hast es mir gerade mit dem Mund gemacht und ich wollte es. Nicht weil ich so Lust hatte, sondern weil ich Lust auf dich hatte. Weil … weil …«

Weil ich dich will.

Obwohl sie diesen Satz nicht aussprach, kroch er mir unter die Haut.

»Warte mal.« Mit geschlitzten Lidern musterte sie mich. »Hast du ernsthaft nur einen Pullover an? Ist dir nicht kalt?«

Ungläubig sah ich an mir herab. Lucy hatte recht. Im Grunde hätte ich mir den Arsch abfrieren müssen, allerdings war mir heiß. Jeder Atemzug, den ich einsog, brannte mir in der Lunge. Wie konnten Gefühle so verflucht körperlich sein?

»Nein«, antwortete ich. »Mir ist nicht kalt.«

»Natürlich nicht«, schnaubte sie.

»Wieso klingst du so sarkastisch?«

Sie zuckte mit den Schultern. »In meinem Kopf gibt es diesen Glaubenssatz über dich. Für mich bist du einfach kalt.«

»Das ist dein Glaubenssatz?«

»Hey«, warnte sie. »Du kannst meine Glaubenssätze nicht shamen. Sie sind superpersönlich und intim. Du solltest dich glücklich schätzen, dass ich dir überhaupt einen verraten habe.«

Ich sagte nicht: »Persönlich und intim? Ich habe gerade an deinem Kitzler gesaugt, bis du gekommen bist.«

Ich sagte: »Ich bin ziemlich glücklich.«

Dann steckte ich mein Handy in die Hosentasche, bevor ich mich wenig elegant zu Boden sinken ließ.

Verwirrt sah Lucy auf mich hinab. »Was wird das?«

»Eine Unterhaltung.«

Sie rieb sich die Schläfen. »Wir haben wohl heute ganz tief in die Witzboldschublade gegriffen, was?«

»Nah, übertreib nicht. Wir wissen beide, dass ich nicht lustig bin. Mit mir hat man keinen Spaß. Wäre mein Leben ein Film, wäre *Der letzte Song* mein Theme.«

»Du bist nach wie vor echt dramatisch, oder?«, fragte Lucy, doch es war viel mehr eine Feststellung.

»Kennst du *Modern Family*?«, erwiderte ich unvermittelt.

»Ähm, ja?«

»Mitchell hat da mal was echt Weises gesagt. Menschen

können sich ändern, der Spielraum ist allerdings ziemlich eng. Zehn, höchstens fünfzehn Prozent Veränderung sind drin, mehr nicht.«

»Du weißt schon, dass du mir damit indirekt sagst, dass du dich nicht wirklich verändert hast?«

»Nein«, widersprach ich. »Ich erkläre dir damit, dass ich mich verändert habe, aber eben nicht überall. Ein Drama-King bin ich immer noch.«

»Drama-King.« Sie drehte die Silben auf ihrer Zunge, bevor sie mir einen letzten Blick zuwarf und sich widerwillig neben mich setzte. »Cooles Wort«, ergänzte sie, zog die Beine an sich heran und umarmte sich selbst, den Blick starr nach vorn gerichtet. Schweigend stellte sie ihr Licht aus. Keine Sekunde lang hatte sie mich angesehen und dennoch hatte sich jedes meiner Härchen in ihre Richtung aufgestellt. »Ich rate, okay?«, begann sie leise.

»W…was?«

»Ich rate, wieso du *Der letzte Song* zu deinem Themesong machen würdest.« Blinzelnd starrte sie den Wellen entgegen, bis sie mir plötzlich doch das Gesicht zuwandte. »Du fühlst dich durch das Lied gesehen. Dabei, dass es okay ist, na ja, viel mehr sogar normal, wenn nicht alles okay ist.«

Mein Hals fühlte sich rau an, als ich schluckte. »Will das am Ende nicht irgendwie jeder?«

»Wahrscheinlich.«

»Und du?«

»Was ist mit mir?«

»Was wäre dein Themesong?«

»Gregor.« Keine Ahnung, ob sie grinste. Es war zu dunkel. Ich erkannte nichts, aber spürte alles. »Eine ziemlich persönliche Frage ist das, findest du nicht?«

»Ich habe dich so gut geleckt und du bist nicht einmal deshalb gekommen. Das ist auch persönlich.« Diesmal sprach ich es aus. Es war das Rauschen, die Wellen und die Dunkelheit. Alles schien möglich.

»… es war so anders«, flüsterte sie so leise, dass ich sie kaum verstand. »*Du* warst so anders als früher.«

Aber das war nichts, was ich hören wollte. Lucy verglich mein heutiges Ich mit meinem früheren. Und das war etwas, woran ich garantiert nicht erinnert werden wollte, weil …

»Redest du etwa von meinem Glow-up?« Automatisch spuckte ich das Wort *Glow-up* aus. Ich verabscheute es, dass ich den Begriff überhaupt kannte. Am liebsten hätte ich TikTok dafür beschuldigt. Dafür, dass der Algorithmus mich innerhalb eines Tages durchschaut hatte, mir seitdem im Wechsel Eiweißrezepte und Videos von entschlossenen Ernährungsberatern anzeigte, die den Fitnesswahn bekämpfen wollten. Noch schlimmer waren lediglich die Clips, in denen Personen nach ihren Glow-ups erzählten, wie anders sie nun wahrgenommen wurden. Dass Fremde sie attraktiv fanden, sie ansprachen und Komplimente verteilten. Jene Personen dachten dann, das alles wäre bloß ein Traum. Eine Verwechslung, weil wohl kaum von ihnen die Rede sein konnte.

Diese Art von Videos teilten ausschließlich Frauen.

Es waren die, mit denen ich mich am meisten identifizierte.

»Glow-up?« Lucy kräuselte die Stirn. »Was meinst du?«

»Ach, komm. Als ob dir nicht aufgefallen ist, dass ich anders aussehe.«

Ruckartig setzte sie sich auf. »Redest du etwa davon, dass du jetzt einen trainierten Bizeps hast, oder was?«

»Du etwa nicht?«

»Äh, nein?« Lucy klang verwirrt, aber es war die leicht wütende Version. Es war Empörung. Sie lachte auf. »Ich wollte eigentlich nur herausfinden, ob du ... na ja ...«

»Ob ich was?«

»Mit wie vielen Frauen du wohl geschlafen hast. Wie viele Freundinnen du hattest.« Mit einem Mal klang sie erneut unglaublich leise. »So was halt.«

»Du willst herausfinden, ob ich eine Fuckboy-Phase hatte?«

Sie schwieg, zuckte bloß mit den Schultern, bis sie hastig hinzufügte: »Also nicht, dass das schlimm wäre. Jeder kann ja das machen, was er will, solange er keine anderen Personen dabei verletzt. Das meine ich ernst. Ehrlich. Es ist nur, dass ich ...«

»Frag mich, wie viele Freundinnen ich hatte, Lucy.«

Ich hatte sie unterbrochen, doch jetzt zögerte sie. Mit ihren Fingern grub sie sich in den Sand, als bräuchte sie Halt.

Nimm mich, hätte ich am liebsten gesagt. Meine Schultern sind jetzt sogar muskulös, wie wir festgestellt haben.

Aber das wäre völlig unpassend gewesen. Vielleicht sogar ein bisschen selbstmitleidig, wie ich dauernd auf meinen Muskeln herumritt. Dabei tat ich es nicht aus Arroganz. Ich musste mich bloß manisch daran erinnern, dass sie nun da waren. Und das war deutlich problematischer als die Angeberei.

»Willst du das überhaupt erzählen?«, fragte Lucy.

»Frag mich einfach.«

»Wenn du darauf bestehst.« Noch tiefer grub sie sich in den Sand. »Alsooo, Gregor. Wie viele Beziehungen hattest du?«

»Keine.«

»Keine?«

»Ich finde es ziemlich unnötig, mit einer Person zusammen zu sein, die man gar nicht liebt. Obwohl das Trend zu sein scheint ...«

»... aber du bist ein introvertierter Schriftsteller und hast natürlich kein Problem damit, allein zu sein.«

»Natürlich nicht. Ich ticke doch jede Box eines Lonely Boys. Deshalb kann ich jetzt nicht so was behaupten wie: *Einsamkeit existiert nicht, weil Zeit, die man allein verbringt, gleichzeitig Zeit ist, die man mit der Welt verbringt. Wenn man es so betrachtet, existiert Alleinsein überhaupt nicht.*«

»Nein«, erwiderte sie gespielt ernst. »Das geht natürlich auf keinen Fall. Das ist nämlich Pinterest-Level.«

»Und das will ja kein Lonely Boy.«

»Natürlich nicht.« Lucy klang belustigt, bis sie mich beäugte.

In meiner Kehle wurde es eng, weil die Stimmung kippte.

Ich beäugte Lucy.

Lucy beäugte mich.

Und alles wurde intensiv.

Wir hätten Filmmenschen in einem Indie-Streifen sein können, mit schmierigem Make-up und dramatischem Skript. Unsere Chemie hätte die Regisseurin zum Heulen gebracht. Auf Leinwänden wären wir atemberaubend gewesen. Süchtig machend. Spektakulär. Aber wir waren kein Film, das hier war echt.

In der Realität waren wir ein verfluchtes Desaster.

»Dann hattest du ein paar Datingphasen?«

»Ich ... ich habe mit drei Frauen nach dir geschlafen. Mit einer hatte ich einen One-Night-Stand, mit den beiden anderen hatte ich ein paar Monate was. Wir haben uns nicht gedatet. Es war immer nur Spaß. Für beide Parteien, bevor du nachfragst, weil ich weiß, dass du es tust. Ich ...«

Lucys Augen weiteten sich. *Rede unbedingt weiter*, flehten sie stumm. *Rede auf gar keinen Fall weiter*, flehten sie zeitgleich. In ihrem Gesicht lagen drei Tonnen Zerrissenheit. Sie ließen Lucy schlucken und mich anschauen, ohne mich anschauen zu wollen. Sie machten, dass sie *Ich will es* sagte und dann weglief.

Trotzdem rappelte ich mich auf und entschied mich fürs Weitersprechen. »Ich hatte nie an jemand anderem Interesse, weil ich immer nur an dir Interesse hatte. Ich hätte es unfair gefunden, wenn ich einer anderen Person etwas vorgegaukelt hätte. So bin ich nicht.«

Schmerzhaft fest bohrte sie die Nägel in den Sand, tief und tiefer. »Ich weiß nicht, was ich sagen soll.«

»Du brauchst nichts zu sagen«, entgegnete ich und biss mir anschließend auf die Zunge. Das musste ich, denn das Risiko war zu groß. Eine Million Fragen pochten hinter meiner Stirn. Keine davon konnte ich stellen: *Und du? Was ist mit dir? Wie viele Leute hast du nach mir geliebt? Hast du sie mehr geliebt? Haben sie dich besser geliebt? Haben sie mich verdrängt? Existiere ich überhaupt noch in deinem Herzen? Existiert dort jemand mehr? Kann ich da noch einmal existieren? Fändest du es gut? Wie fändest du es, wenn ich es fantastisch fände?*

Doch ich riss mich zusammen, weil die Antworten mir nicht zustanden. »Verrat mir deinen Themesong«, wollte ich stattdessen heiser wissen, obwohl mein Herz mit allem, was es war, dagegen rebellierte. »Da waren wir doch stehen geblieben, bevor wir irgendwie falsch abgebogen sind, oder?«

Statt mir zu antworten, bettete sie die linke Wange auf ihren Oberschenkel. Es war die Seite mit dem Nasenring, silbern glänzte er auf. Ponyfransen verirrten sich in ihre Stirn, die restlichen Strähnen peitschte der Wind nach hinten.

Gott, Lucy war so schön.

Ich fand sie so schön, dass es wehtat.

»Okay«, sagte sie nach einer kleinen Ewigkeit. »*This is me trying.*«

»Von Taylor Swift?«, fragte ich.

»Du kennst das Lied?«

»Der Algorithmus hat mich auf Swifttok geschickt.«

»Dein Ernst?«

»Jepp, schau.« Mit einem nervösen Lachen pfriemelte ich das Handy aus meiner Hosentasche und öffnete die App. »Vorführeffekt«, murmelte ich, als eins von den Fitnessvideos erschien. Es war ein Rezept für Nicecream mit Chunky Flavour, getoppt mit Tiefkühlbeeren und zuckerfreier Marmelade. Den Rabattcode gab's standardmäßig gratis in der Beschreibung dazu. Hastig swipte ich nach oben, vorbei an Romanempfehlungen, da …

»Stopp«, hörte ich Lucy. »Geh zurück. Vielleicht entdecke ich neue Bücher.«

Natürlich tat ich, was sie wollte. Dafür gab es zwei Gründe. Erstens: Es war Lucy. Zweitens: Lucy rückte mir sogar näher, um sich auf das Video fokussieren zu können.

Es war schrecklich.

Mein wortwörtlicher Untergang, weil ihr Geruch in meiner Nase kitzelte, Lavendel und Lucy. Wieder war da dieses Zucken meiner Finger, als wären sie leer. Als wären sie bloß dafür gemacht, um ihre zu halten, was doch einfach nur kitschig war.

Ich wusste nicht, wie lange wir so verweilten, meine Finger swipten und wir uns die Kurzvideos reinzogen. Dafür wusste ich andere Dinge. Zum Beispiel, wie Lucys Augen aussahen, während mein Displaylicht sie beschien: blass und erstaunt. Wie es sich für mich anfühlte, als uns Eiweißproduktegeheimtipps angezeigt wurden: als würde mein iPhone mich durchleuchten. Mein Algorithmus glich einem Röntgenbild. Jede meiner Vorlieben, jeder meiner Komplexe wurde uns mit beliebten Sounds serviert. TikTok entblößte mich bis auf die Knochen. Doch ... irgendwie ... kein Plan. Es machte nichts. Lucy saß neben mir, still und schweigend, wunderschön und kein bisschen verwundert. Wir lachten an den richtigen Stellen und kommentierten die kritischen. Es war leicht. So, so, so leicht, dass ich mich schwerelos fühlte.

Und während der Mond ab und an gegen die Wolkendecke gewann, blitzte die Erinnerung an früher auf. An damals, als wir uns in einem kleinen See zum ersten Mal ineinander verliebt hatten. Schwerelos ohne Schwerkraft, mit feuchten Haaren und nassen Herzen, so verfickt jung und glücklich.

Allerdings blinzelte ich und die Erinnerung war vorbei. Ich kam zurück ins Jetzt, unter TikTok-Musik und Lucys Lachen.

Mein Herz sank tief, denn es war nicht mehr dieselbe Art von Schwerelosigkeit. Doch wir befanden uns schon so lange nicht mehr an einem See. Vor uns war das Meer, blau und stürmisch und unendlich. War das nicht viel besser?

»Einige Dinge fallen eben auseinander, damit man sie hinterher noch schöner zusammenkleben kann. Wie ein Kintsugi«, erklärte eine blechern-verzerrte Frauenstimme aus meinem Handy, bevor sie mit ihrer dramatisch gescheiterten Datingstory begann.

Drei Videos später stießen wir endlich auf einen Clip, in

dem ein Mädchen mit purpurroten Lippen erklärte, wieso *Blondie* ein Meisterwerk mit *All Too Well* in der zehnminütigen Version kreiert hatte.

Zögerlich linste ich zu Lucy, die mich bereits betrachtete. In meinem Kopf brach ein Gewitter aus. Würde *All Too Well* die Stimmung zerstören? Ich beobachtete, wie sie die Finger aus dem Sand grub. Sandkörner blieben am Stoff und unter ihren Nägeln hängen. Während die TikTokerin weiterhin die Ergebnisse ihrer Swift-Analyse präsentierte, landete mein Blick unwillkürlich auf Lucys Lippen.

Nicht. Küss mich nicht.

Ihre Worte hallten in mir nach, vermischten sich mit dem Donner in meinem Kopf. Im Grunde hätten sie mich abkühlen müssen wie ein Gewitterschauer. Doch meine Augen wanderten ihren Hals hinab, während es unter meinen Fingern kribbelte. Ich erinnerte mich an das Gefühl ihrer Haut, so erhitzt und erregt.

Wie sehr ich sie gewollt hatte.

Wie sehr ich wollte, dass sie mich wollte.

Lucy blinzelte, ich schluckte. Ihr Blick zuckte nach unten und ... sah sie mir auch auf die Lippen? Dachte sie etwa ebenfalls ans Küssen?

Allerdings war es derselbe Moment, in dem sie sich räusperte. »Du bist also wirklich auf Swifttok, hm?« Sie verzog die Lippen zu einem Lächeln. Es war ein aufrichtiges Lächeln, fernab von unterdrückter Traurigkeit. Keins, um eine unangenehme Stille zu überdecken. Nein. Lucy lächelte. Und da war alles andere zum zweiten Mal so egal.

Ich wünschte, ich könnte hier aufhören. Aber so war es nicht, denn es war mein Leben, kein ausgefeilter Roman mit ausgearbeiteten Kapitelenden.

Es war nie vorbei.

Nach dem Video steckte ich das Handy zurück und wollte gerade ansetzen, das Thema zu wechseln – doch Lucy kam mir zuvor.

»Na dann, erzähl mal«, sagte sie ehrlich interessiert. »Woran hast du vorhin eigentlich geschrieben?«

Lucy

UNIVERSUMSFLECK
ein poetischer blauer Fleck

Blaue Flecke sahen aus wie das Universum.

Das hatte ich mit vierzehn beschlossen, als ich mir im Lauftempo das Knie am Treppengeländer gestoßen hatte. Scheißweh hatte es getan und dennoch hatte ich keinen Laut von mir gegeben. Ich hatte nämlich gelauscht, wie Mama wieder einmal flüsternd mit ihrer Freundin telefoniert hatte. Das tat sie immer, beinahe so, als wäre das Gespräch geheim. Als müsste sie auf der Hut sein. Ständig aufpassen, auf Kohlenhydrate und Kalorien, und dabei sich selbst vergessen.

Als Schritte in Richtung Tür ertönt waren, war ich nach oben gesprintet. Und da war es passiert. Ich hatte mich am Treppengeländer gestoßen und am nächsten Morgen hatte ich ihn dann entdeckt: den riesigsten blauen Fleck aller meiner bisherigen blauen Flecken. Melodramatisch wie ich gewesen war, hatte ich mir mein Handy geschnappt und ein Selfie mit angezogenen Knien geschossen. Im Hintergrund hatten etliche Bücherstapel mit New-Adult-Romanen geprangt, die auf Amazon als *Teenage Porn* bezeichnet wurden. Auf diesem Selfie waren meine Augen rot gerändert. Als ich es auf Tumblr (melodramatisch²) hochgeladen hatte, hatte ich dazu geschrieben, dass blaue Flecke wie das Universum aussahen. Ich hatte es poetisch gefunden.

Sechs Jahre später musterte ich mich in einem Badezimmerspiegel und dachte daran. An genau diese Geschichte, weil das Licht in Köpckes Stübchen Hotellicht war, das natürlich nichts verzieh. Dichter rückte ich an den Spiegel und streifte dabei versehentlich meinen Kulturbeutel, der prompt auf die Fliesen krachte. Seltsamerweise war es mir egal, obwohl mein fünfzig Euro teurer Highlighter darin lag. Sollte das Glitzerpuder doch zerspringen.

Heute würde ich garantiert nichts in meinem Gesicht hervorheben wollen. Am liebsten wollte ich unter die Decke kriechen und mich verstecken, nur war das Bett hinter der Tür nicht mein Bett.

»Lucy?«, fragte Tillie wie auf Kommando. »Bist du fertig? Ich muss echt pinkeln.«

»Moment«, krächzte ich.

Ein letztes Mal musterte ich den Fleck an meinem Hals. Er war nicht blau, sondern lila und blau. Es war ein Knutschfleck.

Gregors Knutschfleck, um genau zu sein.

Ich ermahnte mich selbst, nicht in Panik zu geraten. Gregor und ich hatten ein Gespräch gehabt. Deep Talk, hätte man sogar meinen können. Und ja, es war kalt und feucht gewesen. Mein Hintern war mehrere Male eingeschlafen. Beim Aufstehen hatte ich meine Beine nicht gespürt. Aber trotz allem hatte ich Gregor und seine Nähe genossen, sogar seine For You Page, die sich überraschenderweise an vielen Stellen mit meiner überschnitt.

Hastig griff ich nach dem Concealer. Ich verrieb und verdeckte, mit mehreren Schichten und viel Mühe. Doch am Ende blieb er das, was er war: ein verdeckter Knutschfleck.

Ich sah ihn.

Jeder, der genauer hinsah, würde ihn sehen.

Wahrscheinlich war es gestern längst geschehen. Schließlich hatten wir bis spätnachts in Samus Zimmer gesessen und fast jeder hatte vorbeigeschaut, bloß Gregor hatte sich nach unserer Verabschiedung nicht mehr blicken lassen. Es war ein umständliches Tschüsssagen gewesen, nachdem Tillie mich mit WhatsApp-Fragezeichen bombardiert hatte. Vor den Aufzügen hatte zuerst er gewinkt, dann hatte ich gewinkt.

»Dein Ernst?« Tillie hob die Brauen, als ich die Tür öffnete. Sie trug einen engen Rollkragenpullover und eine schwarze Stoffhose. Edle Ohrringe schimmerten zwischen ihren blonden Haarsträhnen, während sie die Arme vor der Brust verschränkte.

»Was meinst du?«

»Komm schon«, erwiderte sie belustigt. »Es ist megaoffensichtlich.« Natürlich nickte sie auf meinen Knutschfleck. »Eigentlich wollte ich warten, bis du selbst mit der Sprache rausrückst. Aber als ich das Make-up über deinem Knutschfleck gesehen habe, konnte ich nicht anders. Sorry.« Sie lächelte mich entschuldigend an, während ich einen Schritt zur Seite tat.

»Geh pinkeln«, sagte ich. »Und dann ...«

»Erzählst du mir endlich, wo du gestern Abend wirklich warst? Weil nichts gegen dich, aber das mit dem Arbeiten und dem Zeitvergessen war eher so semiüberzeugend.«

»Hey, das war nicht gelogen!«

»Nicht?«

»Nur so halb«, gab ich verlegen zu.

Tillie rollte mit den Augen, doch ihre Mundwinkel zuckten. »Egal, meine Blase platzt gleich. Ich löchere dich einfach beim Frühstück mit meinen Fragen zu Gregor Samsa.«

Danach wehte sie ins Bad, hinterließ das eindringliche Klickgeräusch beim Schließen der Tür und einen Hauch ihres Parfums. Ich wollte den vertrauten Duft in mich einsaugen, doch ich war schon randvoll. Bis zum Überlaufen war mein Körper gefüllt mit Salzluft der letzten Nacht.

Als ich mir die Schuhe überzog, begann mein Knutschfleck zu brennen. Zögerlich berührte ich ihn. Sofort spürte ich die vergessenen Sandkörner unter meinen Nägeln. Doch als ich die Finger wieder löste und sie beäugte, stellte ich fest, dass nur Concealer an ihnen klebte.

»Woah, woah, warte.« Mit weit aufgerissenen Augen starrte Tillie mich an. »Erklär mir das noch mal.«

Fest umklammerte sie ihren Teebecher. Ringsum rauschten Wellen, während unsere Schuhsohlen Spuren im Sand hinterließen. Ich blinzelte den grellen Sonnenstrahlen entgegen, während ich an meinem eigenen Chai nippte. Wir hatten das gemeinsame Frühstück übersprungen, uns heimlich durch die Lobby geschlichen und dann ein Café an der Promenade angesteuert. Dort hatten wir unsere überteuerten Heißgetränke bezahlt. Angestellt hatten wir uns hinter aufgekratzten Touris, die lächelnd ihre Milchkaffees mit extra Sahne bestellt hatten.

»Also«, flüsterte Tillie, als wären wir undercover. »Wieso zum Teufel hast du es dir von Gregor auf einem Tisch machen lassen?«

Ratlos vergrub ich die freie Hand in der Jackentasche, während ich den Strand abscannte. Er war überlaufen mit Menschen, die die gute deutsche Wintersonne mit ihren Bommelmützen genossen. Wenn Besucher uns passierten, schnappte ich immer dieselben Gesprächsfetzen auf:

»Das Wetter!«

»Wir haben so Glück!«

»Ach, schön ist das heute!«

Ich konzentrierte mich auf die fremden Stimmen, um nicht abzuschweifen und meinen Blick nicht zu weit über die Umgebung wandern zu lassen. Immerhin könnte ich sonst darüber nachgrübeln, wo Gregor und ich gestern gesessen hatten. Also holte ich tief Luft und begann zu erzählen. Angefangen bei ihrem Abgang im Studio 69, nach dem Gregor und ich uns Taylor Swifts Musikvideo reingezogen hatten. Ich erzählte von meiner Wohnung, dem Filmriss und den Magazinen, die ich beim Aufräumen verstaut hatte. Von gestern, dem Tisch und seinem Mund. Von haargenau diesem Strand und Gregors For You Page.

Obwohl ich lückenlos und detailgetreu berichtete, musste ich mich trotzdem ständig wiederholen. Immer wieder warf Tillie nämlich ein »WAS?« ein. Dabei wusste ich nie, ob sie mich akustisch oder so ganz allgemein nicht verstand. Und als ich schließlich verstummte, Tillie nachdenklich in die Ferne starrte und dabei schwieg – sie, die immer etwas zu sagen hatte –, da wusste ich: Ich war am Arsch. So richtig, richtig am Arsch.

Als hätte sie meine Gedanken diesmal wirklich gehört, ließ sie ihre Hand zu meiner wandern. Fest presste sie ihre Innenfläche an meine, als wollte sie mir Halt geben, so wie damals im Oktober.

Tillies Finger sind viel wärmer als die von Gregor, schoss es mir durch den Kopf.

Keine Ahnung, wieso.

Einige Stunden später setzte ich gerade zum Tippen an, da trat er ein.

Gregor sah aus wie immer. Hoodie und Jeans, ein Chaos an Haaren und zwei schwarze Seen an Traurigkeit in seinem Blick. Genau genommen hätte er eine Comicfigur sein können, die jeden Tag dasselbe trug. Mit den Locken wäre er exzentrisch genug dafür gewesen, mit seiner angeborenen Melodramatik besonders genug. Aber Gregor schrieb lieber selbst.

Ich wusste nicht, womit ich seinerseits rechnete. Vielleicht mit Distanz oder Reserviertheit. Wahrscheinlich mit allem, nur nicht damit, dass er meine Richtung ansteuerte, mich ansah und …

Mein Atem stockte, während ich mich instinktiv vorbeugte. Ich blinzelte, weil ich glaubte, mich zu täuschen. Aber ich blinzelte und blinzelte und wachte nicht auf.

Mister Gregor Miesepeter Beck verzog die Mundwinkel gerade ernsthaft zu einem Lächeln, während er auf mich zutrat. Ich musste mich zusammenreißen, um vor Verwirrung nicht den Kopf zu schütteln. Doch die Verwirrung wich schnell der Hitze, die meinen Körper durchjagte. Gregor zog den Stuhl mir gegenüber nach hinten. So lautlos, dass er nicht einmal quietschte.

Es gab Menschen, die mit durchgetretenem Gaspedal

durch ihr Leben rasten. Und dann existierte da Gregor, der wie auf Zehenspitzen durch die Welt huschte. Niemand in dem Raum, in dem mich alles an den letzten Abend erinnerte, bemerkte ihn. Zumindest nicht so bewusst, dass sie die Aufmerksamkeit von ihren Laptops nahmen, deren Gehäuse auf dem Tisch erhitzten, auf dem Gregor meine Knie wiederum verflüssigt hatte. Nur ich starrte ihn an, als wäre er ein Blockbuster.

Gregor ließ sich auf den Stuhl sinken, ohne die Augen von mir zu nehmen. Es wäre einfach gewesen: Ich hätte wegschauen und weiterarbeiten können. Damit wäre dieser elektrisierende Blickkontakt Geschichte gewesen. Doch ich konnte nicht. Wobei das nicht ganz der Wahrheit entsprach. Schließlich war ich gesund. Ich konnte jede meiner Bewegungen steuern. Natürlich hätte ich wegsehen können.

Aber ich wollte nicht.

Gott, ich wusste nicht, wer ich war, wenn ich mit Gregor war. *Liebe Lucy, seit wann bist du so kitschig?*

Gregor machte es sich bequem, fuhr den Laptop hoch und wirkte so, als würde er gleich arbeiten wie jeder andere auch. Bis er das rechte Bein plötzlich so weit ausstreckte, dass sein Knöchel meinen berührte.

Ein Knöchel. Das waren Haut, Knochen, Sehnen. Es hätte ein Versehen sein können, doch Gregor übte Druck aus.

Er wollte, dass ich ihn spürte.

Und das war kein unnötiges Versehen, sondern eine Berührung. Ein *Hallo, hier bin ich*, wenn deine Sprache der Liebe die körperliche war. Ich wollte ihn fragen, ob es seine wirkliche war, weil ich diese Hitze nicht aushielt und die Weltmeisterin darin war, Momente mit meinen Fragen wie

Seifenblasen zerplatzen zu lassen. Doch plötzlich rückte er mir näher. Sein Mund war weit, weit davon entfernt, meinen zu streifen. Doch ich spürte die Weichheit seiner Lippen dennoch, als er sie befeuchtete.

»Hi«, sagte er. »Ich ...« *Oh.* Sein voller Mund formte das Wort lautlos, weil seine Augen auf meinem Knutschfleck gelandet waren.

Instinktiv rieb ich mir die Hände an der Jeans, weil ich nicht wusste, wohin mit mir. Keine Ahnung, wie er es da wagen konnte, den Druck seines Knöchels zu verstärken. Hart und heiß. Noch dichter presste er sein Schienbein gegen meins. Seine Lider flatterten, meine Lippen teilten sich. Es zog in meinen Leisten, brennend und unbestreitbar.

Das ist wahnsinnig, dachte ich. *Das ist Chemie*, verbesserte der Teil in mir, der sich für weibliche Lust einsetzte. Jemand musste das hier abbrechen, ich würde es nicht schaffen.

Es war der Klingelton meines iPhones, der mir diesen Gefallen tat. Mit hochroten Wangen wandte ich den Blick von Gregor ab, schnappte mir meine Jacke und das Handy und eilte nach draußen. Den Anruf nahm ich in der Lobby an. Mama durchschaute mich sofort.

»Lucy?«, fragte sie. »Alles okay? Du klingst so atemlos.«

»Was? Natürlich«, wiegelte ich ab. »Ich geh gerade nur raus, damit wir reden können.«

Mama wollte nichts Bestimmtes, bloß fragen, wie es mir ging und was ich so trieb. Sie erwähnte das Adventstreffen, das wir jedes Jahr im Dezember zusammen mit meinen Kindheitsfreundinnen und ihren Müttern veranstalteten, wie sehr sie sich darauf freute und welche Plätzchen sie backen würde. Ich hörte zu und nickte, obwohl sie es nicht sehen konnte, und versuchte, mich mit ihr zu freuen, doch alles, woran ich denken konnte, war Gregor. Gregors Lippen auf meinem Hals, sein Mund auf meinem Slip, sein Knöchel an meinem.

Zum Abschluss schwärmte sie von unserem neusten Beitrag auf @thegirlnextdoor, eine Illustration von Manda, die erst vor wenigen Stunden online gegangen war, und riss mich damit aus meinen Gedanken.

»Übrigens«, sagte sie. »Ich fand deine letzte Antwort auf *Liebe Lucy* so toll.«

Ich kramte in meinem Kopf, bis ich mich an den Eintrag erinnerte. Eine Leserin hatte wissen wollen, ob sie ihrem Exfreund eine zweite Chance geben sollte. Ich hatte geschrieben, dass sie auf ihr Bauchgefühl hören müsste, es mit Bedacht angehen sollte, aber dass sie sich der Gefahr immer bewusst sein müsste: Es war riskant, sein gebrochenes Herz noch einmal zu riskieren.

»Ich fand es so schön, wie du …« Mama redete fröhlich weiter, während es auf meiner Haut zu brennen begann. An meinem Hals, dort, wo ich meinen Knutschfleck wenig erfolgreich abgedeckt hatte. Und an meinem Knöchel, dort, wo Gregor mich gerade berührt hatte.

Als wir auflegten, ging ich nicht sofort zurück. Wie besessen starrte ich einen Punkt in der Luft an, den nur ich selbst sah. Weil es mir auf einem Arbeitstisch machen zu lassen, gefährlich und riskant und ganz sicher nicht bedächtig war.

Liebe Lucy, welchen Ratschlag würdest du dir selbst erteilen?

In meiner Brust stach es, weil ich die Antwort darauf bereits wusste.

Gregor

GANZ TRAURIGE GESCHICHTE
meistens meine eigene

»Ciao, ich pack's jetzt.« Brenner klopfte mir im Vorbeigehen fest auf die Schulter. »Bis später.«

»Äh ja«, sagte ich. »Bis dann.«

Mit pulsierendem Herzen sah ich, wie er durch die Tür verschwand. Instinktiv bohrte ich die Nägel in die Jeans, wobei ich den Blick wieder auf den Bildschirm schweifen ließ. Niedrigste Helligkeitsstufe, zu siebenundsechzig Prozent rausgezoomt.

Er konnte nichts erkannt haben.

Beinahe durchlebte ich ein Déjà-vu, doch dann wanderte mein Blick über den Laptoprand nach vorn und ich betrachtete Lucy. Sie strich sich eine Strähne aus der Stirn, bevor sie weitertippte. Dabei mied sie meinen Blick so intensiv, als wäre es Absicht. Woran sie wohl arbeitete? Ein Teil in mir wollte sie danach fragen, vielleicht sogar ganz modernromantisch per WhatsApp, obwohl wir uns gegenübersaßen. Allerdings konnte ich ihr diese Frage natürlich nicht stellen. Hinterher hätte sie mich noch zurückgefragt und dann hätte ich ihr dieselbe Lüge wie gestern auftischen müssen.

Äh, Masterprojekt. Romanmanuskript. Weiß noch nicht, wohin die Reise geht. Schreibe momentan einfach bloß Fetzen.

Ich wusste, dass es riskant war, hier zu schreiben. Doch mir blieb keine andere Wahl. Olga spamte mich zu, sogar am Wochenende fragte sie mich, wie es lief. Die Mail, die mich heute Morgen um neun erreicht hatte, hatte aus Emojis und *Haha* bestanden, vor die sie Komma setzte wie eine Streberin.

Sie wollte nett sein.

Aber sie wollte auch das verfluchte Manuskript.

Wie auf Kommando begann es hinter meinen Schläfen zu pochen. Wäre ich eine dieser seltsamen TikTok-Personen, hätte ich jetzt neben mir ein Notizbuch aufgeschlagen. Ich hätte eine Seite für meinen Wordcount angelegt, darüber *Endspurt* gelettert und in die Tasten gehauen, um es ästhetisch in einem Zeitraffer festzuhalten.

»Bereit?«

Ich zuckte zusammen. Lucy verstaute ihr Notebook und schob den Stuhl nach hinten. Ihr standen keine Strähnen zerzaust vom Kopf ab und ihre Augen waren das Gegenteil von müde und kaputt. Wenn sie bei einer Stelle nicht weiterwusste, raufte sie sich nicht die Haare. Sie zerbiss sich nicht die Lippen und auch nicht die Nägel. Konzentriert starrte sie in diesen Momenten einen Punkt in der Luft an, den nur sie sah. Fokussiert, ruhig. Sie war das Gegenteil von mir.

»Bist du bereit?«

»W…was?«, fragte ich, nachdem Lucys Stimme erneut an meine Ohren gedrungen war.

»Für unseren Termin mit Erwin?«

Schluckend musterte ich meinen Wordcount. Er war zu niedrig. *Montag*, hatte ich Olga versichert. *Montag gebe ich ab, wirklich, versprochen.* Meine Agentin hatte darauf mit *Ich drück die Daumen* geantwortet, als wäre es ein Glücksspiel.

Nein, Lucy, ich bin leider nicht bereit. Ich muss meine Deadline einhalten und kann deshalb jetzt nicht mit dir zu Erwin gehen, um Dinge für unseren Podcast herauszufinden, den ich so unbedingt haben wollte, dass ich dafür nach Köln gezogen bin. Aber falls es dich tröstet: Ich denke die ganz Zeit daran, wie du gestern, als wir diese Dinge auch schon herausfinden wollten, dein Stöhnen unterdrückt hast, und will dann selbst stöhnen.

Das hätte ich antworten sollen. Okay, den letzten Part hätte ich für mich behalten. Doch natürlich traf ich erneut die falsche Entscheidung.

»Klar«, erwiderte ich Lucy, obwohl die Angst in mir Alarm schlug. »Bereit.«

Du kannst nicht gehen, du kannst nicht gehen, du kannst jetzt nicht gehen!

Die Angst in mir schrie weiter, dabei würde ich zurückkehren. Und sie würde auf mich warten. So wie immer.

Keine Ahnung, wieso meine Angst Angst hatte.

»Wir hatten so was von Schiss«, berichtete Erwin uns. Es musste die zehnte Studentenstory sein, die er zum Besten gab. Diesmal schlängelte er sich an Stichpunkten entlang, die sich *Bullie*, *Holland* und *alles sehr verschwommen* nannten. Im Grunde meinte er garantiert *bekifft*.

Blinzelnd beäugte ich Lucys Handy, das auf der Tischplatte lag. Seit vierundvierzig Minuten und zweiunddreißig Sekunden nahm es bereits auf. So lange hockten wir schon in Erwins Büro. Es war genauso chaotisch, wie ich es mir vorgestellt hatte. Zugestellte Regale und geöffnete Schubladen, die zu platzen drohten. Es gab einen Schreibtisch mit Drehstuhl, davor zwei einfache Stühle, auf denen wir Platz genommen hatten. Links in der Ecke thronte ein flaschengrüner Samtsessel, darunter strahlte ein sandfarbener Teppich mit orientalischem Muster.

»Wartet, wartet.« Plötzlich sprang Erwin auf und überlegte laut vor sich hin. »Ich hab die Fotos extra für euch rausgesucht, wo habe ich die Kiste nur hingetan? Moment, Moment, ich hab es gleich. Und lasst euch bloß nicht von der Unordnung beirren, das alles hat ein System. Ein ordentlicher Künstler, wie langweilig wäre das denn? Wenn man kreativ ist, gehört das kreative Chaos dazu. Und ach, ich Idiot ...« Als wäre ihm gerade ein Licht aufgegangen, steuerte er eine Kiste neben dem Sessel an. Keine Minute später stellte er sie ächzend vor uns auf dem Schreibtisch ab und kramte darin.

Ich bemerkte aus dem Augenwinkel, wie Lucy ihn dabei verwirrt beäugte. Ehrlich gesagt sah ich sie ständig. Ich war wie elektrisiert in ihrer Nähe und konnte nicht still sitzen. Immerzu mussten meine Füße vor sich hin tippeln, lautlos klopfte ich mit den Sohlen auf den Boden und mit den Fingerspitzen auf die Jeans. Auch wenn sie meinen Blick seltsamerweise noch immer vermied.

Erwin sprach derweil weiter und suchte summend nach Fotos seiner Drogenfahrt, aber ich hörte kaum hin. »... und dann hat es in mein Zelt geregnet. Es war so schrecklich. Ich habe eine Blasenentzündung bekommen und ...«

»Moment.« Es war Lucys Stimme, die mich dazu brachte, wieder zuhören zu wollen. Entschlossen beugte sie sich nach vorn und griff nach diesem Foto, das aus dem Karton gesegelt war. Ihr Parfum kroch mir in die Nase, doch für einen winzigen Augenblick spielte es keine Rolle.

Alles, was ich sah, war das Foto.

Es zeigte eine dunkelhaarige, lockige Frau und daneben einen Mann. Beide trugen massive Sonnenbrillen und qualmende Kippen zwischen den Fingern. Mit ihren riesigen Lederjacken lehnten sie gegen eine Graffitiwand, die Hände trotzig in die Taschen gestopft. Der Mann trug ein weißes Achselshirt und eine Frisur à la James Dean. Bestimmt war er damit der beschissene Oberhammer in seinem WG-Viertel gewesen. Alles an ihm strahlte Dunkelheit aus wie die Filmhelden aus den Achtzigern. Hatte ich ihn gekannt, hätte ich ihn nicht gemocht. Dann die Frau, in ihrem Lederrock und dem knappen Top. Sie war schön auf die künstlerische Art. Mein Blick wanderte weiter zu dem auf die Wand geschmierten Spruch, den sie umzingelten: *DON'T STOP UNTIL YOU'RE PROUD.*

»Ist das Emma Visser?«, wollte Lucy wissen.

»Emmie?« Erwins Gesicht leuchtete auf. »Ja, ja, genau richtig. Mensch, ist das Foto alt. Damals waren wir auf Inspirationsreise. In London, weil wir ja so international waren. Boah, waren wir damals verblendet.« Ein Schmunzeln huschte über seine Miene, während Lucy neugierig das Foto abscannte.

»Der Typ neben ihr war ihr Freund, oder?« Kurz schien sie nachzudenken. »Leo, richtig?«

»Leo, jepp, genau. Woher weißt du das?«

»Ich schreibe ein Porträt über Emma Visser für das Jubiläum.«

»Ach, Emmie. Eine ganz traurige Geschichte ist das. Vierundzwanzig, älter ist sie nicht geworden. Was für ein riesiges *Fick dich* von der Welt. Sie war die Beste von uns allen. Sie wäre berühmt geworden.«

Lucys Augen glühten. Dichter rückte sie zur Stuhlkante vor, bevor sie das Foto ablegte. »Was lässt dich das denken?«

Sogar ihre Stimme veränderte sich. Sie klang heller. Erregter. Als würde sie für die Antwort kämpfen, wenn sie müsste. Da wurde es mir bewusst: Lucy brannte für alles, was sie schrieb. Selbst für ein fucking Porträt.

»Hmmm.« Erwin kratzte sich am Kinn. »Ich weiß nicht. Wenn sie an etwas gearbeitet hat, hat man sie davon nicht wegbekommen. Sie hat nämlich nicht bloß gearbeitet, sie hat ihre Arbeit *gelebt*. Es war so bemerkenswert. Jeder war neidisch. Aber sie war nicht nur produktiv, sie war auch die Beste. Ein Ausnahmetalent.« Mit einem Mal wurde seine Stimme unendlich leise. »Schade nur, dass … na ja …«

»Ja«, sagte Lucy, weil sie auch so verstand. »Es ist so tragisch.«

Einen Moment war es still. Zumindest in dem Raum, denn in meinem Kopf war es so, so laut. Nachdenklich ließ Erwin seinen Blick zwischen uns hin und her zucken, während meine Gedanken sich schwindelig drehten.

Es ist so tragisch.

Eigentlich war alles tragisch. Denn Erwin stand mit beiden Beinen in diesem Zimmer, doch er war nicht hier. In seinem Kopf war er verreist, sein Resort nannte sich Vergangenheit.

»Wie alt seid ihr?«, fragte er schließlich.

Lucy schluckte. »Zwanzig.«

»Zweiundzwanzig«, erwiderte ich kratzig.

»Krass.« Unvermittelt nickte Erwin mir zu. »In drei Jahren bist du so alt, wie Emmie es nie war. Verrückt, sich das vorzustellen.«

Gregor

VERMISSEN
nicht fucking tanzbar

Keine Ahnung, wie ich die nächsten Minuten überlebte.

Kurz vor sieben verabschiedeten wir uns von Erwin und verließen sein Büro. Schweigend liefen wir zur Lobby, während Lucy meinen Blick noch immer mied. Ich wusste nicht, was ich tun sollte, wusste nicht, was passiert war. War ich zu aufdringlich gewesen? Wer hatte sie angerufen? Hatte sie etwas Schlimmes erfahren?

Ich hätte den Grund so gern gekannt, dass ich sie beinahe gefragt hätte. Doch die Worte zerfielen mir wieder einmal auf der Zunge, als Lucys Blick meinen doch plötzlich kreuzte. Abrupt blieb sie stehen. Dann räusperte sie sich. Leise, aber bestimmt. Da ahnte ich, dass es hässlich werden würde.

»Gregor?«, fragte sie. »Können wir kurz reden?«

Fahrig fasste ich mir in den Nacken. »Klar?«

Aufgesetzt lächelnd zog sie mich zur Seite und positionierte uns fernab der neu ankommenden Gäste mit den obligatorischen Steppjacken in Marineblau. Leiser Jazz plätscherte aus den Lautsprechern, doch ich nahm ihn nur im Hintergrund wahr. Im Grunde blendete ich alles andere aus, als Lucy schließlich sagte, was sie sagte.

»Ich weiß, es kommt vielleicht ein bisschen komisch, aber:

Es würde dir doch nichts ausmachen, wenn wir das gestern vergessen, oder? Nicht alles natürlich, nur … du weißt schon. Für mich wäre es wichtig, dass wir die Dinge langsam angehen und auf keinen Fall etwas überstürzen.«

In meiner Brust drückte es, Atmen fiel schwer. Meine Finger zitterten, sodass ich sie hastig in der Tasche vergrub. Lucy schluckte, ich konnte es ganz deutlich sehen. Auch meine Kehle verengte sich, weil ich nicht wusste, was ich sagen sollte. Weil ich zu viel zu sagen hatte.

Ich kann und will und werde das nicht vergessen. Ich dachte, zwischen uns wäre alles gut. Wieso hast du plötzlich Zweifel? Was habe ich falsch gemacht? War es die blöde Knöchelberührung?

Allerdings wusste ich im Grunde, dass es nicht daran lag. Dass es an Damals lag. Und klar, ich hätte protestieren, kämpfen und sie nun vom Gegenteil überzeugen können, doch ich sah es in ihrem Blick, den sie nun endlich auf mich gerichtet hatte. Lucy hatte eine Entscheidung getroffen. *Es langsam angehen lassen. Nichts überstürzen. Nicht zu viel riskieren.* Was für ein Arschloch wäre ich, wenn ich ihre Gefühle nicht respektierte? Wäre ich damit nicht genauso schlimm wie die Männer, die ein schlichtes Nein aus Prinzip überhörten und sich daraufhin bloß noch mehr ins Zeug legten?

Also kämpfte ich gegen den Drang an, mit dem Kopf zu schütteln und die Sätze, die darin randalierten, laut auszusprechen. Stattdessen nickte ich bloß stumm. »Klar«, erwiderte ich und pfriemelte dabei mit der freien Hand nervös am Saum meines Shirts. »Kein Problem.« Anschließend setzte ich ein Lächeln auf, das so breit war, dass es wehtat.

Haareraufend schweifte mein Blick auf die Uhrzeitanzeige. 23:04. Schmerzhaft prallte mein Hinterkopf gegen die Tür, weil ich allein auf dem Fußboden saß und trotzdem nur Lucys Stimme hörte.

Ich weiß, es kommt vielleicht ein bisschen komisch, aber: Es würde dir doch nichts ausmachen, wenn wir das gestern vergessen, oder?

Fuck. Ich saß bereits seit fünfeinhalb Stunden hier und schrieb. Ich hatte mich mit dem Notebook auf den Fußboden niedergelassen, während meine Kommilitonen sich in irgendeinem Strandcafé volllaufen ließen. Sie machten Erinnerungen wie die, von denen Erwin erzählt hatte. Wie Lucy und ich sie im Studio 69 geteilt hatten. Auf dem Kloboden hockend, mit Taylor Swift vor uns und einem wilden Bass im Hintergrund. Mein Herz zog bei dem Gedanken daran.

»Ich kann das«, flüsterte ich mir selbst zu, um mich abzulenken, und erinnerte mich an das, was Erwin über Emma Visser gesagt hatte. Wie sehr sie es gewollt hatte. Dass sie es geschafft hätte, weil sie so gebrannt hatte. Hoffnungsvoll begann ich zu tippen. Ein a, ein l, bis ich heftig zusammenzuckte. Hinter mir klopfte es. Ich rappelte mich auf und starrte der Tür mit dem Laptop in der Hand entgegen.

»Beck, Alter, was ist mit dir? Los, mach auf. Als ob du schläfst, Mann.«

Ich zögerte. Brenner würde annehmen, dass ich schlief, wenn ihn keine Reaktion meinerseits erreichte, oder? Ich musste nur ein paar Sekunden warten. Höchstens eine Minute, dann würde er garantiert verschwinden und ich könnte weitermachen.

»Bro, du weißt, dass ich dein Licht sehen und deine Musik hören kann? Hör auf, ein Scheißschreiberstreber zu sein, und mach endlich auf.«

Wäre ich er gewesen, wäre ich wütend. Schließlich hatte er ja durchschaut, dass ich ihn verarsche. Brenner allerdings schob bloß ein kehliges Lachen hinterher, als fände er meinen Trick siebzehn lustig.

Verfluchte Scheiße. Mir blieb nichts anderes übrig, als ihm die Tür zu öffnen und innerhalb eines Wimpernschlags festzustellen, dass er betrunken war.

»Nicht im Ernst, oder? Sag mir nicht, du hast aufs Ausgehen verzichtet, um ...« Von oben bis unten musterte er mich. »... barfuß an deinem Manuskript zu arbeiten?« Er hob die Hand. »Nein, weißt du, was? Spar die Antwort. Zieh dir lieber Socken an, damit wir loskönnen.« Er ließ sie auf meine Schulter sinken. »Hä, was schaust du so? Denkst du ernsthaft, ich lass dich hier wie bekloppt weiterarbeiten, obwohl unten die Mitternachtsparty steigt?«

»Mitternachtsparty?«, wiederholte ich zerknirscht.

»Ja, keine Ahnung, Erwin gibt an der Bar irgendwie einen aus. Der Typ ist echt seltsam, aber whatever, schon irgendwie cool alles. Also?«

»Sorry, ich kann nicht. Die Szene ist gerade voll wichtig.«

»Es ist Samstagnacht. Du bist zweiundzwanzig. Schick dir von mir aus dein Doc per Mail, damit du keine Panik schiebst, es verlieren zu können, und dann auf geht's.«

»Tut mir echt leid«, sagte ich erneut. »Ich muss wirklich schreiben.« Und Lucy aus dem Weg gehen, weil sie doch alles vergessen und ich mich an jedes Detail erinnern wollte.

Brenner seufzte. »Gregor.«

Ich verzog das Gesicht. »Seit wann sind wir auf Vornamenlevel?«

»Seit jetzt, weil ich die Dramatik brauche. Bitte stell dir

noch einen Trommelwirbel dazu vor.« Sogar eine Pause legte er ein. »Bereit?«

»Wofür?«

»Na dafür, dass ich dir erkläre, dass ich deine Masche durchschaue. Du kannst aufhören, auf *Ich bin ein gebrochener und manischer Schriftsteller* zu tun. Du bist krass. I get it. Aber es ist Samstagabend. Du kannst Pause machen. Zwei Stunden Spaß werden dein Manuskript nicht versauen.«

In meinen Ohren begann es zu piepen, weil sich alles, was er behauptete, plötzlich nach früher anhörte. Damals, in Berlin, als sie sagten: *Gregor, du bist so krass. Du hast ein Wortziel und eine Agentur, du scheißt auf die Schreibaufgaben und schreibst deine Manuskripte. Ich wünschte, ich wäre so ehrgeizig wie du.*

Keine Ahnung, wie oft ich solche Sätze letztes Jahr von meinen Kommilitonen gehört hatte, die nie meine Freunde waren. Ich war immer ein Student gewesen, doch hatte nie wie einer gelebt. Ich war zur Hochschule gegangen, ins Gym und dann an den Schreibtisch. Sie hatten Shots gekippt, ich hatte Arbeitstitel getippt. Unwillkürlich wurde es in meiner Kehle eng.

»Und bevor du noch mal widersprichst.« Brenner gähnte. So, als würden seine nachfolgenden Worte nichts mit meinem Herzen anstellen. »Lucy ist natürlich auch da. Tu gar nicht erst so, als hättet ihr keinen Vibe.«

Ich hätte es bestreiten, lässig abwinken oder protestieren können. Stattdessen holte ich bloß tief Luft und bemerkte mit einem Mal, wie erschöpft ich war. Nicht müde, sondern ausgelaugt bis in die Knochen.

Es würde dir doch nichts ausmachen, wenn wir das gestern vergessen, oder?

»War es so offensichtlich?«, fragte ich heiser, während Lucys

Worte in meinem Kopf nachhallten und mein Brustkorb sich zuschnürte.

»Scheiße, nein.« Als Brenner diesmal lachte, war es leiser. »Ich habe das nur gesagt, weil ich möööglicherweise auuus Verseeehen ein Gespräch von Tillie und Lucy mitgehört habe, in dem es um dich ging.«

Krampfhaft blinzelte ich vor mich hin. »Was haben sie gesagt?«

»Weiß nicht so genau. Irgendwie fiel dein Name und Lucys Wangen wurden rot. Und eigentlich werden ihre Wangen ja fast nie rot, also …«

Ich zögerte. Hatte keinen Schimmer, was ich erwidern sollte. »Hm«, machte ich schließlich, feige und ratlos, während ich spürte, wie mein eigenes Gesicht sich erhitzte.

»Sie ist auch unten. Komm schon, pack deinen Laptop weg und auf geeeht's!«

Genau genommen wollte ich Brenner fragen, wieso er hier war und sich überhaupt um mich kümmerte. Doch die Erwähnung von Lucys Namen reichte, damit ich alles über Bord warf.

Selbst wenn ich untergehen würde.

Eine Hand auf meiner Schulter. Eine Flasche vor meinem Gesicht. Dröhnender Beat in meinen Ohren.

»Hier, hier, hier, hier, hier!«, rief Erwin und schob grelle Shotgläser über die Theke.

Keinen Plan, wieso er den Barkeeper spielte. Ich wusste bloß, dass es mein viertes Bier war und ich Bier hasste. Ich trank trotzdem. Einen Schluck nach dem anderen, so wie ich Sätze tippte. Dann, wenn ich keine Ahnung von nichts hatte und schlicht weiterkommen musste.

»Tanzen?«, schrie Brenner mir ins Ohr.

Ich fasste mir in den Nacken. »Ich tanze nicht.«

»Ach, papperlapapp.«

Papperlapapp? Verwirrt verzog ich das Gesicht, doch er bewegte sich bereits auf der Stelle. Wie wir hier gelandet waren, stellte für mich immer noch ein Rätsel dar. Ich wusste, dass ich Brenner nach unten gefolgt war, wo die Musik uns in Basswellen überströmt hatte. Er hatte mir Getränke gereicht, ich hatte sie angenommen. Verflucht noch mal jede Sekunde hatte ich Lucys Präsenz dabei gespürt, weil selbst ihre Präsenz eine Präsenz hatte. Auch wenn sie am anderen Ende des Raumes gestanden hatte.

Um mich von diesem Gefühl abzulenken, hatte ich noch mehr gekippt. Wenn ich toxisch wie radioaktiver Müll gewesen wäre, hätte ich behauptet, dieser ganze Schlamassel wäre ihre Schuld. Aber das stimmte natürlich nicht. Ich war überfordert, am meisten mit mir selbst und meinen Gefühlen. Ich verstand es einfach nicht. Waren Gefühle, die wiederkamen, nicht auch Gefühle, die nie gegangen waren? Wieso zur Hölle erwischten sie mich in diesem Fall trotzdem so eiskalt?

»Beck, mein Freund.« Unvermittelt schüttelte Brenner den Kopf. »Deine Gedanken sind viel zu laut. Ich höre dich bis hierhin denken. Du musst das in den Griff bekommen. Worüber denkst du eigentlich die ganze Zeit nach, Mann?«

Meine Schläfen pochten. Einfach nein. Wir konnten garantiert nicht dieses Level von betrunkenen tiefgründigen Gesprächen erreicht haben.

»Hä?« Ich lachte nervös. »Was redest du? Wieso hast *du* dich eigentlich so abgeschossen?«

»Es ist Wochenende und ich bin ein Student. Natürlich schieße ich mich da ab. Und jetzt komm!« Entschlossen umfasste Brenner mein Handgelenk und zog mich auf die improvisierte Tanzfläche. Schwitzige Haut berührte dort meine, während sich zehntausend verschiedene Parfumsorten zu einer vermischten.

»*Vermissen?*«, schrie ich Brenner ins Ohr. »Tanzen wir gerade echt zu Juju und Henning May?«

»Ist doch egal«, erwiderte er, bevor auch er grölend mitsang.

Mit zusammengezogenen Brauen musterte ich sein Gesicht. Es wirkte gequält, passte perfekt zu der leidenschaftlichen Art, in der er die Zeilen des Refrains mitlallte. Er fühlte ihren Inhalt also. Hatte er Liebeskummer? Sollte ich ihn fragen? Mussten wir nun doch *diese* Art von betrunkenem Gespräch führen?

Gottverdammte Scheiße, ich war nicht gemacht für so was. Weil ich feige war, entschied ich mich fürs Schweigen. Brenner schien es nicht zu stören. Euphorisch zappelte er im Takt der Chartlieder vor sich hin. Betrunken, dumm und glücklich.

Ich wusste nicht, was ich hier tat.

Ein Teil in mir wollte verschwinden, um weiterzuschreiben. Ein größerer Teil wollte verschwinden, weil Lucy mich nicht fühlen wollte, wo ich doch nichts außer sie fühlte. Der größte Teil hingegen hatte schlicht keinen verfluchten Plan, was ich tun sollte.

Tief atmete ich durch. Trinken. Ich musste mehr trinken. Das war zumindest ein Plan, oder? Meine Füße bewegten sich, bis ich stockte, weil mein Herz knackte.

Lucys Blick begegnete meinem. Sie stand neben Tillie und Samu und trank aus einem Glas mit durchsichtiger Flüssigkeit. Vielleicht irgendeine besondere Sorte Gin, die Erwin ihr aufgequatscht hatte. Mir war bewusst, dass ich betrunken war. In meinem Zustand war es unmöglich, diese Art von Detail auszumachen, doch ich hätte schwören können, dass sie das Glas fester umklammerte. Sie sah mich an und alles wurde leise. Meine Kehle schnürte sich zu. Atmen fiel mit einem Mal so viel schwerer.

Es würde dir doch nichts ausmachen, wenn wir das vergessen, oder?

Ihre Stimme hallte so laut in mir nach, dass ich keine Luft mehr bekam. Jetzt brauchte ich definitiv Luft und keinen verdammten Alkohol mehr. Wenig elegant schlängelte ich mich aus der Menge, den Rücken Lucy zugekehrt. Ich musste hier raus. Pause machen, um meine Gedanken zu ordnen. Sonst würde ich noch etwas Unüberlegtes tun. Auf sie zugehen mit den Worten: *Äh, sorry, bei meinem Klar habe ich mich vertan. Natürlich kann ich nicht vergessen, wie ich dich geleckt habe, weil ich das in erster Linie überhaupt nicht will.* Zuzutrauen war mir in diesem Moment schließlich alles.

Gerade als ich die Lobby passierte, erklang allerdings mein Name. »Gregor, warte doch mal, Mensch! Ich habe dich schon den ganzen Abend gesucht!«

Kacke. Nicht der auch noch. Stirnrunzelnd wandte ich mich um und hoffte, meine Genervtheit weitestgehend verbergen zu können. Keine Ahnung, ob es mir gelang. Wenn ja, schien Erwin sich nicht daran zu stören.

»Komm«, sagte er und winkte mich zu sich heran. »Ich muss dir unbedingt etwas zeigen. Ich hab noch ein Foto von Emmie gefunden. Das interessiert dich bestimmt.«

Gott, ich hasste, wie ich plötzlich zusammenzuckte. Hektisch schüttelte ich den Kopf. »Du verwechselst mich, Lucy braucht die Infos für das Porträt von Emma Visser.«

Doch er hörte mir nicht mehr zu, steuerte schon sein Büro an und ließ die Tür für mich offen. Widerwillig folgte ich ihm in den Raum, wo er bereits in der Fotokiste kramte.

»Warte, warte, warte, ich hab's gleich, das musst du sehen, ohne Flachs, das wird dich garantiert weiterbringen …«

»Hör mal, Emma Visser ist wirklich Lucys Story, du …«

»… hier«, unterbrach er mich.

Blinzelnd betrachtete ich das verschwommene Foto, das er in die Höhe hielt. Dunkles Haar, blasse Haut. Zwei, drei Sekunden lang.

Dann wurde mir schlecht. Schlagartig.

DECKENMEER

ein äußerst stürmischer Ozean

Mein Ego rannte mit mir durch.

Seit zwei Stunden beobachtete ich Gregor dabei, wie er Shots kippte. Gerade ballerte der Clubremix von *Pocahontas* aus den Boxen, während mein Blick wie besessen auf ihm klebte. Seine Rückseite schien mich magisch anzuziehen, obwohl ich das überhaupt nicht wollte.

Gregor trug denselben Hoodie wie heute Nachmittag, darunter blitzte der Saum eines weißen Shirts hervor. Ich erinnerte mich daran, wie er ihn umfasst hatte bei meinem Vorschlag, was passiert war, zu vergessen. Einfach genickt hatte er. *Klar*, hatte er danach gesagt, wobei sich ein Vorhang vor seinen Augen geschlossen hatte. Gregors Blick war immer noch sein Blick gewesen, braun und grün und trüb, doch nun war er für mich verschlossen. Gregor sah anders aus, wenn sein Gesicht so zu war. Seine Unsicherheit verwandelte sich dann in harte Distanziertheit. Letzteres musste der Grund dafür sein, dass sein Kiefer nun unendlich verspannt wirkte. Die ganze Zeit schon, seit er hier war.

Keine Ahnung, wieso mein Ego auf die sonderbare Idee kam, er würde sich meinetwegen zuschütten.

Als hätte ich tatsächlich Macht über ihn.

Innerlich schnaubte ich. *Ja, klar.*

»Seeelfie!«, rief Tillie, bevor sie mir ihr Handy vor das Gesicht hielt.

»Ihr Social-Media-Queens«, kommentierte Samu belustigt.

»Das ist für Manda.« Tillie verzog die Brauen. »Und nicht für Insta. Ehrlich gesagt enttäuschst du mich, Wójcik. Ich texte dich seit Monaten damit zu, wie toxisch ich Instagram finde. Hast du etwa vergessen, dass wir feste Zeiten zum Posten haben? Und dass es nach zwanzig Uhr sowieso aus und vorbei damit ist? Du ...«

Energisch belehrte sie ihn weiter, während ich mich in Richtung Toiletten entschuldigte. Kurz vor der Türschwelle stieß ich jedoch gegen eine Schulter. »Oops«, entwich es mir, was mein Gegenüber nicht einmal bemerkte.

Hastig trat ich einen Schritt zurück und erkannte Leander. Über seine Schultern spannte sich ein Pullover mit Ethnomuster, während das Licht sich in seinem blonden Buzzcut verfing. Verträumt starrte er durch die Gegend. Doch als ich seinem Blick folgte, stellte ich fest, dass das gar nicht der Wahrheit entsprach. Er fokussierte etwas Bestimmtes. Und dieses bestimmte Etwas gestikulierte wild mit den Händen und redete auf Samu ein.

Leander starrte *Tillie* verträumt an.

Ich zog die Stirn kraus, während ich bereute, großenteils bei Fritz-Kola geblieben zu sein. Wäre ich betrunken gewesen, hätte ich ihn unverfroren gefragt, wieso er sie auf diese Weise anstarrte. Aber ich war nüchtern und Nur-Lucy. Bloß ein kratziges Räuspern presste ich hervor, ehe ich mich an ihm vorbeischlängelte.

Einige Minuten später stand ich vor dem Waschbecken und wusch mir die Hände. Im grellen Licht glänzte der Ring in meiner Nase auf. Ich blinzelte, weil es für einen Augenblick so wirkte, als zwinkerte er mir zu.

Liebe Lucy, bist du dir sicher, dass du nüchtern bist?

Jepp, hätte ich meinem Spiegelbild am liebsten erwidert. Aber ich war nicht verrückt, sondern bloß erschöpft. Müde ließ ich mir die Finger unter dem Föhn trocken blasen, bevor ich den Raum wieder verließ und mein Herz instinktiv zu rasen begann.

Lange Glieder, schmale Hüften. Ich musste schlucken und wollte nicht hinlinsen, doch scheiterte erneut. Muskeln tanzten unter Gregors Pullover, während er die Treppen nach oben stolperte.

Was für ein Timing.

Mit beiden Händen umklammerte er das Handy, schwankte bei jedem Schritt und hatte einen Hang nach links entwickelt. Kopfschüttelnd beobachtete ich Gregor, weil es nur eine Frage der Zeit war, bis …

Das Geräusch von strauchelnden Schritten hallte in meinen Ohren wider. Gerade noch so konnte Gregor sich mit der Hand an der Wand abstützen. »Fuck«, fluchte er.

Wer ist auch so bescheuert und tippt auf seinem Handy rum, während er hackedicht Treppen besteigt? Ich verkniff mir die Frage, weil die Antwort darauf sowieso *Ungefähr jeder, der freitagabends die U-Bahn-Station-Treppen in der Altstadt entlangtorkelt* lautete. Vom Konferenzraum dröhnte Schlager.

Zähneknirschend machte ich den ersten Schritt auf die Treppen zu. Ich konnte nicht anders, konnte mich nie beherrschen, wenn es darum ging, jemandem zu helfen.

Ganz egal, wer die Person war, ob fremd oder bekannt, verhasst oder geliebt.

Ganz egal, dass die Person Gregor war.

Als ich ihn keine Minute später einholte, fühlte ich mich absolut in meinem Vorhaben bestätigt. Weiterhin schwankend kramte Gregor nach seinem Schlüssel. Dabei schaffte er es sogar, ihn aus der Hosentasche zu pfriemeln, scheiterte aber bei dem Versuch, die Tür zu seinem Zimmer aufzuschließen. Klimpernd fiel ihm das Teil aus der Hand.

Tief seufzte ich. »Wieso hast du dich so abgeschossen?«

Meine Worte erreichten ihn langsam. Erst mit Verzögerung zuckte er zusammen. Die Frage quittierte er mit einer Gegenfrage. »Bitte?«

Anstelle einer Antwort trat ich frustriert auf ihn zu, um nach dem Schlüssel zu greifen. Doch ich hatte nicht einkalkuliert, dass Gregor sich ebenfalls bücken würde und wie nah wir einander deshalb waren. Ich spürte Hitze von ihm ausgehen, bevor ich einen Fehler beging und in dieser Position zu ihm hinauflinste. Von hier unten wirkte er noch riesiger als sonst. Sein Adamsapfel stach hervor. Er schluckte. Ich sah ihm in die Augen. Das Licht machte sie grüner. Sie glühten, die Farbe stach in meinen eigenen. Und Gregor starrte mich direkt an.

»Lucy.« Wieso musste mein Name so verflucht rau klingen, wenn er ihn aussprach? »Was tust du hier?«

Ja, dachte ich. *Was zum Teufel tat ich hier?* Ich hatte ihm gesagt, dass ich vergessen wollte. Nicht alles natürlich, nur den Part, in dem er seinen Mund auf meinen Slip gedrückt hatte und all die Gefühle aus seinen Augen geflossen waren. Doch ich hielt mich selbst nicht daran. Helfersyndrom hin oder her.

Ich war so am Arsch.

»Was ich hier tue?« Schnaubend richtete ich mich auf, um dem Knistern zwischen uns zu entfliehen. »Es ist ein Wunder, dass du dich noch nicht auf die Fresse gelegt hast. Du solltest froh sein, dass ich hier bin.« Am letzten Satz verschluckte ich mich, also steckte ich hastig den Schlüssel in das Schloss und drehte ihn. Anschließend zog ich die Tür mit einem dumpfen Geräusch auf. »Ich …«

»Ich bin immer froh, wenn du hier bist.«

Alles in mir spannte sich an. Ich hatte gerade etwas sagen wollen, doch Gregor hatte mich unterbrochen. Meine gesamte Haut prickelte, während ich mich zögerlich zu ihm umdrehte.

Oh Gott.

Seine Augen.

Seit wann konnten sie so schwarz wirken? Und wie hatten sie sich so schnell verdunkelt? So unberechenbar wie ein plötzlich aufziehendes Sommergewitter. Fehlte nur noch der Donner. Obwohl: Mein Herz pochte so laut, als wollte es einer sein.

Weil ich nicht wusste, was ich erwidern sollte, räusperte ich mich. Dann knipste ich das Licht im Zimmerinneren an und nickte hinein.

Als Gregor sich endlich von der Stelle bewegte, nahm ich an, er würde sich ins Bett legen und bis morgen alles vergessen haben. Allerdings hatte er andere Pläne als ich. Gerade trat er über die Türschwelle, da drehte er sich um.

Er lächelte.

Unvermittelt. Urplötzlich.

»Du bist also die Art von glücklich-und-verpeilt-betrunken, was?«, murmelte ich.

»Es gibt verschiedene Arten?«

»Klar. Da wären aggressiv, notgeil, plötzlich verliebt und glücklich-verpeilt.«

»Und was ist mit denen, die einfach einschlafen?«

Ich zuckte mit den Schultern. »Dann gibt es fünf.«

»Und welche Art bist du?«

»Wird das jetzt eine Fragerunde?«

»Klar, wieso …?« Er stockte, bevor sich sein Gesicht aufhellte. Dann bewegte er sich immer noch grinsend aufs Bett zu. Achtlos stellte Gregor seinen Laptop auf dem Boden ab, bevor er sich selbst auf die Matratze plumpsen ließ, die Arme hinter dem Kissen verschränkt.

»Wie wäre es …«, begann er und nickte auf den freien Platz neben sich, »… wenn du noch ein bisschen bleibst?«

Ich musterte ihn, wie er dort lag, seine langen Glieder auf einer Bettdecke, die mit weißer Gischt und Wellen bedruckt war. Wie absurd das war. Und dann wurde es noch absurder.

Denn seine Mundwinkel zuckten und seine Augen funkelten belustigt. Vielleicht war es Einbildung, doch plötzlich wirkte sogar sein Gesicht glatter und die Bartstoppeln weicher. Gregor wirkte alles in allem unbeschwert, was hieß, dass er nicht er selbst sein konnte. Und wenn er nicht er selbst war, gab es dann überhaupt ein Problem?

»Na schön.« Entschlossen trat ich ein und zog die Tür hinter mir zu. Anschließend stellte ich mich mit geschlitzten Lidern vor der Bettkante auf. »Wieso hast du dich so abgeschossen?«

Jetzt war er derjenige, der blinzelte. Doch es war anders als bei mir.

Gregor war nicht verwirrt.

Gregor blinzelte der Decke entgegen, als könnte er meine Frage auf diese Weise ignorieren, doch ich ließ es nicht zu.

»Also?«, hakte ich nach.

»Keine Ahnung. Ich glaube, es war einfach zu viel los. Mit

meinem Manuskript und … allem.« Leuchtend kroch mein Ego hervor, wollte sich in Gregors *und … allem* hineininterpretieren.

»Und dann kam Brenner und wollte unbedingt einen draufmachen und, ja. Gott.« Als Gregor jetzt auflachte, klang es nicht mehr belustigt. »Wenn ich morgen mit Kopfschmerzen aufwache, werde ich das so was von bereuen, oder?«

»Meinst du wegen dem Schreiben?«

Er nickte, während er mit den Fingern auf seinen Oberschenkel klopfte. Es war ein schneller Rhythmus.

Ich hätte gehen sollen.

Das wusste ich. Hätte ich selbst dann gewusst, wenn die Stimme, die mich davor gewarnt hatte, ihm überhaupt hinterherzulaufen, mir jetzt unbedingt befahl kehrtzumachen. Doch ich sah Gregor an, betrunken und mit wässrigen Augen, und wollte nicht gehen.

Ich wollte bleiben, mich neben ihn setzen – und dabei selbstverständlich auf Sicherheitsabstand achten, darauf, dass mein Arm auf keinen Fall seinen berührte.

Natürlich war es durchschaubar. Selbstverarsche. Ein Anfängerinnenfehler. Aber unter uns hatten unsere Kommilitonen zu Helene Fischer die Zeit ihres Lebens. Alles schien unwirklich. Langsam ging ich auf ihn zu. Wenn ihm gestern Gefühle in den Augen gestanden hatten, war es nun ein verknotetes Wirrwarr. Verwunderung glänzte dunkel auf. Freude. Schock. Diese Erkenntnis hätte mich vom Weiterlaufen abhalten müssen. Doch meine Schritte fühlten sich so federleicht an, während ich mich seitlich auf sein Bett setzte.

»Du fällst gleich«, sagte er kratzig. »Du brauchst keine Angst zu haben, dass ich dich beiße, Lucy.«

»Haha«, lachte ich trocken. »Stimmt, du bevorzugst Saugen und Knutschflecken.«

Plötzlich verklang das Fingertrommeln. Sein Blick lag nur auf mir. Abwechselnd zuckte er von meinem Knutschfleck zu meinem Gesicht.

Nicht echt, nicht echt, nicht echt.

Aber jetzt brannte es in mir und ein Fleck auf mir und alles war so unendlich echt.

»Sorry«, murmelte Gregor. »Das wollte ich nicht.«

Und ich wollte nicht länger an gestern und den Tisch denken. Deshalb wechselte ich hastig das Thema. »Was ist eigentlich das Problem mit deinem Manuskript?«

»Keine Ahnung«, sagte er, wobei es ihn sichtbar durchfuhr. »Nein, warte. Eigentlich kenne ich das Problem.«

»Und das wäre?«

Er hob die Brauen. »Bist du dir sicher, dass du dir die Probleme mit meinem Manuskript anhören willst? Ich bin zwar echt betrunken, aber ich könnte auch vier Promille haben und wüsste immer noch, dass dich das eigentlich gar nicht interessiert.«

»Wieso sollte es nicht?«

»Weil du es vergessen willst«, murmelte er unendlich leise. Gregor schloss die Lider, mein Atem stockte. Die meisten Menschen sahen jünger aus, wenn sie die Augen schlossen. Friedlich. Schön, irgendwie.

Bei Gregor war das nicht so.

Gregor sah aus wie zweiundzwanzig und gebrochen, selbst wenn seine Lippen nicht mehr zerbissen waren.

»Ich …«, sagte er schließlich.

»Du …?«

»Du wolltest wissen, was das Problem mit meinem Manuskript ist. Und die Antwort darauf besteht nun mal aus mir selbst.« Unvermittelt öffnete er die Lider und lud die Luft um uns damit elektrisch auf. Mein Blut brauste und kribbelte und knisterte. Doch das ging natürlich nicht, also zog ich die Beine noch dichter heran.

»Bisschen selbstmitleidig, meinst du nicht?« Ich Idiotin fügte sogar ein Brauenwackeln hinzu, um zu unterstreichen, dass ich es lustig meinte. Mein Versuch prallte an Gregor ab.

»Ich bitte dich«, erwiderte er scharf. »Alles, was ich mache, ist selbstmitleidig. Allein ... Ich meine ... Gott, wieso ist Denken so schwer, wenn man betrunken ist?«

Er setzte sich auf, so als würde Denken in aufgerichteter Position besser funktionieren.

Alarmstufe Rot, Alarmstufe Rot, Alarmstufe Rot.

Glocken begannen schrill in mir zu läuten, weil sein Oberschenkel nun gefährlich nah an meinem lag.

Frustriert griff er nach einer Wasserflasche auf dem Nachttisch und nahm drei große Schlucke, bevor er fortfuhr. »Ich erkläre es so: Wieso schreibst du, Lucy? Ich meine, deine Texte und Essays und alles. Wieso schreibst du die?«

Ich runzelte die Stirn. »Keine Ahnung. Das ist eine ziemlich deepe Frage, meinst du nicht?«

»Vielleicht, aber soll ich dir sagen, was ich glaube? Du schreibst, weil du etwas zu sagen hast. Alles, was du textest, ist unheimlich wichtig. Wenn du für etwas brennst, brennst du. Und genau das liest man zwischen jeder Zeile. Es ist so einsaugend, verstehst du?«

Ich schüttelte den Kopf. Immerhin ging es hier um meine eigenen Texte. Selbst meine *Liebe-Lucy*-Antworten, in denen es auf alles, nur nicht auf die sprachliche Ebene ankam, konnte ich mir nach der Veröffentlichung nicht durchlesen. Nicht, ohne jeden Satz verändern zu wollen.

»Bei mir ist das nicht so«, fügte er hinzu. »Wenn ich schreibe, ist es immer egozentrische Selbstdarstellung.«

»Aber machen das nicht alle krassen literarischen Personen? Diese Selbstdarstellung?« Ich überlegte kurz. »Ich habe irgendwo mal einen Satz gelesen. Im Grunde sagt er aus, dass diese komplette Entblößung die höchste Form der Kunst ist.«

Gregor rümpfte die Nase. »Das sagt man bloß so, damit die Künstler sich besser fühlen.«

»Oder man sagt es so, weil es die Wahrheit ist. Weil die Texte dann echt sind.« Bei meinem letzten Satz wurde meine Stimme instinktiv leiser. *Echt* war ein gefährliches Wort.

»Echt also?« Natürlich musste er es in diesem verräterisch rauen Unterton wiederholen. Dabei wirkten seine Augen riesig, quollen über, die Pupillen mondweit geöffnet.

Hastig musterte ich unsere Füße auf der Decke. Dort erkannte ich unsere dunklen Socken auf leicht verpixelten Flutwellen und fokussierte mich darauf. Vergebens. Selbst wenn ich die Augen geschlossen hätte, hätte ich ihn gesehen.

Gregor, Gregor, Gregor.

Mein Herz zog, meine Finger zuckten, in meinem Unterleib pochte es.

Gregor war Gregor und ich war ich und ich wollte ihn mit allem, was ich war. So sehr. So unendlich. So unfassbar.

Ich war so eine Heuchlerin.

»Ich sollte gehen«, sagte ich, sprang auf und wagte keinen Blick mehr in seine Richtung. Mein Job war getan. Gregor hatte sich nicht den Hals gebrochen, er lag in seinem Bett und hatte sogar eine Wasserflasche in der Hand.

Er war in Sicherheit.

Nur ich war es nicht, weil mein Knutschfleck in Flammen stand und ich in Versuchung kommen könnte, einen weiteren zu wollen. Doch gerade dann, als ich so stolz auf mich war, es bis zur Tür geschafft zu haben, ohne mich umzudrehen, durchbrach er die Stille.

»Oder du gehst nicht?«

Es war keine Aufforderung. Es war eine unsicher hervorgepresste Frage. Ein zittriger Wunsch nach einem Ja.

Ich zögerte, ignorierte meinen Gedankentornado und drehte mich um, die Hand schon auf der Klinke. Hastig rappelte Gregor sich auf, sprang ebenfalls vom Bett, verhedderte sich in der Decke und stolperte fast erneut, schaffte es aber schließlich doch, sich verletzungsfrei drei Schritte vor mir aufzustellen.

»Wir könnten uns weiter Fragen stellen. Deepe natürlich, weil ich ein Schriftsteller und nicht gemacht für Small Talk bin. Das würde gerade bestimmt richtig Spaß machen, weil ich zu viel gekippt habe und du mich deshalb alles fragen kannst und …«

Ich sah ihn an. Sah die Person, die er war, und die Person, die er nicht mehr war. Erinnerte mich an die ständig hängenden Schultern und die schlaksigen Arme. Wie er bei unserem ersten Kuss gezögert hatte, wie er sich vor unserem Sex darum gesorgt hatte, ob es gut für mich sein würde. Wie wichtig es ihm gewesen war, obwohl er es zum allerersten Mal getan hatte. Da schoben sich andere Erinnerungen vor diese. Schweigen, Fragezeichen, Weinen. Das Gefühl, ich würde ersticken und ertrinken und das gleichzeitig.

Doch ich war nicht draufgegangen.

Ich war hier. Dabei stand ich garantiert nicht vor einem

neuen Menschen, denn Gregors *Modern-Family*-Mitchell-Theorie stimmte. Menschen könnten sich nie komplett ändern. Aber was war, wenn Felix Brummer ebenfalls recht hatte? Was war, wenn zehn Prozent Veränderung reichten?

Die Frage stellte seltsame Dinge mit mir an. Sie machte, dass mein Brustkorb sich zuschnürte, während sich mein Herz unendlich weit anfühlte.

Das ergab keinen Sinn.

Und in diesem Moment fragte ich mich, ob es das überhaupt musste. So vieles, was ich tat, ergab keinen Sinn. Und das war menschlich.

»Willst du, dass ich nur deswegen bleibe?«

Eigentlich vermied ich diese Art von Fragen, weil ich doch zwanzig war in dieser gleichgültigen Welt. Wir alle wollten Antworten, ohne Fragen zu riskieren. Das war unser Ding, um so wenig wie möglich von uns selbst preiszugeben. Aber jetzt hatte ich es ausgesprochen. Und bereute es nicht. Ich ruderte nicht zurück. Und Gregor auch nicht.

»Ganz ehrlich, Lucy?«, sagte er. »Ich will, dass du bleibst, weil ich verfickt noch mal nichts mit dir vergessen möchte.«

Die Dringlichkeit in seiner Stimme raubte mir den Atem. Ich wusste nicht, was ich erwidern sollte. Und fand es auch nie raus, weil es plötzlich an der Tür klopfte. Sofort schreckten wir beide auf.

»Beeeck, Alter! Bist du da? Komm schon, du musst wach sein, weil es nicht mal drei ist und ich immer noch wach bin und das mit Tillie passiert ist und …«

Tillie? Meine Augen rissen auf, während Leander weitersprach, in meinen Ohren aber nur dieser eine Satz nachhallte: *Ganz ehrlich, Lucy? Ich will, dass du bleibst, weil ich verfickt noch mal nichts davon vergessen will.*

Lucy

WAS WÄRE, WENN?
etwas, was du lieber nicht riskieren solltest

Tillie lag rücklings auf dem Bett.

Die Lider hatte sie geschlossen, doch sie schlief nicht. Lautlos bewegten ihre Lippen sich zu Harry Styles, der leise aus ihrem Handy sang.

»Okay«, murmelte ich.

Beim Klang meiner Stimme zuckte sie zusammen, ohne dass sie die Lider aufschlug. Bloß das Handy umklammerte sie fester, genauso wie damals die Karten für Lorde im Palladium, die wir für den doppelten Preis auf eBay gekauft hatten.

»Was ist passiert, dass wir das Meine-Gedanken-sind-so-laut-dass-meine-Musik-so-leise-sein-muss-Level erreicht haben?«

»Hab Scheiße gebaut«, erwiderte sie wie aus der Pistole geschossen.

»Definiere Scheiße.«

Sie zögerte. »Brenner und ich haben uns geküsst.«

»Du hast Leander schon zehntausend Mal geküsst.«

»Davor wusste ich es aber nicht.«

»Was meinst du?«

Sichtbar holte Tillie Luft, bevor sie die Lider öffnete. Ich schluckte. Ihre Augen waren glasig und ihre Wimpern verklebt.

»Scheiße, Tillie«, flüsterte ich. Hastig trat ich auf sie zu, während sie auf dem Bett automatisch zur Seite rückte. Ich legte mich zu ihr, sodass sich unsere Schultern dicht an dicht in ihrem Neunzig-Zentimeter-Bett aneinanderpressten. Langsam ließ ich meine Hand zu ihrer wandern, bevor ich unsere Finger miteinander verschränkte.

»Lass uns nicht darüber reden«, schlug sie vor. »Erzähl mir lieber, wo du warst. Das ist bestimmt schöner.«

»Schöner?«

»Jepp, schöner. Immerhin macht Gregor Samsa dich mit seinen Korkenzieherlocken glücklich.«

»Was hat das mit seinen Korkenzieherlocken zu tun?«

»Keine Ahnung, was hat es nicht damit zu tun?«

»Du bist so bescheuert.« Ich konnte nicht anders, ich musste lachen.

Kurz fiel Tillie mit ein, doch es war exakt der Moment, in dem die Musik verklang. Sie nahm das Handy von ihrem Bauch.

»Wieso ruft Manda an?«, fragte ich.

»Hab in die Gruppe geschrieben«, erwiderte Tillie und schob den grünen Hörer zur Seite.

Das Gesicht unserer Freundin erschien auf dem Display. Zerzauste Strähnen umrahmten ihr Gesicht und ihr Lippenstift wirkte fleckig. Offensichtlich war sie von einer Barschicht gekommen, denn sie trug noch das Shirt mit dem Logo. Manda schaufelte sich einen Löffel Kokosnussjoghurt in den Mund, wobei ich die Uhrzeitanzeige an der Mikrowelle erkannte. 03:52 Uhr. Daneben hing das Gewürzregal von IKEA leicht schief an der Wand. Wir hatten es damals gemeinsam gedübelt und uns mit dem Zwanzigeurobohrer zu unseren Füßen unbesiegbar gefühlt.

In dem kleinen Rechteck konnte ich erkennen, dass Tillies und meine Augen zu glasig wirkten. Wir hatten Doppelkinne. Mein Piercing glänzte. Tillie hatte einen Ohrring verloren.

»Okaaay«, sagte Manda lang gezogen. »Da ihr anscheinend eure Stimmen verloren habt, fange ich mal so an: Wieso schreibst du, Tillie, um drei Uhr morgens *Ich hab es so was von verkackt* in die Gruppe?« Noch dichter rückte sie an den Bildschirm. »Und, Lucy: Warum siehst du irgendwie so glücklich und traurig zugleich aus?«

Weil Gregor und ich immer ein und *sind. Wir sind nicht bloß eine Sache. Wir sind damals und wir sind heute. Das werden wir nicht mehr los.*

Die Worte lagen mir auf der Zunge, doch ich konnte sie nicht aussprechen.

»Leute.« Manda seufzte theatralisch. »Ihr seid meine zwei besten Freundinnen. Kann doch nicht sein, dass wildfremde Menschen mir in den letzten acht Stunden ihre Geheimnisse erzählen und ihr mir nicht mal sagen könnt, wieso wir um vier Uhr morgens eine Krisensitzung starten.«

»Voll krass, oder?« Tillie räusperte sich. »Dass dieses Klischee halt echt stimmt?«

Manda schnaubte. »Du solltest mal lieber als Barkeeperin arbeiten. Du hättest so viel Inspiration.«

»Vielleicht schreibe ich ja irgendwann eine Netflix-Serie über eine Barkeeperin, die alle Probleme von anderen Leuten kennt. Dann wärst du meine Inspiration.« Tillie wackelte mit den Brauen, doch ich verzog das Gesicht.

»Oh Gott. Sag das nicht, sonst muss ich an diesen seltsamen Typen denken, der Manda auf Instagram angeschrieben hat.«

»@paulthedrummer.« Sie schnipste mit den Fingern. »Der meinte, ich wäre die Art von Mädchen, über die sein Leadsänger Lieder schreiben würde. Nur weil ich Blumenkleider zu Docs trage und damit *so edgy* aussehe. Wie gefühlt jede Zweite in unserem Alter, aber okay.«

Wie auf Kommando prusteten wir alle drei los und für einen kurzen Moment war die ganze Schwere vergessen. Doch als unser Gelächter verklang, veränderte sich die Energie.

»Alsooo«, begann Manda erneut erwartungsvoll.

Und wir wussten, es war Zeit, mit der Sprache herauszurücken.

»Ich glaube, Brenner hat sich in mich verliebt«, flüsterte Tillie und presste ihre Handinnenfläche dabei dichter an meine. »Und ich glaube, ganz, ganz, ganz tief in mir drin wusste ich es. Und trotzdem habe ich ihn geküsst. Das war nicht nett von mir. Das war ein Zehn-von-zehn-Arschloch-Move.«

Vorsichtig wandte ich ihr das Gesicht zu. »Hat er dir gesagt, dass er sich in dich verliebt hat?«

Tillie hob die Schultern.

»Dann kannst du dir nicht sicher sein«, warf Manda ein. »Hör auf, dich fertigzumachen für etwas, das vielleicht gar nicht stimmt.«

»Ich weiß, dass es stimmt! Ich *spüre* es einfach. Die Art, wie er mich heute geküsst hat, war so anders. So langsam und zärtlich und *liebevoll*.« Das letzte Worte spuckte sie aus.

»Trotzdem«, versuchte Manda es erneut. »Wir können uns nicht …«

»Ich glaube, Leander mag sie wirklich«, unterbrach ich sie.

»Was?«

»Wieso?«

»Ich war bei Gregor im Zimmer, bis Leander betrunken angeklopft und von dir geredet hat«, erklärte ich seufzend.

»DU WARST BEI GREGOR IM ZIMMER?«

Blechern verzerrt drang Mandas Stimme an meine Ohren.

»Ja«, murmelte ich. »Und nein, es ist nichts passiert. Nicht wirklich. Aber genau deshalb irgendwie doch?«

»Wie meinst du das?«, hakte sie nach. »Hattet ihr was?«

»Eigentlich nicht.«

»Und uneigentlich haben euere Gefühle miteinander gevögelt«, warf Tillie ein.

»Bitte?« Das Wort verließ Mandas und meinen Mund zur gleichen Zeit.

Tillie zuckte mit den Schultern. »Ihr seid euch eben emotional nähergekommen, oder nicht?«

»Schon«, murmelte ich.

»Aber?«, wollte Manda wissen.

»*Aber* es ist Gregor. Aber er hat mir das Herz gebrochen. Aber ich habe Angst, dass er es noch mal tut. Ich … ich habe Angst, mich falsch zu entscheiden.« Mein besagtes Herz wurde ganz schwer bei diesem Geständnis. Bis ich meine Freundinnen auf dem Handydisplay anblickte und mein Herz mit einem Mal ganz leicht wurde. Meine Ängste und ich würden bei meinen Freundinnen immer in Sicherheit sein.

»Du entscheidest dich doch gar nicht.« Tillie verknotete unsere Finger fester miteinander. »Du fühlst einfach. Dagegen kannst du nichts tun.«

»Außerdem«, begann Manda, »besteht das Gebrochenes-Herz-Risiko immer. Dagegen können wir nichts tun. Aber wenn wir dem fragwürdigen Hemingway glauben wollen, sind wir dort, wo wir brechen, hinterher am stärksten. Du kennst Gregor schon. Gregor hat sich verändert. Und selbst wenn es nicht so läuft, wie du es dir erhoffst, wirst du es überleben, Lucy-Lu. Du wirst weinen und es wird wehtun, aber es gibt uns und unsere Playlists. Kein Schmerz ist für immer. Was würdest du denn einer Leserin deiner Sonntagsfragen raten, mal ganz davon abgesehen, ob du den Ratschlag befolgst oder nicht?«

Ich schluckte. »Dass es riskant ist«, flüsterte ich und dann, ohne noch einmal zu überlegen: »Aber noch riskanter wäre es, nichts zu tun, weil ein Was-wäre-wenn meistens für immer wehtut.«

Keine Ahnung, ob das, was ich da von mir gegeben hatte, wirklich Sinn ergab. Doch meine Freundinnen verstanden mich, während wir sprachen, diskutierten und Lösungen fanden, ohne wirkliche Lösungen zu finden.

»Ich hasse es so«, stöhnte Tillie irgendwann. »Manchmal wünschte ich, mein Leben wäre eine Schreibaufgabe. Selbst wenn ich bei der Handlung nicht weiterwüsste, könnte ich euch so lange nerven, bis wir das Plothole gestopft hätten. Wieso geht das in der Realität nicht?«

»Weil du das echte Leben nicht planen kannst.« Sofort hob Manda die Hände. »Und ja, ich weiß, wie abgedroschen das klingt. Aber es ist einfach so, oder? Allein TikTok. Die Videos, von denen wir uns sicher sind, dass sie viral gehen, interessieren niemanden. Und dann machen wir einfach irgendetwas in drei Sekunden und wollen es in Wahrheit nicht mal hochladen, weil wir es so scheiße finden – und *Zack*, fünfhunderttausend Aufrufe. Alles ist unberechenbar.«

Und ich wusste nicht, ob ich lachen oder weinen sollte, als in meinem Kopf *Moderne Zeiten* spielte, weil der Vergleich so passte.

Lucy

ALEXITHYMIA
die Unfähigkeit, seine Gefühle in Worte zu fassen

Wir bewegten uns nicht von der Stelle.

Seit gefühlten zwei Jahren und eineinhalb Liedern, während im Hintergrund die Ansage knisterte. »Liebe Fahrgäste, unsere Weiterfahrt verzögert sich um einige Minuten. Grund dafür ist ein vorausfahrender Zug, der unser Gleis blockiert.«

Unbeholfen rutschte ich auf dem Sitz umher, linste nach vorn und erkannte Gregors Locken. Tillie befand sich irgendwo hinter mir und schien eine Unendlichkeit entfernt, weil wir wieder keine Sitzplätze nebeneinander ergattert hatten. Reflexartig entsperrte ich das Handy und suchte nach der Playlist mit deutschem Indie, weil Lana Del Rey gerade spielte. Sie besang stets unendlich traurige Wahrheiten. Und das war gefährlich. Anschließend öffnete ich den WhatsApp-Chat mit Gregor. Meine Finger verharrten über der Tastatur, wobei ich nicht gegen den Ohrwurm in meinem Kopf ankam.

Ich will, dass du bleibst, weil ich verfickt noch mal nichts mit dir vergessen möchte.

Gott, wieso musste er das auch gesagt haben? Hätte er ein Online-Dating-Profil, würde es so aussehen:

Gregor, 22, 1,80. Ich habe eine Schwäche für Wörter und Sätze, die Protagonisten in diesen Liebesromanen mit den pastellfarbenen Covern sagen. Und jepp, ich weiß, was spicy Bücher sind 😊

Er wäre ein Hit geworden, hätte ein Superlike nach dem anderen abgesahnt und sich vor Chatanfragen kaum retten können. Aber ich hätte mein ältestes Moodboard darauf verwettet, dass er sich von Tinder fernhielt.

Da setzte sich der ICE wieder in Bewegung. Kahle Äste flogen an mir vorbei, während ein Zugmitarbeiter Pappbecher durch den Gang balancierte. Mit *Was uns high macht* in den Ohren tippte ich eine Nachricht an Gregor. Obwohl es nur ein einziges Wort war, hätte ich die Silben überanalysieren können. Doch ich ließ es. Manchmal musstest du es nicht besser machen, sondern einfach gut sein lassen. Ohne nochmaliges Nachdenken schickte ich die Nachricht an Gregor ab.

> alexithymia

Mit einem Kloß im Hals schloss ich mein Handy ans Ladekabel an. In den nächsten Minuten erhielt ich keine Antwort. Ganz egal, wie oft ich mich reckte und Gregors Hinterkopf beäugte. Dabei hielten wir vor endlos vielen tiefblauen Schildern. Sie sagten Dortmund, Bochum und Essen. Ich erhaschte Ausblicke auf heruntergekommene Bahnhöfe. *Es gibt nichts, was so trostlos ist wie der Ruhrpott*, sagte man und ich verstand. Wieso Gregor mir nicht antwortete, blieb jedoch ein Rätsel. Als ob er sein Handy nicht vibrieren gespürt hätte. Als ob man sein Handy nicht dauernd auf einer Bahnfahrt checkte. Bei diesen Gedanken fühlte ich mich allerdings wie eine kontrollierende Freundin mit toxischem Verhaltensmuster, also versuchte ich, mich für die restliche Fahrzeit auf das Porträt von Emma Visser zu konzentrieren.

Als der ICE schließlich in Köln hielt, trafen Tillie und ich uns auf dem Bahnsteig. Meine Augen suchten ganz ohne mein Zutun nach einem dunklen Lockenkopf.

»Boah, ich muss so dringend pinkeln.« Sie schüttelte den Kopf. »Wieso war ich nicht im Zug?«

»Weil man sich immer erst daran erinnert, wenn eine Toilette nicht mehr verfügbar ist.«

»Es ist wie ein Gesetz, oder?« Unten angekommen nickte sie nach links. »Oh Gott, ich glaube, ich muss wirklich jetzt gehen. Scheiß Pfefferminztee für zwei Euro siebzig.«

Statt den Ausgang anzusteuern, mogelten wir uns also an den Fremden in Richtung Toiletten vorbei. Sie trugen rote Nasen und Winterjacken in gedeckten Farben. Ein Mädchen mit Bommelmütze reichte ihrer Freundin eine Handcreme in der Duftrichtung Gebrannte Mandeln, bevor wir nach links bogen.

»Ich warte hier, ja?«, sagte ich.

Tillie reckte einen Daumen nach oben, bevor sie die L'Osteria passierte und in ihrer schimmernden Jacke hinter der Ecke verschwand. Ich sah mich um und blieb kurz an dem Rewe to go hängen. Vor den Kassen drängelten sich Leute dicht an dicht, während meine Lippen sich aufeinanderpressten.

sry lucy

Keine Ahnung, wie lange mich dieses Echo noch verfolgen würde. Ich wollte gerade nach meinem Handy fischen, um mich abzulenken, als dieses Räuspern ertönte. Schluckend hob ich das Gesicht.

Und mein Herz fiel.

Gregor stand vor mir.

Eine Hand in der Hosentasche vergraben, als würde sein Hals ihn nicht verraten. Leuchtend rot stachen mir dort nämlich Flecke entgegen. Mein Blick schlängelte sich weiter nach oben. Landete auf seinem Gesicht, auf seinen Augen, die dunkler und glasiger zugleich wirkten. Beinahe wild. Mein Atem stockte, sein Kehlkopf ploppte und er machte einen Schritt auf mich zu. Achtlos ließ er seine Tasche zu Boden fallen, als wäre alles andere egal.

Was. Passiert. Hier?

Wie in seinem Zimmer schrillten Alarmglocken in mir auf. Und wie in seinem Zimmer waren sie so verflucht leicht zu ignorieren. Als hätte sich ein Filter auf meine Pupillen gelegt, verschwamm die Welt. Nur Gregor blieb gestochen scharf, als ich einen Schritt zurückstolperte und mit dem Rücken gegen die Wand stieß.

Heiser räusperte ich mich. »Gregor?«

Er hatte Kreatives Schreiben studiert und war bei einer Agentur unter Vertrag. Schon jetzt arbeitete er an richtigen Manuskripten. Er ging durch die Welt wie ein Autor, leicht versteckt und mit wachsamen Augen. Er war ein Zuhörer. Ein Zuschauer. Gerade hingegen benutzte er keines seiner mächtigen Worte. Seine Lippen schienen wie versiegelt, während seine Hände sich an mein Gesicht schmiegten. Sie bebten vor Nervosität an meiner Haut und seine Aufregung schwappte auf mich über, bis sie zu meiner wurde.

»Was tun wir?«, flüsterte ich.

»Alexithymia.« Seine Stimme hatte noch nie so rau geklungen. »Die Unfähigkeit, seine Gefühle auszudrücken, hm?«

Jedes einzelne meiner Härchen stellte sich auf.

»Es tut mir leid, wenn es dir so geht. Aber ich will, dass du weißt, dass es bei mir nicht so ist. Ich könnte jetzt auch fremde Wörter nennen, weil es auf unsere verdrehte Weise irgendwie passen würde. Doch ich möchte mich nicht hinter Silben verstecken, die du ergoogeln müsstest. Ich … Fuck, Lucy. Ich will mich nicht verstecken, ich will nichts vergessen. Ich will …«

»Was willst du?«

Wir waren wahnsinnig. Mussten wir sein, weil wir im verfluchten Kölner Bahnhof standen und Gregor sich an mich klammerte, als würde er ertrinken. Letzteres war ein abgelutschter Vergleich, aber ich konnte nicht mehr klar denken.

Sein Mund öffnete sich wieder, bereit etwas zu sagen. Ich sah die Wörter auf seiner Zunge, wie viele und wichtig sie waren. Doch kurz vorm Aussprechen hielt er erneut inne.

Ich weiß es nicht.

Ich war mir so sicher, dass er sich für diesen Satz entscheiden würde. Allerdings lag ich falsch.

»Ich will das hier.«

Meine Lider flatterten, als er mir noch näher rückte. So dicht, dass ich seinen warmen Atem an meinen Lippen spürte.

»Ich will dich. Mit allem, was ich bin. Damals. Und jetzt. Jetzt noch heftiger, obwohl ich mir vor zwei Jahren sicher war, das wäre gar nicht möglich. Wenn ich genauer darüber nachdenke, täusche ich mich viel zu oft. Aber hierbei nicht.«

Im Hintergrund stapften Fremde unter blechernen Durchsagen umher. Von links wehte der Geruch von Oregano herbei. Das alles war so verdammt absurd. Und dennoch konnte ich es nicht abbrechen. Weil ich das Gleiche fühlte wie Gregor. Ich wollte weitergehen, ohne mich einen Zentimeter zu bewegen. Bloß auf Zehenspitzen stellte ich mich und umschlang zittrig Gregors Nacken. Er bebte unter meiner Berührung.

»Das war schon ein bisschen zu kitschig, findest du nicht?« Leicht runzelte er die Stirn. »Wie meinst du das?«

»Na ja«, sagte ich belustigt, um meine Nervosität zu überspielen. »Deine kleine Rede hatte etwas von diesen Abschlussmonologen in Liebesfilmen. Die, in denen die Helden ihre Gefühle offenbaren, das Mädchen küssen und dann irgendein beliebter Popsong einsetzt, bevor die Kamera rauszoomt, weil sie ihr Happy End bekommen.«

»Lucy, Lucy, Lucy.« Gregor schüttelte den Kopf. »Du hast da ein paar entscheidende Details vergessen. Erstens sind wir kein Liebesfilm. Ich bin garantiert kein Held. Und wir würden auf keinen Fall irgendeinen beliebten Popsong bekommen.«

»Ach, nein?«

»Nein, niemals. Uns würden sie ein unbekanntes Deutsches-Indie-Lied geben, um unsere besondere Andersheit zu unterlegen.«

»Wie *Der letzte Song*.«

»Genau.«

Und damit rückte er mir diesen entscheidenden Millimeter näher. Wenn wir einatmeten, atmeten wir uns. Wenn wir ausatmeten, berührten sich unsere Jacken.

Aber es reichte nicht.

Nichts reichte, wenn dein Herz raste, deine Hände jedoch leer und deine Augen geöffnet waren. Wenn du beobachten wolltest, wie dein Gegenüber den allerallerallerletzten Schritt machte. Es fühlte sich erneut an, wie sich auf dem Zehnerturm fürchterlich zu fürchten. Vor dem Aufprall, dem Abtauchen, dem möglichen Untergehen. Als Gregor unvermittelt innehielt, schlug es links in meiner Brust Wellen.

»Warte«, warf er ein. »Eins habe ich vergessen: Das hier ist gar nicht das Ende.«

Ich hob die Brauen. »Willst du etwa klischeehaft behaupten, es ist ein Anfang?«

»Nah, komm schon. Trau mir mehr zu.«

»Was ist es dann?«

»Einfach nur ein bisschen sein, Lu.« Er schloss die Augen, noch bevor er zu Ende gesprochen hatte, dabei festigte er den Griff. Ich spürte die Rauheit seiner Finger und die Kanten seiner Nägel. Meine Lider flatterten. Und genau dann, als er sich vorbeugte und ich dachte, Gregor würde mich nun küssen, endlich, nach einem gefühlt anderen, langen, langen Leben ohne ihn, zögerte er. Schlagartig schlug er die Lider auf.

»Willst du es auch?«, fragte er.

»Ja.«

Er meinte den Kuss, ich sprach von ihm.

Dann presste er seine Lippen auf meine.

Und.

Mein.

Herz.

Blieb.

Stehen.

Es stoppte, als würde der Moment so nicht vorbeigehen. Als könnten wir ewig sein, was wir natürlich nicht waren, weil wir in Körpern lebten, die aus Sternenstaub bestanden, dazu gemacht, am Ende sowieso zu zerfallen.

Doch dieser Moment war unendlich.

Mir egal, dass es – rein logisch betrachtet – keinen Sinn

ergab. Aber das hatten Gregor und ich doch noch nie getan. Wir waren eine falsche Gleichung mit einem fragwürdigen Ergebnis, aber wen interessierte das schon? Wir waren beide Schreiber. Fakten, Zahlen und Rationalität konnten uns mal.

Gregors Lippen fühlten sich fest an, fest, fremd und gleichzeitig vertraut. Gregor vereinte alles. Wie immer waren wir ein *und*. Und es war großartig. Denn wir neigten unsere Köpfe, ohne dass wir uns berührten. Gregor hatte mich vor weniger als achtundvierzig Stunden über meinem Slipstoff geleckt, bis ich auf einem Arbeitstisch gekommen war. Es war betörend und schmutzig und heiß gewesen. Jetzt küsste er mich so sanft, als wäre es das Nonplusultra. Leicht zupfte er an meiner unteren Lippe, sog sie in seinen Mund, brachte mich zum Seufzen. Er küsste mich nicht mit Zunge. Alles war unschuldig. Viel zu unspektakulär für einen von diesen erotischen Romanen, die auf TikTok gezeigt wurden. Allerdings spielte es keine Rolle. Gregor presste seinen Mund auf meinen, seine Nasenspitze dicht an meiner. Und mein Körper wurde flüssig. Alles in mir rauschte, ich ertrank in mir selbst und wollte nie wieder auftauchen.

Aber das ging natürlich nicht, denn wir brauchten Luft. Atemlos machte Gregor sich von mir los. Seine Brust hob sich angespannt. »Lucy«, flüsterte er und die Gefühle in seinen Augen liefen über. Zum zweiten Mal in zwei Tagen. Für mich.

Mein Herz drohte zu zerschellen.

Gregor sagte nichts weiter, nur meinen Namen. Doch es reichte, weil diesmal alles reichte. Weil sein Griff in meinem Nacken noch fester wurde, bevor seine Lippen erneut auf meine prallten. Diesmal küsste er mich anders. Zärtlich, doch heftig, während er mit seiner Zunge in meinen Mund drang. Meine Finger kribbelten, ich wollte mich in seine Schultern krallen. Ich wollte Spuren hinterlassen. Ich wollte ihn an meinem Mund stöhnen hören, nur damit er mich noch zärtlicher küsste. Denn das blieb es: zärtlich. Es war sanft, wie seine Zunge mit meiner spielte. Wie er immer wieder an meiner Lippe zupfte. Wie liebevoll seine Nägel über meinen Nacken streichelten. Wir küssten uns auf diese endlose Weise, nur dem Küssen wegen, nicht, um weiterzugehen.

Weil es immer noch reichte.

Küssen, küssen, küssen.

Jetzt war ich es, die ihren Griff festigte, während Gregors Hand weiterhin in meinem Nacken ruhte. Ich wollte ihn näher an mich heranziehen, doch ...

»Ähm?« Tillie. Das war Tillie.

Gedämpft hörte ich ihr Flüstern in der hintersten Ecke meines Kopfes. Dabei presste Gregor mich fester gegen seine Brust. Mit seinen Fingern fuhr er meine Wirbel nach. Unsichtbare Brandspuren hinterließ er damit.

»Leute?«

Ruckartig löste ich mich von Gregor. Ich wollte Tillie ansehen, blieb jedoch an Gregor hängen.

Träge wie in Trance öffnete er die Augen. Sie waren weiches Grünbraun. Als sein Blick auf meinen traf, blitzte es in seinen Pupillen auf.

»So was von echt, Lu.«

Seine raue Stimme jagte Schauder über Schauder durch meinen Körper. Gregor schien davon nichts zu bemerken. Er sammelte die Tasche vom Boden auf, warf sie sich über die Schulter und sich selbst in die Menge. Blinzelnd beobachtete ich, wie seine hochgewachsene Gestalt im Bahnhofstrubel verschwand. Jedes meiner Härchen stand senkrecht nach oben, ich war gespannt bis in die Zehenspitzen.

»Was. Zur. Hölle. War. Das?« Tillies Stimme drang dumpf an meine Ohren.

Ich schüttelte den Kopf, horchte in mich hinein, suchte nach Worten und fand nur Gefühle.

»Ich weiß es nicht.«

Alexithymia.

VIERTEL VOR IRGENDWAS
guter Ohrwurm

Hätte Musik bei unserem Kuss eingesetzt, wäre es Betterov mit *Viertel vor Irgendwa*s gewesen.

Ich wollte es Lucy sagen. Direkt am nächsten Morgen, an diesem Montag voller gähnender Studenten, die sich mit mir unterhielten, ohne dass ich mich mit ihnen unterhielt. Jeden Raum, den ich betrat, suchte ich nach ihr ab, obwohl ich ganz genau wusste, dass wir kein einziges Seminar zusammen hatten. Aber so war das, wenn man verliebt war, oder? Wir hofften auf das Unwahrscheinliche, auf zufällige Dauerbegegnungen und Happy Ends, wie es uns die Liebesgeschichten beibrachten.

Niemand war immun dagegen. Ich schon gar nicht. Ehrlich gesagt hätte ich alles für ein Ende gegeben, wenn es einen Anfang bedeutet hätte. Ich wollte den Epilog, den Kuss und das Versprechen auf ein heuchlerisches *Für immer*. Ich wollte den Glitzer. Das volle Herz. Dieses zufriedene Seufzen beim Zuschlagen eines Friedefreudeeierkuchenromans. Wären wir ein Film, würde ich bereits beim Abspann auf *Erneut ansehen* klicken. Kitschig und gleichzeitig wahr.

Aber Olgas neuste Mail erreichte mich um kurz nach elf.

Der Betreff: *Wie geht's weiter?* Und das erinnerte mich daran, dass ich dieses Buch immer noch beenden musste.

Weil ich so ein gewissenhafter Masterstudent war, schwänzte ich die Seminare am Nachmittag. Direkt vom Campus aus fuhr ich in die Kölner Arcaden, um dort den Rewe anzusteuern. Er besaß die größte Auswahl an Proteinriegeln, die nicht wie versüßte Staubscheiße schmeckten. Ich schmiss außerdem zwei Salatgurken und ein Monsterpaket an Magerquark in den Einkaufskorb und hinterließ ein Vermögen. Auf der Heimfahrt las ich mir Lucys Sonntagsfrage auf ihrem Blog durch.

Ich hatte Sex auf einem ersten Date. Meine Freundinnen verurteilen mich. War es falsch?

Ich scrollte mich durch ihre getippten Worte und dachte noch heftiger an sie. Ich wollte ihr schreiben, aber ich wollte sie nicht bedrängen. Mein Blick zuckte immer wieder zu meinem Handy, in der Hoffnung, Lucy hätte mir geschrieben. Jede Nachricht, die mich nicht erreichte, tat weh. Es könnte der Slogan meiner Generation sein und unsere Eltern hätten die Köpfe geschüttelt. Mein eigener Kopf stellte sich trotzdem vor, wie ich ihr zusammenhangslos den besagten Song schickte.

Keine Ahnung, wieso ich daran dachte, als ich gegen drei in meiner Küche stand. Leise plätscherte meine KUMMER-Playlist aus der Lautsprecherbox. Ich stand barfuß vor der Arbeitsfläche und schälte Gurken für einen viralen Salat, weil TikTok sogar mein Essensverhalten beeinflusste. Also aß ich die Gurken-Sesam-Chili-Pampe und dazu fünfhundert Gramm Magerquark. Bombe. Aber es ging noch schlimmer. Denn als ich gleich nach dem Essen abspülte, hörte ich mein ungeöffnetes Doc immer lauter nach mir rufen.

Gregor, was machst du? Gregor, wo bist du? Gregor, wann machst du mich fertig, damit du endlich aufhören kannst, dich selbst fertigzumachen? Gregor? Gregor!

Ich hörte keine Stimme. Ich hörte ein verfluchtes Word-Dokument. Gott, das war so krank. Seufzend schnappte ich mir das Notebook und fuhr es an meinem Küchentisch hoch. Dabei huschte mein Blick nach draußen. Es dämmerte bereits, trotzdem hatte ich das Bedürfnis, wieder rauszugehen. Ins Aqualand, einige Bahnen schwimmen. Spazieren gehen, ein paar Schritte sammeln. Ins Fitnessstudio, die Ringe auf meiner Watch vervollständigen.

Ich biss mir auf die Lippe, um abzuwägen. Der Cursor blinkte dabei auf der leeren Seite. Ein Blinken für jedes Wort, das ich in der Zeit nicht tippte. *Wieso war es so unglaublich viel einfacher, mein Aktivitätslevel und meine Proteineinnahme zu kontrollieren als eine Geschichte?* Leider war da niemand, der mir eine Antwort gab. Ich hatte nur mich. Und dieses Foto von Emma Visser, das ich in diesem Moment aus meiner Laptoptasche kramte. Erwin hatte es mir kurz vor unserer Abfahrt sneaky wie ein Dealer zugesteckt.

»Du solltest es behalten«, hatte er gesagt.

Bullshit. Was ich sollte, war schreiben, aber vielleicht war sie ja wirklich eine Inspiration. *Ein Ausnahmetalent.* Mit zitternden Fingern legte ich das Foto auf den Tisch. Es war ein Selbstporträt mit viel Schattenspiel und nackter Haut, das sich in einem Punkt von ihren anderen unterschied. Emma Visser lächelte. Breit und schief und wunderschön.

Es erinnerte mich an das Bild, das ich in der zweiten Semesterwoche aus dem Archiv mitgenommen hatte. Jenes, das versteckt in der untersten Schublade meiner Kommode lag, weil ich mich so schuldig dafür fühlte.

Fuck.

Magensäure kroch mir den Hals hinauf, als ich mich tiefer in den Stuhl sinken ließ. Meine Fingerspitzen zitterten nicht, sie bebten.

Ich hatte etwas zu sagen. Das wusste ich.

Ich hatte es nur nicht so zu sagen.

Es war ein Aufgeben, als ich nach dem Handy griff. Aber es war mir egal. Man konnte nichts verlieren, wenn man schon verloren hatte. Auf TikTok hätte mir jetzt irgendeine Lauren mit Edelsteinen auf einem Schweberegal erklärt, dass das Selbstsabotage war. Doch auch das war mir gleichgültig, weil ich immer noch einen Ohrwurm von Betterov hatte. Von der Zeile, in der er das *egal* in die Unendlichkeit zog.

Es war meine liebste Stelle.

Lucy

SPICY SZENEN
manchmal auch im realen Leben aufzufinden

> **Gregor**
> Was ist deine Lieblingssexszene?

Spülmittelschaum lief mir über den Handrücken, ich blinzelte. Ruckartig ließ ich die Pfanne ins Wasser fallen und fischte nach dem Handtuch. Ich war mir sicher, dass ich träumte. Gregor konnte mich gerade nicht völlig zusammenhanglos nach meiner liebsten Sexszene gefragt haben, während ich an einem Montagnachmittag abwusch. Doch als ich mein Handy unter Zittern entsperrte, stachen mir seine Worte weiterhin entgegen. Mit einem Kribbeln im Bauch lehnte ich mich gegen die Arbeitsplatte. Da vibrierte es erneut.

> Scheiße.

> Sorry.

> Ich hoffe, das war jetzt nicht übergriffig oder so, aber ich habe mich gerade daran erinnert, dass

> du meintest, Männer schreiben keine guten Sexszenen. Damit hast du natürlich vollkommen recht, wenn es um Cis-Hetero-Autoren geht. Trotzdem könnte ich vielleicht versuchen, dich vom Gegenteil zu überzeugen? Dafür bräuchte ich aber natürlich Referenzliteratur.

Nervös trat ich von einem Fuß auf den anderen. Es war ein intensives Nervössein. Ein kribbelndes. Ein heißes, das mich infiltrierte und machte, dass mein Unterleib sich zusammenzog.

Das ging. Es war nicht übertrieben. Wenn du jemanden wolltest, jemanden wirklich wolltest, dann war das so.

Schlechte Idee, schlechte Idee, schlechte Idee.

Grell blinkten die Worte vor meinen Augen auf. Wie eine Leuchtreklame um drei Uhr morgens, blendend und stechend zugleich. Dennoch tippte ich eine Antwort.

> Wieso willst du eine Sexszene schreiben? Macht man das etwa so im Masterprogramm?

> Eigentlich nicht. Na ja, doch. Vielleicht bei Julia in diesem Seminar zu erotischer Literatur und wie es das Frauenbild zeichnet. Aber das habe ich gar nicht belegt.

> Und wieso willst du dann eine schreiben?

> Damit mein Schreibmuskel nicht einschläft, den muss man nämlich trainieren.

> Und weil ich Lust darauf habe.

> Und gerade eben an diesen Moment auf dem Tisch gedacht habe.

> Und davor habe ich an unseren Kuss gedacht. Den ganzen Tag eigentlich schon.

> Denkst du auch daran, Lucy?

Gregor tippte, brach ab, tippte erneut, brach ab und schickte schließlich drei jämmerliche Buchstaben.

> Und?

> Und was?

> Was ist deine Lieblingssexszene?

> Bin nicht so wählerisch. Finde alle gut, die *The Clit Test* bestehen, yk

Die ganze Zeit über war er online gewesen, doch jetzt verschwand das Wort unter seinem Namen. Ich kippte den Kopf, als könnte ich ihn so zu einer schnelleren Antwort beschwören. Doch der gewünschte Effekt blieb aus. Zögerlich legte ich das Handy zur Seite und spülte zu Ende. Lana wurde von *Harry's House* abgelöst, während ich meine Monstera goss, unser neustes TikTok checkte und mich schließlich an mein Porträt machen wollte. Das Handy hatte ich absichtlich in der Küche geparkt, doch genau dann, als ich sie wieder betrat, blinkte das Display mit Gregors Namen auf. In meinem Kopf war das Schicksal. Ein Zeichen. Mit pochendem Herzen öffnete ich die eingegangene Nachricht.

> Okay, nein, das funktioniert so nicht. Ich habe eine halbe Stunde daran gesessen und es ist Mist. Ich brauche Hilfe. Wir sollten das in Zusammenarbeit machen.

Ich konnte förmlich hören, wie er das sagte. Rau und mit gesenkter Stimme, bestimmt und schüchtern zugleich, weil sein Hals sich garantiert mit roten Flecken überzog.

> Woran bist du denn gescheitert?

> Am Anfang. Der Anfang ist immer mein Problem. Das Reinkommen ist jedes Mal hammerschwierig, wenn man direkt die Tonalität treffen will.

> Du brauchst also immer alles direkt und sofort?

> Meistens, aber manchmal bevorzuge ich langsam und intensiv.

> Gregor, das war Tinder-Level

Siehst du, genau deshalb brauche ich deine Hilfe. Tinder-Level vermeiden – ist notiert. Sonst noch was?

> Er darf ihr auf keinen Fall sagen, dass er es geil findet, wie eng sie sich anfühlt, das ist superproblematisch

Weil es sich nicht eng anfühlt, wenn die Person Lust hat, sondern automatisch weiter wird. Ich weiß 😇

> Ich bin überrascht

Du kannst ruhig mehr von mir erwarten als das bare minimum.

Aber das ist ein anderes Thema. Zurück zu unserem Projekt. Was sagst du zu diesem Einstieg? Du liegst in deinem Bett, während wir telefonieren.

> Du?

Ich schreibe aus der Du-Perspektive.

Mit weichen Knien ließ ich mich an dem Küchentisch nieder. Meine Füße wippten auf und ab, meine Finger kribbelten. Instinktiv rieb ich sie an meinem Rock. Ich brauchte die Reibung. Den Halt. Das erneute Vibrieren, als Gregors nächste Nachricht eintraf.

> Du liegst in deinem Bett, während wir telefonieren. Ich erzähle dir von meinem Tag und du mir von deinem. Am Ende lachst du, weil du es so normal findest. Ich sage, es ist schön. Danach entsteht eine Pause. Ich höre dich atmen und du räusperst dich, um mich zu fragen, was ich anhabe. Du klingst heiser. Anders. Nicht wie sonst. Heißer.

> Positiv: Sie initiiert den Telefonsex.
> Negativ: Gibt bessere Wörter für schön

> Er findet es aber schön. Schön ist schlicht.

> Wer ist er?

> Die Charaktere haben keine Namen. Das macht es mysteriöser.

> Natürlich fährst du diese Schiene

> Ich erzähle dir, was ich anhabe. Boxershorts und Shirt, aber das reicht dir nicht. Du willst die Farben und die Muster, alle Details. Du willst Genauigkeit. *Für mein Kopfkino*, erklärst du.

Ich lächle, weil ich mir dein Lächeln vorstelle. Dann traue ich mich, dich zu fragen, was du anhast. Ich will nicht zu weit gehen, schon gar keine Grenzen überschreiten. Fast will ich es wieder zurücknehmen, als deine Stimme mit einem Mal noch rauer wird, weil du mir dein Outfit beschreibst. Du trägst noch die Kleidung vom Tag. Du erklärst, dass du so viel mehr schaffst. Ich glaube, niemand hat so große Ziele wie du. Was ich mir gerade vorstelle, willst du plötzlich wissen. Und ich glaube, du möchtest, dass ich dir etwas Schmutziges erzähle, dass du deine Hose, aber nicht deinen Slip ausziehen und über deinen Venushügel streicheln, dabei jedoch auf keinen Fall deine Klit berühren sollst. Noch nicht, zumindest. Stattdessen beiße ich mir auf die Zunge, weil ich meiner Stimme gerade nicht traue. Ihr Klang würde mich verraten.

> Und was würde er verraten?

Dass ich dich will. Nicht nur körperlich, sondern ganz, doch dass sich das Körperliche genau deshalb intensiviert.

Meine Augen überflogen die Worte, während es in meinem Unterleib zog. Ich spürte es in meinem Slip pochen. Wie ich feucht wurde. Dass ich mich selbst streicheln und mir dabei vorstellen wollte, es wäre Gregors Berührung. Ich wusste nämlich jetzt, wie er mich heute anfasste und wie er mich küsste. Heftig und zärtlich. Es war die beste Mischung. Abrupt erhob ich mich. Meine Gedanken machten es sich neben der Obstschale bequem, in der gelbgrüne Bananen für ein Brot reiften. Ich war ein einziges Klischee. Es war mir bewusst und gleichzeitig war es mir so egal.

Mit dem Handy in der Hand schmiss ich mich keine zehn Sekunden später aufs Bett. Ich tippte und konnte nichts dafür, dass meine Beine sich instinktiv spreizten.

> Gregor?

> Lucy?

> Ich liege jetzt in meinem Bett

Gregor tippte und brach erneut ab. Noch einmal. Und noch einmal. Und noch einmal. Und noch einmal. Und noch einmal, bis ich es tatsächlich nicht mehr aushielt. Mit bebenden Fingern drückte ich auf das Telefon-Icon. Bereits nach dem ersten Piepen ging er ran.

Er sagte nichts.

Abgehackt echote seine Atmung in der Leitung und kroch mir unter die Haut. Ich fragte mich, ob er hart war, seine Hand in die Boxershorts mogelte und sich bereits anfasste. Die Luft hatte sich aufgeladen. Jeder Atemzug war schwer und träge, machte, dass mir noch wärmer wurde.

»Was hast du an?«, flüsterte ich und war mir nicht fremd dabei. Ich wusste, was ich tat. Nichts war in mich gefahren, ich war keine andere Person, bloß weil ich eine Frau und erregt war. Es war nicht dreckig. Ich war kein schlimmer

Finger. Ich war Lucy. Ein Mensch, der einen anderen Menschen wollte.

»Fuck«, murmelte Gregor. Doch es war kein Fluchen. Es war ein Kompliment. »Ich …«

»Nein, warte«, meinte ich. »Ich will lieber etwas anderes wissen: Was machst du?«

»Ich sitze an meinem Küchentisch.« Das Kratzen in seiner Stimme sandte Schallwellen durch meinen Körper. »Und du?«

»Echt?«

»Wieso klingst du so überrascht? Hast du etwa gedacht, ich mache es mir, während ich mit dir schreibe, ohne dass du es weißt?« Unvermittelt wurde er leise. »Das klingt für mich nicht wirklich konsensmäßig.«

Ich stöhnte. »Mann, Gregor.«

»Was ist?«

»Du bist mein Untergang. Du sagst immer die richtigen Sachen.«

»Liegt daran, dass ich davor nur semigutes Zeug von mir gegeben habe. Ich hatte ein paar Learnings, wenn wir es hochmodern ausdrücken wollen. Außerdem ist Konsens nicht nur richtig. Es ist das Mindeste.«

»Ich weiß.«

Kurz schwiegen wir. Ich blinzelte der Decke entgegen, während mich eine andere Art von Wärme überfiel. Sie war wohliger. Intensiv auf eine andere, so unglaublich endlose Art.

»Alsooo«, begann er. »Du meintest, du bist in deinem Bett?«

Plötzlich war etwas anders. Absichtlich zog er die Wörter in die Länge und sprach sie gedämpft aus.

»Ja«, erwiderte ich. »Und du?«

»Ich …ich könnte auch in mein Bett gehen.«

»Willst du?«

»So sehr gerade, Lucy.«

»Geh in dein Bett, Gregor.«

Ich hörte, wie es raschelte, als er sich erhob. Das Parkettknirschen, das seine Füße verursachten, als er den Raum wechselte. Dieses dumpfe Geräusch, als würde er sich gerade rücklings hinlegen.

»Bin da«, sagte er.

»Und was hast du an?«

»Shirt und Jeans.«

»Darunter?«

»Boxerhorts.«

»Uuund wie sieht sie aus?«

»Eng und schwarz, superschlicht.«

»Ganz nach deinem Motto.«

»Exakt.« Ich konnte ein Schmunzeln in seiner Stimme hören. »Willst du mir sagen, was du anhast?«

Mein nicht vorhandenes Zögern überraschte mich selbst. »Strumpfhose, Rock und Pullover.«

»Und darunter?«, wollte auch er wissen.

»BH und Slip. Beides schwarz.«

»Mmmh.« Er machte dieses Geräusch, das ich nicht identifizieren konnte. Es war tief und rau, vielleicht etwas zwischen Stöhnen und Seufzen.

Mmmh, Lucy, ich halte es verfickt noch mal wirklich nicht aus.

»Willst du was ausziehen?«, fragte ich leise.

»Wenn du willst?«

»Ja.«

»Fuck«, fluchte er.

Sofort ertönte ein Klimpern. Als würde er sich gerade den Gürtel öffnen.

»Halt«, stoppte ich ihn leise. »Zuerst dein Shirt.«

»Okay«, erwiderte er nach einem kurzen Zögern. »Dann musst du deinen Pullover ausziehen.«

Ich stülpte ihn mir über. »Dein Gürtel«, verlangte ich.

»Dein Rock.«

»Deine Jeans.«

»Die Strumpfhose.«

Unsere Atmungen gingen angestrengt, während ich mir auf die untere Lippe biss. Ich wollte gerade etwas sagen, doch Gregor war schneller.

»Massier deine Brüste über dem BH.«

»Streichle dich über der Boxershorts. Langsam.«

»Spreiz deine Beine dabei«, presste er hervor.

Meine Lider flatterten. »Hab ich schon.«

»Mmmh«, machte er wieder. »Stell mich auf Lautsprecher, dann mach sie ein bisschen weiter auseinander, während du mit der anderen Hand über deinen Bauch fährst. Streichle deinen Venushügel, aber …«

»… nicht meine Klit?«

»Nein«, bestätigte er. »Noch nicht.«

»Willst du unter deine Boxershorts?«

»So sehr.«

»Tu es. Pack ihn aus. Stell dir vor, ich würde ihn massieren.«

»Was würdest du massieren?«

»Deinen …« Ich schluckte. »Deinen Schwanz.«

»Scheiße, du hast keine Ahnung, wie hart du mich machst.«

Ich legte mein Handy auf Lautsprecher beiseite und schloss die Augen. Ich hörte Gregor, während mir das Blut in den

Ohren rauschte. Dabei stellte ich ihn mir vor, wie er auf seinem Bett lag. Rücklings und mit der Hand in seiner Boxershorts, während seine Bauchmuskeln sich anspannten, weil er so erregt war. Meinetwegen.

»An was denkst du, Lu?«, fragte Gregor, als hätte er meine Gedanken gelesen.

»Wie du es dir besorgst.«

»Macht dich das an?«

»Ja«, gab ich zu. »Sehr.«

»Oh fuck, oh fuck, oh fuck.« Wieder raschelte es so, als würde er sich winden, weil er es wirklich nicht ertrug. »Massier dich jetzt dort, wo du es am meisten willst«, sagte er heiser.

»Damit wir *The Clit Test* bestehen?«

»Nein.« Er stöhnte. »Damit es sich für dich maximal gut anfühlt. Denn das will ich. Besorg es dir so richtig, richtig, richtig gut. Und stell dir vor, ich mache das. Dass ich dich heftig reibe, aber dich so zärtlich wie gestern küsse, ja? Mach das, Lucy.«

Ich fuhr unter meinen Slip und berührte meine empfindlichste Stelle. Gott, es war so gut. Meine Klitoris war so geschwollen, während ich mir die Brüste knetete. Sogar meine Füße gruben sich in die Bettdecke, ich presste die Hüften nach oben, stellte mir vor wie …

»Lu?«

»Gregor?«

»Ich … ich … ich halte das nicht aus, es ist so krass. Sorry, ich glaube, ich … «

»Ich komme«, unterbrach ich ihn.

Ich rieb mich so heftig, bis schwarze Punkte vor meinen geschlossenen Lidern erschienen. Bis ich kam, wild und hemmungslos am Telefon. Dabei war ich laut, hatte mich nicht unter Kontrolle, konnte das Stöhnen nicht unterdrücken, das meinen Mund verließ.

Es waren zwei Silben. Es war sein Name.

Ich fand es nicht schlimm, weil mein eigener mir aus dem Handy entgegenschallte. »Gott, Lucy.«

Zwei Momente später versuchte ich, meine Atmung zu beruhigen, und schlug die Augen auf. Ich musterte meine Beine über der Decke, wie mein Slip und der BH auf halbmast saßen. Zwischen meinen Schenkeln pochte es immer noch. Faktenartig realisierte ich, was passiert war. Gregor und ich hatten es uns am Telefon gemacht. In Rekordgeschwindigkeit war ich gekommen. Nicht einmal ganz ausgezogen hatte ich mich.

»Wow, ähm, das …« Gregor räusperte sich. »Das ging schnell.«

In meinem Kopf standen zehntausend Gedankenschubladen offen. Ich wusste nicht, wo ich mit dem Denken anfangen sollte, doch Gregor sprach schon weiter.

»Was machst du gleich?«

»Was?«, krächzte ich.

»Hast du heute noch irgendetwas vor?«

»Wieso?«

»Weil wir gerade Telefonsex hatten und ich weiß, wie es dir das letzte Mal ging, nachdem du einen Orgasmus mit mir hattest. Oh scheiße.« Hörbar setzte er sich auf. »Ich will nicht, dass irgendetwas für dich komisch ist. Ich schwöre, ich hatte das nicht geplant. Ich habe dich einfach damit angeschrieben, weil ich nicht wusste, was ich sonst schreiben sollte, und dir unbedingt schreiben wollte. Dann habe ich einfach das Erstbeste getippt, was mir eingefallen ist. Immerhin konnte ich nicht aufhören, an unseren Kuss zu denken. Also auch nicht an das, was am Wochenende passiert ist. Daran denke ich so oft. Du hast dich so gut auf diesem Tisch angefühlt, aber ... Ach verdammt, das wollte ich dir eigentlich gar nicht sagen, weil ich nicht möchte, dass du denkst, es wäre nur was Körperliches, weil ...«

»Willst du vorbeikommen, Gregor?«

Er verstummte. Nicht einmal mehr atmen hörte ich ihn. Kurz fragte ich mich, ob ich die Worte überhaupt ausgesprochen hatte, so lange sagte er nichts. Stille in der Länge eines blauen Universums. Dann folgte sein metertiefes Räuspern. »Ja.«

Lucy

KÜSSEN
Findet jemand Synonyme?

Die Tür öffnete ich ihm keine vierzig Minuten später.

Seine Schritte hallten leise im Treppenhaus wider. Zögerlich. Als er vor der Türmatte stoppte, schluckte ich. Er sah aus, wie er immer aussah. Jeans, Hoodie, Jacke. Heute trug er sogar eine Beanie. Die Kälte von draußen brachte er mit in meine Wohnung.

»Hier.« In meinem Flur streckte er mir Magazine entgegen. »Für dich.«

»Ist das etwa ein Gastgeschenk?«

»Es ist das, was du willst.«

»Sehr poetisch.«

»So bin ich anscheinend laut den Teilnehmern der Romanwerkstatt.«

Belustigt rollte ich mit den Augen, während er aus den Schuhen schlüpfte. Anschließend stülpte er sich die Mütze von den Locken, die leicht feucht wirkten und seine Augen noch riesiger erscheinen ließen.

Ich könnte in ihnen untergehen, dachte ich. Schon wieder.

Hastig sah ich zu Boden, doch es war nicht besser. Dort landete mein Blick nämlich auf seiner Hand, die niemals nur eine Hand gewesen war. Seine Hand, mit der er seinen Ständer auf und ab gefahren war, während er ins Telefon gestöhnt hatte. Nicht einmal eine Stunde war es her. Nervös deutete ich in meinen Flur, bevor ich uns in die Küche führte.

»Willst du etwas trinken, oder so?« Ich legte die Magazine auf der Tischplatte ab.

»Klar, gerne«, sagte er.

Wortlos befüllte ich den Wasserkocher und knipste ihn an. Im Hintergrund lief immer noch Musik, allerdings eine andere Playlist. Auf meiner Fensterbank glühte eine Lichterkette, die mir in den Augenwinkeln entgegenblitzte.

»Mit welcher fangen wir an?«, fragte Gregor.

Wasserdampf breitete sich im Raum aus und beschlug die Fenster. Verwirrt blinzelte ich ihn an.

»Na, mit welcher Zeitschrift beginnen wir?«

»Stopp mal.« Verwundert trat ich einen Schritt zurück. »Wir haben versehentlich Telefonsex, weil du mir eigentlich eine Sexszene schreiben wolltest. Um zu beweisen, dass Männer das angeblich doch können. Und jetzt stehst du vierzig Minuten später bei mir auf der Matte und willst mit mir zusammen problematische Sätze in Frauenmagazinen unterstreichen?«

»Nicht wirklich korrekt«, widersprach er. »Davor haben wir uns geküsst. Vor dem Kuss hatten wir eine Irgendwie-Rummachsession in einem Aufenthaltsraum. Davor haben wir schon mal gemeinsam problematische Aussagen in Frauenmagazinen unterstrichen, du weißt es nur nicht mehr.«

Der Wasserkocher pingte, doch ich konnte mich nur auf Gregors Mundwinkel fokussieren, die sich anhoben. Er grinste, langsam und schüchtern. Es war das Gegenteil eines Zahnpastalächelns, der Antiheld eines Lächelns. Die Trauriger-Schriftsteller-Version davon.

»Alsooo.« Wie selbstverständlich setzte Gregor sich an den Tisch. »Womit fangen wir an?«

Noch immer verwirrt trat ich näher, um gemeinsam mit Gregor die Cover zu begutachten. Sie alle zeigten blonde Strahle-Lenas mit Endlosbeinen. Die Überschriften überboten sich mit den neusten Trenddiäten und Beautytipps.

»Ganz egal«, sagte ich leicht betreten. »Da steht sowieso überall nur derselbe Scheiß drin. Du kannst aussuchen.«

Gregor entschied sich plump für die zuoberst liegende Zeitschrift, während ich uns den Tee aufbrühte. Anschließend ließ ich mich ihm gegenüber nieder und fragte mich, wie absurd das alles doch war. Gregor. Gregor Beck in meiner zusammengewürfelten Küche auf einem meiner zwei liebevoll ausgesuchten Rattanstühle. Er schlug die erste Seite auf und wollte gerade anfangen zu lesen, da sah er zögerlich auf.

»Ich ... ich habe mir TikTok und Instagram übrigens nicht einfach so gemacht. Als ich hier angekommen bin und von @thegirlnextdoor gehört habe, war ich zu neugierig. Ich wollte unbedingt sehen, was du teilst.« Beinahe ehrfürchtig schüttelte er den Kopf. »Es ist einfach großartig, Lucy. Die Videos, die Einträge, vor allem deine Sonntagsfrage. Ich habe mir alle Beiträge durchgelesen und ...«

»Du hast dir *alle Beiträge* durchgelesen? Das sind locker über hundert Stück.«

»Hundertelf, um genau zu sein.«

»Wieso hast du das getan?«

»Wieso wohl?« Er hob die Schultern. »Weil ich wissen wollte, was du denkst. Wie du denkst. Was du zu sagen hast, wenn du den anonymen Fragestellerinnen zur Seite stehst.«

Sein Blick wurde so intensiv, dass ich zu den verhakten Fingern in meinem Schoß hinuntersah.

»Oft kann ich ihnen gar nicht helfen.«

»Aber darum geht es den meisten doch gar nicht.« Gregor rutschte auf seinem Stuhl umher. »Sie schreiben dir, weil sie gesehen werden wollen. Die Lösung ist zweitrangig. Sie wollen nur gehört werden. Und du hörst sie.«

»Das …« Ich könnte die Finger in den Ärmeln und den Hals im Kragen meines übergroßen Pullovers vergraben, ich würde mich trotzdem nackt bis auf die Seele fühlen. Weil auch Gregor mich sah. »Danke.«

»Wofür?«

»Fürs Verstehen«, murmelte ich.

Er schenkte mir ein schiefes Grinsen. Eine Locke verirrte sich dabei in seine Stirn. Ich würde nie vergessen, wie dieser wunderschöne Typ mit den zerzausten Haaren mich in diesem Moment ansah. Ein bisschen geschockt, ein bisschen erleichtert, mit Abermillionen von Gefühlen in den Augen. Mein Herz schlug Saltos. Ich fühlte mich, als würde ich fallen.

Ich fühlte mich echt und eins und endlos. Und ich wusste, ich konnte ihm davon erzählen. Ihm alles erzählen.

»Ich sitze mit meinem Bruder im Auto meiner Mutter. Ich bin fünf und mein Bruder ist sieben. Wir rasen von Lidl nach Hause. Meine Mutter wird geblitzt. Sie flucht am Lenkrad, obwohl sie nie flucht. Zu Hause packen wir die Einkäufe nicht aus, weil Mama sofort nach der Tüte mit den gefrorenen Chicken Wings greift und sie in den Ofen ballert. Dann setzt sie sich davor und schaut den Hähnchenteilen beim Garwerden zu. Ihr Bauch knurrt. Sie hat so Hunger, das sagt sie die ganze Zeit, weil sie den Tag über nichts gegessen hat und sich an einer neuen Low-Carb-Diät probiert, die sie sich aus einer dieser Zeitschriften …« Ich deutete auf die

Tischplatte. »… ausgeschnitten hat. Es ist die erste wirkliche Erinnerung an meine Mutter, die ich habe.«

Gregor kippte den Kopf. Er sah die Ränder des Problems, konnte es allerdings noch nicht ausmalen.

Schluckend fuhr ich fort. »Ich … ich habe das noch nie jemandem erzählt. Meine Mutter hat alle diese Zeitschriften gelesen. Mein Zuhause war voll mit ausgerissenen Artikeln zu Kohlsuppendiäten und irgendwelchen Beautyhacks. Ich bin quasi damit aufgewachsen. Und ich weiß, ich weiß, dass sich vieles gebessert hat. Selbst Heidi Klum macht jetzt einen auf Diversity, weil es ja so im Trend ist.« Meine Hände ballten Fäuste. »Aber es ist trotzdem alles heuchlerisch. Eine Marketingstrategie, die gerade gut funktioniert. Statt *So verlieren Sie drei Kilo Bauchfett in zehn Tagen* heißt es jetzt *Das Workout für innere Stärke. Das neue Glückspilates #bodygoals*. Es ist derselbe Mist, nur anders betitelt, damit es auch schön in die aktuelle Wellness Culture passt. Es ist so wie auf TikTok. Superschlanke Frauen filmen ihre spärlichen Mahlzeiten nicht mehr ab, weil sie dafür Hasskommentare bekommen. Stattdessen ist *How I healed my gut* angesagt, um zu erzählen, wie viele Papayas sie am Tag essen und welches Green Powder sie mit welchem Rabattcode zu sich nehmen.« Meine Stimme wurde unendlich leise. »Es ist so frustrierend. Mir ist bewusst, dass ich zu groß träume. Und ich weiß nicht, ob ich jemals Kinder haben will oder werde, aber allein bei der Vorstellung, dass ich eine Tochter haben könnte, die mit denselben gesellschaftlichen Mustern aufwachsen muss, möchte ich weinen. Ich muss wenigstens versuchen, etwas zu verändern, ganz egal, ob ich scheitere oder nicht. Ich will das einfach. Ich bin überzeugt von meinem Traum, auch wenn ich dafür auf Familienfeiern belächelt werde. Sollen sie ruhig. Ich weiß nicht, ob ich an mich glaube. Ich meine, ich hinterfrage mich fast minütlich selbst. Aber das ist egal, denn ich glaube an meine Vision wie an nichts anderes. Zu tausenddreihundert Prozent. Und das reicht mir.«

Als ich verstummte, biss ich mir auf die Zunge. Kurz hatte ich das Gefühl, zu viel über mich verraten zu haben. Gregor wie mit WhatsApp-Nachrichten zugespamt zu haben, auf die er mir nicht antwortete. Zwei, drei Sekunden wirkte es tatsächlich so, als wäre er hinter seinem Tee eingefroren. Doch plötzlich beugte er sich über den Tisch und für einen Moment dachte ich, er würde nach meiner Hand greifen. Ich wünschte es mir sogar. Doch er schnappte sich bloß die Leuchtmarker, die noch von meiner Arbeit an Emma Vissers Porträt auf der Tischplatte lagen. Einen davon hielt er mir vor die Nase.

»Los«, sagte er. Sein Blick war entschlossen. »Ändern wir etwas, Lucy.«

Als ich den Stift annahm, streiften sich unsere Finger. Meine Lippen öffneten sich, sein Kehlkopf ploppte. Es war wie ein Elektroschock.

Fünf Minuten später überflog ich gerade die Sexkolumne in einer der Zeitschriften, da bemerkte ich Gregors verwirrten Blick. Mit geschlitzten Lidern betrachtete er meine Musikbox.

»Das Lied. Das ist *Viertel vor Irgendwas*, oder?«

»Ja, genau. Voll gut, oder?«

Verwundert schüttelte er den Kopf.

»Was ist?«, fragte ich.

Statt mir zu antworten, stützte er sich auf den Ellbogen ab und lehnte sich vor. Als seine Augen noch dazu glasig schimmerten, wurde es in meiner Kehle trocken.

»Das Lied hat in meinem Kopf gespielt, als wir uns geküsst haben.«

Sein Blick zuckte von meinen Augen zu meinen Lippen. Instinktiv beugte auch ich mich vor. Jeder Zentimeter meiner Haut pochte. In meinen Lippen pulsierte es. Ich war mir so sicher, dass er mich küssen würde. So, so, so, so sicher. Bis er sich in letzter Sekunde wieder zurückfallen ließ und sich dem Magazin widmete, als wäre nichts gewesen.

Mit rasendem Herzen blickte ich nach unten. Meine Finger hatten den Leuchtmarker beinahe zerquetscht. Die Spitze war an meine Haut gekommen, sodass ich mich an der Innenseite meines Zeigefingers selbst angemalt hatte.

Die Linie war wellenförmig.

Und blau.

»Also dann.«

Kurz vor zehn brachte ich Gregor zurück zur Tür. Die letzten Stunden hatten wir mit den Magazinen und Musikhören verbracht. Die meiste Zeit hatten wir geschwiegen, trotzdem war es so unsagbar laut gewesen. Drei Gründe: Das Herzrasen. Das Herzrasen. Das Herzrasen. Ganz egal, ob ich ihn versehentlich mit dem Ellbogen berührt hatte oder seine Füße unter dem Tisch meine gestreift hatten.

Ich beobachtete, wie er sich die Beanie überzog und den Reißverschluss bis zum Kinn schloss, bevor ich die Tür öffnete. Kalter Wind wehte in meine Wohnung, ich deutete ein Winken an und …

»Fuck, okay«, flüsterte er. »Ich halt es nicht aus.«

Ich blinzelte, als er plötzlich näher trat und mir sanft eine Strähne hinter das Ohr strich. Dann lehnte er sich zu mir, langsam, um sich zu versichern, dass ich es auch wollte.

Ich nickte.

Ich wollte. Und dann küsste Gregor Beck mich zum zweiten Mal in unserem neuen Leben. Er küsste mich lange und intensiv, gegen die Wand und an seine Brust gedrückt, bis meine Lippen taub waren und mein Herz alles fühlte.

Küssen, küssen, küssen, küssen, küssen, küssen, küssen, küssen, küssen, küssen, küssen, küssen, küssen, küssen, küssen.

Es war nur küssen, um zu küssen. Es war das beste Gefühl auf der Welt. Dafür wollte ich nicht einmal Synonyme suchen.

»Ciao, Lu«, sagte er irgendwann, wahrscheinlich um Viertel vor irgendwas, wobei er winkte und in mein dunkles Treppenhaus verschwand.

Ich weiß nicht, wie lange ich mit durchgeküssten Lippen dastand und durch die offene Tür in die Dunkelheit starrte, während alles in mir sich hell und leuchtend anfühlte.

Vielleicht zwei Ewigkeiten lang.

FEUILLEMORT
keine Farbe zum Ausmalen

Damals

Wir hockten in langen Hosen vor unserem See, während die ersten Laubblätter zu Boden segelten. Das war zwei Tage vor unserer Abfahrt. Mein Herz war weit und geöffnet, doch auf unseren Schultern ruhte eine Schwere.

Ich würde gehen. Lucy würde gehen. Wir würden verschiedene Richtungen ansteuern und meine Gedanken nahmen eine Million Abzweigungen, auf denen unsere Wege sich nicht mehr kreuzten.

Ich fürchtete mich. So sehr.

»Feuillemort«, sagte sie unvermittelt und riss mich damit aus meinen Gedanken. »Wusstest du, dass es das französische Wort ist, um die Farbe eines sterbenden Blatts zu beschreiben?«

»Nope, aber sehr poetisch.«

»Hey.« Sie boxte mir gegen den Oberarm. »Du bist der, der Fiktion schreibt.«

Dort, wo sie mich berührt hatte, brannte es. »Okay, okay. Dann bin ich jetzt wohl dran, um mit ästhetischen Pinterest-

Fremdwörtern zu glänzen.« Ich legte eine dramatische Pause ein. »Basorexia.«

»Das überwältigende Bedürfnis, eine Person zu küssen. Das hast du mir schon auf ein Zettelchen geschrieben.« Lucys Augen funkelten. »Ich hab eine Idee.«

»Und die wäre?«

»Wir finden Vergleiche dafür.«

»Für Basorexia?«

»Ja. Dann haben wir nicht nur Erinnerungen an diesen Sommer, sondern sogar eigene Wörter.« Sie lachte, als wolle sie ihre darunter liegende Nervosität vertuschen.

Weil ich meiner Stimme gerade nicht traute, nahm ich ihre Hand in meine. Mein Puls beschleunigte. Ich wollte Lucy nicht loslassen. Ich wollte nichts loslassen und ich wollte auch nichts hinter mir lassen. Ich wollte, dass wir für immer hier sitzen blieben. Denn wenn Schweigen Gold war, war diese Art von Berührungen unbezahlbar.

Scheiße, Beck, seit wann bist du bitte so kitschig?
Seit ich verliebt bin. So simpel ist das.

Ich räusperte mich. »Du beginnst.«

»Hmmm.« Lucy kippte den Kopf. »Dich zu küssen, fühlt sich so an, wie von einer Party mit der Person nach Hause zu gehen, mit der du den ganzen Abend reden wolltest.«

Ich weiß nicht, wie lange wir dort saßen und diese bescheuerten Vergleiche erfanden, während ich ihr doch eigentlich die ganze Zeit über sagen wollte, dass ich Angst hatte. Weil ich fürchtete, wir könnten uns verlieren, wenn wir einander nicht mehr *Wir treffen uns morgen um dieselbe Zeit hier* zuflüstern konnten.

Doch Lucy lächelte, als würde es schon klappen.

Und ich glaubte ihr.

Ich glaubte ihr, weil ich an uns glaubte, wie ich an noch nie etwas anderes geglaubt hatte.

»Dich zu küssen, fühlt sich so an, wie mich zum ersten Mal zu verlieben«, gestand ich.

Ich würde nie vergessen, wie sie mich daraufhin ansah. Ihre Augen glühten, ihre Mundwinkel verzogen sich und ihr Lächeln war alles. Für mich würde es das immer sein. Dann rückte sie dichter an mich heran, bevor ich die Augen schloss und ihre Lippen an meinen spürte. Letztendlich ist küssen nur ein Wort. Worte sind Gedanken, sie werden gedacht, geschrieben und gelesen. Sie sind ungreifbare Silben und gerollte Laute. Aber küssen tut man und küssen mit Lucy fühlt man. Und ich wollte nie wieder aufhören zu fühlen.

Gregor

DAUERSCHLEIFE
etwas, das ich gern einstellen würde

Jetzt

Wir machten es nicht offiziell.

Auf den ersten Blick waren wir zwei durchschnittliche Studenten, die mit ihren Jutebeuteln (sie) und chronischer Wortkargheit (ich) perfekt in das Schema der *Generation Beziehungsunfähigkeit* passten. Wir markierten Artikel zu Sextipps mit Leuchtmarkern, küssten uns vor Parship-Plakaten und schrieben uns schmutzige Nachrichten. Und vielleicht war es auch nicht durchschnittlich, sondern einfach echt. Berauschend. Liebe.

Lucy brauchte mich nur auf dem Campus anzusehen, damit mein Herz randalierte. Wenn ich abends in meinem Bett lag und wir uns Memes schickten auch. Oder wenn ich in unser gemeinsames Google Doc tippte, in dem ich versuchte, sie davon zu überzeugen, dass Männer ebenfalls passable Sexszenen entwerfen konnten. Dann besonders.

Es vergingen über drei Wochen, in denen wir eigene Routinen und Rituale entwickelten. Im Archiv zum Beispiel, wo wir weiterhin an unserem Podcast arbeiteten. Stillschweigend und konzentriert, bis unsere Blicke aufeinandertrafen und die Luft sich elektrisierte. Ich wusste danach nicht, wie ich weiterarbeiten sollte, ohne Lucy zu berühren. Es war wie ein Reflex, den ich nicht verstand. Manchmal wollte ich Lucy fragen, ob sie an Seelenverwandtschaft glaubte, weil ich nicht begriff, wie man jemanden so sehr wollen konnte. Auf alle Arten, die es gab.

Natürlich wollte ich sie küssen, lecken, anfassen. Ich drückte sie gegen Wände und in Matratzen. Anfangs rieben wir uns wie fieberhafte Teenager aneinander. Ich mogelte mich mit meinem Ständer zwischen ihre Beine, während sie die Nägel in meinen Rücken krallte. Wenn sie stöhnte, war das wie Musik in meinen Ohren, und ja, mir war bewusst, wie kitschig das klang. Aber ganz ehrlich? Es war mir egal. Es war mir so was von verflucht egal, weil jeder Tag, der an uns vorbeizog, es wert gewesen wäre, abgelichtet, entwickelt und in einer fucking Galerie ausgestellt zu werden. Dabei lag es nicht an dem Reiben, dem Lecken und Saugen, sondern an allem anderen. Und es passierte genau zu dieser Zeit, in irgendeiner dieser ganz besonderen Nächte, in denen ich Lucy stets an meiner Brust atmen spürte, dass ich es mir versprach: Ich würde sie nie wieder verletzen. Ich würde es nicht zulassen. Sie und ihre Wünsche und Grenzen *immer* respektieren, egal, wie sie aussahen.

Schließlich wollte ich nie wieder das Gefühl verlieren, das sich von meinem pochenden Herzen in meinen gesamten Körper ausbreitete, als wir uns am Mittwoch auf der kleinen Party zum Staffelbeginn von *Campuskitsch* verabschiedeten und niemand ahnte, dass wir uns gemeinsam in mein Bett schlichen. Oder wenn Lucy mir in ihrem Fakultätsgebäude zur Begrüßung zunickte und niemand wusste, dass wir uns auf WhatsApp bis zwei Uhr morgens getextet hatten. Über einen Sad-Girl-Roman, den Lucy gerade als E-Book gelesen hatte und am liebsten gleich noch einmal durchsuchten würde. Ich kaufte ihn mir am nächsten Tag. Die zweihundertachtzig Seiten inhalierte ich innerhalb weniger Stunden, ohne auch nur ein einziges Mal an mein eigenes Projekt zu denken. *Das hier*, sagte ich mir, während ich las, Sätze unterstrich und dabei an Lucy dachte, *das hier ist das wahre Leben*. Da sein und wirklich hier sein, so wie Isa es immer betitelte.

Und ich war so gerne hier, in diesen unscheinbaren Dezemberwochen, in denen es nur pisste und die Sonne sich nie blicken ließ. Es spielte jedoch keine Rolle. Mir wurde warm, als ich Lucy das Buch am nächsten Tag reichte.

»Es ist nicht ganz so kitschig wie in den Filmen, in denen das Mädchen den Kopf im Schoß des Typen liegen hat und sie sich im Zeitraffermodus gemeinsam daraus vorlesen«, sagte ich, bevor sie irgendetwas sagen konnte. »Ich habe bloß Sätze unterstrichen, von denen ich glaube, dass du sie auch gut fandest.«

»Du Idiot«, hauchte sie lautlos und liebevoll, bevor sie das Buch annahm.

Später sah ich es in ihrer Story, inszeniert auf ihrer weißen Bettwäsche. Lucy hatte eine Seite aufgeschlagen, auf der ich etwas unterstrichen hatte.

Kurz stellte ich mir vor, wie es wäre, wenn ich ebenfalls eine Rolle auf ihrem Insta spielen würde. Ich malte mir aus, was Lucy posten könnte. Meinen Rücken, ihr Lächeln, unsere Hände, nie unsere Gesichter.

Schließlich blieben wir unser Geheimnis.

Wir küssten uns nicht in der Hochschule.

Wir küssten uns nur auf ihrem Bett, kurz bevor sie den

Piloten von *Fleabag* auf ihrem Laptop einstellte und ich ihr sagte, dass sie sich gut mit meiner Schwester verstehen würde.

»Wenn du über sie redest, hast du hier eine traurige Furche.«

Sie strich über meine Stirn. Ich spürte, wie meine Haut brannte.

In dieser Nacht blieben wir zu lange wach. Wir redeten über alles und nichts, über unsere Weihnachtspläne und die Rezensionen zu *Campuskitsch*, der trotz Lucys Befürchtungen mehr als gut ankam. Keine Ahnung, ob es wirklich an uns lag oder an den Alumni, die die Folgen auf ihren eigenen Kanälen bewarben. So oder so, die Redaktion war begeistert. Wir sprachen über Isa, Lucys liebsten Taylor-Swift-Song und über Emma Visser, weil sie ihr ständig im Kopf herumschwirrte.

»Wahrscheinlich ist es so wie mit deinen Charakteren«, begründete sie. »Ich muss die ganze Zeit an sie denken. Das wird erst aufhören, wenn es vorbei ist.«

Sie wusste nicht, wie recht sie mit ihren Worten hatte.

Die Wörter schallten in mir nach, doch ich konnte mich nicht an ihnen aufhalten, weil Lucy meine Hand nahm und andere Dinge wichtiger waren.

Wir waren nicht offiziell, wir führten keine Beziehung. Doch es war Liebe. Liebe wie in den Liebesfilmen. Und ich wollte es nicht anders, nur ein Ende wollte ich nicht. Ich wollte uns einfach auf Dauerschleife stellen. Wieder und wieder und wieder. So wie ich mich in Lucy verliebt hatte: kopfüber und sofort – und dann noch einmal.

Lucy

KRÜMELKÖNIGIN
ein Titel, zu dem es keine Krone gibt

Ich entschied mich für meine Stiefel mit dem höchsten Plateau.

Bevor ich die Wohnung verließ, checkte ich mein Aussehen im Spiegel. Ich trug Boots, Jeans und meinen übergroßen Pullover mit dem wunderbaren Kragen in stählernem Grau. Mein Haar hatte ich zu einem strengen Zopf gebunden, der Pony saß perfekt. Ich richtete meinen Jutebeutel, dann folgte ein letzter Spritzer des Parfums.

Draußen stöpselte ich mir die AirPods ein, während ich den Hauptbahnhof ansteuerte. In der S-Bahn zogen wieder tiefblaue Schilder mit Städtenamen an mir vorbei, während ich mir Notizen für unseren nächsten Blogbeitrag machte. Dafür hatten Tillie, Manda und ich uns vorgestern mit Schreibunterlagen auf mein Bett gequetscht und uns einen 2000er-Film nach dem anderen reingezogen. *Werden Frauen von romantischer Liebe unterdrückt?* Unser Thema war das Frauenbild in den Medien. Wie es uns vermittelte, dass wir nur durch einen Mann vervollständigt werden könnten. Eine Frau musste bloß geduldig und loyal genug sein, um ein Biest in einen Prinzen zu verwandeln. In einen Prinzen, für den wir – wenn wir nicht den gesellschaftlich akzeptierten

Schönheitsidealen entsprachen – mit einem aufwendigen Make-over im Handumdrehen zur Prinzessin wurden. Dafür gab es unzählige Beispiele in Filmen, die ich als Teenager so geliebt hatte.

Ich brannte für das Thema. Mein einziges Problem an der Sache? Dass ich gerade wie festgewurzelt auf einem Sitz des Regionalverkehrs hockte. Letzteres würde sich auch für die nächsten knapp zwei Stunden nicht ändern. Also arbeitete ich nicht, war faul und starrte gedankenlos durch das Fenster, bis ich endlich Dortmund Kruckel erreichte.

Auf dem Weg nach Hause passierte ich kahle Äste. Der Wind war so scharf und stechend, dass er mir die Lunge freiblies. Das war gut. Supergut. Großartig, weil ich keinen Ballast mit nach Hause nehmen wollte. Wieso herrschte in meinem Kopf dann weiterhin dieses Wirrwarr? Kurz bevor ich die Doppelhaushälfte erkannte, vibrierte mein Handy.

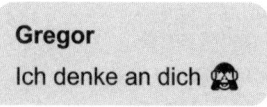

Mein Herz wurde warm, ohne dass ich verbrannte. Ein sachtes Glühen breitete sich in meinem Körper aus.

Etwas hatte sich in den Wochen nach unserem Kuss verändert. Wir waren anders. Ich wollte Gregor, wie ich Gregor noch nie gewollt hatte, wenn er über den Campus schlurfte und mir dieses versteckte Grinsen schenkte. Jenes, das mich immer fand und erreichte.

Liebe Lucy, ist das statt wollen nicht viel mehr lieben?

Aber konnte man jemanden lieben und dann noch einmal lieben? War das nicht viel zu riskant, wie ich meiner Leserin unterschwellig erklärt hatte? Doch da schoben sich die zehn

Mitchell-*Modern-Family*-Prozent in meine Gedanken. Ich glaubte an sie. Tatsächlich könnte gerade alles gut werden. Ich war glücklich. Und lächelte Mama an, die mir in Rekordgeschwindigkeit die Tür öffnete.

»Lucy, Schatz!« Sie schenkte mir ihr strahlendstes Grinsen, bevor sie mich mit einer Umarmung überfiel. Kurz presste sie mich an ihre Brust, infiltrierte mich dabei mit ihrem Parfum und ihrer Liebe. »Komm rein, komm rein«, sagte sie. »Die anderen sind schon da.« Mama hatte die blondbraunen Haare zurückgebunden, trug einen hellen Plisseerock und einen flauschigen Pullover im selben Ton. Damit hätte sie genauso gut Outfits of the Day teilen können wie ich.

Ihr sanftes Parfum kitzelte mir in der Nase, als ich ihr den Flur entlang folgte, vorbei an aufgehängten Bilderrahmen mit unseren Gesichtern in verschiedenen Formaten. Wenn ich einatmete, sog ich den Geruch nach Tannennadeln und Gewürztee ein. Mama liebte den Advent. Sie stand auf das Dekorieren und das volle Haus. Wie sie Gastgeberin spielen, Glühwein aufsetzen und Plätzchen aus Mürbeteig formen konnte, ohne selbst danach zu greifen.

Im Wohnzimmer entdeckte ich sie alle: Yasmin, Hannah, Mia und ihre Mütter. Wir kannten uns seit der Krabbelgruppe und unsere Eltern waren stolz darauf. Doch als ich mich wie jedes Jahr auf meinen Platz an dem gedeckten Tisch setzte und mich mit meinen Kindheitsfreundinnen unterhielt, fühlte es sich nicht ausgelassen an. Eher aufgesetzt wie ein semiwichtiges Geschäftsessen, in dem sich jeder von seiner besten Seite anpries. Die Mütter meiner Freundinnen erzählten von Studiengängen, von Praktika in angesehenen Firmen und rosarosigen Zukunftsplänen.

»Ach, Hannah mit ihrem Dualen Studium bei Siemens. Sie

hat immer so viel zu tun, trotzdem bekommt sie alles ganz fabelhaft unter einen Hut, nicht wahr, Schatz?«

»Yasmin und Lennart reden seit einer Weile über ihre Verlobung. Gott, ich kann gar nicht glauben, dass mein kleines Mädchen schon so groß ist.«

»Mia hat vor Kurzem ein Auslandspraktikum ergattert. Bei einem nachhaltigen Start-up in San Francisco. Und die Wohnung, die sie ihr bezahlen, die müsst ihr euch echt mal ansehen. Hier ...«

Wie immer schritt das Gespräch so voran, dass sie uns irgendwann gar nicht mehr brauchten. Also nippten wir am Glühwein und entwickelten unsere eigene Dynamik.

»Aber oha, Lucy«, sagte Yasmin, als sie sich eine weißblonde Strähne hinter das Ohr schob. »Bei dir und deinen Freundinnen läuft's ja richtig auf Social Media. Voll cool.«

»Danke.« Ich faltete die Serviette zwischen meinen Fingern. »Nur die Hasskommentare sind manchmal halt nicht so cool.«

»Auf TikTok ist es bestimmt am schlimmsten, oder?« Hannah schnappte sich ein sternförmiges Plätzchen. »In meinen Psychologievorlesungen reden wir voll oft davon. Menschen sehen dort andere Menschen, die schöner, besser, schneller und erfolgreicher sind als sie. Sie werden neidisch, halten sich selbst nicht aus und lassen dich das dann spüren.«

»Die Leute haben einfach keine Ahnung, wohin sie mit ihrem Selbsthass sollen.« Yasmin schüttelte den Kopf. »Deshalb landet er unter deinen Videos.«

Mia setzte eine ehrlich zerknirschte Miene auf. »Ich hoffe, du nimmst dir das alles nicht so sehr zu Herzen. Die Kommentare sagen viel mehr über die Verfasser aus als über dich.«

Alle lächelten mir zu, warm und freundlich mit ihren verschiedenen Lipglossfarben. Dabei wusste ich, dass wir uns nicht mehr nahestanden. Das hier war anders. Ein inniger Freundschafts-One-Night-Stand, der sich jährlich zum dritten Advent wiederholte. Trotzdem fühlte ich mich verstanden von Yasmin, Hannah und Mia mit den perfekten Pärchenfotos auf Instagram.

»Cheers darauf!«, rief ich und hielt meine Glühweintasse in die Höhe. Als wir anstießen, tropfte mir heiße Flüssigkeit auf den Handrücken. Beinahe spürte ich es nicht, so warm war mir.

Eine halbe Stunde später wusch ich mir die Hände im Badezimmer. Ich wollte gerade wieder das Wohnzimmer ansteuern, verharrte allerdings vor der halb angelehnten Tür. Dumpf schallten mir die Stimmen meiner Freundinnen entgegen.

»Habt ihr das von Amalies und Fabis Verlobung gehört?«
»Oh Gott, ja. Sie hat sogar ein Bild von der Feier auf Facebook geteilt. Ich meine *Facebook*. Und dann ihr ultraenges Kleid. Eine Nummer kleiner gab's wohl nicht.«

Instinktiv begannen meine Schläfen zu pochen. Am liebsten wäre ich in das Wohnzimmer marschiert und hätte mich in meinen höchsten Plateaus vor ihnen aufgestellt. Ich hätte ihnen erklärt, dass ihr Verhalten falsch und misogyn war. Dass das größte Problem von allen das war, dass Frauen Frauen hassten. Dass das Patriarchat dadurch gewann und wir alle etwas verloren.

Doch die Worte verkohlten mir auf der Zunge, weil ich mich keinen Zentimeter bewegte. Weil ich wusste, dass sie es nicht so meinten. Immerhin war Fabi Hannahs Freund gewesen, bevor er mit Amalie auf ihrer Vofi rumgemacht hatte. Meine Freundin war betrogen worden. Seitdem hegte sie einen Groll und das war schließlich gerechtfertigt. Im Grunde meinte die Runde es gerade wirklich nicht so.

Aber, liebe Lucy, meinen es denn nicht alle Leute nie wirklich *so?*

Mist. Wieso musste sich die Moralapostel-*Liebe-Lucy*-Stimme auch ständig melden? Gerade wollte ich mich aufrappeln, um keine Ahnung was zu tun, da vibrierte mein Handy. Ich zog das iPhone aus meiner Jeanstasche und stellte fest, dass es eine Nachricht in der *Campuskitsch*-Gruppe war. Mila hatte einen Screenshot geteilt.

> **Mila (Uni)**
> ihr seid also offiziell der Hammer 😎
> @Lucy,
> @Gregor

Meine Mundwinkel zuckten. Meine Panik aufgrund der Erstausstrahlung war unbegründet gewesen. Das Feedback war bisher durchweg positiv ausgefallen, die Redaktion und Alumni waren zufrieden. Mit einem wohligen Gefühl öffnete ich das Bild, auf dem sie eine Spotify-Rezension hervorgehoben hatte. Es war eine Lobeshymne, verfasst von einem User namens @thelitshit. @thelitshit verlor nur gute Worte über uns, betonte, wie perfekt wir harmonierten und wie interessant wir unsere Inhalte gestalteten. *Der absolute Hammer, gerne mehr davon!*, hatte er ans Ende getippt. Trotzdem klopfte mir das Herz bis zum Hals, als ich gleich eine andere Rezension darunter bemerkte. Sie bestand lediglich aus einigen Sätzen, doch sie reichten.

So war das mit den schlimmen Sätzen immer.

Die Moderatorin geht mir ein wenig mit ihrer Quietschstimme auf den Sack. Wagner wirkt im Gegensatz zu Beck unvorbereitet und lost, wie sie es selbst in ihrem Denglisch (*kotz*) ausdrücken würde. Campuskitsch hat definitiv unter dem neuen System der Co-Moderation gelitten – schade, ich werde nicht mehr reinhören …

Ich werde nicht mehr reinhören …
Als hätte ich mich an den Worten verbrannt, steckte ich das Handy zurück in die Tasche. In mir brodelte es, während ich einen Schritt nach vorn machte, die Türklinke umfasste und mich daran zu erinnern versuchte, dass Rezensionen auf Spotify nicht das wirkliche Leben waren.

Es ist nicht echt. Es ist nur virtuell und gemein. Hass ist ein Beweis dafür, dass ich es geschafft habe.

Aber was zum Teufel war dieses *Es* überhaupt?

Mit einem zittrigen Lächeln setzte ich mich zurück zu meinen Freundinnen. Letztere verstummten abrupt und taten so, als hätten sie gerade nicht über Amalies Rockhöhe hergezogen. Links gestikulierte Mias Mutter wild über etwas, das mein Gehirn nicht erreichte. Mama schob Plätzchenkrümel auf der Platte zusammen, bis sie ihren Finger darauf drückte.

»Und du, Lucy?« Freundlich stupste Hannah mich an. »Was ist mit dir?«

»Bitte?«, fragte ich, weil es in mir drin rauschte und brauste.

»Das Juicy Beats nächstes Jahr. Wäre doch voll cool …«

Wieder schweifte ich ab. Ich konnte mich nicht konzentrieren. Verstand nicht, wieso mein Blick plötzlich unkoordiniert durch den Raum huschte. Ich nahm die Bilder mit Elias' und meinem Kindergesicht wahr, wie nach Plätzchen gegriffen wurde, während Mama sich immer nur an die Krümel hielt. *Das ist überhaupt nichts zum Festhalten,* wollte ich schreien und ihr von Schokolade überzogene Tannenbäume in die Finger drücken.

Doch das ging nicht, immerhin war ich das Kind und sie die Mutter. Eigentlich war sie die Ältere, eigentlich wusste sie es besser. Eigentlich war es ziemlich scheiße, wie Erwachsensein aus der Realisierung bestand, dass unsere Eltern fehlerhafte Menschen waren. Wie du. Wie ich.

Das war der Grund, wieso ich mit meinem Blick nicht mehr länger auf Mamas hell angepinselten Nägeln verharren konnte. Hektisch fiel er zurück zu meinen Freundinnen. Ohne zu verstehen, was sie sagten, beobachtete ich, wie sich ihre Münder bewegten. Dabei konnte ich nur daran denken, wie heuchlerisch das alles war.

Wir kannten uns nicht mehr. Vielleicht hatten wir das noch nie, weil wir den Höhepunkt unserer Freundschaft vor fünfzehn Jahren an Freibadsonntagen erlebt hatten. Trotzdem taten sie so, als würden sie mich kennen, meine Inhalte und Probleme auf TikTok verstehen. Wie konnten sie das, wenn sie so über eine Frau herzogen? Wie konnte meine Mutter unsere Beiträge zu Körperakzeptanz mit stolzen Emojis kommentieren, wenn sie sich weiterhin an Saftkuren probierte? Wenn das doch alles Teil davon war, was ich mit einem eigenen Magazin verändern wollte?

Ich atmete ein, ohne Luft in mich hineinzusaugen.

Es war der Moment, in dem ich es nicht mehr aushielt und mich erhob. Meine Beine zitterten nur ein bisschen, aber was machte das schon, wenn der gesamte Boden unter dir bebte?

Lucy

JEMANDEN BRECHEN
selbst nicht wieder ganz werden

Zurück nach Köln wäre ich am liebsten gelaufen, weil ich einmal in einem Artikel gelesen hatte, dass ein Trauma sich in unserem Körper festsetzte. Nur durch Bewegung könnte es uns verlassen.

Äh, liebe Lucy, was für ein Trauma? Du hast eine schlechte Rezension gelesen, deine Situation überdramatisiert und bist dann aus deinem Elternhaus geflüchtet. Das ist kein Trauma. Ehrlich gesagt ist das ziemlich unreflektiert. Genauso wie die Leute, die meinen, sie hätten OCD, bloß weil sie gerne putzen.

Natürlich hatte ich trotzdem die Bahn genommen. Ich hockte auf dem blauschwarz gepunkteten Sitz eines Vierers, den ich allein besetzte. Die Stimme hatte recht. Ich hatte kein Trauma. Ich hatte einfach nur Unsicherheiten, die mich gerade wie ein Tsunami überrollten. Weiterhin fiel mir Atmen schwer, immer noch fühlten meine Beine sich zu weich an. Wenn ich jetzt aufstehen würde, würde ich umkippen.

Mein Abgang war bereits über eine Stunde her. Genug Zeit, mein Scheißherzrasen und mich selbst in den Griff zu bekommen. *Ähm, sorry, eine Kommilitonin hat geschrieben, ich muss schnell zurück nach Köln, was klären, wegen dem Podcast –*

diese Entschuldigung hatte ich wenig glaubhaft vor mich hin gestammelt, bevor ich aus der Tür gestolpert war.

»Liebe Fahrgäste, in wenigen Minuten erreichen wir Köln Hauptbahnhof. Dies ist unsere Endhaltestelle. Bitte steigen Sie aus.«

Die blechern verzerrte Stimme drang an meine Ohren, während Leute sich ringsum erhoben. Ich tat es ihnen gleich, steuerte nach den Treppen allerdings nicht die U-Bahn an. Entschlossen grub ich das Kinn stattdessen in meinen Schal und trat nach draußen. Ich passierte unzählige Dönerbuden, sah durch Glasscheiben, wie Menschen in ihre Falafel bissen und mit Ayran nachspülten. An einer roten Ampel bildete ich mir ein, einen Regentropfen auf meinem Kopf zu spüren, doch es blieb nur bei diesem einen. Automatisch pfriemelte ich mein Handy aus der Tasche und klickte die Notes-App an. Die eingetrudelten Benachrichtigungen checkte ich nicht einmal. Als ich mich mit der grünen Ampel in Bewegung setzte und gleichzeitig zu tippen begann, passierte beides wie auf Autopilot.

Liebe Lucy

Liebe Lucy, wieso bin ich so eine Übertreiberin? Gibt es einen Grund dafür, wieso meine Unsicherheiten ständig mit mir durchrennen, selbst wenn ich ganz still auf einem versifften Bahnsitz hocke? Ist das angeboren, kann ich das verlernen?

Liebe Lucy, wie groß kann mein Selbstbewusstsein sein, wenn mich eine subjektive Meinung eines gesichtslosen Users derart triggert?

Liebe Lucy, glaubst du, ein gutes Selbstwertgefühl kann man kaufen? Wenn ja, weißt du von einem Rabattcode, den ich benutzen könnte?

Als meine Wohnung in Sichtweite war, stopfte ich das Handy zurück in die Tasche und suchte nach meinem Schlüssel, da verharrte ich blinzelnd.

»Bitte korrigiere mich«, begann ich. »Ich träume, oder? Ich meine, du kannst nicht echt sein. Kannst du nicht, weil du sonst ernsthaft vor meiner Haustur sitzen und ...« Ich legte den Kopf schräg. »... das neuste spicy TikTok-Trend-Buch lesen würdest?«

»Naaah, komm schon.« Gregor erhob sich. »Wenn das hier ein Traum wäre, wäre ich sicherlich Timothée Chalamet.«

Ich träumte also nicht. Gregor stand tatsächlich vor meinem Haus, bekleidet mit obligatorischem Hoodie und Jeans. In der Hand hielt er einen Roman mit kitschigem Cover, wobei sein Daumen als Lesezeichen fungierte.

»Hab gesehen, dass du *Winter Read* auf Goodreads hinzugefügt hast. Dachte, ich checke es mal aus für dich. Außerdem soll es doch mal wieder – ich zitiere – *hot af* sein. Das beschert mir bestimmt Inspiration für unser Google Doc.«

Unser Google Doc.

Meine Kehle wurde trocken, wenn ich nur daran dachte. Gregor hatte es sich nämlich immer noch zur Aufgabe gemacht, die perfekte Sexszene zu entwerfen. Nach einigen Anläufen war er auf die grandiose Idee gekommen, sie gemeinsam zu schreiben. *Lucy_Gregor_Sex* hatte er die Datei benannt, unser kreatives Genie. Als ich gestern gelesen hatte, was er getippt hatte (Duschszene, von hinten, kalte Fliesen, heißes Wasser), hatte es in meinem Slip gepocht.

Schade, dass heute ein anderer Tag war.

»Was tust du hier?«, flüsterte ich.

»Hey.« Sofort hob er die Hände. »Ich schwöre, ich wollte nicht ohne Ankündigung herkommen und dich überfallen, aber du hast mir auf keine Nachricht geantwortet und ich wollte wissen, wie es dir geht nach ...«

Er hatte die Rezension also auch gelesen. Das war keine Überraschung. Immerhin waren wir Teil derselben Gruppe.

»Dieser Typ ist ein unreflektierter Wichser, der keine Ahnung hat, wovon er redet«, fügte er hinzu.

So unbeteiligt wie möglich zuckte ich mit den Schultern. »Das ist keine große Sache.«

»Lüg mich nicht an, Lucy. Ich sehe doch, dass etwas nicht okay ist.« Sein Tonfall hatte sich geändert. Er klang überhaupt nicht zornig, bloß betroffen und besorgt.

»Ich bin von zu Hause weggerannt«, murmelte ich. »Es war irgendwie zu viel. Diese Nachricht und die Gespräche mit meinen *Freundinnen*, ich ... keine Ahnung. Irgendeine Sicherung ist in mir durchgebrannt.«

Gregors Hand zuckte, als wollte er mich berühren. In letzter Sekunde jedoch ruderte er zurück, als würde er sich nicht trauen. »Passiert den besten, habe ich gehört«, sagte er rau.

»Ganz nach dem Motto: Jedes Genie ist ein bisschen verrückt?«

Langsam verzog er die Lippen zu einem Lächeln. Ich musterte das Buch in seiner Hand, seinen Daumen, die kurzen Nägel, dann sein Gesicht. Zerzauste Locken fielen ihm in die Stirn, während seine Nase von der Kälte leicht gerötet wirkte.

Gregor war schön.

Gregor war immer so schön.

Heiser räusperte ich mich. »Ich fühle mich übrigens nicht überfallen. Ich mag es, wenn du hier bist, Gregor.«

»Ja?«

Seine Augen glühten auf. Braun und grün und tief.

Hastig schloss ich auf und ließ uns rein. Gregors Schuhe wirkten riesig neben meiner Ansammlung von Boots und Stiefeln, doch als ich uns auf Socken in die Küche lotste, fühlte ich mich weder mächtig noch klein. Es war schlicht okay, an diesem Dienstagabend mit ihm auf meinen Küchenfliesen zu stehen.

»Tee?«, fragte ich.

»Klar«, stimmte er zu.

Also kochte ich Wasser auf, bevor ich es in meine pastellfarbenen Keramiktassen füllte und wir uns damit an den Tisch setzten. Mein Geschirr war Instagram-tauglich, perfekt, um meine monatlichen Buchempfehlungen in Szene zu setzen. Gregor hingegen mit seinem Oberschenkel, der beinahe beiläufig meinen berührte, war einfach echt.

»Okay«, begann er. »Du bist also weggelaufen?«

Nickend senkte ich den Blick zu meiner Tasse, die ich mit allen zehn Fingern umklammert hielt – und begann zu erzählen. Von dem Tag, von Mama und ihren Krümeln, von meinen Freundinnen und ihren Gehässigkeiten, von der Rezension und meinen Gefühlen, die mich so ankotzten.

Aber, liebe Lucy, ist es nicht unattraktiv, Unsicherheiten derart offenzulegen? Wenn Selbstbewusstsein sexy ist, sind Schwäche und Minderwertigkeitskomplexe dann nicht das Gegenteil?

Angebliche Datingexperten würden diesem Gedanken recht geben. Immerhin versuchten sie uns das in ihren Reels einzutrichtern. Aber ich konnte nichts dafür. Gregor sah mich an und ich konnte nicht lügen. Gregors kleiner Finger berührte meinen und ich wollte ihm all die Gründe dafür nennen, wieso ich mich selbst nicht verstand. Er hingegen hörte zu, kippte den Kopf, setzte sich auf und umklammerte mich mit immer mehr Fingern, während er die genau richtigen Nachfragen stellte: *Wie meinst du das? Ich verstehe nicht. Wieso glaubst du, fühlst du dich so?*

Es war ein Gespräch, wie ich es mit Manda und Tillie geführt hätte. Keins, das ich mit Gregor jemals in Berlin gehabt hätte. Damals war unsere Verliebtheit doch magisch gewesen, filmisch beinahe. In meiner Vorstellung hatten wir uns ohne Worte verstanden und genau deshalb am Ende nicht mehr. Worte waren das, was uns gefehlt hatte.

Jetzt war alles anders.

Gregor konnte meine Gedanken nicht lesen. Gregor musste fragen und ich musste erklären. Das war Kommunikation und sie war wichtig. Diese Art von Gesprächen wurde in Filmen nie gezeigt, weil für die Honeymoon-Phase bloß Liebesszenen aneinandergereiht wurden, bei denen Zuschauerinnen sich fragten, wieso ihr Sexleben nicht so aussah.

Allerdings – was war diese Leidenschaft schon? Natürlich fühlte sie sich unglaublich an, am Ende war sie jedoch nicht mehr als eine vergängliche Momentaufnahme. Einen Orgasmus konnte man nur hinauszögern und nicht festhalten, aber Gregor hielt meine Hand die ganze Zeit.

»Und ich weiß auch nicht«, fuhr ich fort. »Morgen habe ich den Kommentar möglicherweise schon wieder verdrängt. Doch jetzt will dieser eine Teil von mir diesen Kommentar auf Social Media zerlegen wie eine Deutschklausur. Ich will mich vor eine Kamera setzen und ihn vorlesen, damit die Leute wissen, dass ich eine echte Person bin und diese Rezensionen lese. Dass ihre Worte sich in mich hineingraben und all das nichts mehr mit konstruktiver Kritik zu tun hat. Meine Stimme ist meine Stimme. Und ja, ich bin dauernd lost, aber ich bin nicht lost, wenn wir uns vor dieses Podcast-Mikro setzen. Das ist faktisch falsch. Ich weiß dort genau, wovon ich rede.«

»Natürlich.« Gregors Kiefer mahlte. »Du bist die beste Moderatorin, die *Campuskitsch* je hatte. Ohne Spaß.«

Seine Stimme hob sich, bis sie beinahe vibrierte. Allerdings würde über ihn niemals gesagt werden, er klänge quietschig. Aus dem schlichten Grund, dass er ein Mann war. Er wurde anders wahrgenommen als ich. Selbst wenn man mein Gesicht nicht sah, wurde ich sexistisch behandelt.

Doch dann drückte Gregor meine Hand und fragte: »Willst du das? Wenn ja, musst du es machen. Ich helfe dir, wo ich kann. Also nur, wenn du es willst.«

Und alles war nicht mehr ganz so beschissen.

Kurz hielt ich inne. Wollte ich es? Ich dachte an die Möglichkeit, dass das Video viral gehen könnte, an die Hasskommentare, die ich damit anziehen würde. An die andere Option, dass der Algorithmus mich heute nicht mochte und meine Message niemanden interessieren würde.

»Nein.« Ich schüttelte den Kopf. »Der Großteil in mir will das gar nicht. Eigentlich will ich das alles für heute nur vergessen. Manchmal ist es einfach so anstrengend, eine Meinung zu haben. Alle wollen dich zerreißen. Alle wollen dich brechen, aber wieso eigentlich? Sie selbst werden dadurch nicht ganz. Wissen sie das nicht?«

»Ich glaube, die wissen gar nichts.«

»Ja«, bestätigte ich mit Nachdruck, bevor Gregor mich einen unendlich langen Moment ansah.

»Okay. Vergessen. Du. Ich. Jetzt.« Er erhob sich und streckte die Hand nach mir aus. »Wenn ich bitten darf?«

Ich konnte nicht anders. Ich musste lachen, weil er so ernst klang. »Natürlich«, erwiderte ich trotzdem und legte meine Finger in seine.

Behutsam zog Gregor mich auf die Füße, wobei mein Oberkörper seinen streifte und meine Handfläche auf seiner Brust landete.

»Lu«, murmelte er belegt.

Und er sagte es so, wie er Lu immer sagte, eine Stufe zu tief und vertraut. In meiner Magengegend flatterte es und es waren keine Schmetterlinge. Es war größer, wilder, mächtiger. Tsunamiartig.

»Ja?«, erwiderte ich leise.

»Sag mir, was du machen willst.«

Küssen, dachte ich. *Lecken, schaben, schmecken, etwas von dir mit etwas von mir berühren.* Ich wusste, dass Leidenschaft nicht alles bedeutete, doch sie pulsierte so verdammt greifbar zwischen uns.

»Keine Ahnung«, meinte ich natürlich stattdessen.

»Das stimmt nicht«, widersprach er. »Wie vergisst du am besten?«

»Ich …« In meinem Kopf ratterte es, während Gregor mich abwartend ansah. »Ich glaube, ich weiß was.«

»Und das wäre?«

Gott, seine Stimme klang weiterhin so, als würde sie jeden Moment reißen.

»Ich verrate es dir nur unter einer Bedingung.«

»Die da wäre?«

»Du …« Nervös fummelte ich am Saum meines Shirts. »Du darfst nicht lachen, okay?«

PUZZLENÄCHTE

am besten, wenn dein Puzzle die Farbe von Kaugummi hat

Ich lachte die ganze Zeit.

Zu meiner Verteidigung: Alle im Studio 69 lachten.

»Hier mein Witz der Extraklasse: Was läuft in der Dämmerung durch den verschneiten Winterwald und singt *Summertime Sadness*?«, fragte die Frau mit dem kahl geschorenen Kopf, während sie auf der improvisierten Bühne beschienen wurde. »Na? Keine Antwort? Mensch, Lana del Reh natürlich!«

Das Publikum prustete los.

»Gott«, murmelte Lucy neben mir, während sie an ihrem Strohhalm zog. »Es ist so grottig, dass es gut ist.«

Offensichtlich war es absichtlich schlecht. Sausaltio Sandy war die letzte Comedian des Abends.

Jepp, Lucy hatte mich zu einem Comedyabend geschleppt. *Irgendwie wollte ich schon immer mal zu einem gehen. Manda hatte sogar mal die Schnapsidee, auch aufzutreten. Hat sie natürlich wieder verworfen. Jedenfalls habe ich vorhin im Zug Werbung dafür gesehen und … ja, wieso nicht? Ich glaube, es könnte cool werden. Und eine Ablenkung. Was sagst du?*

Natürlich hatte ich Ja gesagt. Und ich hatte es keine Sekunde bereut. Selbst als die Show vorbei war und ich immer noch nicht wusste, was zur Hölle ich soeben erlebt hatte. Aber es spielte sowieso keine Rolle, weil Lucys Hand meine immer wieder berührt hatte und mein gesamter Körper kribbelte.

Als sie mich jetzt aus dem Lokal zog, während einige Gäste immer noch angetrunken applaudierten, war alles irgendwie gut.

»Und, *Beck*?« Herausfordernd wackelte sie mit den Brauen. »Bist du bereit für den nächsten Punkt auf meiner Vergessen-Liste?«

»Sag mir, *Wagner*, was steht als Nächstes auf deiner Liste, von der ich nicht mal wusste, dass du sie gemacht hast?«

»Komm schon. Ich bin Lucy. Listen fertige ich wortwörtlich im Schlaf an.« Sie nickte nach links. »Wir müssen in diese Richtung. Und dann wahrscheinlich zu dir, weil deine Wohnung näher ist und ich keine Lust habe, mir weiterhin den Arsch abzufrieren. Und dann …« Plötzlich rissen ihre Augen auf. »Oh Gott, habe ich mich gerade selbst eingeladen?«

»Lucy, du kannst dich immer bei mir einladen.« Die Ernsthaftigkeit in meiner Stimme stand so dezibellaut zwischen uns, dass Lucy mich nur schweigend vom Lokal wegführen konnte.

»Wir brauchen zwei Sachen«, sagte sie wenig später, als wir die Schiebetüren eines großen Supermarkts passierten. Sie hob einen Zeigefinger. »Erstens: Giotto Zimtstern.« Nun nahm sie auch den Mittelfinger dazu. »Und ein Puzzle.«

»Ein Puzzle?«

»Hey!« Sie klopfte mir gegen die Schulter. »Es wird nicht gelacht. Und ja, wir müssen uns ein Puzzle aussuchen. Ich wollte es mal ausprobieren. Es soll entspannen.«

»Liebe Kunden, es ist einundzwanzig Uhr fünfundfünfzig. Unsere Filiale schließt in wenigen Minuten. Bitte begeben Sie sich zur Kasse.«

»Dann hoffen wir mal, dass wir unter Druck motivtechnisch gute Entscheidungen fällen.« Wie Kinder rannten wir los und ... entschieden uns für das beschissenste Motiv überhaupt. Das Puzzle besaß fünfhundert Teile, war reduziert und Hubba-Bubba-Kaugummiverpackung-grellpink. An der Kasse waren wir die Letzten. Sobald wir aus der Tür getreten waren, Lucy mit den weihnachtlichen Giotto und ich mit dem fucking Puzzle unter dem Arm, begann es zu nieseln.

»Mama?«, fragte ein Kind hoffnungsvoll. »Ist das endlich Schnee?«

»Nein, Schatz. Dafür ist es noch zu warm.«

Und es war warm. Auf dem gesamten Weg zu meiner Wohnung, an roten Ampeln, als wir diesen Zebrastreifen überquerten und ich ihre Hand nehmen wollte, mich jedoch nicht traute. In meinem Treppenhaus angekommen wurde es nur noch schlimmer. Kaum mehr auszuhalten war es, als wir schließlich eintraten. Auch hier steuerten wir die Küche an, wo ich hastig meinen Laptop vom Tisch nahm. Lucys Blick brannte dabei in meinem Rücken.

Einbildung, Beck. Du überdramatisierst, weil du das nicht in deinem Manuskript hinbekommst. Das nennt sich Kompensation.

Allerdings hatte die Stimme unrecht. Denn gerade, als ich das Gerät weglegen wollte, hörte ich Lucy.

»Du schuldest mir immer noch dein Manuskript.«

»W...was?« Langsam drehte ich mich um, während mein Puls raste.

»Wieso guckst du denn so erschrocken?« Glucksend vergrub Lucy die Hände in den Pulloverärmeln. »Wir haben darüber geredet, weißt du nicht mehr? Du schickst mir einen von deinen Werkstatttexten, wenn ich dir das Porträt von Emma zum Testlesen gebe. Du hast es sogar letzte Woche vorgeschlagen. Schon vergessen?« Sie legte den Kopf schief.

»Oder warte«, sagte sie, bevor ich etwas erwidern konnte. »Lass es uns jetzt gleich machen.« Sie fischte ihr Handy aus der Tasche und tippte ein paarmal darauf herum. »Okay, fertig. Jetzt du. Schick mir was von dir.« Euphorisch nickte sie zu meinem Laptop.

Nervös begann ich, mit dem rechten Fuß auf den Boden zu klopfen, bevor ich den Laptop zögerlich hochfuhr und wahllos ein Doc anklickte, das ich für die letzte Textwerkstatt abgegeben hatte.

In der Zwischenzeit hatte Lucy damit begonnen, die Mengen an Proteinpulver und Supplements auf meiner Fensterbank zu mustern. »Krass«, kommentierte sie. »Du könntest ja einen eigenen Laden damit aufmachen.«

»Ach was, das ist nichts«, erklärte ich, während ich mit zitternden Fingern nebenbei auf Senden und anschließend auf Herunterfahren klickte. »Das meiste davon geht viel zu schnell leer. Vor allem Isoclear, das dann wiederum ständig ausverkauft ist.«

»Isoclear?«

»Ist so was wie ein Proteinshake, nur in der Eisteeversion. Schmeckt am besten.«

»Du bist richtig drin in diesem Fitnessgame, oder?« Mit geschlitzten Lidern überflog Lucy die Etiketten erneut. »Ist das nicht manchmal anstrengend?«, fragte sie zögerlich. »Die Disziplin? Das Gym? Darauf zu achten, dass du genug Protein zu dir nimmst?«

»Nicht wirklich. Es ist alles automatisiert.«

»Und wieso hast du damit angefangen?« Lucy schluckte, weil ihr klar sein musste, dass es eine riskante Frage war.

Du warst der Grund. Immer nur du. Und ich weiß, du würdest es nicht mögen, das zu hören, weil du mir dann vorwerfen würdest, es wäre ein Filmsatz – was es auch ist. Doch es macht ihn nicht weniger wahr.

Ich wollte kein Lauch mehr sein, für voll und ernst genommen werden.

Ich wollte nicht, dass andere Männer meine Oberarme musterten und mir mit ihrem Blick indirekt mitteilten, dass ich mal ein richtiger Mann werden sollte.

Ich wollte mich selbst weniger hassen.

»Hatte viele Gründe«, fasste ich wahrheitsgemäß zusammen. »Ich war so unsicher damals. Natürlich ist nicht alles plötzlich besser, wenn dein Bizeps endlich vorhanden ist, aber meistens *fühle* ich mich besser, wenn ich trainiere, und das ist irgendwie die Hauptsache, oder?«

Lucy sagte lange nichts, bevor sie schließlich nickte. »Ja.« Ihr Blick lag nur auf mir. »Das ist die Hauptsache.«

Meine Deckenleuchte war billig und hässlich, doch Lucy sah so wunderschön darunter aus. Meine Finger zuckten. Ich musste etwas anfassen, ich wollte sie berühren, meinte damit nicht ihre Haut, sondern ganz kitschig ihr Herz.

»Also«, sagte ich heiser. »Puzzeln wir jetzt?«

»Klar«, antwortete sie mir. »Mit *Fleabag*?«

»Nah«, überraschte ich mich selbst. »Hab eine bessere Idee.«

ÜBERSCHWEMMEN
1. Flut
2. schlafen mit ihm

Selbst Puzzeln war spektakulär mit ihm.

Obwohl wir Nieten darin waren. Immerhin hatten wir kaum mehr geschafft, als die Randteile herauszusuchen.

Wir hockten einander gegenüber. Über uns brannte gelbes Licht und vor uns befand sich nichts als Pink. In meinen Ohren dröhnte das Hörbuch zu dem Spicy-TikTok-Roman, den Gregor sich meinetwegen gekauft hatte. Dabei pulsierte es in meinem Schritt.

Sag mir, was du willst, hauchte er an meinem Nacken.

Eine Gänsehaut breitete sich von meinem Haaransatz über meinen gesamten Körper aus.

Du weißt, was, wimmerte ich.

Gregor begann unruhig, auf den Oberschenkeln umherzurutschen.

Sprich es aus.

Meine Kehle war staubtrocken.

Deinen Schwanz. In mir.

Ruckartig erhob sich Gregor von seinem Stuhl. Auf wackligen Beinen stolperte er zur Spüle und ließ sich Leitungswasser in ein Glas. Seine Finger bebten. »Fuck«, fluchte er.

»Ähm?« Zögerlich ließ ich das Puzzleteil fallen, das ich kurz zuvor genommen hatte, und stand ebenfalls auf. »Alles okay bei dir?« Ich trat auf ihn zu und wollte ihn berühren, wollte ihm sagen, wie gut ich mich mit ihm fühlte. Dass ich ihn so sehr mochte, so verliebt in ihn war, dass ich es ein zweites Mal riskierte, ihn nie wieder zu kennen. Doch ich traute mich nicht, weil seine drahtigen Schultern derart verspannt wirkten.

Er stellte das Glas in seiner Hand ab und schien nicht einmal zu bemerken, wie das Wasser überschwappte, weil es derselbe Moment war, in dem unsere Blicke sich trafen.

Seine Pupillen waren riesig und glasig, überzogen von dieser schimmernden Schicht, die ihn jedes Mal aufs Neue verriet. Ich fühlte, was Gregor fühlte, weil er so heftig fühlte.

»Ich halte es nicht mehr aus«, murmelte er heiser.

Gott, allein dieser kratzige Stimmton. Was er mit mir anstellte, während die Hörbuchsprecherin im Hintergrund von Vögeln im Stehen sprach. Es war Mittwoch. Mitternacht. In Deutschland. Draußen schlief die Welt, hier drinnen waren wir allerdings hellwach.

»Das«, stellte er klar und deutete von sich zu mir. »Ich halte Abstand nicht aus, wenn ich darüber nachdenke, dass du mich genauso sehr wollen könntest wie ich dich. Und ich weiß, dass …«

»Ich will dich sehr, Gregor.«

Da. Ich hatte es gesagt. Ich hatte Angst vor so vielem, insbesondere davor, was dieser Satz zwischen uns verändern könnte. Aber nicht, als Gregor jetzt mein Gesicht in seine Hände nahm. Zärtlich umrahmte er meine Wangen. Ich spürte den Puls unter seinen Fingerspitzen. *Sein Herz.* Ich spürte, wie es schlug und pochte und pulsierte.

»Sag das noch mal«, verlangte er.

Langsam streifte ich mit meinen Lippen seine. »Ich will dich so sehr.«

Es waren bloß Worte. Schlicht. Simpel. Schon tausendmal ausgesprochen und in Liebesromanen viel zu oft verwendet. Doch sie stimmten. Vielleicht musste Liebe nicht brandneu und besonders sein.

Vielleicht musste sie einfach nur echt sein.

Und als Gregor mich unvermittelt umdrehte, war verflucht noch mal alles echt. Mein Körper, sein Körper, mein Herzschlag, seine Hände. Wir waren so echt, dass es wehtat, wehtat auf die beste Weise dieser Welt.

Ich spürte ihn hinter mir. Wie er seine Finger bestimmt zu meiner Taille wandern ließ, während er mit der anderen meinen Zopf anhob und den Mund auf die empfindliche Stelle hinter meinem Ohr presste. Ich spürte seine Nasenspitze in meinem Nacken. Seine Hand an meinem Oberarm, als er mir den Pullover mitsamt den BH-Trägern nach unten schob und begann, sich an meiner Haut entlangzulecken. Mir entfuhr ein Keuchen, weil seine Berührungen so dringlich waren. Als würde er sterben, wenn er mich jetzt nicht berühren könnte.

Diesmal ballte er keine Faust in meinen Shirtstoff. Stattdessen ließ er die großen Hände über meinen Rücken und Arm wandern. Hektisch, schnell. Er krallte die Finger in mein Haar, während er mich fieberhaft küsste. Dabei löste sich mein Zopf, der Gummi fiel zu Boden. Ich biss mir auf die Lippen, um nicht laut aufzustöhnen. Ich spürte seine Fingernägel heiß an meiner Kopfhaut, während er sich dichter an mich presste. Ganz genau konnte ich uns dabei in der Fensterscheibe beobachten.

Oh Gott.

Jetzt spürte ich seine Erektion pulsierend an meinem Hintern. Er schabte über mein Ohr, biss leicht zu, schabte weiter. Ich konnte nicht anders, als mich an ihm zu reiben.

Es war *so* gut.

Als Gregor dann endlich seine Lippen auf meine presste, fühlte ich mich so gewollt. So mächtig, weil er mich tatsächlich genauso wollte, wie ich war.

»Mmmh«, stöhnte er.

Meine Knie wurden weich. Mmmh. Er umkreiste meine Nippel über dem Shirt. Mmmh. Sein Schoß presste sich bestimmter gegen meinen Hintern. Mmmh. Seine Hände wurden immer heißer. Mmmh. Seine Zunge auf meiner Haut. Mmmh. Sein bestimmter Griff in meinem Haar. Mmmmh. Sein Atem dicht an meinem Ohr.

»Setz dich auf den Tisch.« Seine Stimme klang so verdammt belegt. »Lass mich dich noch mal lecken. Diesmal richtig. Willst du?«

Mit pochendem Unterleib drehte ich mich um. Gregors Locken waren zerzaust, die Haut gerötet. Sein gesamter Körper vibrierte, weil er meinen so sehr wollte.

Es war das beste Gefühl auf der Welt.

»Ich will mich nicht auf den Tisch setzen«, murmelte ich mutig. »Ich will in dein Bett. Mit dir.«

»Lu.« Mein Name war kein Name. Mein Name war gleichzeitig ein Stöhnen und eine Warnung und ein Flehen und eine Frage. »Bist du dir sicher?«

Dutzende Flecken überzogen seinen Hals, während die Erektion sich deutlich gegen seinen Hosenstall presste. Gregor wollte mich, Gregor wollte Sex. Doch auch sein Adamsapfel ploppte hervor. Irgendwie nervös.

»Sicher«, sagte ich und da veränderte sich unsere Energie.

Ich war diejenige, die ihn an der Hand nahm. Ich zog ihn zu einer Tür, von der ich annahm, dass sich dahinter sein Schlafzimmer befand – und ich hatte recht. Ich knipste nur das kleine Nachttischlicht an. Ich dirigierte ihn so auf das Bett, dass sein Kopf sanft gegen das Headboard fiel. Ich setzte mich auf seinen Schoß, spreizte die Beine, spürte ihn hart unter mir und begann mich an ihm zu reiben.

»Was soll ich tun?«

Seine Atemlosigkeit feuerte mich an. Ich bewegte mich noch heftiger auf ihm, spürte, wie das Blut in meinen Adern rauschte.

»Saug an meinem Hals«, erklärte ich.

Sofort spürte ich seine große Hand in meinem Nacken. Langsam leckte er sich an meinem Hals hinab, während sein Griff sich verstärkte. Es konnte kein Zufall sein, dass ich genau dann stöhnte, als er keuchte. Eine Ewigkeit lang küssten wir uns so. Unser Kuss hatte einen Anfang, aber kein Ende. Es war die beste Art, die hungrigste, die gierigste, bis es nicht mehr reichte. Sein Shirt musste aus. Ich musste Haut spüren. Gregor fühlen und nie wieder damit aufhören.

Gott, ich hatte noch nie so viel Lust gehabt.

Fahrig nestelte ich am Saum seines Shirts. »Kann ich dich ausziehen?«, flüsterte ich.

Abrupt hielt er in unserem Kuss inne, bevor er sich ein Stück von mir löste.

»Was?« Ich leckte mir über die Lippen, anschließend grinste ich. »Dachtest du, du bist der Einzige, der auf Konsens steht?«

Seine Mundwinkel verzogen sich zu einem Lächeln. Mein Herz fühlte sich so weit und leicht an, als wäre ich schwerelos unter Wasser.

»Ja«, raunte er und seine Stimme klang nach purem Sex. »Du darfst mich ausziehen.«

Meine Finger kribbelten, als ich ihm das Shirt über den Kopf stülpte. Gregor glühte, war so heiß, dass ich es nicht aushielt. Und er musste dasselbe denken, denn sofort zog er mich wieder zu sich. Er küsste mich. Direkt und mit Zunge, es war hart und heftig und dazwischen so unendlich zärtlich.

Ich ertastete seinen Hosenbund, öffnete den Gürtel und den Knopf, bevor Gregor sich die Jeans von den Beinen strampelte. Jeder Muskel in seinem Körper spannte sich an, in seiner engen Boxershorts pochte es groß und dringlich.

Gregor war nicht aufgepumpt. Gregor war heiß und schön und genau richtig, dass ich nicht wusste, wohin mit mir, als er den Arm plötzlich ausstreckte und seinen Daumen auf meinen Mund presste. Meine Lippen teilten sich, ich saugte an seiner Daumenspitze. *Ich verglühe*, dachte ich, als Gregor stöhnte, laut und hemmungslos, allein von dieser Berührung.

»Jetzt du«, sagte er. »Darf ich dich ausziehen?«

Alles in mir schrie *JA, JA, JA*, doch ich brachte nur ein Nicken zustande. Und Gregor, dieser Idiot, nahm sich Zeit. Langsam – quälend, quälend langsam – streifte er mir Pullover und Shirt vom Körper, bis wir beide in Unterwäsche voreinander lagen.

»Den auch«, flüsterte er und öffnete meinen BH.

Kurz war da dieser Drang, die Arme vor meinem Oberkörper zu verschränken. Meine Brüste waren garantiert nicht gleich groß. Was, wenn es ihm auffiel? Würde er es komisch finden? Es machte mich unsicher. Denn ja, ich hatte Lust, aber ich war immer noch ich. Ich nahm mich immer selbst mit, ganz egal, bei wem und mit wem ich schlief.

Doch Gregor presste seinen Mund so schnell auf meine

Brustwarzen, dass ich nicht mehr darüber nachdenken wollte. Wen interessierte das schon? Dann waren meine Brüste eben nicht identisch. Vielleicht waren meine Beine stoppelig. Vielleicht wirkte mein Bauch in dieser Position unvorteilhaft.

Es war egal.

So was von egal, weil Gregor sich durch seine Boxershorts an mir rieb und meine Beine sich spreizten. Es war ein schneller und unkontrollierter Rhythmus. Keine Bewegungen, nur Stöße. So sehr wollten wir uns.

Ich setzte mich auf – auf ihn – spürte seine Spitze direkt an meiner empfindlichsten Stelle und dachte: *Ich könnte allein davon kommen.*

»Gregor?«

»Lucy?« Seine Hände ruhten auf meinen Hüften, die ich auf und ab bewegte.

»Ich will … also ich …« Ich konnte nicht zu Ende sprechen, weil er mich ansah, seinen Daumen dabei gegen meine Klitoris presste und mich kurz vergessen ließ, wie man atmete. »Ich halte das nicht aus«, stöhnte ich.

»Ich auch nicht. Aber …« Er schüttelte den Kopf, während sein Daumen mich weiter in den Wahnsinn trieb. »Ich hab keine Kondome.«

»Kein Problem.« Ich wog mich gegen seine Hand, während er unter mir immer härter wurde. »Ich hab eins.«

»Wo?«

»Im Portemonnaie.« Meine Lider fielen automatisch zu, weil er den Druck verstärkte. »In diesen spicy Büchern von früher hatte immer nur der Typ ein Kondom in seinem Portemonnaie, die Frau nie. Es ist daher meine Art von Rebellion.«

Unter mir vibrierte es. Gregor lachte, doch es verklang schnell, weil ich mich über ihn beugte und ihn küsste und küsste und küsste, bis meine Beine zitterten. Erst dann erhob ich mich und tappte hastig zu meinem Jutebeutel. Keine Minute später stand ich wieder in seinem Türrahmen. Gregor lag auf dem Rücken, sextrunken und wunderschön, mit der Hand in seiner Boxershorts, weil er es wirklich nicht aushielt.

Ich musste ihn küssen. Jetzt sofort und für immer.

In Rekordgeschwindigkeit kletterte ich auf seinen Schoß. Jetzt war ich diejenige, die unter seine Unterwäsche schlüpfte. Ich griff nach seiner Erektion, packte sie aus, streichelte Gregor so lange auf und ab, bis sein Kiefer zuckte.

»Lucy?«, fragte er irgendwann. »Bist du dir wirklich sicher?«

»Sicher.«

Ich hatte das Wort kaum ausgesprochen, da nestelte er schon an seiner Boxershorts. Ich tat es ihm gleich und zog mir den schwarzen Slip aus. Anschließend waren wir nackt. Splitterfasernackt. Herznackt. Nackter als nackt, als Gregor sich das Kondom überstülpte und dabei nur mich ansah.

»Komm her«, raunte er und streckte die Hand nach mir aus, doch ich schüttelte den Kopf.

»Was ist mit dir?«, flüsterte ich. »Bist du dir auch sicher?«

»Ja«, sagte er und lächelte dabei. Für eine Millisekunde war da nur sein Lächeln. »Ich bin mir sicher.«

In einer geschmeidigen Bewegung umfasste er mein Handgelenk und strich mir über die Haut. Heiß drang seine Zunge in meinen Mund, während er die Hände zwischen meine Beine wandern ließ und meine Feuchtigkeit überall verteilte. Ich umfasste seine Erektion und führte sie zu mir.

Dann krallten seine Nägel sich in meine Haut, während ich tiefer und tiefer und tiefer sank. Bis er ganz in mir war.

Seine Augen waren glasig. Ich war nass. Mein Herz drohte auf die sanfteste Art der Welt zu ertrinken. Und es war der intensivste Moment meines Lebens.

Dann begann ich mich zu bewegen, hielt mich nicht zurück, war hart und schnell und heftig von Anfang an, weil wir genau das waren. Wir waren nicht langsam. Wir waren nie langsam gewesen. Wir vögelten wild und hemmungslos, sein Daumen zwischen meinen Beinen und er tief in mir drin. Die Art, wie wir einander immer näher zogen, Spuren mit unseren Nägeln hinterließen, schwerelos waren und gleichzeitig so schwer miteinander atmeten.

Ich wollte nicht, dass es vorbeiging.

»Ich will nicht, dass es vorbeigeht«, keuchte Gregor, bevor er sich aus mir zurückzog und wir die Position wechselten.

Wir machten es von hinten, Missionar, ich auf ihm und wieder von vorn. Bis ich nicht mehr konnte und stöhnte und dachte, ich würde in all meine Einzelteile zerbersten. Ich hatte mich schon mal so gefühlt, immer dann, wenn ich es mir selbst machte und keine Hemmungen hatte.

Ich hatte das noch nie mit jemand anderem gekonnt.

»Lucy«, stöhnte Gregor, während unsere Haut wieder und wieder und wieder aneinanderklatschte.

Es war hart, vielleicht zu hart für ein zweites erstes Mal miteinander schlafen, doch es war mir egal, denn kurz bevor ich kam, zog Gregor mich zu sich. Er stieß von unten, wobei unsere Blicke sich ineinander verhakten und seine Augen glänzend schimmerten. In ihnen lagen Gefühle über Gefühle, die alle dieselben drei magischen Worte sagten.

Ich dich auch, dachte ich. *Ich dich auch, ich dich auch, ich dich auch.*

»Ich …«, setzte ich an, aber kam nicht weiter.

»Ich weiß«, murmelte Gregor wieder zärtlich und hielt meinen Blick, wie er meine Hüften hielt. »Ich weiß, Lucy.«

Und dann überschwemmte es mich.

SCHREIBER

jemand, der Worte nur in Dokumenten mag

Wasserrauschen weckte mich.

Blinzelnd schreckte ich auf und tastete auf dem Nachttisch nach meinem Handy, das ich dort nicht fand.

Da realisierte ich es.

Ich war bei Gregor, in Gregors Bett, allerdings ohne ihn.

Verschlafen fuhr ich mir über das Gesicht und lauschte. Es klang so, als würde er duschen und dabei Musik hören. War das etwa Cro mit *Letzter Song*? Interessant.

Mit einem Gähnen schaffte ich es aus dem Bett, hatte keine Ahnung, wie spät es war, bloß dass es sich unwirklich anfühlte, hier zu sein. Ich würde nicht so klischeehaft sein und mich fragen, ob das gestern wirklich passiert war. In höchster Auflösung zogen die Bilder von dieser Nacht nämlich an mir vorbei. Wie ich zu Hause gewesen und schließlich geflüchtet war. Gregor vor meiner Tür, die Comedy Night, das Puzzle. Unser Sex. Wie wir danach im Bett gelegen hatten, taub vor lauter Gefühlen. Gregor hatte meine Taille gestreichelt, ich seinen sehnigen Unterarm mit den durchschimmernden Adern. Wann wir eingedämmert waren? Keine Ahnung. Aber als ich jetzt in der Küche nach meinem Handy griff, zeigte mir das Display kurz nach sieben an.

Also ließ ich mir ein Glas Leitungswasser ein, bevor ich mich an den Tisch hockte. Gedankenlos checkte ich meine Nachrichten. Mama hatte gefragt, ob mit dem Podcast alles okay wäre, in der @thegirlnextdoor-Gruppe war es still. Manda hatte mir eine Sprachnachricht geschickt, Tillie hatte mich mit irgendwelchen Screenshots zugespamt. Keine Sekunde später fand ich heraus, dass es Memes zu unseren Persönlichkeitstypen ENFJ (sie) und INFP (ich) waren. Ich wischte mich durch sie hindurch, konnte mich aber nicht konzentrieren.

Ich weiß, Lucy.

Gregors Stimme hallte in meinem Kopf nach, während er nackt unter der Dusche stand. Ich rechnete mit Panik, wartete auf die Angst, die mir befehlen würde, meine Beine in die Hände zu nehmen. Doch ich ließ mich bloß tiefer in den Stuhl sinken, weil sie nicht kam.

Ich fühlte mich gut. Friedlich. Immer noch schwerelos, weil Liebe mich nicht fliegen, sondern schwimmen ließ.

Ich werde es ihm sagen, dachte ich. *Weil ich diesmal alles richtig machen will und Kommunikation wichtig ist.* Ich glaubte nicht an Happy Ends. Aber da war dieser Teil in mir, der daran glaubte, dass für eine Weile alles gut werden könnte.

Und diese Weile war jetzt.

Weil ich ungeduldig wurde, griff ich erneut nach meinem Handy. Ich vermied Social Media, hörte mir stattdessen Mandas Nachricht an und antwortete sogar Mama. Reflexartig checkte ich anschließend meine Mails. Und da war sie, ganz oben. Bevor ich die Mail öffnete, kribbelten meine Finger. Ich war aufgeregt. Neugierig. Erwartungsvoll.

Nachbeben
Gregor Beck
vertreten von der Literaturagentur Schulze
olga.sokolow@schulze-agentur.de

Kapitel I

Kalt, was?

Zwei Wörter, eine Frage. Es ist der erste Satz, den ich ihr sagte. Damals, unter Zittern, mit blauen Lippen und angeschwollenem Herzen. Ich war zwanzig und hatte noch nie ein Mädchen geküsst. Später würde ich sie küssen. Ich bin in sie verliebt. Insgesamt habe ich sechs Frauen in meinem Leben geliebt. Meine Großmutter, meine Tante, meine beiden Cousinen, meine Zwillingsschwester und sie. Bei Liebesfilmen muss ich manchmal weinen, aber immer nur am Ende, dann, wenn alle glücklich sind. Ich habe keine Ahnung von Kunst oder Fotografie, allerdings gibt es dieses Bild, das mich fasziniert. Darauf zu sehen ist eine Frau, spindeldürr mit zu dunklen Brauen und ausdrucksstarken Augen. Sie trägt einen unverschämt kurzen Rock, bestickt mit goldenen Glitzerpailletten, die schimmern wie eine Discokugel im abgefucktesten Viertel der Stadt. Die Frau auf dem Foto – gerade einmal zweiundzwanzig – umklammert darauf eine rechteckige Packung Penne und schaut ausdruckslos in die Kamera. Diese Frau heißt Emma Visser.

Emma Visser ist mit fünfundzwanzig Jahren gestorben. Sie soll großartig gewesen sein, unheimlich talentiert, jemand, der nichts hatte und alles wollte. Aber ich könnte mir noch so viele ihrer Fotos anschauen, mir noch so viele Geschichten über sie anhören, ich wüsste trotzdem nichts. Ich habe sie nie erlebt. Ich habe nie gelebt, als sie gelebt hat. Ich weiß nicht, wer sie war, aber ich weiß, dass ich ohne sie nichts wäre. Emma Visser ist meine Mutter und das hier ist eine Entschuldigung.

Mein Herz sackte hinab, fiel auf den Boden und blutete dort aus. Etwas in mir knackte, starb und zerbarst, während ich wie besessen durch die Seiten scrollte. Doch je weiter ich kam, desto weniger verstand ich.

Liebe Lucy, wieso bist du überhaupt überrascht? So ist das doch mit Gregor, schon vergessen?

Ich hörte die Stimme, ohne sie wirklich wahrzunehmen. All meine Aufmerksamkeit galt dem Text, der in Fragmenten geschrieben war. Was zum Teufel war das? Eine Autobiografie? Eine Biografie über Emma Visser? Ein Brief an Emma Visser? Ein Roman? Fiktion? Wahrheit?

Endlos hämmerten Fragen hinter meiner Stirn, doch eine Sache war glasklar: Emma Visser war Gregors Mutter. Emma Visser, die mit achtzehn von zu Hause ausgerissen war und sieben Jahre später während ihrer Zwillingsgeburt verstorben war.

»Lucy?«

Beim Klang von Gregors Stimme erschrak ich. Mit rasendem Herzen sah ich auf. Wie er nur in engen Boxershorts auf mich zutappte, schnürte mir die Luft ab. Wassertropfen fielen von seinen nachtschwarzen Locken auf die muskulösen Schultern. Ich hasste diesen Trick. Seine Augen wirkten riesig. Das Schlimmste daran? Sie liefen gefühlvollbraungrün über.

Mit geräuschlosen Schritten kam Gregor auf mich zu. Er

lächelte und seine Augen lächelten mit. Er schien so glücklich. So ausgelassen, als wäre der Sturm längst vorbei.

Gregor strahlte, als schiene ihm die Sonne direkt aus dem Arsch.

Dieser Wichser, dieser Wichser, dieser Wichser.

Als er sich neben mir niederließ und seinen Oberschenkel gegen meinen presste, erfror ich an seiner Kälte. Denn natürlich, Gregor Beck hatte kalt geduscht. Ruckartig sprang ich auf und zerdrückte beinahe das Handy zwischen meinen Fingern, doch es war egal.

Nichts spielte mehr eine Rolle.

Nichts außer dem Dokument auf meinem Display.

»Was. Ist. Das?«

Ich zögerte nicht, zog nichts künstlich in die Länge, damit er von selbst mit der Sprache herausrückte. Überdeutlich hielt ich ihm das Handy mit der Titelseite seines Manuskripts vor die Nase. Als seine Augen aufrissen, drohte seine Panik mich zu ersticken.

»Ich kann das …«

»Du kannst das erklären?« Meine Stimme klang zu schrill, deshalb ermahnte ich mich zu tiefen Atemzügen. Ich wollte nicht übertreiben und zu falschen Entschlüssen kommen, aber ein Blick in Gregors Gesicht reichte.

Panik. Horror. Ratlosigkeit. Fast tat er mir leid, wie er hier saß, eins achtzig groß und auf einmal so klein. Allerdings nur fast, denn ich war es, die Gregor verletzt hatte. Und ich hingegen war es so leid, innerlich zu bluten und zu *All Too Well* zu weinen.

Entschlossen zog ich das Handy zurück. Ich brauchte meine Hände, umarmte mich selbst, weil ich mich plötzlich an meiner unbedeckten Haut störte. Ich trug nur Slip und den

Pullover von gestern. Das war keine Rüstung, das war nackt und entblößt und zu wenig.

»Also.« Es überraschte mich selbst, wie ruhig ich klang. »Emma Visser ist deine Mutter.«

»Ich …«

»Ja oder nein, Gregor?«

Er schloss die Augen. Sein Kiefer arbeitete. Seine Finger verhedderten sich in den Locken. Es schmerzte allein vom Zusehen.

»Ja«, murmelte er.

Es war so leise, dass ich es fast nicht verstand, doch ich konzentrierte mich nur auf ihn. Ich war ein Schwamm, würde alles in mich aufsaugen. *Das hier ist ein Interview*, redete ich mir ein. Ich musste professionell sein, das große Ganze nicht aus den Augen verlieren und keine Fragen offenlassen. Denn wenn ich dieses Gespräch wie eine Unterhaltung zwischen Gregor und mir behandelte, würde ich es nicht überleben.

»Okay«, sagte ich also so neutral wie möglich. »Ich fasse zusammen: Niemand hat verstanden, wieso du für deinen Master nach Köln gegangen bist. Dann hast du aus heiterem Himmel die Moderation für *Campuskitsch* bekommen, in dem wir dieses Jahr ausschließlich Alumni wegen des Jubiläums interviewen. Des Weiteren …« *Des Weiteren? Liebe Lucy, du bist ja wirklich in einem Business Meeting.* Ich ignorierte die Stimme wie Rewe-Romeo meine Nachrichten im September: mühelos. »… wusstest du, dass ich das Porträt von Emma Visser schreibe. Und du hast Mila am Ende quasi dazu gedrängt, mir die Co-Moderation zu überlassen.« Ich legte eine Pause ein, um ihm die Möglichkeit zu geben, hineinzugrätschen, etwas zu verbessern, doch Gregor blinzelte mich an, als wüsste er nicht, was er sagen sollte.

Als zerfielen ihm wieder einmal die Worte auf der Zunge.

»Und dann finde ich heraus, dass du die ganze Zeit mit deiner Agentin an einem Manuskript über deine Mutter – über Emma Visser – gesessen hast.«

Heiße Wut flutete meinen Körper und das war gut. Ich musste wütend sein, denn wenn ich damit aufhörte, wäre ich nur noch traurig und verletzt. Das konnte ich nicht zulassen. Das würde mir den Rest geben. Ein zweites Mal.

»Daher«, begann ich, »kannst du es sicherlich verstehen, dass ich mir gerade ziemlich verarscht vorkomme. Dass ich annehmen könnte, du hättest mich nur zu Recherchezwecken für dein verficktes Buch benutzt.«

Gregor schwieg. Als ich bemerkte, wie seine Augen sich mit Tränen füllten, taten meine es auch. Immer wieder setzte er an, brach ab und schüttelte den Kopf. Unter meinen Fingernägeln brannte es, weil ich ihn schütteln wollte, bis die Wahrheit aus ihm herausgefallen wäre. Aber das wäre handgreiflich und übergriffig gewesen und das war ich nicht. Ich respektierte jedermanns Grenzen, nur meine eigenen nicht.

Als er erneut wortlos ansetzte, hätte ich gehen sollen. Die Fakten waren klar. Wieso blieb ich also? Wieso war es genauso wie damals? Warum wünschte ich mir eine Verschwörungstheorie, obwohl die Wahrheit bestätigt war?

Als die erste Träne aus meinen übervollen Augen trat, war sie nicht für Gregor. Heiß und salzig schmeckte sie auf meiner Zunge. Brennende Wut, purer Selbsthass. Ich war so enttäuscht von mir selbst. Wieso hatte ich ihm ein weiteres Mal vertraut?

»Alles klar.« Ich nickte und nickte und nickte und hörte nicht auf damit, als müsste ich mir selbst Mut zusprechen. »Ich werde jetzt gehen.«

»Lucy.«

Ausgerechnet da fand er seine Stimme. Mein Name, er klang so warm und vertraut. So heiser und kratzig. Ich musste schlucken, als Gregor sich erhob und ich die Nässe seiner zitternden Finger um mein Handgelenk spürte.

»Bitte«, flehte er. »Es ist nicht so, wie es aussieht.«

»UND WIE IST ES DANN?« Ich schrie, hysterisch und fuchsteufelswild.

Als hätte ich mich wieder einmal an Trockeneis verbrannt, entzog ich mich seinem Griff, doch der Schaden war bereits angerichtet. Wie besessen starrte ich auf den Boden, auf die Wände, auf die Möbel und seinen beschissenen Proteinvorrat. Überall starrte ich hin, nur nicht in sein Gesicht, weil ich nicht einknicken durfte.

»Ich … ich … ich …« Ich hörte, dass er weinte, doch es zog nicht. Gregor war immer Wasser gewesen. Es war sein Element. Er war so gut darin, traurig zu sein und Leute traurig zu machen. Ich wollte das nicht mehr.

»Vergiss es einfach«, sagte ich.

Er hielt mich nicht auf, als ich mich umdrehte. Dabei hasste ich es, wie ich meine Schritte verlangsamte, weil ich mir wünschte, er würde trotz allem doch etwas sagen. Mich vom Gegenteil überzeugen, kämpfen und nicht wie versteinert dort stehen.

Aber er sagte nichts. Natürlich. Gregor, der Schreiber.

BLAU

1. eine Farbe
2. ein Gefühl (Englisch)
3. mein Leben (meine Interpretation)

Ich spürte mich nicht.

Ich atmete, aber ich atmete nicht wirklich.

Ich wollte aufstehen, aber alles war taub.

Mach was, Beck. Mach was, steh auf, sitz nicht da wie ein verfluchter Statist in deinem eigenen Leben.

Keine Ahnung, wie viel Zeit vergangen war, seitdem Lucy aus meiner Wohnung gerauscht war. Eine Stunde? Zwei Stunden? Fünf?

Irgendwann schaffte ich es, mich aus meiner Starre zu lösen, und fuhr mir mit beiden Händen über das Gesicht. Meine Wangen waren nass, ob von der Dusche oder Tränen, konnte ich nicht sagen. Gerade als ich allerdings aufstehen wollte, vibrierte mein Handy. Sofort dachte mein herzversifftes Gehirn, es wäre Lucy.

Natürlich war sie es nicht.

Isas Name leuchtete mir entgegen. Ich lachte auf und hätte das Teil am liebsten gegen die Wand gescheuert, erinnerte mich allerdings daran, dass ich kein Aggressionsproblem hatte. Das Problem war, dass ich das Problem war.

Ich wusste nicht einmal, wann es angefangen hatte. Mit meiner Entdeckung vor einem Jahr? Damals, als ich herausgefunden hatte, dass meine gesamte Familie und selbst meine Zwillingsschwester mich angelogen hatten? Oder hatte es mit der Buchidee begonnen, mein Leben mit dem künstlerischen Leben meiner verstorbenen Mutter literarisch zu verflechten? Wofür ich die Redaktion von *Campuskitsch* unter waghalsigen Behauptungen davon überzeugt hatte, mir die Moderation zu überlassen? Immerhin war ich Gregor Beck, der angehende Schriftsteller aus Berlin, die Stimme der neuen Generation. *Ja klar.*

Natürlich hasse ich es, dass ich Lucy versehentlich mein Manuskript geschickt hatte. Aber das war garantiert nicht der Grund für diese Scheiße.

Es war meine Schuld.

»Fuck, fuck, fuck«, fluchte ich, atmete zu schnell und zu flach.

Wieso bekam ich so schlecht Luft? War das normal?

FUCK, FUCK, FUCK.

Ich marschierte ins Bad, um mir kaltes Wasser ins Gesicht zu spritzen. Als ich besagtes im Spiegel erspähte, zuckte ich zusammen. Ich sah beschissen und verheult aus. *Das hast du verdient*, dachte ich, aber ich hatte keine Zeit für Selbsthass. Hastig öffnete ich den WhatsApp-Chat mit Lucy und tippte so schnell, dass ich lauter Fehler in die Nachrichten haute.

Ich war so verkorkst und verzweifelt und verliebt. Es war die schlimmste Kombination von allen.

> ich knn das erklären

> wirkich

> Können wir bitte reden?

Ich ließ mich auf den geschlossenen Klodeckel fallen und überlegte ernsthaft, einen langen Text zu tippen, in dem ich mich tausendmal auf unterschiedliche Weisen wiederholen würde. Doch ich musste das persönlich klären, das Richtige tun, nicht den Schwanz einziehen und mich in die Opferrolle stecken, weil das Leben so scheiße war und mir immer nur schlimme Dinge passierten. Ich musste es besser machen als beim letzten Mal.

Okay, Beck. Konzentrier dich. Einatmen. Ausatmen. Kleine Schritte. Keine Panik schieben. Weiterschauen.

ABER ICH WAR PANISCH UND KONNTE VERFLUCHT NOCH MAL NICHT ATMEN.

Meine Panik und ich – man könnte meinen, wir hätten uns bereits aneinander gewöhnt nach all den Jahren, die wir gemeinsam verbracht hatten. Aber das Gegenteil war der Fall.

Ich konnte sie nie ertragen.

So sehr, dass ich es auch jetzt nicht mehr aushielt und das tun musste, was ich immer tat: untertauchen.

Ich schmiss meine Tasche in den Spind des Aqualand, bevor ich förmlich aus der Umkleide rannte. Ich schwamm mich nicht warm, testete das Wasser nicht aus. Bei jedem Zug hämmerte ein Wort immer lauter in meinem Kopf: Lucy.

Ich konnte sie nicht verlieren – nicht, weil sie mir gehörte oder so ein Bullshit, jeder gehörte sich selbst, alles andere war bloß toxisch – ich war schlicht in sie verliebt. Wenn ihr etwas wehtat, tat es mir auch weh.

Und ich tat uns beiden ständig weh.

Aber ist gerade das nicht toxisch?

Fuck.

Laut TikTok war ich vermutlich eine wandelnde Red Flag, weil ich nach dem Schwimmen ernsthaft überlegte, Lucy unangekündigt zu besuchen. Was ich natürlich nicht tat. Sie hatte mir nicht auf meine Nachrichten geantwortet. Sie wollte Abstand, ich musste es respektieren. Außerdem hatte ich es mir versprochen.

Der Tag zog sich wie drei klebrige Ewigkeiten. Ich nahm meine Proteine und ging spazieren, ignorierte Isa und meine Mails, probierte mich sogar an einer fucking geführten Meditation, um mich irgendwie zu beruhigen. Gegen Abend tat ich das, was ich die ganze Zeit über hatte vermeiden wollen.

Ich fand mich vor meinem Laptop wieder.

Selbst ein Schreiber, der sein Schreiben hasste, kroch an seinem Tiefpunkt zu seinem Dokument zurück.

In diesem Zustand zu schreiben, war riskant. Entweder wurde es richtig, richtig gut oder richtig, richtig scheiße. Ich holte tief Luft, öffnete ein neues Dokument und tippte das erste Wort. Meine Kehle schnürte sich zu. Wieder fehlte mir die Luft.

Doch ich konnte nicht aufhören, nicht wieder weglaufen, untertauchen und mich treiben lassen. Ich musste es aushalten.

Ich musste nicht nur meine Panik, sondern auch mich selbst ertragen.

Ich schrieb, bis sich alles in mir blau anfühlte.

Lucy

ALL TOO WELL
wenn dein Herz bricht und bricht und bricht

Damals

Als er mir am ersten Tag nach unserer Abfahrt nicht schrieb, redete ich mir ein, dass etwas dazwischengekommen war. Es kostete viel Mühe und Selbstüberzeugung – doch es gelang mir hin und wieder für ein paar Minuten. Am zweiten Tag wurde es schwieriger. Am dritten gab ich auf und war mir sicher, dass etwas nicht stimmte. Am vierten saß ich den ganzen Abend vor meinem Handy, weil ich dachte, seine Nachricht sonst zu verpassen. Am fünften weinte ich zum ersten Mal seinetwegen in der Dusche, aber es war eine miserable Ortswahl. Jeder Wassertropfen erinnerte mich an ihn. Am sechsten drehte ich das *Red*-Album von Taylor Swift auf und begann, wütend zu werden. Dabei war ich im Grunde traurig, nicht sauer. Und so hielt die Wut nicht, weil meine Liebe mich festhielt. Am siebten begann ich mit den wilden Verschwörungstheorien und war mir sicher, er wäre gestorben. Alles andere machte keinen Sinn. Wieso meldete er sich nicht? Er war in mich verliebt gewesen. Das hatte ich gespürt.

Damals wusste ich noch nicht, dass ein Bauchgefühl kein Beweis war. Damals war ich ein achtzehnjähriges Mädchen, das mit einem geflickten Herzen nach Berlin gefahren war, sich verliebt hatte und dann wortlos abserviert worden war.

Denn Gregor ghostete mich. Insgeheim wusste ich das. Natürlich. Aber ich wollte es nicht wissen. Wollte mich an meine Erinnerungen und die vermeintliche Wahrheit klammern, in der Gregor mir jede Sekunde jedes Tages schreiben konnte.

Ich konnte nicht sagen, wann genau sich die Hoffnung verfärbte, schwarz und bitter wurde. Ich wusste nur, dass es nie wirklich aufhörte. Das Hoffen. Das Lieben. Das Hassen. Das Weinen. Das Aufdrehen von *All Too Well*. Das Schluchzen und Beten, dass niemand mein Zimmer beträte. Der Phantomschmerz links in meiner Brust, wo jetzt nichts mehr war.

Gregor hatte mir das Herz nicht gebrochen.

Mit seinem Schweigen hatte er es lautlos zerbombt.

01:01 UHR
eine Uhrzeit voller Wahrheit

Jetzt

Der Name kam mir sofort.

WÖRTER, DIE ICH DIR AM LIEBSTEN GEGEN DEN KOPF SCHLEUDERN WÜRDE. So nannte ich die neue Datei in meiner Notizenapp. Ich hockte auf meinem Bett, zog die Knie dichter an meine Brust und begann zu tippen.

Anagapesis – du empfindest nichts mehr für die Person, die du einst geliebt hast

Doch meine Finger verharrten sofort schwebend über der Tastatur, weil ich das nicht wirklich so meinte. Schließlich hatte ich dieses Stadium von Gleichgültigkeit noch nicht erreicht.

Dieser Wichser, dieser Wichser, dieser Wichser.

Tief atmete ich durch, während ich Salz auf meinen Lippen schmeckte. Letztes Jahr hatte ich in einer Kolumne gelesen, dass unser Blut denselben Salzanteil besaß wie das

Meer. Das war tröstlich, denn ein Meer war größer als ein See. Einen See könnte ich demnach überkommen, selbst wenn er aus Erinnerungen an Gregor bestand.

Ich nickte mir selbst Mut zu, bevor ich erneut tippte. Diesmal nur Wahrheiten.

> Kalopsia – die Illusion davon, dass etwas schöner scheint, als es ist
>
> Oneirataxia – die Unfähigkeit, die Realität von der Fantasie zu unterscheiden
>
> Habromania – das Trugbild von Glücklichsein

Ich tippte und weinte und weinte und tippte, bis meine Lider ganz schwer wurden. Mittlerweile brannte mir das Handylicht in den Augen, doch ich musste weiterschreiben. Wenn ich jetzt aufhörte, würde ich die Traurigkeit nicht mehr aufhalten können. Also tippte ich weiter, bis ich bei diesem Wort ankam.

> Nemesism – Frustration, Wut oder Aggression gegenüber einem selbst

Es stimmte. Am tiefsten enttäuscht war ich immer noch von mir selbst. Schließlich hatte ich das hier schon einmal erlebt. Frustriert schob ich die Decke zur Seite und stand auf. Die Zeitanzeige der Wanduhr nahm ich dabei wie in Trance wahr. 01:31 Uhr. Unter Tränen scannte ich anschließend den Kühlschrankinhalt und umarmte mich selbst.

Mir war kalt. Bitterbitterbitterbitterkalt.

Dabei spielte es keine Rolle, dass ich mich kurz darauf mit drei Kuscheldecken vor meinem Schreibtisch niederließ. Neben mir stellte ich die Reste einer Bowl ab, weil mein Magen knurrte. Weil ich nicht eines dieser disziplinierten Magazinmädchen war, die bei Traurigkeit ihren Appetit verloren. Nein, mein Bauch knurrte und mein Herz schrie, ich spürte Hunger und Angst und Schmerz und Kälte.

Aber ich würde mich nicht in mein Bett verkriechen und Tränen auf den Bezug weinen. Nicht noch einmal.

Thank you for the anger, I need it for my art.

Instinktiv erinnerte ich mich an die Playlist, die ich gemeinsam mit Manda und Tillie Anfang des Semesters erstellt hatte. Wieso kam mir die Erinnerung so weit weg vor? Wieso kam mir gerade *alles* so weit weg vor?

Ich schaufelte Reis mit Gemüse in meinen Mund, während ich den Laptop hochfuhr. Morgen stand die Sonntagsfrage auf dem Plan, doch ich wollte sie schon jetzt erledigen. Wenn es mir selbst schlecht ging, half ich anderen am besten. Ich hoffte auf eine Liebeskummerfrage, vielleicht sogar auf eine Situation, die meiner ähnelte. Ganz egal, dass ich für die letzte Frage im Jahr eigentlich ein Special zu Neujahrsvorsätzen im Sinne hatte.

Liebe Lucy, ich habe meinem Ex eine zweite Chance gegeben und wurde wieder nur verarscht. Was sagst du dazu?

Das wäre genau das, was ich bräuchte. Ich könnte meine Wut rauslassen und mich leer schreiben, bis ich nichts mehr fühlte.

Ich öffnete den *Liebe-Lucy*-Account auf Google, wollte mich gerade durch die neu eingetroffenen Mails scrollen und mir eine Frage aussuchen, als ich an seinem Namen hängen blieb.

Gregor Beck. In meinem Mailpostfach. Zum zweiten Mal innerhalb von vierundzwanzig Stunden.

Manchmal war ich mir sicher, die Welt verarschte mich. Bis ich mich daran erinnerte, dass die Erde sich einen Dreck um mich scherte. Ich war Nur-Lucy, im wahrsten Sinne des Wortes. Am liebsten würde ich toben. Toben, stürmen, wüten, gigantisch und mächtig sein. Aber ich war cute. 1,57. Niemand würde jemals einen Sturm nach mir benennen.

Mittwoch, 01:01 Uhr
Von: gregorbeck@gmail.com
An: liebelucy@thegirlnextdoor.de
Betreff: (kein Betreff)

Liebe Lucy,

ich weiß, das hier ist gegen die Regeln, denn das ist keine Frage. Alles, was ich zu bieten habe, sind (hoffentlich) Antworten. Es ist mitten in der Nacht und mein Kopf droht zu platzen, weil mein Herz voll mit dir ist. Ehrlich gesagt weiß ich nicht, wo ich anfangen soll, nur, dass ich nicht wie ein selbstmitleidiges Arschloch klingen will. Und da ist dieser Teil von mir, der dir am liebsten doch eine Frage stellen würde. So was wie: Liebe Lucy, was kann ich tun, damit du mit mir redest, denn ich kann und will und muss das erklären, denn es ist nicht so, wie es aussieht

Ich las nicht weiter. Als hätten meine Finger ein Eigenleben, löschten sie die Nachricht, verließen sie das Postfach und suchten nach der Bedeutung von 01:01 Uhr. Google lieferte mir das Ergebnis sofort. Google war das Gegenteil von

Gregor, der ewig vor sich hin erzählte und schrieb, er wolle nicht wie ein jämmerliches Arschloch klingen, dabei allerdings genau das mit seinen Worten fabrizierte.

Mit bebenden Lippen überflog ich die Bedeutung.

01:01 Uhr: Jemand versucht, dich zu vergessen.

Gregor

NACH IHR
kein Epilog

Vergiss es. Vergiss es, das klappt nie, Mann.

Meine innere Stimme war nicht pessimistisch, sondern realistisch. Schon heute Nacht, nach der Mail an Lucy, hatte sie dasselbe gesagt. Und dennoch wollte ich nicht aufgeben.

Lucy und ich waren nicht in Berlin, nicht zum ersten Mal verliebt. Das hier war das zweite Mal und ich würde verdammt noch mal nicht dieselben Fehler begehen.

Genau das war der Grund, wieso ich gerade über den Campus streifte. Ich wollte sie nicht nur finden. Nein, ich wollte das Gespräch suchen, offen kommunizieren und mich entschuldigen. Menschlich und gleichzeitig erwachsen sein, indem ich meine Fehler darlegte und zu ihnen stand. Das Gegenteil von toxisch sein.

Fuck, auf keinen Fall wollte ich toxisch sein.

Zitternd vergrub ich die Hände in den Jackentaschen und blinzelte dabei dem Himmel entgegen.

Lieber Gott, ich glaube, ich glaube nicht an dich, aber bitte, bitte, bitte, bitte lass mich nicht toxisch sein.

Keine zehn Minuten später fand ich Lucy dort, wo ich sie vermutet hatte. Über den Bib-Tisch gebeugt, in schwarzen Stiefeln und einem Rollkragenpullover. Mit einem Kloß im

Hals trat ich auf sie zu. Natürlich spürte ich diesen unsicheren Teenagerteil in mir, der weglaufen wollte, mir sagte, dass ich so was nicht auf die Kette bekam und sowieso alles im Arsch war. Doch ich schob ihn entschlossen zur Seite. Also blieb ich vor Lucy stehen und räusperte mich heiser.

Noch bevor ich den Mund aufmachte, erstarrte sie allerdings in ihrem Tippen. Ihre Hände ballten Fäuste.

»Wir müssen reden«, flüsterte sie und es war keine Frage, sondern eine leise Aufforderung. Lautlos schob sie den Stuhl zurück und erhob sich.

Was in der Bib sonst noch los war? Keine Ahnung. Ich hätte die Umgebung nicht einmal dann beschreiben können, wenn Hartmann und Krüger mich mit meinem Projekt unter Vertrag genommen hätte. Keinen Schimmer, wer panisch nach Sekundärliteratur suchte, kurz bevor es über die Weihnachtstage zurück nach Hause ging. Keinen Schimmer, wer auf den letzten Metern wieder einmal gekonnt prokrastinierte. Ich wusste nur, dass Lucy und ich plötzlich draußen standen, wo sie sich selbst umarmte. Wie vor wenigen Stunden erst in meiner Küche. Wind peitschte ihr Haar nach hinten, als sie plötzlich begann.

»Ich will das nicht.«

»W…was?«

Der Unterschied unserer Stimmlagen war überdeutlich. Sie klang gefasst, ich klang getroffen.

»Ich will nicht, dass du mir Fragen auf *Liebe Lucy* stellst. Ich will deine Erklärungen nicht, weil ich gestern eine gewollt hatte und du sie mir nicht geben konntest. Schon wieder. *Mal* wieder. Ich sage nicht, dass du dich nicht verändert hast. Und ganz ehrlich, Gregor? Ich will auch kein Drama. Ich will nicht ausrasten, dir eine Szene machen, dass du mit einer großen Geste ankommst und um Verzeihung bettelst. Ich …« Ihre Stimme brach, doch als sie die Lider aufschlug, war ihr Blick klar. Wach. Entschlossen. Sie sah mich an und blinzelte nicht einmal. Lucy war vorbereitet. Als hätte sie das hier im Kopf geübt. Und zwar nicht nur einmal. »Ich bin so müde hiervon.« Trocken lachte sie auf. »Ich weiß, dass ich nicht perfekt bin. Ich meine, mein Themesong ist *this is me trying*. Aber ich werde nicht, wie sonst immer, den Fehler bei mir suchen. Kannst du nicht verstehen, wieso ich mich fühle, wie ich mich fühle? Nach allem? Nachdem ich dir eine zweite Chance gegeben habe?«

Ihre Worte waren glatt und simpel, doch sie bohrten sich direkt in mein Herz. Ich spürte es schlagen, aber es konnte nicht schlagen.

Denn es brach ein bisschen.

»Natürlich«, erwiderte ich leise.

Dabei lag mein Blick nur auf ihren Augen, glasig und grau. Hinter meinen eigenen brannte es.

»Gut, dann möchte ich, dass du meine Grenzen respektierst. Ich möchte keine Nachrichten von dir. Ich möchte Abstand und meine damit nicht Pause. Ich wollte dich.« Ihre Finger verkrampften, während sie einen bestimmten Atemzug freiließ. »Ich wollte dich so sehr, Gregor.«

Ich wollte dich so sehr, Gregor.

Jedes Wort sprach sie einzeln aus, jede Silbe betonte sie.

In meinen Ohren begann es laut zu piepen. Auf meiner Zunge brannten Worte, denn ich hatte noch so viel zu sagen.

Ich will nicht, dass wir den Bach runtergehen. Ich kann uns retten. Glaub mir, Lucy. Glaub mir, ich kann das, weil ich noch nie etwas so sehr wollte wie dich und weil ich dich nicht gehen lassen werde. Nicht noch einmal.

Doch sie sah nach links, zurück zur Bib, als wäre sie hier schon lange fertig. Lucy wollte nicht bleiben. Sie wollte weg.

Lucy wollte immer noch Abstand und sie wollte, dass ich ihre Grenzen respektierte.

Also betrachtete ich sie, ein letztes Mal. Ein allerallerletztes Mal, so wie man etwas betrachtete, von dem man befürchtete, dass es einen noch Jahre später heimsuchen würde.

Ich wusste, es war vorbei.

»Abstand«, sagte ich also. »Wenn es das ist, was du willst.«

Das war eine Arschlochmasche, ich wusste es. Wieso tat ich so, als könnte sie ihre Meinung noch ändern?

Weil du das willst, weil du sie liebst.

»Ja«, erwiderte Lucy. »Ich will das.«

Sie atmete aus und ihre Schultern sackten in sich zusammen, doch sie wirkte nicht klein. Lucy war bloß müde. Als hätte sie das hier schon einmal erlebt. Die Erkenntnis darüber brachte meine Hände zum Beben. Ich brauchte Halt, wollte mich an etwas klammern, doch da war bloß ich.

»Okay«, sagte ich trotzdem.

»Gut«, flüsterte Lucy, obwohl rein gar nichts gut war.

Sie drehte sich um und steuerte den Eingang an, bis sie wider Erwarten plötzlich innehielt.

»Ach, Gregor?« Sie griff schon nach der Türklinke, als sie sich noch einmal an mich wandte. »Wegen dem Podcast können wir ja dann einfach im nächsten Jahr reden.«

Natürlich sprach sie den Podcast an. Immerhin war das hier kein tragisches Ende, selbst wenn mein Kopf es zu einem romantisierte.

Es war einfach nur ein *Nach ihr*, so war das nämlich als echter Mensch ohne Epilog.

Lucy

SCHON OKAY
kein Lied, ein Mantra

Ich hörte nichts mehr.

In meinen Ohren knackte es, bevor die Welt ringsum rauschte. In den letzten fünf, sechs, sieben, keine Ahnung wie vielen Minuten war ich nicht Lucy gewesen. Ich war die Idee von einer Lucy gewesen, die souverän und selbstsicher war. Eine Lucy, der es nichts ausmachte, ihrem Double-Trouble-Ex zu sagen, dass es endgültig aus war.

Während ich meinen Arbeitsplatz ansteuerte, zwang ich mich zu langsamen Schritten. Ich wollte nicht rennen, übertreiben, dramatisieren. Als wäre alles in bester Ordnung, packte ich mein Zeug zusammen und warf mir die Jacke über. Doch als ich nach draußen linste, so als befürchtete ich, Gregor würde dort immer noch stehen, konnte ich mir selbst nicht mehr länger etwas vorspielen.

Nichts war in Ordnung.

Wenigstens war Gregor wirklich schon verschwunden, sodass ich unbeobachtet in das Gebäude meiner Fakultät huschen konnte. Instinktiv marschierte ich drei Stockwerke nach oben, weil auf den Toiletten dort immer am wenigsten los war. Auf wackligen Beinen schloss ich mich in eine Kabine ein und ließ mich auf den Klodeckel sinken. Meine Augen brannten, ich wollte mir die Lider reiben, bis sie rot und geschwollen waren. Genauso wie mein Herz, dieses Miststück, sich anfühlte. Ich weinte lautlos zu lautestem Schmerz.

»Scheiße«, fluchte ich. »Scheiße, scheiße, scheiße.«

Heiß segelten Tränen über mein Gesicht. Sie schmeckten nach Salz und Wut. Wieder mal. Ich griff nach meinen AirPods und dem Handy, weil ich Musik brauchte. Doch als ich mein Display entsperrte, sprangen mir sofort die Benachrichtigungen in unserer Gruppe entgegen.

> **Tillie (DIE ERFINDERIN DER WELTBESTEN BLONDIES) @thegirlnextdoor** 👀
> Seid ihr auf dem Campus?

> **Manda @thegirlnextdoor** 👀
> Ja du?

> **Tillie (DIE ERFINDERIN DER WELTBESTEN BLONDIES) @thegirlnextdoor** 👀
> Yes

> **Tillie (DIE ERFINDERIN DER WELTBESTEN BLONDIES) @thegirlnextdoor** 👀
> @lucy und wo bist du, Luuuu?

Ich hätte nicht zurückschreiben müssen. Ich hätte ihre Nachrichten ignorieren und mich weiter in meiner tragischen Toiletteneinsamkeit suhlen können. Doch ich konnte etwas dagegen tun. Ich war nicht machtlos, selbst wenn ich mich so fühlte. Ich hatte mein Leben in der Hand. Ich konnte es steuern. Selbst durch meinen schwärzesten Liebeskummer konnte ich die Richtung bestimmen. So hätte ich es in meiner Sonntagsrubrik gesagt. Ich musste wohl immer noch lernen, mich selbst an meine Ratschläge zu halten – oder es zumindest versuchen.

Ich sah die Worte nicht einmal, die ich auf das Display tippte. Der Tränenschleier war zu dick. Doch das machte nichts, denn das Universum hatte mir vor Jahren nicht Will, sondern Tillie und Manda geschickt. Tillie hatte mich damals gefunden und zu Manda gebracht, jetzt fanden sie mich wieder.

Es fühlte sich an, als wäre nur ein Wimpernschlag vergangen, bevor es an der Kabinentür klopfte. Einmal, zweimal, dreimal, laut, lauter und noch lauter.

Es war Tillies Klopfen.

»Mach auf«, verlangte sie, wobei ihre Stimme den Ton angenommen hatte, der so häufig hervortrat, wenn sie mit ihrer jüngeren Schwester sprach.

»Wir sind hier«, sagte Manda, viel sanfter, so leise, dass ich aufhören musste zu schluchzen, weil ich sie sonst nicht verstanden hätte. »Und Tillie hat sogar auf dem Hinweg klargestellt, dass du ihren Chai haben kannst.«

Weil ich es mir nicht zutraute aufzustehen, lehnte ich mich bloß vor und drehte das Schloss. Keine Sekunde später zog Tillie die Tür auf.

»Hier.« Sofort streckte sie mir ihren Pappbecher mit großen Augen entgegen. »Für dich.«

»Danke.« Keine Ahnung, ob ich das Wort tatsächlich herausgebracht hatte oder bloß tonlos mit den Lippen formte. Dafür wusste ich andere Dinge. Dass Tillies Lippenstiftabdruck auf dem Becher haftete zum Beispiel. Dass ich trotzdem an dem Chai nippte, während meine Freundinnen sich zu mir hockten. Wenn ich mich anstrengte, konnte ich mich selbst in ihren Augen gespiegelt sehen. Klein, mickrig und ziemlich beschädigt. Das war ich, cute und gut und nett in der traurigen Version.

»Bevor du anfängst zu erzählen«, mahnend hob Tillie den Zeigefinger, »was du wirst, weil wir ganz genau wissen wollen, was Gregor Samsa getan hat, haben wir noch etwas anderes zu erledigen.« Unter Klirren kramte sie ihr Handy aus der Tasche hervor und reichte es mir.

»*Thank you for the tragedy, I need it for my art?*« Ich hob die Brauen. »Ich habe ein Déjà-vu. Außerdem, wo ist das *anger* abgeblieben?«

»Zwei Gründe: Deinem Zustand nach zu urteilen, hat Gregor Samsa es richtig übertrieben. Dafür verdient er keinen innovativen Playlistnamen. Außerdem ist er eindeutig tragödienwürdig. Also.« Sie deutete auf ihr Handy. »Was ist? Du kennst das Spiel. Du musst den Ton setzen und den ersten Song auswählen.«

Meine Finger verharrten über der schwarzgrünen App. Es gab tausend Lieder, die ich mit Gregor verband. Ich wusste, welche Bands er mochte. Hätte ich es darauf angelegt, hätte ich seine neuesten Lieblingslieder voraussahnen können wie sein Mix der Woche. Doch ich wollte kein Lied dieser Art.

Ich wollte einen Neuanfang.

»*schon okay* von JEREMIAS«, verkündete ich und tippte die Buchstaben ein.

Manda runzelte die Stirn. »Bist du dir sicher?«

»Ja«, sagte ich und schmeckte meine Tränen weiterhin auf der Zunge. »Weil es ganz klischeehaft noch nicht okay ist, aber okay werden wird, und ich das manifestieren muss.«

Meine Freundinnen widersprachen nicht. Natürlich nicht.

Tillie war Feuer und Flamme, während Manda sich ein Augenrollen über unseren starken Hang zu Esoterik verkniff.

Nach und nach fügten wir der Liste mehr Songs hinzu. Es war wie im Oktober, aber irgendwie auch nicht. Damals war mein Herz nicht gebrochen, nicht einmal angeknackst gewesen. Rewe-Romeo war kein Punkt auf meiner Herzlandschaft. Eine mickrige Pfütze war er gewesen, nicht einmal eingezeichnet. Nur mein Ego hatte er mit seinem Ghosting angekratzt.

Bei Gregor war es anders.

Gregor war alles und ich weinte und ich packte doch Taylor Swift in die Playlist, bis Manda diejenige war, die mich daran erinnerte.

»Es ist noch nicht okay. Aber es wird okay, hörst du?«

LETZTE SÄTZE
nichts, das dich leer machen sollte

Ich würde es schaffen.

Ich würde mein Buch fertigstellen.

Die ganze Nacht hockte ich schon an meinem Küchentisch und tippte.

»Komm schon, komm schon, komm schon«, flüsterte ich vor mich hin, als ich bei einem Satz kurz stockte.

Mein erstes Buch beendete ich, nachdem ich beschlossen hatte, Lucy nicht zu schreiben. Das war vor etwas mehr als zwei Jahren gewesen. Ich tippte dreißigtausend Wörter in zwei Tagen, weil ich die besten Sätze schrieb, wenn es mir scheiße ging. Es war ein Klischee, das stimmte. Ein problematisches, um genau zu sein. Denn es bedeutete, dass du nur ein guter Künstler sein kannst, wenn du gebrochen oder depressiv oder am Arsch oder traumatisiert oder so ganz allgemein verkorkst bist. Und das stimmte nicht. Wie bescheuert wir doch waren. Wieso lechzten wir nach Schmerz? Wieso hieß es nicht: Wir erschufen unsere Kunst, *obwohl* es uns nicht gut ging, nicht *weil*?

Ich schrieb seit Stunden vor mich hin, obwohl Lucy mir gesagt hatte, dass sie nichts mehr von mir wissen wollte. Nicht weil. Aber vielleicht war auch das gelogen. Denn schrieb ich nicht, weil ich mich ablenken wollte? Weil ich sonst befürchtete, mir die Tasche zu schnappen, ins Aqualand zu marschieren, dort unter- und nie wieder aufzutauchen? Oder noch schlimmer: nicht ins Hallenbad, sondern zu Lucy zu fahren und damit toxisch bis zum Gehtnichtmehr zu sein?

Ich wusste es nicht. Ich wusste nur, dass ich es schaffen würde. Ich war beim letzten Kapitel. Bloß noch einige Seiten, ein paar …

Es klingelte.

Kurz brachte mich das Geräusch aus dem Flow, doch ich hielt mich nicht daran auf. Wie besessen schrieb ich weiter, da erklang es erneut. Mit mahlendem Kiefer schob ich den Stuhl nach hinten und erhob mich. Keine Ahnung, womit ich rechnete. Vielleicht mit einem verschwitzten Postboten, der bestellte Weihnachtspakete meiner Nachbarn bei mir parken wollte.

Ich riss die Tür auf und …

Isa.

Sie wollte mich begrüßen, verschluckte sich allerdings bei meinem Anblick.

»Gregor?« Sie klang ehrlich besorgt. »Was ist denn mit dir passiert?«

Hab mir selbst das Herz gebrochen. Mal wieder. Und jetzt tue ich das, was ich seit Wochen hätte tun sollen: Ich schreibe mein verficktes Buch über unsere Mutter endlich zu Ende.

»Hab 'ne Deadline«, murmelte ich.

»Wann hast du die nicht?«

»Lassen wir den Small Talk, hm?« Ich massierte mir die pochenden Schläfen und schloss dabei die Lider. Bloß um sicherzugehen, dass ich mir meine Zwillingsschwester nicht einbildete. Spoiler: Sie war leider echt. »Was machst du hier überhaupt?«

Ich rechnete mit einer dramatischen Entschuldigung, die ihr theatralisch aus dem Mund stolpern würde. Wider Erwarten atmete sie jedoch bloß durch. »Kann ich kurz reinkommen?«, fragte sie. »Ich habe mich auf WhatsApp angekündigt, aber du scheinst ja seit gestern Nachmittag nicht mehr erreichbar zu sein.«

Widerwillig ließ ich sie rein. Die Luft in meinem Eingangsbereich schien zu knistern, ich hörte es ganz deutlich. Alles zwischen Isa und mir war angespannt. Es kribbelte mir sogar unter der Haut.

Gott, wie ich dieses Zwillingsding hasste.

Schließlich lehnte sich Isa gegen die geschlossene Tür und seufzte. »Ich mach es kurz, ja?«

»W…was?«

»Dieses Gespräch. Ich will dich weder nerven noch von deinem Buch abhalten.«

Ich zwickte mir in den Punkt zwischen den Brauen und erinnerte mich an das, was Lucy gesagt hatte: *Wenn du über sie redest, hast du hier eine traurige Furche.* »Was willst du mir sagen?«, flüsterte ich energielos.

»Ganz ehrlich?« Sie zuckte mit den Schultern. »Eigentlich nichts. Ich verstehe, dass du wütend auf mich bist. Auf Oma. Auf Tascha. Trotzdem gab es Gründe und das weißt du. Ich verstehe, dass du Abstand brauchtest, aber es ist Monate her, Gregor. Das, was du machst, ist nicht mehr richtig.« Kraftlos schüttelte sie den Kopf. »Ich bin es so satt, dir Vorträge zu halten, die du sowieso ausblendest. Ich meine, wir sehen uns wochenlang nicht, weil ich weg bin. Ich komme hier sogar angelaufen und dich interessiert nicht mal, wie es mir geht.«

Ich sagte nichts.

»Es tut mir leid. Das meine ich ernst. Oma und Tascha haben einen Fehler gemacht. Ich auch. Aber wir sind Menschen. Fehler gehören dazu. Verzeihen auch. Wenn du das nicht so siehst, dann ist das wohl so.« Ein letztes Mal atmete sie durch. »Es ist Weihnachten. Du bist eingeladen. Ich will, dass du kommst. Alle wollen, dass du kommst. Wenn du das allerdings selbst nicht willst, können wir nichts daran ändern.«

Dann ließ sie die Hand zur Türklinke wandern, öffnete sie – und verschwand.

Was. Zum. Teufel?

Die Frage pochte hinter meiner Stirn und in meiner Brust, während ich zurück in die Küche ging und mir ein Isoclear mixte. Ich stellte es kalt, setzte mich an den Tisch und schüttelte mir die Finger aus.

Endspurt, Beck.

Als meine Finger wieder über der Tastatur schwebten, befürchtete ich kurz, nicht mehr reinzukommen. Doch meine Sorge war so unbegründet.

Es war der einundzwanzigste Dezember, meine Wohnung roch nach Isas Parfum und ich schrieb mein Buch fertig. Einfach so tippte ich den letzten Satz. Es passierte so leise, dass ich es fast nicht bemerkte. Doch als ich das letzte Wort musterte, durchrieselte mich mit einem Mal dieses Gefühl. Kalt, hohl, dumpf.

Leer.

Ich fühlte mich einfach nur leer.

Lucy

FÜR MAMA

meine einzige Widmung

Mama wollte Plätzchen backen.

Dafür lotste sie Elias und mich am Samstagmorgen vor Weihnachten in die Küche, kramte die Ausstechförmchen aus den 2000ern hervor und präsentierte uns gleichzeitig welche, die sie neu gekauft hatte.

»Ich habe sie auf Etsy bestellt.« Sie streckte mir die Förmchen entgegen. »Hab sie entdeckt und musste direkt an dich denken. Es ist zwar kein Weihnachtsmotiv, aber mal eine schöne Abwechslung, nicht wahr?«

Mein Bruder fuhr sich peinlich berührt über den dunkelblonden Bartschatten, während ich den Blick über die Formen schweifen ließ. Die Anatomie einer Gebärmutter und Brüste, daneben der Schriftzug #Girlboss.

»Eins deiner letzten TikToks hat mich dazu inspiriert«, erklärte Mama, während sie die Mehltüte aufriss.

»Na, da musst du schon ein bisschen genauer werden«, kommentierte Elias belustigt. »Lucy ist ein Sklave des Algorithmus. Sie muss vier Videos pro Tag hochladen, sonst ist sie nicht mehr aktuell.«

»Sklave des Algorithmus?« Ich rollte mit den Augen. »Erstens wäre es *Sklavin*. Zweitens reichen auch zwei Videos pro

Tag. Und drittens …« Ich nickte auf die Förmchen. »Sind die echt cool, Mama.«

Sie lächelte mich an, bevor wir Mehl, Zucker und Butter zusammenkneteten. Elias naschte vom Teig, Mama verwarnte ihn. Insgeheim biss ich mir auf die Zunge, weil ein Teil in mir über *Girlboss* diskutieren wollte. Wie scheinheilig-feministisch das war. Nur hinter *Girl* setzten wir *Boss*, als würde Letzteres ausschließlich Männern zustehen. Doch Mama stammte aus einer anderen Generation. Eine, in der man bis auf ewig zusammenblieb, weil man Dinge angeblich reparierte. Allerdings war auch das ein Spruch, den ich nicht mehr hören konnte. Früher waren Frauen finanziell vom Mann abhängig gewesen, wie hätten sie sich da scheiden lassen können?

Ich tat alles, um diese Gedanken aus meinem Gedächtnis zu schieben. Ich warf sie nicht heraus, denn sie waren wichtig, aber alles hatte seine Zeit. Und das hier war Familienzeit. Vorbildlich setzte ich also ein Lächeln auf, bepinselte #Girlboss mit Zuckerguss und sog den Plätzchengeruch in mich auf. Keine Ahnung, ob ich eine gute Show hinlegte. Denn natürlich war ich nicht ich. Wieder war ich in eine Idee von mir geschlüpft. Lucy, die Fröhliche, weil so gut wie Weihnachten war. Nur Mandas und Tillies besorgte Nachrichten erinnerten mich daran, dass es mir in Wahrheit ganz und gar nicht gut ging. Dass tief in meiner Brust etwas aufgerissen war, unsichtbar schrie und blau blutete.

Nicht rot.

Nur blau, blau, blau.

Die meiste Zeit passte die Hülle meines vorübergehenden Ichs wie angegossen. Es lief gut. Wirklich, wirklich gut, bis es draußen dunkel wurde und Regentropfen sanft gegen die Fenster trommelten.

»Und?«, fragte Mama beim Abendessen. »Hast du schon deine Sonntagsfrage vorbereitet?«

Ich verharrte in meiner Bewegung. Wir aßen Wraps und Ofenkartoffeln. Mama verzichtete auf jegliche Kohlenhydrate und hatte sich daher einen Salat gemacht. Es stach nur ein bisschen, als Elias sich die dritte Portion Kartoffeln aufschaufelte und sie ihn dabei beobachtete.

Unsicher schluckte ich. »Es fehlt nur noch der Feinschliff.«

Es war eine komplette Lüge.

Also verabschiedete ich mich nach oben, als Papa die Tannenbaumlichterkette anschloss und es sich gemeinsam mit Mama und Elias auf der Couch gemütlich machte.

»Der Feinschliff«, entschuldigte ich mich. »Ihr wisst schon.«

Wenig später saß ich mit meinem Laptop auf meinem Kinderbett und feuerte mich innerlich selbst an.

Los, Lucy. Schreib irgendetwas über Neujahrsvorsätze und darüber, wie wichtig Neuanfänge sind. Das ist kein Hexenwerk, es muss nicht einmal besonders sein.

Doch es ging nicht. Mit zusammengepressten Lippen starrte ich meinem Doc entgegen, als wäre es mein Endgegner. Denn hier, hier auf diesem Bett, in dem ich so viel geweint hatte, wegen Periodenkrämpfen, der vier Punkte in meinem besten Fach und meinem ersten Liebeskummer, konnte ich mich selbst nicht täuschen.

Es brannte gefährlich hinter meinen Augen. Alles, worüber ich schreiben wollte, war Gregor. Natürlich nicht direkt, sondern versteckt, so wie es die Kreatives-Schreiben-Leute in ihren Werkstätten machten, um cool und egdy, statt weinerlich und pathetisch zu wirken.

Aus Verzweiflung öffnete ich die *Liebe-Lucy*-Datei in meinen Notizen. Instinktiv scrollten meine Finger nach oben, bis ich die Frage erreichte, die ich zuerst in die Datei übertragen hatte. Obwohl sie rein gar nichts mit Gregor zu tun hatte, schmerzte mich schon die erste Silbe.

Liebe Lucy

Hallo, mein Name ist Lucy, ich bin zehn und meine Mutter ist begeisterte Leserin Ihres Magazins. Nun ist es so, dass ihre Pinnwand nach Weihnachten voll mit Ihren seltsamen Shake-Rezepten ist, die einen dazu bringen sollen, schlank ins neue Jahr zu starten. Vielleicht könnten Sie ja einen Diätplan erstellen, der nicht ganz so streng ist? Ich glaube, das würde ihr sehr helfen. Vielen Dank schon mal!

PS: Könnten Sie auch Tipps dazu geben, wie man aufhört, Angst vor Süßigkeiten zu haben?

Lächerlich kindisch, oder? Dennoch hatte mit dieser Frage an ein renommiertes Frauenmagazin alles begonnen. Ewig hatte ich in meinem Tagebuch an ihrer Formulierung gefeilt. Eine Antwort hatte ich trotzdem nie bekommen.

Ich ließ den Kopf gegen die Lehne fallen und überlegte unwillkürlich, welche Fragen ich mir heute stellen würde. Sie würden anders klingen. Härter. Wütender. Fordernder. Ich konnte nichts dafür, dass meine Finger wie von selbst zu tippen begannen.

Wieso ist *Scham* ein Synonym für Vagina? Warum benutzen wir überhaupt *Vagina* statt *Vulva*? Sind wir echt einfach nur ein Loch? Und wieso heißt es überhaupt *das Mädchen* (Neutrum)? Wieso ist es nicht *die Mädchen* (Femininum)?

Wieso ist Mädchen ein Objekt? Liegt es daran, dass man uns mit sechzehn so gut objektifizieren kann? Daran, dass die meisten Männer mir mit fünfzehn hinterhergepfiffen haben, als ich plötzlich Brüste hatte und eine Lehrerin meinte, mein rund ausgeschnittenes Top wirkt wie eine sexuelle Aufforderung? Wieso ist alles, was Frauen tun, sexbezogen? Eine Banane essen, eine Leggins tragen, Squats im Gym machen? Wieso stehen Männer auf große Hintern? Wieso wollen auf einmal alle Frauen einen haben? Wieso habe ich fast geweint, als ich diese Doku namens *BBL: Leben riskieren für den mega Po?* gesehen habe? Die, in der eine Frau mit siebenundzwanzig kerngesunden Jahren ein Testament verfasste für den Fall, dass sie während dieser gefährlichen Schönheitsoperation starb?

Keine Ahnung, wie lange ich mich durch meine Fragen scrollte und den Drang unterdrückte, sie in mein Doc abzutippen. Ich sah die Überschrift meines morgigen Beitrags schon vor mir: *103 Fragen, auf die ich selbst keine Antwort weiß*. Vielleicht hätten meine Leserinnen Tipps. Doch am Ende blieb es das, was es war: Gedankenspielerei.

Als es plötzlich an meiner Tür klopfte, schreckte ich zusammen. Mama wartete nicht darauf, bis ich sie hereinbat. Ein kurzes Klopfen, schon trat sie ein. In ihren Händen balancierte sie ein Tablett mit zwei dampfenden Tassen und einem Teller Plätzchen.

»Störe ich?«, fragte sie und deutete auf meinen Laptop.

»Nein, nein«, sagte ich sofort. »Mache sowieso gerade Pause.«

»Lucy, Liebling, nimm es mir nicht übel, aber du konntest noch nie lügen.« Langsam ließ sie sich am Bettende nieder, bevor sie das Tablett zwischen uns abstellte. »Was ist los, hm? Stockst du bei deiner Frage?«

Ich zuckte mit den Schultern.

»Wie lautet sie denn?« Mama schnappte sich eine der Teetassen. »Vielleicht kann ich helfen?«

Zögerlich wagte ich einen Blick auf mein Doc, doch mein Kopf war schon weiter. *Tu's nicht*, dachte ich. *Tu's nicht, tu's nicht, tu's nicht.* Und dann tat ich es doch.

»Es ist ja die letzte Frage in diesem Jahr, also wollte ich ein Neujahrsspecial machen, aber … Dann kam vorhin diese Frage rein«, begann ich. »Eine Leserin hat mich gefragt, was sie tun soll: Jedes Jahr aufs Neue sind die Feiertage für sie die absolute Hölle. Wegen dem Essen, weil sie Angst hat zuzunehmen. Wohl in ihrem Körper hat sie sich noch nie gefühlt, also nimmt sie sich jeden Dezember vor, ab dem 01.01. so richtig durchzuziehen. Es ist nicht das, worüber ich eigentlich schreiben wollte, allerdings kann ich diese Frage einfach nicht ignorieren, verstehst du?«

Lange sagte Mama nichts. Sie nippte bloß an ihrem Tee und sah sich in meinem Zimmer um. An meinem Bücherregal blieb sie hängen, vollgestopft mit Liebesromanen, die ich heute nicht mehr lesen würde, mit Bad Boys und Motorrädern und Jungfrauen, die beim ersten Mal Sex einen dreifachen Orgasmus hatten, allein durch Penetration.

»Ja.« Mamas Stimme holte mich ins Hier und Jetzt. »Ja, ich glaube, ich verstehe das.«

»Und …« Ich schluckte, denn das hier war gefährliches Terrain. Doch gleichzeitig war es eine Jetzt-oder-nie-Chance. »Hast du eine Idee, wie du darauf antworten würdest?«

»Ich glaube, es gibt keine richtige Antwort.« Mama spielte

an dem Teebändchen. »Ehrlich gesagt gibt es die auf die Fragen, die du beantwortest, doch nie. Im Grunde ist es auch gar nicht wichtig. Du gibst den Leuten das Gefühl, dass du sie hörst. Die Lösung spielt nicht die größte Rolle. Sie wollen Verständnis und du verstehst sie so gut.« Plötzlich wurde ihre Stimme unendlich leise. »Ich bin stolz darauf, dass du meine Tochter bist, Lucy. Das, was du machst, ist der Wahnsinn. Ich wünschte, es hätte mehr Personen wie dich gegeben, als ich jung war.«

»Hättest du mir etwa damals auch eine Frage gestellt?«, witzelte ich, um die Stimmung aufzulockern. Allerdings scheiterte ich meisterhaft, weil nicht einmal Mamas Mundwinkel zuckten.

»Ja«, sagte sie rau. »Ja, ich glaube, ich hätte dir vielleicht wirklich eine Frage geschickt.«

Instinktiv setzte ich mich auf. Ich wollte so gern wissen, wie die Frage gelautet hätte, obwohl ich es mir denken konnte. Mama gab mir allerdings keine Chance dazu.

Lächelnd stand sie auf und nickte auf meinen Laptop. »Dann lasse ich dich mal weiterschreiben, oder?«

»Klar«, brachte ich krächzend hervor.

Wie sie dann aus meinem Zimmer verschwand, kurz winkend und mit dem Ingwertee in der Hand, ohne den Teller Plätzchen angerührt zu haben, brannte sich in mein Gehirn. Ich sah ihr so lange nach, bis sie verschwand, bis die Tür schon lange geschlossen war und ich sie wieder unten mit Elias lachen hörte. Erst dann riss ich mich zusammen und tat das, was ich so gut konnte: Ich verstand. Dann schrieb ich.

Liebe Lucy, wie schließe ich Frieden mit meinem Körper?

Niemand hatte mir diese Frage gestellt, doch es war so, wie Mama gesagt hatte: Ich verstand. Ich würde die Frage mit dem Neujahrsthema verbinden und anschließend zu Dieses-Jahr-nehme-ich-wirklich-ab-Vorsätzen gleiten. So könnte ich es verpacken, richtig machen. Weil es mir wichtig war. Weil ich mich nicht traute, auf der Treppe nach unten zu rennen und Mama etwas fürchterlich Unpassendes zu sagen wie *Wenn Paralleluniversen wirklich existieren, hoffe ich, dass es eins gibt, in dem du Plätzchen an einem Sonntag isst.*

Ich erzählte von falschen Körperbildern, von den 2000er-Jahren, von Bauchketten und Low-Rise-Jeans, die wieder in Mode kamen. Von dieser bedenklichen Annahme, dass nichts so gut schmeckte, wie Dünnsein sich anfühlte. Ich tippte und tippte und tippte mich immer weiter weg von einer Lösung, aber was machte es schon?

Die erste Frage, die ich mir auf *Liebe Lucy* selbst stellte, war nicht für mich, sondern für meine Mutter. *Wenn ich ein Buch schreiben würde*, dachte ich, *würde ich es ihr widmen*. Immer.

Es war derselbe Moment, in dem mein Handy vibrierte und alles in mir so mühelos gefror.

DRAMA-KING

ein Mann, der einfach Gefühl hat
verfickt noch mal

Ich legte mein Handy zur Seite, ließ mich tiefer ins Kissen sinken und schloss die Augen. Zum ersten Mal nach sehr, sehr langer Zeit war alles ruhig. Keine Stimme wollte mich aus meinem Bett zerren, mir befehlen, mich wieder an meinen Schreibtisch zu setzen und mein Buch zu Ende zu schreiben.

Im Grunde hatte mein Plan funktioniert. Ich war nach Köln gezogen, hatte dort studiert, wo meine Mutter studiert hatte, Podcast-Folgen mit ihren ehemaligen Kommilitonen aufgenommen und sogar ein Buch über sie geschrieben. Um mich endlich mit meinem offensichtlichen Mutterkomplex auseinanderzusetzen und dabei irgendwie zu heilen. Was natürlich nicht funktioniert hatte.

Die nächsten Stunden zogen wie Nebel an mir vorbei. Ich träumte einen Traum, ohne mich an seinen Inhalt zu erinnern.

Irgendwann knurrte mein Magen und es fuhr mir durch den gesamten Körper. Es erinnerte mich daran, dass Bauchgrummeln kontraproduktiv war, weil mein Körper sich dann von meinen Muskeln ernährte. Und die wollte ich behalten. Unter Ächzen stand ich auf und trottete in die Küche. Dort lud mein Laptop immer noch auf dem Küchentisch.

»Fuck«, fluchte ich, weil er mich daran erinnerte, dass ich das Manuskript noch an Olga schicken musste. Nach dem Beenden hatte ich es nicht gekonnt. Ich redete mir ein, dass es an dieser Leere lag. Es hatte sich nicht richtig angefühlt und das musste es.

Ich rührte mir irgendeine Magerquarkscheiße zusammen, wobei ich meinem Spiegelbild in der Fensterscheibe begegnete. Der oberkörperfreie Typ mit den zerzausten Locken fragte mich, wieso ich so traurig aussah. Wieso ich zögerte.

Ja, es war Weihnachten. Ja, Olga würde sicherlich erst in drei Tagen in ihr Postfach schauen – wenn überhaupt. Aber wenn ich es jetzt abschickte, hätte ich es weg. Und vielleicht würde ich mich dann endlich frei fühlen. Frei statt leer.

Entschlossen stellte ich die Schüssel mit dem Proteinquark zur Seite, steuerte meinen Laptop an und fuhr ihn hoch. Doch er brauchte Ewigkeiten. Reflexartig öffnete ich Instagram, weil ich nun zu einem von diesen Menschen geworden war. Meine These erwies sich allerdings als richtig: Diese App tat dir nie gut.

Sofort sprang mir ein Beitrag meiner Schwester entgegen. Bei ihrem Anblick fühlte es sich so an, als würde mir jemand mit einem Presslufthammer gegen den Brustkorb donnern. Isa hatte sich selbst vor einer weißen Wand abgelichtet. Sie war knapp bekleidet, mit einem übergroßen Shirt, ohne Hose und mit massiven Boots. Sie blickte ausdruckslos zur Seite, während sie ein mit Edding beschriebenes Plakat in die Kamera hielt.

It's alright. You just forgot who you are. Welcome home.

Ich wusste, was mich erwarten würde, wenn ich das Schwarz-Weiß-Foto zur Seite swipen würde. Mit stark pochendem Herzen tat ich es trotzdem.

Meine Mutter starrte mir entgegen.

Genau die gleiche Pose, genau das gleiche Plakat. Isa sah ihr genauso wenig ähnlich wie ich selbst. Nur den blassen Hautton und die Haare hatten wir von ihr. Emmie, wie Oma sie in den wenigen Momenten nannte, in denen sie von ihr sprach, hatte uns zu dünne Haut vererbt. Sonst nichts. Den Rest hatten wir von unserem Erzeuger, wie Isa ihn so schön dramatisch betitelte. Thore Beck, Emmas Freund, unser Vater, der uns als Kindern Spielzeug während seiner Wochenenden geschenkt und uns dann wie welches behandelt hatte. Seit wir sechs waren, hatte er sich nicht mehr blicken lassen. Keine Ahnung, wo er war, was er trieb, vielleicht nach wie vor etwas mit Immobilien in Spanien. Es war egal. War immer egal gewesen, weil da Oma und unsere Tante Tascha gewesen waren.

Keine Ahnung, wieso es in meinem Herzen knackte, noch bevor ich mir die Bildbeschreibung überhaupt durchlas. Es passierte einfach. Und vielleicht war das ganze Leben so: Es passierte einfach.

> Die letzten Wochen habe ich bei einer Dubliner Gastfamilie verbracht, meiner verstorbenen Mutter auf der Spur. Als sie zweiundzwanzig war, hat sie in Form eines Stipendiums hier fotografiert. Emma Visser war die talentierteste Fotografin, die ich nie kannte. Auf meiner Reise habe ich tatsächlich unveröffentlichte Arbeiten von ihr entdeckt und …

Ich las nicht weiter. Ich vergaß mein Manuskript, meinen Proteinbedarf und vor allen Dingen mich selbst.

»Verdammt, Isa«, fluchte ich und verlor keine Zeit. In meinem Zimmer sprang ich in Straßenkleidung, hielt mich mit keiner Dusche auf, Deo musste reichen. Ich zog mir den Jackenreißverschluss bis zum Kinn hoch, nur um draußen festzustellen, dass mir warm war. Bevor ich die DB-App öffnete, checkte ich das Wetter.

Es war der dreiundzwanzigste Dezember und wir hatten vierzehn Grad.

Alles war ein Witz.

Wenig später buchte ich mein Ticket und fuhr zum Hauptbahnhof, hatte weder Laptop noch Rucksack dabei, doch es war mir egal. Ich musste mit Isa sprechen, der Verräterin 2.0.

In die Heimat benötigte ich einen Umstieg und knapp zweieinhalb Stunden. Mein Abteil war voll mit Koffern und Studenten, die nach Hause fuhren. Ich war also doch einer von ihnen. Vom Bahnhof aus lief ich zu Fuß, die Hände in den Jackentaschen zu Fäusten geballt. Als ich Omas Wohnhaushälfte in der Ferne erkannte, wurde ich noch schneller. Und noch wütender. Ihr schwarzer Volvo wartete in der Einfahrt, als würde sie gleich zum Einkaufen fahren. Die Fassade der Richters sah immer noch heruntergekommen aus. Im Garten rechts stand weiterhin die Schaukel. Alle Häuser waren geschmückt, mit Lichterketten und kitschigen Weihnachtsmännern versehen.

Vor der Haustür angekommen überlegte ich. Ich besaß zwar noch den Schlüssel, fühlte mich allerdings nicht wie jemand, der ihn benutzen sollte. Nach kurzem Zögern entschied ich mich fürs Klingeln. Während ich wartete, wippte ich auf den Fußballen.

Wusstest du, dass Wut eine Ersatzemotion ist und eigentlich immer nur das darunter liegende Gefühl verdeckt?

Fuck. Lucys Stimme in meinem Kopf konnte ich gerade

garantiert nicht gebrauchen. Meine Augen drohten auch so schon zu tränen.

Die Tür wurde aufgezogen.

Barfuß und in Jogginghose stand Isa vor mir, während in ihren Haaren Vanillesoße oder so ein Scheiß hing. Von drinnen wehte mir ein süßer Duft entgegen. Es roch nach Kuchen, Geborgenheit und Gelassenheit. Ich hörte Stimmen, die meiner Tante und meiner Cousinen. Sie alle waren hier. Es war Weihnachten. Das Fest der Liebe. Familienzeit.

DOCH DIE FAMILIE KONNTE MICH MAL.

»Wie kannst du nur so sein?«, flüsterte ich.

Meine Schwester ignorierte meinen Kommentar geflissentlich. »Na, sieh mal einer an, wenn das nicht mein verlorener Zwillingsbruder ist«, erwiderte sie stattdessen zynisch, doch ich konnte die Überraschung in ihrem Blick deutlich erkennen.

»Ich hab echt keinen Bock auf unsere komischen Spiele.« Meine Nasenflügel blähten sich auf. »Wie kannst du nur so sein? Jetzt mal im Ernst, Isa.«

Ich wünschte, ich könnte Isabel sagen, um meine Fassungslosigkeit zu unterstreichen. Aber Isa war für mich immer nur Isa. Wir waren gleich alt, selbst wenn wir verschiedene Sternzeichen besaßen, weil sie um 00:02 Uhr geboren wurde. Ich konnte nicht wie ein wütendes Elternteil auf sie herabsehen. Da brachten mir die fünf Minuten Altersunterschied auch nichts.

Verwirrt schüttelte sie den Kopf. »Ich verstehe nicht, was du meinst?«

»Du verstehst nicht, was ich meine?« Ich schnaubte, zu laut, zu verletzt. »Bro, ich muss dir nicht erklären, wie es ist, ohne auch nur ein einziges Elternteil aufzuwachsen, weil sich das eine spurlos verpisst hat und das andere gestorben ist, sobald wir das erste Mal geatmet haben. Ich muss dir nicht erklären, wie es sich anfühlt, durch sein eigenes Leben zu trotten und sich zu fragen, wer man ist. Woher sollten wir es auch wissen? Wir haben DNA von Menschen, die wir nicht mal kennen. Und dann lügt Oma uns auch noch kackendreist an. Unser Leben lang wurden uns so wenig Geschichten wie möglich erzählt, bloß nicht zu viel verraten. Immer alles schön schwammig halten. Denn, Gott bewahre, wenn Isabel und Gregor herausfinden, dass ihre Mutter auch Künstlerin war. Wir erzählen den Kindern lieber nicht, dass Emmie von zu Hause ausgerissen ist, weil sie nichts *Richtiges* machen wollte«, ich zeichnete Anführungszeichen in die Luft, »und Oma deshalb gehasst hat. Stattdessen unterstützen wir Isabel und Gregor bei allem, was sie auf ihrer künstlerischen Laufbahn tun, weil wir sooo ein schlechtes Gewissen haben. Ich meine, wo ist da überhaupt das Drama? Nur weil Emma keinen Bock auf eine Kaufmännische Ausbildung hatte, musste eine Funkstille von über acht Jahren herrschen? Wo sind wir denn hier? In den Fünfzigern, oder was?« Ich ließ alles frei. Alles raus, was sich das letzte Jahr in mir angestaut hatte. »Wieso hat man uns nicht einfach erzählt, dass Emma fotografiert hat? Sie war unsere Mutter. Wir haben das Recht darauf zu wissen, wer sie war. Aber neeein, niemand sagt uns etwas. Bis du ihre Bilder findest und – Surprise – du es mir auch nicht erzählst?! *Du*, Isa. Wir haben uns eine fucking Gebärmutter geteilt. Hast du eine Ahnung, wie verarscht ich mich gefühlt habe, als ich dich mit ihren Fotos in deinem WG-Zimmer gesehen habe?«

»Ich …«, setzte sie an, doch ich unterbrach sie.

»Nope, sorry, keine Chance. Das weißt du nämlich definitiv nicht. Ich hätte dir so etwas nicht angetan. Ich hätte es niemals so weit kommen lassen, dass du für ein Projekt in ein anderes Bundesland ziehst, um dich deiner Mutter näher zu fühlen. Um herauszufinden, wie du überhaupt zu deiner Mutter stehst. Was du fühlst, was dieses ganze Theater mit dir und deinem Leben gemacht hat. Ich würde garantiert keine verschollenen Bilder von deiner Mutter auf Insta posten, ohne sie dir überhaupt gezeigt zu haben. Ich hätte mit Sicherheit verhindert, dass du ein ganzes Semester lang an einem Manuskript scheiterst, das du deiner Agentin als literarisch verkaufst, obwohl es eigentlich nur Gedankenkotze ist. Die, von der du willst, dass sie jemand hört, weil du dich so verflucht allein fühlst. Denn wie zum Teufel sollst du jemals bei dir selbst ankommen, wenn du mit deinen Fragen immer nur weggeschickt wirst? Ich ... ich ... ich ...« Meine Hände zitterten, meine Lippen bebten. Erst dann bemerkte ich, dass Isa schon längst nicht mehr allein im Türrahmen stand. Ich hatte mich so in meiner Rage verloren, dass ich alles ausgeblendet hatte. Für einen Moment lang pochte mein Herz so heftig, dass es das Einzige war, was ich hörte.

»Es tut mir leid, Schatz.« Omas Hand auf meiner Schulter. Ich spürte, wie sie mich berührte, aber ich spürte es nicht wirklich. Bis sie mich an ihre Brust zog. Und ich alles fühlte. Die Tränen, die mir schon längst die Wangen hinabsegelten. Die tiefe Leere, die ich bis in die Knochen spürte, weil ich meine Mutter auf Bildern betrachten konnte, doch nie in Wirklichkeit.

Ich ließ mich von Omas warmen Händen halten, bis sie sich von mir löste. Schluckend musterte ich ihr Gesicht, das ebenfalls von Tränen verschmiert war. Sie war Ende sechzig, sah aber aus wie Mitte fünfzig, allerhöchstens. Sie roch nach teurem Parfum und schlechtem Gewissen. Eine Locke fiel ihr in die Stirn, schwarz und kraus. Unsere Mutter hatte ihr Haar von ihr und wir hatten es von unserer Mutter. Durch unsere Adern pochte das gleiche Blut. Würde es immer.

Omas Hand strich mir weiterhin über die Schulter, während ich einen Moment brauchte, um meine restliche Umgebung zu registrieren. Meine Tante Tascha stand im Flur, das Gesicht vor Schmerz verzerrt. »Es tut mir so leid«, formten ihre dunkel geschminkten Lippen lautlos.

»Boah, Gregor.« Isa verdrehte übertrieben die Augen. »Seit wann bist du der Drama-King von uns?«

Doch als ich mich umdrehte, waren auch diese glasig und ich wusste, dass ich sie getroffen hatte. Sie hatte gemeint, was sie mir am Freitag gesagt hatte. Dass sie nichts tun konnte, wenn ich nichts tun wollte. Das änderte allerdings nichts daran, dass es ihr leidtat.

»Gott.« Plötzlich fasste Oma mir an die Wange. »Du glühst ja richtig. Komm, jetzt zieh doch erst mal die Jacke aus und dann setzen wir uns an den Tisch.«

Und für eine Millisekunde fühlte ich mich fast wieder wie zu Hause. Seltsam, oder? Da hasste man und hasste man und hasste man und hasste man und liebte darunter trotzdem so unendlich viel.

Welcome home.

»Spul noch mal zurück!«, verlangte Isa, während sie ihr Handy beiseitelegte und auf den Fernseher nickte.

Widerwillig tat ich, worum sie gebeten hatte, und sah mir

erneut an, wie irgendein Liebeskomödienheld in einem kitschigen Weihnachtsfilm auf die Knie ging. Dabei lag Heiligabend schon einige Tage zurück und ein Teil in mir konnte immer noch nicht fassen, dass ich mich tatsächlich hier befand. Neben Isa, die mich zu diesem Film genötigt hatte, nur um die Hälfte der Zeit mit TikToks zu verbringen. Trotzdem änderte es nichts an der Tatsache, dass ich aus freiem Willen hier war. Geblieben war. Bei Oma, bei Isa, bei meiner Familie.

Wir hatten Weihnachten gemeinsam verbracht. Ich hatte keine Geschenke, sie schon. Deshalb hatte Isa beschlossen, fünf Filme bei mir gutzuhaben. Wir hatten zu viel gegessen und ich zu wenig gesprochen. Letzteres lag daran, dass ich nun alles zu hören bekommen hatte. Die Geschichten, die Erlebnisse, Emmie in jeder ihrer Facetten. Oma hatte geweint, Isa hatte geweint, ich hatte geweint.

Ich hatte mir angehört, was ich mir schon vor einem Jahr hätte anhören sollen: *Ich habe euch nicht absichtlich angelogen. Das habe ich nie, aber irgendwie habe ich den Zeitpunkt verpasst, euch alles zu erzählen, und dann wart ihr groß und ich hatte Angst. Ich schäme mich, dass ich Emmie damals so ausgestoßen habe. Nein, das stimmt nicht. Eigentlich hasse ich mich dafür. Das letzte Mal habe ich meine Tochter mit zwanzig Jahren gesehen. Fünf Jahre später war sie tot. Ich wusste nicht einmal, wie sie euch genannt hätte. Ich bereue das zutiefst. So wie die Tatsache, dass ich euch nie von Emmies Leben außerhalb von Kleve erzählt habe. Ich habe befürchtet, dass ihr mich hassen würdet, so wie Emmie mich gehasst hat. Und das hätte ich nicht ertragen. Ich wollte euch nicht auch noch verlieren. Ich hätte es nicht ertragen, wenn ihr schlecht von mir gedacht und mich gehasst hättet wie eure Mutter. Also habe ich das getan, was ich bei Emmie nicht geschafft habe: Ich habe euch in eurer Kunst unterstützt, weil ich wusste, dass Emmie es geliebt hätte. Wie sehr sie euch geliebt hätte.*

Ich hatte nicht gewusst, was ich darauf sagen sollte. Da war Wut in mir. Immer noch. Aber da war auch Erschöpfung und Frust und Einsamkeit und so unendlich viel Trauer.

An Wut festzuhalten, bewirkte nur, dass man sich selbst verbrannte.

Und ich wollte nicht verbrennen.

Also hatte ich mir die Fotos von Isa zeigen lassen, die sie in Dublin gefunden hatte. Eine Serie von Selbstporträts, die Emma aussehen ließ, als wäre sie ein Model.

»Sie ist so ausdrucksstark«, hatte meine Schwester kommentiert. »Oder?«

»Ja«, hatte ich geantwortet.

Doch alles, was ich denken konnte, als ich nach dem völlig vorhersehbaren Ende des Films in meinem alten Kinderbett lag, war *Nein*. Laut schrie die Stimme in meinem Kopf, die sich seit der Fertigstellung meines Manuskripts nicht mehr gemeldet hatte. Ich entsperrte mein Handy und tippte, was ich tippen musste.

Nein, nein, nein.

Die Stimme in mir schrie weiter und ich wollte mit ihr schreien, allerdings hörte ich Isa im Zimmer nebenan summen und Oma gegenüber leise schnarchen. Jetzt zu schreien, wäre verrückt gewesen. Also schwieg und schrieb ich nur. Wie immer.

Es war kein Ende. Es war nicht einmal ein Anfang. Es war nur irgendetwas zwischen Verzeihen und Weitermachen und dem Versuch, besser zu sein. Besser als damals.

Lucy

JAHRESRÜCKBLICK
erfordert manchmal neue Traditionen

»Wie kann er es wagen, so zurückgekrochen zu kommen?« Tillie schnaubte, bevor sie ihren Shot wegkippte. »Nachdem du ihm beim letzten Mal schon gezeigt hast, dass du nichts mehr von ihm wissen willst?«

»Ja, Mann.« Auch Manda schüttelte angeekelt den Kopf. »Wer denkt er, wer er ist?«

»Na, das ist doch klar«, erwiderte Tillie. »Er ist ein Rewe-Romeo.«

Hemmungslos prusteten wir los, während das Smartphone in meiner Hand weiterhin mit seiner Nachricht aufleuchtete. Zum zweiten Mal innerhalb nur einer Woche hatte er sich gemeldet. Seine erste Nachricht hatte mich kurz vor Weihnachten erreicht. Ein kurzes *hey wie gehts?*, hatte er getippt, als wäre zwischen uns alles in Ordnung. Und obwohl ich nicht geantwortet hatte, war seine zweite Nachricht nun vor wenigen Minuten eingetroffen. Um 03:27 Uhr am 01.01. Wie klischeehaft.

> **ROMEO (REWE)**
> frohes neues 😊

Die Weihnachtstage waren im Großen und Ganzen okay gewesen. Im Haus meiner Eltern, allein mit ihnen und meinem Bruder, war es schön gewesen. Auf den Familienfeiern, auf denen ich zehntausend Fragen zu meinem Blog hatte beantworten müssen, eher weniger. Der *Liebe-Lucy*-Beitrag war gut gelaufen. Viele hatten kommentiert, viele hatten ihn in ihren Stories geteilt, um so zu sagen, was sie dachten, ohne es selbst zu sagen. Ich hatte viel an Gregor gedacht, doch noch mehr an mich. *All Too Well* konnte ich nicht mehr hören. Dafür hatte ich eine neue Playlist. Alles ging irgendwie weiter.

Heute hatten Tillie, Manda und ich uns spontan dafür entschieden, Neujahr in meiner Wohnung zu verbringen. Wir hatten tanzen wollen, aber nicht in einem Club, zu einer Musik, die wir nicht ertrugen. Wir hatten uns Paillettenkleider angezogen und Polaroids geschossen, die wir an meine Pinnwand hängen würden. Manda, unsere Anti-Aberglaube-Queen, hatte sogar Trauben mitgebracht und uns angewiesen, zwölf vor zwölf zu essen und uns bei jeder etwas zu wünschen.

Ich hatte mir Frieden gewünscht. Zwölfmal. Nur das.

Natürlich hatte ich dabei wieder einmal kurz an Gregor gedacht, schließlich hatte ich ihm den Wunsch geklaut. Der etwas angetrunkene Teil in mir war sogar versucht gewesen, ihm zu schreiben. Doch schnell hatte ich die Idee wieder verworfen. Was hätte ich ihm schon sagen sollen? *Thank you for the tragedy and (!) anger, I need it for my blog?* Wohl kaum.

Ins neue Jahr waren wir dann wortwörtlich getanzt, zu JEREMIAS und meinem neuen Mantra. *schon okay* hat aus meiner Box gedröhnt, während wir umhergewirbelt waren. Jetzt war es kurz nach drei, wir lagen auf meinem Bett und schüttelten die Köpfe.

»Ich verstehe Männer nicht«, seufzte Manda. »Und das ist

nicht einfach nur eine Floskel. Der Typ hat dich wie Dreck behandelt und sogar geghostet, obwohl du ihn darum gebeten hast, das bitte nicht zu tun. Und genau deshalb bist du wieder interessant für ihn? Monate später? Bitte, bitte was ist das für eine Logik?«

»Keine Ahnung«, erwiderte ich. »Aber, na ja, ist irgendwie schon okay?«

»Gott, du bist wie Manda.« Tillie verdrehte die Augen. »Du hast einfach zu viel JEREMIAS gehört.«

»Nope«, widersprach ich. »Ich glaube, ich habe ein paar wichtige Dinge im letzten Jahr gelernt.«

Manda kippte den Kopf. »Und die wären?«

»Keine Ahnung. Nicht alles muss okay sein, damit es okay ist. Das zum Beispiel.«

Ich könnte nicht mehr sagen, worüber wir dann redeten oder wer genau das Thema wechselte. Doch ich wusste, dass wir irgendwann einschliefen. Wir drei, in unseren Glitzerkleidern aneinandergequetscht in meinem Bett. Drei Frauen, die immer noch als Mädchen betitelt wurden. Drei Freundinnen, die sich durch ihre gebrochenen Herzen gefunden hatten. Irgendwo in der Mitte trafen sich unsere Haare. Blond, braunblond und schwarz. Ich wünschte, jemand hätte ein Polaroid von uns geschossen.

Da, hätte ich dann später sagen können. *Genau da habe ich gesehen, dass alles schon okay werden kann, selbst wenn es das gerade nicht war und meine Augenlider sowieso geschlossen waren.*

Natürlich schoss in diesem Moment niemand ein Polaroid. Aber das war schon okay.

Rewe-Romeo schrieb ich am nächsten Morgen zurück.

Manda, Tillie und ich saßen in meiner Küche, während wir French Toast in uns hineinschaufelten. Letzteren hatten wir in gefühlt drei Liter Ahornsirup getränkt. Entschlossen strich ich mir eine Strähne hinter das Ohr, während ich meinen Freundinnen die getippte Nachricht vorlas:

> Hey, danke, das wünsche ich dir auch! 😊 Trotzdem fände ich es cool, wenn du mir nicht mehr schreiben würdest. Letztes Jahr habe ich ja schon mit der Sache abgeschlossen. Tut mir leid, wenn das für dich nicht so klar war

»Wie nett du bist«, warf Manda kurz darauf ein. »Er hat sogar ein richtiges Tut mir leid von dir bekommen, obwohl es rein gar nichts gibt, wofür du dich entschuldigen müsstest.«

»Und er dir nur ein *sry* schicken konnte«, fügte Tillie hinzu. »Ohne Spaß, Lucy-Lu. Lösch das. Es gibt nichts, wofür du dich entschuldigen müsstest.«

Meine Freundinnen hatten recht. Ich löschte den letzten Satz. Ich sendete die Nachricht ab, fühlte mich stark und unbesiegbar. Nur kurz natürlich, doch das war besser als nichts.

Nachdem Manda und Tillie meine Wohnung verlassen hatten, beschloss ich, dass es Zeit für eine neue Tradition war. Also wischte ich die Wohnung, wusch das Geschirr ab, bezog mein Bett und duschte, bis ich mich brandneu fühlte. Mit diesem Gefühl setzte ich mich an meinen Laptop und kreierte ein frisches Dokument. Was ich schreiben wollte, wusste ich genau.

Liebe Lucy, was hast du letztes Jahr gelernt?

Diese Frage und die Antwort darauf waren nur für mich. Mein ganz persönlicher Jahresrückblick, den ich mit niemandem teilen musste, der von niemandem kritisiert, verbessert oder zerpflückt werden würde. Ich drehte meine Lieblingsmusik auf und schrieb.

Liebe Lucy, was hast du letztes Jahr gelernt?

1. Zwanzigwerden ist komisch, weil du beim Wunderkerzenausblasen plötzlich realisierst, dass vorne nie wieder eine Eins stehen wird.
2. Wer dir sry schreibt, verdient dein Tut mir leid nicht.
3. Sei nett zu dir selbst (die Welt ist schon scheiße genug).
4. Wenn dein Cousin am zweiten Weihnachtstag mehr als sechs Baileys-Shots weghaut und *Wie soll ich über sie hinwegkommen, wenn OkCupid festgestellt hat, dass wir eine achtundneunzig prozentige Übereinstimmung haben?* lallt – lass ihn keinen weiteren Shot trinken.
5. Deine Mutter will auch nur verstanden werden.
6. Wenn dich ein gut aussehender Sportjournalismusstudent im Rewe nach deiner Nummer fragt – nein, sag einfach Nein.
7. Es ist okay, wenn du dich beim Lesen von Hasskommentaren machtlos fühlst.
8. Du bist zu Recht sauer, wenn ein Fremder deine Quietschstimme kommentiert, nur weil du eine Frau bist. Deinem männlichen Co-Moderatoren würde das nicht passieren.
9. Dass du dich machtlos fühlst, ist immer nur eine Illusion. Du hast dein Leben selbst in der Hand (leider ein guter Selbstratgebertipp).

10. Aber es ist auch okay, wenn du das weißt und dich nicht so fühlst.
11. *schon okay* von JEREMIAS ist nice.
12. Gregor Beck ist wie Kunst. Wenn man ihm zu nah ist, versteht man ihn nicht mehr.
13. Ich war Gregor Beck zu nah.
14. Dinge, die (zum zweiten Mal) verliebt sein nicht heilt: Herznarben, Unsicherheiten und die Art, wie du die Luft anhältst, wenn du an ihm vorbeigehst, so wie du die Luft anhältst, wenn du an einem Friedhof vorbeigehst.
15. Aber, Gott, es ist schön. Wie am allerletzten Sommertag kopfüber in einen glasklaren See zu tauchen und dich schwerelos zu fühlen.
16. Es geht vorbei.
17. Alles geht irgendwie vorbei.
18. Daran kannst du nichts ändern und das ist in Ordnung.
19. Echtsein ist sowieso besser als Ewigsein.
20. Oder so.

Als ich den Laptop zuklappte, fühlte ich mich leicht. Nicht schwerelos, nicht wie damals, nicht wie in Berlin, nicht wie mit Gregor in den schönsten Momenten. Einfach nur leicht. Schlicht okay.

Lucy

JEMANDEN AUS SEINEM LEBEN STREICHEN
etwas, das nur so semi funktioniert

»Und?«, fragte Tillie am Montagmorgen. »Nun sag schon. Bist du zufrieden?« Sie hakte sich bei mir unter, während wir den Campus passierten.

Für Anfang Januar war der Wind überraschend mild. Ich trug meinen Jutebeutel über der Schulter und eine Wasserflasche in der Hand.

»Ich glaube, es ist ganz okay geworden«, murmelte ich. »Ich kann froh sein, dass ich das Porträt vor den Winterferien schon so gut wie fertig hatte. Danach …« *Danach hätte ich es vielleicht nicht zu Ende gebracht, weil es zu persönlich geworden wäre.* »Anyway«, fuhr ich hastig fort, sodass Tillie keine Nachfragen stellen konnte. »Ich werde es noch ein letztes Mal korrigieren, dann schicke ich es ab.«

Sie hob die Brauen. »Du wolltest es angeblich gestern zum letzten Mal korrigieren.«

»Ich will mich nur versichern, dass es wirklich gut ist. Immerhin steht die Landingpage zur Debatte.«

»Mein Herzblatt, es ist perfekt. Mach dir keine Sorgen.«

»Keine Sorgen? Ich bitte dich, *mein Herzblatt*. Mein zweiter Vorname ist quasi …«

»Lucy!«

Ich brach ab, als mein richtiger Name ertönte. Mit gerunzelter Stirn drehte ich mich um und erspähte Jonathan, der auf uns zutrat. Er trug eine stinknormale beige Hose und einen brauen Pulli, doch an ihm wirkte jedes Kleidungsstück automatisch edel und teuer. Er strahlte die perfekte Mischung aus Dark Academia und Old Money aus. So hätte Social Media das zumindest betitelt.

Tillie jedoch wählte andere Worte. »Wieso sieht der eigentlich immer so aus, als würde er das Streber-Oxford-Motto höchstpersönlich vertreten?«, murmelte sie gerade so leise, dass er es nicht hörte.

Mit einem breiten Grinsen blieb er vor uns stehen, das jedoch verblasste, als sein Blick auf Tillie fiel. Seine glasklarblauen Augen wurden plötzlich schwarz. Bildete ich mir das ein oder zuckte sogar dieser Muskel in seinem Kiefer? Fast hätte ich Tillie leicht mit dem Ellbogen angestupst, um sie darauf aufmerksam zu machen – schließlich sprachen wir hier von Jonathan –, doch da wandte besagter Jonathan sich wieder an mich.

»Du machst doch das Porträt zu Emma Visser, oder?«, fragte er und versuchte zumindest, sich erneut ein Lächeln aufzuzwingen.

»Ähm, ja?«

»Super, dann hatte ich das richtig in Erinnerung. Ich hab da vorhin was von ihr gefunden. Willst du es dir ansehen?«

Mein Herz schnürte sich zu.

»Es sind keine Abzüge, aber die Filme stammen von einer Großformatkamera, also sehen sie quasi schon aus wie echte Bilder«, erklärte Jonathan, während er das Archiv aufschloss.

Ich folgte ihm ins Innere und rechnete damit, dass er sich erst durch ein paar Schubladen kramen musste. Wider Erwarten hatte er die Abzüge bereits herausgelegt. Sieben Stück, sie lagen auf dem Tisch. Leicht überbelichtet und dennoch war die Person darauf unverkennbar. Emma Visser. Sie war fast nackt, doch es wirkte in keiner Weise sexuell.

Augenblicklich verstand ich, wieso Jonathan sie mir hatte zeigen wollen. Weil sie wichtig waren. Mächtig. Die Art von Foto, das kein Foto war, sondern eine wirkliche Momentaufnahme. Ich sah Emma ins Gesicht, während ich ihr eigentlich in die Seele blickte. Wie meine Augen sich bei der Betrachtung mit Tränen füllten, hasste ich. Und dennoch konnte ich nichts dagegen tun.

Gregor.

Gregor war mein erster Gedanke, als ich den Schwangerschaftsbauch erkannte.

»Ich muss die mitnehmen.«

»Äh, was?«, fragte Jonathan verwirrt.

»Ich muss sie jemandem zeigen. Ist das möglich?«, platzte es aus mir heraus. »Dass ich sie mitnehmen kann?«

Ich wusste nichts über Gregor und die Beziehung zu seiner Mutter, dafür war mir das bekannt: Emma war während Gregors Geburt gestorben. Diese Fotos waren bis jetzt irgendwo in diesem Archiv versteckt gewesen, er konnte sie also noch nicht gesehen haben. Und er musste sie sehen.

»Nein, sorry. Das kann ich echt nicht machen. Das hier ist

Hochschuleigentum, wenn die mitbekommen, dass ich dir Abzüge mitgebe, vertrauen die mir nie wieder den Schlüssel an. Ich …«

»Okay, dann muss ich kurz jemanden erreichen, ja?«

»Wie meinst du das?«

»Gregor, er …« *Denk, Wagner, Denk, denk, denk.* »Er und ich haben *Campuskitsch* zusammen. Die Bilder von Emma passen super zum nächsten Thema, das wir besprechen wollen. Er muss sie auch kurz sehen, geht das?«

Jonathan kratzte sich am Kopf. »Schätze schon?«

»Super«, sagte ich, bevor ich in meiner Tasche nach dem Handy kramte.

Ich zögerte, weil Jonathan mich dabei beobachtete. Gregor und ich hatten seit den Winterferien nicht mehr miteinander geschrieben. Ich hatte unseren Chat sogar archiviert. Kurzerhand entschloss ich mich, Gregor anzurufen. Das war schneller und effektiver. Ich wählte seine Nummer und mein Herz pochte so laut.

»L…Lucy?«, hörte ich ihn da. »Ist alles in Ordnung?«

Er stotterte, es stach. In seiner Stimme vibrierte eine Dringlichkeit, als würde er sich wirklich sorgen.

»Ja.« Hart schluckte ich. »Alles gut. Ich bin nur gerade im Fotografiearchiv und habe etwas vor mir, das du dir auch ansehen solltest. Es ist von Emma. Bist du auf dem Campus oder so?«

»Emma?«, fragte er. »Oh.«

Ich hörte es rascheln, ihn atmen, stellte mir vor, wie er sich durch die dunklen Locken fuhr, und versuchte dabei, die leichte Enttäuschung in seiner Stimme zu ignorieren.

»Und?«, drängte ich. »Kannst du vorbeikommen?«

»Ja. Ja, natürlich. So in zehn Minuten?«

»Zehn Minuten?«, wiederholte ich und sah Jonathan dabei an.

Letzterer reckte den Daumen in die Höhe, immer noch leicht verwirrt.

»Zehn Minuten ist super«, sagte ich.

»Cool«, antwortete er und legte auf.

Aber nichts war cool. Vor allem die zehn Minuten Wartezeit nicht. Ich fühlte mich aufgekratzt, spürte, wie mein Herzschlag beschleunigte, und wusste nicht, wie ich dagegen ankämpfen konnte. Vielleicht würde ich es ja dieses Jahr lernen.

»Was war das eigentlich gerade?«, wollte ich von Jonathan wissen, um mich abzulenken.

Er schob sich die Brille zurecht. »Was meinst du?«

»Na, dein Blick. Wie du Tillie angeschaut hast. Das war definitiv ein Killerblick. Ich wusste gar nicht, dass Tillie und du überhaupt was miteinander zu tun habt?«

»Haben wir auch nicht«, widersprach er. »Sie hat was mit meinem Bruder.«

»Leander ist dein Bruder?«

»Ja?«, erwiderte er verwirrt. »Wusstest du das nicht?«

Gerade wollte ich antworten, da klopfte es an der Tür. Ein Schauder lief mir über den Rücken. So stark war ich mir Gregors Nähe bewusst. Ich drehte mich um und er sah aus, wie er immer aussah. Locken, Hoodie, Jeans. Tatsächlich fuhr er sich jetzt durch die Haare, als wäre er leicht nervös. Mein Blick blieb an seinen Händen hängen. Wieder stachen seine lila Adern hervor.

In meinem Brustkorb stach es doppelt so stark.

»Hey«, sagte Jonathan, der auf seinem Handy tippte und uns damit aus der Spannung holte. »Maya ist gerade in der

Mensa. Ist es okay, wenn ich mir kurz einen Kaffee mit ihr hole. So für zwanzig Minuten. Seid ihr so lange hier?«

»Klar«, brachte ich krächzend hervor.

»Super«, erwiderte Jonathan, bevor er verschwand.

Und dann waren da nur noch wir.

»Wieso hast du …?« Gregor setzte an, doch brach ab, weil er beim Abscannen des Raums an den Filmen hängen blieb. In Rekordgeschwindigkeit rissen seine Augen auf.

»Jonathan hat sie mir gezeigt«, erklärte ich, ohne dass Gregor mich fragte. »Wegen dem Porträt.«

»Ach so.«

Er räusperte sich und ich verstand nicht, wieso er nicht auf die Filme zuhechtete. Seltsamerweise blieb er vor mir stehen. Er sah mich an und alle meine Härchen stellten sich auf. Das hatte sich also auch nicht geändert. Im Grunde würde ich nie verstehen, wieso mein Körper in Gregors Gegenwart ein derart lächerlicher Verräter war.

Blind tastete ich nach meinem Jutebeutel, den ich auf einem Stuhl hinter mir abgelegt hatte. »Ich lasse dich dann besser mal allein.«

Ich wollte gehen, ihm den Rücken zuwenden und ihn am liebsten nie wieder anschauen, obwohl ich wusste, dass das nicht möglich war. Wir hatten immer noch den Podcast zusammen, die Winterpause war bald vorbei. Ich würde ihn nicht aufgeben, selbst wenn ein Teil von mir das wollte. Den Schwanz einziehen, mich in meinem Schmerz suhlen und es jeden wissen lassen. So was funktionierte so gut in Filmen, kurz bevor das vorhersehbare Ende eintrat. Aber hier ging das nicht. Das hier war mein Leben und ich würde Gregor unheimlich gerne daraus streichen. Allerdings war das nicht realistisch und erst recht nicht erwachsen.

Nun jedoch konnte ich ihn allein lassen. Sollte es sogar. Also winkte ich, während ich das Gefühl hatte, tausend Wolkenkratzer stünden mir auf der Brust und hielten mich vom Atmen ab. Aber genau in dem Moment, in dem ich die Türschwelle betrat, hatte er plötzlich doch etwas zu sagen.

»Dein letzter Beitrag für *Liebe Lucy* war übrigens richtig stark. Der im letzten Jahr, meine ich. Das wollte ich dir sagen.«

Ruckartig wandte ich mich um. *Wieso, Gregor?*, dachte ich. *Wieso musst du immer das Richtige sagen, wenn du deinen Mund endlich aufbekommst?*

Sofort hob er die Hände. »Sorry, wenn das irgendwie zu weit ging. Ich respektiere deine Entscheidung zu einhundert Prozent und will dir nicht das Gefühl geben, dass ich deine Grenzen überschreite.«

Dazu sagte ich nichts. Bloß roboterartig nicken konnte ich, während er mich eindringlich ansah. Beinahe so, als wollte er sich erst die Erlaubnis holen weiterzusprechen.

»Und wenn wir schon reden.« Deutlich stach sein Kehlkopf hervor. »Danke, dafür, dass du mich wegen der Fotos angerufen hast. Das ist nicht selbstverständlich. Keine Ahnung, ob ich das gekonnt hätte.«

»Natürlich nicht«, schnaubte ich. »So bin eben nur ich. Cute und nett und gut.«

Fragend sah Gregor mich an, doch ich wollte mich nicht erklären. Die Worte waren mir einfach so herausgerutscht.

»Sorry«, flüsterte ich. »Was ich eigentlich sagen wollte: Es bringt nichts, wenn wir uns anfeinden. Wir arbeiten zusammen. Ich will nicht, dass es komisch ist, selbst wenn es das offensichtlich ist.«

»Verstehe«, murmelte er. »Hast du … hast du das Manuskript eigentlich gelesen?«

»Nein. Wieso sollte ich? Es war offensichtlich nicht für mich gedacht. Außerdem nutze ich Leute nicht zu Recherchezwecken aus.«

Zugegeben: Der letzte Satz war unter der Gürtellinie, doch Gregor und ich hatten diese Linie schon lange passiert.

Als sein Mund sich daraufhin öffnete, war ich mir so sicher, dass er widersprechen würde. Überraschenderweise zwang er sich bloß ein Lächeln auf die Lippen. Schief und traurig, diese Art von Lächeln verfehlte sein Ziel nie. Direkt in mein Herz traf es.

»Lies es ruhig. Nur wenn du willst, natürlich. Und wenn du etwas Relevantes für dein Porträt findest, kannst du es problemlos verwenden. Ich hab es übrigens gelesen. Es … es hat mich sehr berührt, Lucy.«

Lucy

WUT

nur eine Ersatzemotion

Ich wollte es nicht lesen.

Seit Stunden lenkte ich mich ab, war extra lange in der Bib geblieben, hatte Kommentare unter unseren Videos beantwortet und Tillie per Sprachnachricht gefragt, wieso Jonathan sie so hasste.

»Erzähl ich dir später«, hatte sie in einer Memo geantwortet.

Das war zwei Stunden her, inzwischen war es kurz vor drei. Ich lag auf meinem Bett und versuchte, mich mit einem Buch abzulenken. Doch es brachte nichts. Ich las Worte, ohne sie zu verstehen. Ich dachte die ganze Zeit nur an Gregor.

Eine halbe Stunde lang versuchte ich noch, dagegen anzukämpfen, probierte es erneut mit dem Buch und sogar mit Meditation – alles vergebens.

Ich fühlte mich so unendlich heuchlerisch, als ich meinen Laptop schließlich hochfuhr, nach der Mail suchte und den Anhang öffnete. Bilder von dieser Nacht flackerten vor meinem inneren Auge auf. Er, ich, sein Bett, unser Stöhnen. Die Liebe, die so greifbar gewesen war, kurz bevor ich das Doc zum ersten Mal geöffnet hatte. Dann setzte ich mich auf und las.

Und las.

Und las.

Und las.

Ich wollte aufhören, weil ich es hasste, wie gut er schrieb. Seine Worte sogen mich ein, sie hatten Tentakel, griffen nach mir und ließen mich nicht wieder los. Sie waren Wellen und Tsunamis. Kein Wunder, dass man so gut in Gregor ertrinken konnte. Ich las weiter.

Und weiter.

Und weiter.

Und weiter.

Bis ich Seite zweihundertachtundvierzig erreichte, wo das Dokument mitten im Kapitel endete. Zwei, drei Momente starrte ich die angefangene Seite an. Dann klappte ich meinen Laptop zu, als wäre es ein Buch.

»Scheiße«, fluchte ich und spürte, wie mir Tränen über die Wangen rannen. »Scheiße, scheiße, scheiße.«

Ratlos raufte ich mir das Haar, während ich versuchte, die Informationen zusammenzusetzen. Im Grunde hatte ich immer noch nicht begriffen, ob es sich um eine Autobiografie oder um einen Roman handelte. Wahrscheinlich war es eine Mischung aus beidem. Und es war gut. Alles clean und packend, ganz lakonisch, genauso, wie es Buchpreisjurys mochten. Gregors Text war durch und durch Gregor. Und alles, von dem ich gedacht hätte, dass er es nicht wäre.

Gregor hatte mich nicht ausgenutzt. Sein Buch war keine wissenschaftliche Arbeit mit Fakten, Informationen und gewagten Interpretationen, so wie ich sie über Emma Visser zusammengesucht hatte. In Wahrheit hatte Gregor rein gar nichts von dem benutzt, was ich recherchiert hatte. Seine Geschichte war einfach seine Geschichte.

Dass ausgerechnet ich über Emma Visser geschrieben hatte, war ein Zufall gewesen.

Ich war zwanzig und hatte noch nie ein Mädchen geküsst. Später würde ich sie küssen. Ich bin in sie verliebt. Mit pochendem Herzen erhob ich mich und griff nach meinem Handy. Ich dachte nicht nach, als ich ihm schrieb.

> Wir müssen reden
>
> Hast du Zeit
>
> Jetzt?

Doch natürlich antwortete er mir nicht. Warten – das wäre jetzt die einzig richtige Entscheidung. Und meine Generation war darin unantastbarer Weltmeister. Früher hatten wir auf Aldi-Flatrate-SMS gewartet, dann auf Facebook-Chatnachrichten, WhatsApp- und Instagram-Benachrichtigungen. Wir starrten auf rechteckige Handys und warteten auf rechteckige Benachrichtigungen. Warteten und warteten und warteten.

Doch gerade konnte ich nicht warten. Ich musste raus und laufen. Nicht um ein Trauma loszuwerden, sondern um eine verpasste Möglichkeit zu verhindern.

Ich wusste nicht, wer ich war, als ich an diesem stockfinsteren Januarabend unangekündigt zu ihm lief. Ich marschierte nicht nur über Grenzen, ich riss sie ein. Nach allem. Ich passierte Dönerbuden und Kioske, rauchende Jugendliche und schimpfende Väter. Ein Mädchen klackerte für kurze Zeit auf ihren Ankle Boots neben mir her, wobei sie auf ihrem Handy scrollte. Als ich sie überholte, erkannte ich, dass sie TikTok geöffnet hatte. Jeden Moment könnte ich auf ihrer For You Page erscheinen und sie würde nicht einmal wissen, dass ich diejenige wäre. Ich hechtete an ihr vorbei.

Wenig später stand ich vor seiner Tür. Endlich. Ich betätigte das Klingelschild mit Gregors Nachnamen, während es unter meinem Finger pochte. Denn ich war wütend. So, so wütend.

Aber Wut war stets nur eine Ersatzemotion. Darunter, tief, tief, tief in mir, klafften meine blauen Herznarben auf und aus allen Seiten quoll sie hervor: die Liebe.

ZU SPÄT

eigentlich nur eine Illusion

»Bist du dir sicher, dass du mich nicht hasst?«

»Ach, Gregor.« Olga lächelte mir während unseres Video-Calls freundlich zu. »Insgeheim habe ich es doch sogar geahnt. Aber wenn wir schon bei Sicher-Fragen sind: Du willst das Manuskript also tatsächlich zurückziehen?«

Ich antwortete nicht sofort, weil ich wusste, dass sie noch mehr hinzufügen würde. Etwas in die Richtung von *Das könnte deinen Ruf bei den Verlagen beschädigen, vielleicht lesen sie sich dein nächstes Konzept gar nicht mehr durch. Wenn du es zurückziehst, könnte es vorbei sein, bevor es angefangen hat. Also, bist du dir wirklich sicher?* Doch seltsamerweise kam nichts mehr. Es war nur eine Frage, keine pessimistische Prophezeiung.

»Ja«, erwiderte ich also ohne jegliches Zögern. »Es ist einfach nicht der richtige Zeitpunkt.«

Es war gelogen. Von vorne bis hinten. Für dieses Manuskript würde es nie einen richtigen Zeitpunkt geben, weil ich es schlicht nicht wollte. An Heiligabend, in meinem Kinderbett, hatte ich erkannt, dass ich nicht nur diesem entwachsen war. Also hatte ich Olga nach den Weihnachtstagen geschrieben und sie um dieses Gespräch gebeten. Ich hatte dieses Buch beendet und mich anschließend leer gefühlt.

Dann hatte ich es ruhen lassen und mir vorgestellt, wie es wäre, mein Privatleben in der Öffentlichkeit auszuschlachten. Ich, ein Niemand, der das (Un-)Glück hatte, mit einer verstorbenen, sehr talentierten Fotografin als Mutter gesegnet zu sein. Natürlich wäre es interessant, vor allem mit mir als Autor. Als Schreibstudent von Literaturinstituten und mit schon zig abgesahnten Stipendien. Ich wäre gut zu vermarkten, intellektuell und introvertiert. Die alte, deutsche, weiße Männerbuchbranche hätte mich gefeiert.

Aber ich wollte nicht feiern, ich wollte trauern und verstehen. Mich und meine Mutter. Was es mit mir machte, wenn Erwin mir sagte: *Krass. In drei Jahren bist du so alt, wie Emmie es nie war.* Wenn ich Fotos von ihr sah, die ich noch nie gesehen hatte, so wie heute.

Ich hatte das Buch nicht geschrieben, um berühmt und erfolgreich zu werden. Das wusste ich jetzt. Ich hatte es geschrieben, um mich zu verstehen. Dieses Buch war nur für mich. Und das war hart. Ein Jahr Arbeit für nichts, könnte man sagen. Doch wenn ich jetzt ausatmete, fühlte ich mich nicht leer, sondern befreit. Und kam es am Ende nicht genau darauf an?

»Gott.« Olga fasste sich an die Brust. Sie trug eine weiße Businessbluse. Ich fragte mich, ob sie untenrum eine Jogginghose anhatte wie wir alle. »Ich bin so erleichtert, dass du das sagst. Ich hatte nämlich auch das Gefühl, dass die Zeit noch nicht ganz reif ist.«

Ich lächelte, weil ich wusste, dass ich lächeln sollte. Das war genau das, was ich gewollt hatte. Ich war sogar auf Verständnis gestoßen. Trotzdem zwickte etwas links in meiner Brust. *Natürlich ist die Zeit noch nicht reif. Du bist nicht gut genug. Du wirst nie gut genug sein.*

»Was hältst du davon?«, flötete Olga fröhlich. »Du studierst erst mal weiter und wenn du zwischendurch eine Idee hast, schreibst du mir, abgemacht?«

»Ja?«, sagte ich, doch es war eher eine Frage.

»Ach, und schickst du mir endlich dein Autorenfoto, damit wir dein Profil bei uns auf der Website hochladen können?«

Ich blinzelte verwirrt.

»Was ist? Dachtest du, unsere Zusammenarbeit wäre vorbei, nur weil dieses Projekt nicht das richtige für dein Debüt war? Gregor.« Sie schüttelte den Kopf. »Ich habe dich bei uns unter Vertrag genommen, weil ich an *dich* glaube. Außerdem hätte mir bewusst sein sollen, dass das zu viel für dich neben einem Vollzeit-Master ist. Wir machen jetzt erst mal eine Sache nach der anderen, hm? Wie klingt das für dich?«

»Gut«, sagte ich und diesmal war es keine Frage.

Nachdem wir aufgelegt hatten, wollte ich gerade in mein Zimmer gehen, meine Tasche packen und dann zum Schwimmen, weil manche Dinge sich einfach nie änderten. Da klingelte es an meiner Tür. Verwirrt betätigte ich den Summer im Flur. Ein Teil in mir rechnete mit Isa, weil sie im letzten Jahr viel zu oft unangekündigt hier gestanden hatte. Doch ich lag falsch.

Es war Lucy, die plötzlich in meinem Treppenhaus erschien. Die Hände in den Jackentaschen, die Beanie tief in der Stirn. Ihre Nase war leicht gerötet, während sie vor meiner Türmatte zum Stehen kam. Zitternd atmete sie durch.

»Insgesamt habe ich vier Männer in meinem Leben geliebt. Meinen Vater, meinen Bruder, dich damals und dich jetzt. In Berlin habe ich mich sofort in dich verliebt. Ich hatte gar keine andere Chance. Und dann habe ich dich weiter geliebt, weil du dasselbe gefühlt hast, was ich gefühlt habe.

Doch das war nicht der einzige Grund. Wenn ich dich angesehen habe, habe ich mich gesehen gefühlt. So sehr. Bis du mich verletzt hast. Ich wollte dich vergessen, aber geklappt hat es nie. Du warst immer in mir drin. Ich habe dich einfach nicht rausbekommen. Ich weiß, es ist kitschig, aber in meiner Vorstellung ist mein Herz ein bisschen deins, weil dein Name dort überall steht. Und … dann habe ich mich noch mal in dich verliebt.«

Mein Herz sackte bis zu meinen Kniekehlen. Ich öffnete den Mund, wollte etwas sagen, doch fand keine Worte. Kein. Einziges. Wort.

Dabei hätte Lucy mich sowieso nicht gelassen, denn schon hob sie die Hand. »Ich habe dein Buch gelesen«, erklärte sie. »Wenn … Wenn das stimmt, was du geschrieben hast, liebst du mich auch. Und hast unsere Zusammenarbeit nicht als Recherche benutzt.«

»Lucy«, murmelte ich.

»Tust du es?« Ihre Augen wirkten riesig. »Liebst du mich?«

Mein gesamter Körper prickelte. Ich wusste nicht, was mit mir passierte. Bloß, dass sie mir so nah war, dass ihr Atem mich wärmte, ich sie roch und mein Herz randalierte, so wie es das immer bei ihr tat.

»Natürlich«, hauchte ich. »Ich meine, mein verdammtes Manuskript endet damit, dass ich liebeskummerkrank versuche zu verarbeiten, dass es manchmal einfach zu spät ist. Und man das akzeptieren muss.«

»*Zu spät.*« Sie schnaubte, ihre Augen wurden glasig und tränten. »Wenn das alles wirklich so ist, interessiert es mich nicht, ob es zu spät ist. Dann würde ich einfach gerne wissen, wieso zur Hölle du nichts gesagt hast.« Ihre Unterlippe bebte. »Schon wieder.«

Lucy

KALT, WAS?

ein Anfang

Er zögerte keine Sekunde.

»Weil ich es mir versprochen habe, okay?«

»Was?« Ich schluckte. »Was hast du dir versprochen?«

»Dass ich dich nie wieder traurig machen würde. Dass ich mich, wenn ich das Gefühl habe, dir nicht gutzutun, zurückziehen würde. Weil ich es nicht ertrage, dich noch einmal zu verletzen.«

Meine Augen rissen auf.

»Natürlich habe ich dich nicht zu Recherchezwecken benutzt«, fuhr er fort. »Ich liebe dich, Lucy. Mein Herz ist so deins, du hast keine Ahnung. Aber eigentlich will ich dir das gar nicht sagen, sondern deine Grenzen respektieren. Ich verstehe, wenn es für dich vorbei ist. Wirklich. Ich will dich nicht vom Gegenteil überzeugen, eben weil ich es so sehr will. Ich …« Fast schüchtern hob er die Schultern, wobei er den Blick zu Boden senkte. »Ich will einfach nur, dass es dir gut geht.«

Seine Stimme hallte in mir nach, während alles in mir raste. Mit schnellem Puls sah ich ihn an. Und sah alles. Ihn, mich, Berlin, Köln, seinen Körper, meinen Körper. Mein Blick fiel auf seine zitternden Hände. Sie konnten seine Unsicherheit und die lila Adern unter der durchscheinenden Haut nicht verbergen.

Gregor war durchsichtig. Für mich.

Das verstand ich jetzt.

»Versprich es«, flüsterte ich.

»Was?«

»Versprich es«, flüsterte ich. »Kein Schweigen mehr, keine Vorsätze, die sowieso zum Scheitern verurteilt sind. Denn wir werden uns verletzen, Gregor. Du mich und ich dich. Wir sind Menschen. So sind wir. Das ist ein Kreislauf. Aber wir verzeihen auch. Und ich … ich …«

Mein Atem stockte, als er plötzlich aufsah. Ich wollte weiterreden. Doch sein Blick machte es mir unmöglich. Braun und grün und ganz klar, nicht trüb wie sonst immer. Meine Beine schienen mich nicht mehr zu tragen, während Gregor seine Hand ausstreckte und zu meiner wandern ließ. Als er mein Handgelenk berührte, erschrak ich. Seine Finger glühten auf meiner Haut.

Warm, was?

EIN ENDE

Epilog

GREGOR & ICH 2.0

Gregor schmiss den Rucksack in das feuchte Gras und sah mich an. Es war Februar, kühl und windig, obwohl sich bereits die ersten Sonnenstrahlen zaghaft durch die Wolkendecke kämpften. Abwartend stand er keinen Schritt von mir entfernt. Ich schluckte heftig.

»Dein Pullover«, sagte ich.

Sein Mundwinkel zuckte verräterisch. »Deine Jacke.«

»Deine Jeans.«

»Dein Kleid.«

»Deine Schuhe und die Socken.«

»Deine Strumpfhose.«

Schicht für Schicht verschwand unsere Kleidung, bis wir einander in nichts als Unterwäsche gegenüberstanden. Zugegeben: Wir hätten an Badesachen denken können. Doch unsere Herzen und unsere Köpfe waren so voll voneinander, dass wir es vergessen hatten. Halb nackt standen wir am Frühlinger See. Es war eine spontane Idee gewesen. *Lass uns schwimmen*, hatte ich vorgeschlagen, kurz nachdem wir aufgewacht waren.

Ich wollte keine *neuen* Erinnerungen an einem See mit Gregor schaffen. Menschen ließen sich nicht so simpel in ein Vorher und Nachher einteilen. Sie konnten sich verändern, aber höchstens fünfzehn Prozent. Das hatte ich von Gregor gelernt.

Er hatte nicht protestiert. Wir waren aus seinem Bett gekrabbelt, er hatte nach meiner Hand gegriffen und sie erst hier wieder losgelassen.

»Bist du wirklich sicher, dass du da rein willst?«, fragte Gregor jetzt und ich lächelte.

Seit ich sein Manuskript gelesen hatte, fragte er das ständig.

Bist du dir sicher, dass du mir verzeihen willst?

Bist du dir sicher, dass wir uns treffen sollten?

Bist du dir sicher, dass wir uns küssen dürfen?

Bist du sicher, dass du mich willst?

Die Antwort war immer Ja. Weil ich ihn verstand. Weil er mich verstand, ohne mir eine *Liebe-Lucy*-Frage stellen zu müssen. Natürlich hatten wir viel geredet, weil das in Beziehungen nun mal so funktionierte. Und natürlich redeten wir immer noch. Es war nicht immer einfach, nicht immer schön und nicht romantisierbar.

Doch es war echt.

So, so, so, so echt.

»Ja«, sagte ich. »Sicher.«

»Auch wenn wir gleich erfrieren, weil das Seewasser so kalt ist?«

»Wir erfrieren nicht«, erwiderte ich. »Das sind wir noch nie.«

Und da lächelte auch er.

Wie in Zeitlupe ließ er seine Hand zu meiner wandern und verschränkte unsere Finger erneut miteinander. Als er den ersten Schritt in Richtung Wasser machen wollte, blieb mein Blick an seinem Handgelenk hängen. Sanft hielt ich ihn zurück.

»Was würdest du dir wünschen, wenn du dir das Armband jetzt noch mal neu knoten könntest?«

Gregor brauchte einen Moment, um zu verstehen. Dann zuckte er mit den Schultern. »Frieden«, sagte er. »Immer wieder Frieden.«

Ich fragte mich, ob er dabei an seine Mutter dachte, an Isa und seine Oma, an Tascha und seinen Erzeuger, an sein Manuskript, das er niemals veröffentlichen würde, weil er es schlussendlich nur für sich selbst geschrieben hatte. Ich wollte die Worte sogar aussprechen, doch Gregor kam mir mit einer eigenen Frage zuvor.

»Und du, Lu?« In seinen Augen blitzte es auf. »Was würdest du dir wünschen?«

Kurz stockte ich. Natürlich war ich glücklich. Ich hatte meine Freundinnen, ein Studium, das mich wirklich interessierte. Meine Familie. @thegirlnextdoor. Und trotzdem hatte ich noch so viel zu erleben. So unendlich viele Dinge zu bewegen. In meinem Leben, in dem ich die Farben und Motive schlussendlich doch selbst bestimmen konnte. Auf der Autobahn drehte ich inzwischen andere Lieder als die von Prinz Pi auf, aber die Welt verändern wollte ich immer noch. Mit einem Magazin, das für *echte* Werte einstand, wobei mir egal war, ob ich für größenwahnsinnig gehalten wurde. Ich glaubte an mich. Ich war nicht Nur-Lucy. Ich war cute und nett und gut, aber ich war so viel mehr.

Ich war Lucy, selbst wenn ich jetzt zwanzig und immer noch nicht angekommen war. Trotzdem brauchte ich kein Nur. Trotzdem war ich genug. Und ich würde so vielen Frauen beibringen, dasselbe über sich zu sagen.

»Na, na, na«, sagte ich Gregor. »Wenn ich dir meine Wünsche verrate, gehen sie nicht in Erfüllung.«

»Das ist ein Aberglaube.«

»Ich spreche aus eigener Erfahrung.«

Er sah mich an und in meinem Brustkorb wurde es weit. Mit einem Mal war da so viel Liebe, so viel Gefühl in seinen schimmernden Augen, dass sich eine Gänsehaut über meine Glieder ausbreitete. Nicht vor Kälte. Sondern vor Wärme.

Dann machten wir den ersten Schritt ins Wasser.

Und tauchten ab.

Danksagung

Lucy und Gregor haben es mir unendlich leicht und gleichzeitig unendlich schwer gemacht. Ihr erstes Aufeinandertreffen im See ist nachts bei Edwin Rosens *leichter//kälter* auf vollster Lautstärke aus mir herausgeflossen, während ich dachte, ich würde an Liebeskummer sterben (bin ich natürlich nicht). Ein halbes Jahr später kann ich es kaum glauben, dass *Jetzt sind wir echt* zu Ende erzählt ist. Ich möchte diese Gelegenheit nutzen, den Menschen zu danken, ohne die dies nicht möglich gewesen wäre.

Danke an Micha und Klaus Gröner für das allerbeste Agenturzuhause, insbesondere an Klaus, der an meine Ideen glaubt und immer hinter mir steht!

Ich danke meiner wunderbaren Lektorin Elena Hein aus tiefstem Herzen, weil es dieses Buch ohne sie niemals so gegeben hätte (und das ist mein Ernst). Elena, ich würde dir an dieser Stelle am liebsten einen Liebesbrief schreiben, aber dann müssten wir hinterher kürzen (schon wieder, haha). Ich danke dir so unfassbar für dein Vertrauen, deine Begeisterung und deine uuunendlich guten Ideen. Dafür, dass du mit mir von früh bis spät an dieser Geschichte gearbeitet und die guten Sätze vor mir gerettet hast. Ich bin so froh, dich als meine Lektorin haben zu dürfen (!!), und könnte mir meinen Schreiballtag nicht mehr ohne dich vorstellen. #stiervibesvibenfürimmer

Danke, danke, danke an das großartige Team hinter Loewe Intense. Ich könnte mir kein wunderbareres Verlagszuhause für diese Reihe vorstellen!

Danke auch an meine Freundinnen Sophie, Franzi, Henni und Liv. Danke an Deni (für alles). Danke an Sarah (für alles 2.0). Das größte Danke an Jacky, die mit mir gemeinsam in Cafés geschrieben hat und ohne die es dieses Buch, so wie es jetzt ist, auch nicht geben würde.

Danke an meine Familie.

Ein großer Teil meines Danks geht (wie immer) an alle Musikkünstler*innen, die mich während meines Schreibprozesses begleiten und inspirieren. Hier gilt mein besonderer Dank Edwin Rosen und Betterov. Ich habe ihre Lieder so gefühlt.

Danke an K. Wenn ich an das Buch denke, denke ich auch ein bisschen daran, wie wir damals an deinem Tisch saßen und *Verschwende deine Zeit* gespielt hat. #jetztsindwireinezeitmaschine.

Als Letztes möchte ich mich bei all meinen Leser*innen bedanken, die meine Geschichten in einem Tag lesen, sie mit Post-its bekleben und mir Bilder schicken. Danke für all eure Unterstützung und privaten Nachrichten. Danke, dass ihr meine Bücher lest und fühlt und mir (immer noch 2.0) meine liebsten Rezensionen mitten in der Nacht schickt. Ihr seid die Besten! 🤍

Triggerwarnung

Jetzt sind wir echt enthält potenziell triggernde Inhalte.

Diese sind:
Essgestörtes Verhalten, Fitnesswahn, verzerrte Selbstwahrnehmung aufgrund von Social Media, Hasskommentare, Trauer und Trauerbewältigung.

Ihr solltet das Buch also nur lesen, wenn ihr emotional mit diesen Themen umgehen könnt. Falls es euch mit diesen genannten oder auch anderen Themen nicht gut geht, findet ihr unter der Nummer der Telefonseelsorge rund um die Uhr kostenlose und anonyme Hilfe.

08 00-1 11 01 11 / 08 00-1 11 02 22
www.telefonseelsorge.de